Kyss by rowohlt POLARIS

MARIE NIEHOFF

# WHEN THE KING FALLS

ROMAN

Kyss

Originalausgabe
Veröffentlicht im Rowohlt Taschenbuch Verlag,
Hamburg, November 2023

Covergestaltung ZERO Werbeagentur, München
Coverabbildung Shutterstock
Satz aus der Quadraat Pro
bei Pinkuin Satz und Datentechnik, Berlin
Druck und Bindung CPI books GmbH, Leck
ISBN 978-3-499-01175-7

Die Rowohlt Verlage haben sich zu einer nachhaltigen Buchproduktion verpflichtet. Gemeinsam mit unseren Partnern und Lieferanten setzen wir uns für eine klimaneutrale Buchproduktion ein, die den Erwerb von Klimazertifikaten zur Kompensation des $CO_2$-Ausstoßes einschließt.
Weitere Informationen finden Sie unter
www.klimaneutralerverlag.de

FSC
www.fsc.org
MIX
Papier | Fördert gute Waldnutzung
FSC® C083411

Für Sarah
*Für alles und für immer.*

Hell is empty and all the devils are here.

- WILLIAM SHAKESPEARE, THE TEMPEST

# PLAYLIST

**AURORA** – Blood In The Wine
**Two Feet** – Play The Part
**Georgi Kay** – Scary People
**PVRIS, 070 Shake** – Use Me
**Lucy Daydream** – Monsters
**Ramsey** – See You Bleed
**Madalen Duke** – How Villains Are Made
**Transviolet** – Destroy Destroy Destroy
**Two Feet** – Tell Me The Truth
**Woodkid** – Drawn To You
**Hayley Williams** – Good Grief
**The Crystal Method, Koda, VAAAL** – Watch Me Now
**Transviolet** – Run Towards The Monster
**BANKS** – Drowning
**Llynks –** Fantasies
**Elias** – Green Eyes
**Woodkid** – Goliath
**Billie Eilish** – No Time To Die
**Karliene** – Become the Beast
**Two Feet** – You?

## KAPITEL EINS

# BLOOD IN THE WINE

Sie sieht glücklich aus», flüstere ich über das Raunen der Menge hinweg und ernte einen missbilligenden Blick von Valerian.

«Natürlich tut sie das», murmelt er und senkt seine Stimme noch weiter, damit ihn ja niemand hört. «Ansonsten würde er sie vermutlich umbringen lassen.»

Mein Bruder verzieht bei dieser Aussage nicht mal einen Mundwinkel. Regungslos steht er neben mir, in einem piekfeinen schwarzen Anzug, der seine Haut noch blasser wirken lässt als sonst. Er hat die Hände hinter dem Rücken verschränkt und beobachtet das Geschehen auf der marmornen Treppe an der Stirnseite des Saals. Die Blutbraut des Königs steht dort, unschwer zu erkennen an den tropfenförmigen Ohrringen aus Rubin, die sie trägt. Ihre rabenschwarzen Haare sind zu einer aufwendigen Hochsteckfrisur aufgetürmt. Im Licht der Scheinwerfer wirkt ihre braune Haut fast golden, und ihr dunkelroter Sari scheint nahtlos in den Teppich überzugehen, der die Treppenstufen hinunter bis in die Zuschauermenge fließt. Sie sieht wunderschön aus. Und trotz allem, was sie im letzten Jahr vermutlich durchmachen musste, hält sie das Kinn erhoben.

«Aber ihr geht es gut», versuche ich es noch einmal anders. Ich wollte keinen Pessimismus von ihm, sondern Zuspruch.

Als Val mich diesmal ansieht, ist aus der Missbilligung Mitleid geworden. Er legt mir kurz eine Hand zwischen die Schulterblätter, als wolle er mich mit dem leichten Druck beruhigen, und lächelt kaum merklich. «Ja. Sie ist bei bester Gesundheit.»

Ich weiß, was er denkt. Dass es zwar so aussehen mag, als wäre diese junge Frau unversehrt, aber sie vermutlich Wunden trägt, die tiefer gehen, als Bissspuren oder Narben es je könnten. Wenngleich ich mir einzureden versuche, dass es ihr gut geht, bin ich nicht so naiv, das wirklich zu glauben. Ein ganzes Jahr hat sie im Schloss des Königs verbracht. Zwölf Monate lang hat er von ihr getrunken. Und was er sonst noch von ihr verlangt hat, will ich mir nicht mal vorstellen.

Dennoch ist es mein Ziel, selbst dort oben zu stehen.

Manchmal frage ich mich, ob ich noch ganz bei Sinnen bin. Nur ein Narr würde sich sehenden Auges dieses Schicksal aussuchen. Die anderen Bewerberinnen sind vielleicht von der Aussicht auf ein besseres Leben so geblendet, dass sie die Wahrheit nicht erkennen, aber ich nicht.

Leider ist es zu spät für Zweifel. Nervös streiche ich mein cremeweißes Kleid glatt und taste nach Valerians Arm, um mich an ihm festzuklammern.

Seufzend lässt er es zu. «Ich dachte, darüber hätten wir gesprochen, Flo», raunt er mir zu.

«Ich werde ja wohl noch meinen Bruder berühren dürfen», beschwere ich mich leise.

«Wie eine Klette an mir zu hängen, macht keinen guten ersten Eindruck. Mum hat dir hundertmal gesagt, dass das kindisch wirkt. Du lieferst ihm schon jetzt Gründe, dich auszusortieren.»

Widerwillig lasse ich ihn los und verschränke stattdessen die Finger vor meinem Bauch. Unsere Mutter hat mir diese Haltung eingeprägt. Laut ihr steht sie für Fruchtbarkeit – etwas, worauf König Benedict Wert legen dürfte.

Mir läuft ein Schauer über den Rücken.

Von seinen bisherigen Blutbräuten war noch keine schwanger. Doch das heißt nicht, dass er es nicht versucht hat. Und erst recht nicht, dass er es nicht versuchen wird. Immerhin braucht er einen Thronfolger, und für Vampire sind Kinder eine Seltenheit. Er wird jede Chance auf Nachkommen nutzen, die er kriegen kann.

In dem verzweifelten Versuch, mich abzulenken, lasse ich den Blick über die anderen Anwesenden schweifen. Die Anwärterinnen und ihre Begleitpersonen sind die einzigen menschlichen Gäste auf dieser Feier. Der Rest besteht aus bluthungrigen Monstern. Ich versuche, mir nicht anmerken zu lassen, wie nervös mich diese Tatsache macht. Val ist es gewohnt, täglich dieser Gefahr ausgesetzt zu sein, aber ich bin behüteter aufgewachsen.

Mein Blick gleitet wieder nach vorn, als das Licht gedimmt wird. Nur das Geschehen auf der Treppe bleibt von zwei großen Scheinwerfern beleuchtet. Völlig unvermittelt legt sich Stille über den Saal, und die Härchen auf meinen nackten Armen stellen sich auf. Die Blutbraut versteift sich, und es wirkt fast, als wolle sie sich unsichtbar machen. Ich bin mir nicht einmal sicher, ob sie noch atmet, so regungslos steht sie da. Wie ein Reh, das sich plötzlich einem Wolf gegenübersieht.

Das kann nur eines bedeuten.

Leise, langsame Schritte erklingen, doch es ist unmöglich auszumachen, woher genau sie kommen. Neugierig recke ich den Hals und lasse den Blick über die Balustraden links und rechts von uns schweifen, in der Hoffnung, den König dort in der Dunkelheit zu entdecken. Ich will wissen, wer der Mann ist, in dessen Hände ich mein Leben lege. Ich will sein Gesicht sehen und mir endlich vorstellen können, wie er aussieht, wenn er stirbt.

Die Schritte kommen näher, doch noch immer entdecke ich ihn nicht. Um uns herum beginnt das Rascheln von Hunderten Kleidern, als etwas die Menge in Bewegung bringt. Sehen sie ihn schon?

Aus dem Augenwinkel bemerke ich, wie die Leute neben mir zurücktreten. Verwirrt blicke ich mich um. Sie schauen gar nicht nach vorn zur Treppe, sondern nach hinten. Und genau in dem Moment, in dem ich mich ebenfalls umdrehe, fasst Valerian mich am Arm und zieht mich zu sich.

Jemand streift meine Schulter. Ein schwerer, einnehmender Duft umfängt mich, ein Blick aus grünen Augen trifft meinen. Der Mann, der mich soeben fast angerempelt hätte, mustert mich im Vorbeigehen. Es ist nur ein flüchtiger Moment, und dennoch registriere ich seine helle Haut und die dunklen Locken, die ihm leicht in die Stirn fallen. Seine vollen Lippen. Den gepflegten Dreitagebart.

Er ist unglaublich schön. Ich finde keine anderen Worte dafür. Aber bevor ich Gelegenheit habe, sein Gesicht länger zu betrachten, ist er auch schon an mir vorbei, und mir bleibt nur der Anblick seines breiten Rückens in einem schwarzen Anzug.

Mein Magen macht einen nervösen Hüpfer und sackt dann schlagartig ab. Wieder raschelt es um mich herum, und nun erst verstehe ich, warum Bewegung in die Menge gekommen ist. Sie haben eine Schneise gebildet, die vom Eingang des Saals bis zu den Treppenstufen führt. Eine Schneise für *ihn*.

König Benedict I.

Und ich stand ihm als Einzige im Weg.

Die Lücke schließt sich wieder, und Valerian lehnt sich näher zu mir. «Reiß dich zusammen», raunt er mir ins Ohr.

Ich schlucke schwer. «Warum trägt er denn keine Krone?», ist alles, was ich herausbringe.

Val schnaubt. «Sieht er aus, als würde er eine brauchen?»

Mir fällt keine Erwiderung ein. Stattdessen beobachte ich den König dabei, wie er mit gleichbleibend langsamen

Schritten die Stufen bis zu seiner Blutbraut erklimmt und ihr seine Hand anbietet.

Er umschließt ihre zitternden Finger, küsst ihren Handrücken, und seine Mundwinkel heben sich zu einem kalten, grausamen Lächeln.

Obwohl ich nun weiß, was er ist, finde ich ihn noch immer attraktiv. Er sieht gut zehn Jahre jünger aus, als er ist, höchstens wie Ende zwanzig. Und vermutlich wird sich daran so bald auch nichts ändern. Fast glaube ich, seinen Duft wieder wahrzunehmen, und erschaudere. Je länger ich diesen Mann betrachte, desto mehr empfinde ich eine seltsame Mischung aus Faszination, Anziehung und Furcht. Doch keines dieser Gefühle darf ich zulassen.

Der König zieht die junge Frau vor sich, und sie legt bereitwillig den Kopf in den Nacken. Ich halte den Atem an, weiß nicht, wo ich hinsehen soll. Der Anblick ist grotesk, aber das Gesicht abzuwenden, wäre ein Fauxpas. Und davon habe ich mir bereits einen zu viel geleistet.

Die Blutbraut ballt die Hände zu Fäusten, und er legt seine kräftigen Finger an ihre Arme, hält sie fest. Sein Griff wirkt nicht grob, doch ich wette, er ist eisern. Vampire sind uns Menschen körperlich ohnehin überlegen. Und je länger die Nächte, desto stärker werden sie.

Kein Mucks ist mehr zu hören. Kein Rascheln von Stoff, kein Tuscheln. Nur mein lauter Herzschlag, als er den Kopf senkt und seine Nasenspitze ihren Hals streift.

Gänsehaut überzieht meinen gesamten Körper. Für den Bruchteil einer Sekunde sehe ich die Fangzähne des Königs aufblitzen, bevor sie sich in ihr Fleisch graben. Die Blutbraut gibt einen kaum hörbaren schmerzerfüllten Laut von sich.

Mir wird schlecht.

Der König schließt die Augen, während er von ihr trinkt. Es wirkt sinnlich, und dennoch ist es das Scheußlichste, was ich je gesehen habe.

Eine halbe Ewigkeit beobachten wir regungslos, wie er sich an ihrem Blut bedient und sie dabei immer mehr in sich zusammenzufallen scheint. Als er sich endlich von ihr löst und sich wieder zu seiner vollen Größe aufrichtet, schnappe ich zittrig nach Luft.

Noch immer blickt er nicht in die Menge. Er schaut auf seine Braut herab und mustert sie nachdenklich, als müsste er erst überlegen, ob er zufrieden mit ihr ist. Schließlich nickt er kaum merklich, und sie entledigt sich mit fahrigen Bewegungen der Rubinohrringe. Vor unser aller Augen lässt sie diese in seine ausgestreckte Hand fallen.

Der König deutet mit dem Kinn in Richtung der Treppe. «Du bist entlassen.»

Einen Moment lang füllt nichts als seine tiefe Stimme den Raum. Dann bricht tosender Beifall los.

Die ehemalige Blutbraut tritt von ihm zurück, verbeugt sich und geht hastig die Stufen hinunter. Das Licht wird wieder angeschaltet, und bevor ich noch einen Blick auf den König erhaschen kann, schiebt Valerian sich mit grimmigem Gesichtsausdruck in mein Sichtfeld.

«Bereit?», will er leise wissen, und ich bringe nur mit Mühe ein Nicken zustande. Seine Miene ist so finster wie noch nie. Ich schätze, ihm geht es genauso wie mir. Zu sehen, was er mit ihr tut – was er mit *mir* tun wird –, hat es realer gemacht.

Mein Blick bleibt unweigerlich an Vals Hals hängen. An der Narbe, die sich rot und weiß von seinem Ohr nach unten zieht und in seinem Hemdkragen verschwindet. Ein verworrenes Muster grausamer Blutgier. Sie erinnert mich daran, wofür ich kämpfe, und zugleich scheint sie mir sagen zu wollen, dass ich gerade den Fehler meines Lebens begehe.

«Denk an alles, was wir dir beigebracht haben. Wir haben nur diese eine Chance, Florence. Es *muss* funktionieren.»

Ich vergrabe die Finger im Stoff meines Kleides, um ihr Zittern nicht zu offenbaren. «Ich weiß», sage ich mit fester Stimme.

Er mustert mich noch einen Moment länger.

Ob er Angst um mich hat? Ob er es bereut? All die Pläne und Entscheidungen, die uns, die *mich* hierhergeführt haben?

Ich werde keinen Rückzieher machen. Es ist mein Schicksal, diese Rolle zu spielen. Ich werde die sein, die dieses Königreich zugrunde richtet. Aber wenn Val sich umentscheidet ...

«Gut», sagt er plötzlich und dreht mich am Ellbogen herum, sodass wir wieder in Richtung der Treppe blicken. Der König ist mittlerweile umringt von Bewerberinnen in weißen Kleidern. «Verlieren wir keine Zeit. Das Spiel hat begonnen.»

Es scheint unmöglich zu sein, den König abzupassen. Er bewegt sich durch die Menge wie ein Phantom und bleibt selten lang genug an einem Ort, um ihm dorthin zu folgen. Wenn eine der Anwärterinnen ihn doch erwischt, wimmelt er sie schneller ab, als sie ihren Namen sagen können. Und jedes Mal, wenn er wieder eine von ihnen enttäuscht zurücklässt, wird mir ein wenig mulmiger zumute.

Alles an ihm wirkt mühelos. Wie er auftritt, wie er

spricht, wie er sich bewegt. Und wo auch immer er sich befindet, scheint sein Umfeld den Atem anzuhalten. Valerian hatte recht. Er braucht keine Krone, um als König dieses Landes erkannt zu werden. Ich hingegen fühle mich, als würde ich an einer skurrilen Schnitzeljagd teilnehmen, die einzig und allein meiner Demütigung dient.

Wieso macht er es uns so schwer, an ihn heranzukommen? Wie will er am Ende des Abends eine neue Blutbraut wählen, wenn er keiner von uns auch nur zehn Sekunden seiner Aufmerksamkeit schenkt?

Vielleicht ist es wirklich ein Spiel. Für ihn. Er gibt sich unerreichbar, und wenn er doch mal länger an einem Ort verweilt, unterhält er sich mit den anderen Vampiren, sodass keine von uns es wagt, ihn zu stören. Es wäre unhöflich. Aber wozu sind wir eigentlich hier, wenn er uns ohnehin nur ignoriert? Es sei denn ...

Vielleicht wartet er nur darauf, dass eine von uns sich traut.

Was, wenn er uns herausfordert? Wenn er nur sehen will, welche von uns mutig genug ist, um ihm die Stirn zu bieten?

Bedauerlicherweise ist das reine Spekulation. Und ich kann das Risiko nicht eingehen. Nicht mit dem Image, das wir für mich entworfen haben, und erst recht nicht, wenn alles, worauf wir zwanzig Jahre lang hingearbeitet haben, von dieser Begegnung abhängt.

«Du starrst ihm ein Loch in den Schädel», ertönt Valerians Stimme an meinem Ohr.

Ich schnaufe. «Dann wäre unser Problem gelöst, oder nicht?»

König Benedict steht etwa zehn Meter entfernt in einer Runde mit drei Männern und schwenkt unbeteiligt sein

Glas Wein. Oder zumindest dachte ich, es sei Wein. Als ich meinen Blick von seinem Gesicht löse und er auf seine Hände fällt, bemerke ich, dass die tiefrote Flüssigkeit dicke Schlieren am Glas zieht. Ich glaube, mir wird übel.

Mein Bruder hält mir eine Sektflöte hin. Ich nehme sie, wende mich ab und trinke einen tiefen Schluck.

«Ich habe dich noch nicht mit ihm reden sehen.» Der leise Vorwurf in Vals Stimme entgeht mir nicht.

«Versuch du doch, ihn zu erwischen!», zische ich. «Er ist wie ein Schatten.» Ich drehe mich wieder um, und wie zur Bestätigung stehen die drei Männer nun allein dort. «Wo ... Verflucht!»

«Bei der Treppe», lässt Val mich ruhig wissen und weist mit dem Kinn in die Richtung. König Benedict durchquert soeben den Raum, und zwei Anwärterinnen hängen ihm förmlich an den Fersen. Er wimmelt sie ebenso schnell ab wie alle vor ihnen.

«Er spricht mit keiner von uns», stelle ich frustriert fest.

«Dann ändere es.»

«Hast du auch hilfreiche Ratschläge?»

Er schenkt mir ein schiefes Lächeln, das ebenso charmant wie unausstehlich ist. «Partys sind dein Metier. Ich bin für die Drecksarbeit zuständig, schon vergessen? Und jetzt entschuldige mich, während ich versuche, die Konkurrenz zu sabotieren.» Valerian schiebt sich an mir vorbei und steuert zielstrebig auf eine der Frauen zu, die anhand ihres weißen Kleides offensichtlich als Anwärterin zu erkennen ist. Der Dresscode kommt uns zugute. Das Weiß fällt in der sonst schwarz gekleideten Menge auf und sorgt dafür, dass Val leicht alle neun anderen Frauen im Blick hat. Jetzt bleibt nur zu hoffen, dass sein hübsches Gesicht reicht, um sie von ihrem eigentlichen Ziel abzulenken. Sein Charakter wird es wohl kaum tun, zumindest nicht, wenn er ihr gegenüber genauso großkotzig ist wie bei mir.

*Ändere es.*

Als könnte ich mit dem Finger schnippen und den König Englands dazu bringen, mich zu beachten! Doch leider hat Val recht. Das hier ist meine Aufgabe. Und ich sollte ihn nicht von seiner eigenen ablenken, immerhin ist es für den Rest unseres Plans essenziell, dass er heute Abend so viele Informationen sammelt wie möglich. Ich möchte das Schloss nach dieser Mission vorzugsweise lebendig wieder verlassen. Wobei ich mir noch nicht sicher bin, wie realistisch das ist.

Ich erhasche einen Blick auf König Benedict. Er durchquert nur ein paar Meter von mir entfernt den Saal. Offenbar hat er zumindest für den Moment alle Anwärterinnen abgewimmelt, denn die Einzige, die abgesehen von mir in der Nähe zu sein scheint, ist diejenige, die Valerian soeben in ein Gespräch verwickelt hat.

Das ist meine Chance, um ihn auf mich aufmerksam zu machen. Doch ich muss es geschickter anstellen als die Frauen vor mir.

Zielstrebig setze ich mich in Bewegung. Statt direkt auf den König zuzugehen, tue ich so, als würde ich in eine andere Richtung steuern. Unsere Wege kreuzen sich scheinbar zufällig hinter einer kleinen Gruppe von Vampiren. Ich passe perfekt den Moment ab, in dem er diese umrundet, und stolpere ihm direkt in die Arme. Mein Champagnerglas schwappt über. Ein wenig von der prickelnden Flüssigkeit läuft mir über die Finger und tropft auf den Boden.

«Oh!», stoße ich aus und bemühe mich, innerlich ruhig zu bleiben. Der König ist abrupt stehen geblieben. Ich halte den Blick gesenkt und wische eilig am Ärmel seines Anzugs herum, der nicht mal etwas abbekommen hat. «Verzeihung, Sir! Wie ungeschickt von mir, ich ...» Erst jetzt schaue ich ihm ins Gesicht. Ich muss meine Überraschung nicht einmal spielen. Zwar wusste ich, wer er ist, doch beim Anblick von ihm so nah vor mir gefriert mir trotzdem das Blut in den Adern.

König Benedict hat den Kopf leicht schiefgelegt und mustert mich aus seinen grünen Augen wie ein Raubtier seine Beute. Ich unterdrücke ein Schaudern. Sein Blick ist so durchdringend, dass ich das Gefühl habe, er könnte jeden meiner Gedanken lesen. Und gleichzeitig ist da wieder diese seltsame Faszination, die ich schon vorhin verspürt habe. Wie kann ein derart grausames Monster wie er nur so anziehend wirken? Sein Duft steigt mir in die Nase, und ich muss schlucken. Ob seine Lippen noch nach ihrem Blut schmecken?

Himmel, was denke ich da?

«Oh», bringe ich hervor. «Eure Majestät, ich ...» Hastig mache ich einen Knicks und senke den Kopf. «Ich bin untröstlich und bitte vielmals um Verzeihung. Offenbar bin ich heute nicht ganz bei mir.»

Er schnaubt leise. «Offenbar», bestätigt er trocken und macht Anstalten, sich an mir vorbeizuschieben. Verdammt. So war das nicht geplant!

«Habe ich Euch erwischt?», frage ich und versperre ihm kaum merklich den Weg. «Mit dem Champagner, meine ich.»

Er hält inne. Wir schauen uns in die Augen, und mein Herz hämmert so heftig, dass ich es bis in meinem Hals spüre.

«Wie lautet dein Name?», fragt er. Sein eisiger Tonfall jagt mir Gänsehaut über die nackten Arme.

«Florence Hawthorne, Eure Majestät.» Ich versuche mich an einem vorsichtigen Lächeln.

Der König zuckt nicht einmal mit der Wimper. «Nun, Florence. Es scheint, als müsste ich meine Bediensteten nächstes Jahr dazu anhalten, die Anwärterinnen auf ihren Gleichgewichtssinn zu prüfen. Guten Abend.» Er schiebt mich mit einer Hand beiseite und verschwindet in der Menge. Ich bin so perplex, dass ich ihm nur ungläubig hinterherschauen kann.

Das ... das war doch nicht sein Ernst, oder?

Blinzelnd schaue ich mich um. Einige Leute haben sich zu uns umgedreht und das Schauspiel beobachtet. Mir entgeht nicht, wie sie über mich tuscheln.

Großartig. Er hat mich nicht nur beleidigt, sondern auch noch öffentlich blamiert. Ich hätte in Betracht ziehen müssen, dass mein Plan nach hinten losgehen könnte. Aber meine Ungeschicktheit sollte sympathisch wirken und ihn nicht dazu veranlassen, mich derart bloßzustellen!

Wütend schüttle ich den Champagner von meinen Fingern, aber sie fühlen sich klebrig an, also steuere ich auf das Badezimmer zu. Ich stelle einem Kellner das halb volle Glas aufs Tablett und betrete kurz darauf den kleinen Raum.

Die Holztüren der beiden Kabinen sind nur angelehnt, also bin ich glücklicherweise allein. Ich stelle mich vor eines der Waschbecken, wo ich halb von der grellen LED-Beleuchtung des Schminkspiegels geblendet werde, und erlaube mir, einen Moment lang meine Fassade fallen zu lassen. Dieser Abend ist viel zu frustrierend, um es nicht zu tun.

«Arroganter Arsch!», zische ich und pumpe rote Seife in meine Handfläche. *Natürlich* ist sie rot. Gott, diese Vampire sind so dramatisch. Ich frage mich, wie sehr sie noch auf die

Farbe stehen würden, wenn es ihr Blut wäre, das am Buffet serviert wird. «*Offenbar*», äffe ich den König nach, beiße mir jedoch sofort danach auf die Lippe. Ich muss mich zusammenreißen. Dort draußen darf niemand merken, wie wenig ich von ihm halte. Aber ich bin so sauer! Würde ich dieses Monster nicht umbringen wollen, hätte ich ihm keine Sekunde meiner Zeit gewidmet. Stattdessen muss ich nun um ihn buhlen wie ein vernarrter Teenager. Das ist doch zum Kotzen!

«Über wen lästern wir?»

Ich zucke zusammen, als eine Stimme ertönt. Im Spiegel sehe ich, wie sich eine der angelehnten Kabinentüren öffnet und eine Frau mit dunkelbraunen Locken, heller Haut und Sommersprossen hinter mich tritt. Sie wirkt ein paar Jahre jünger als ich, vielleicht um die zwanzig. Dennoch trägt sie ein schneeweißes, altmodisch wirkendes Kleid mit Rüschenärmeln. Konkurrenz. Davon kann mich auch ihr freundliches Lächeln nicht ablenken.

«Tut mir leid. Ich dachte, ich bin allein», erwidere ich, womit ich bewusst der Frage ausweiche, und werfe einen verwirrten Blick in die Kabine hinter ihr. Was hat sie bei offener Tür da drin gemacht?

Sie stellt sich neben mich, bückt sich und schiebt ein abgewetztes Buch unter das Waschbecken, bis es nicht mehr zu sehen ist. Mir bleibt beinahe der Mund offen stehen. Hat sie ernsthaft ein Buch zur Sonnenwendfeier mitgenommen und es zum Lesen auf der Toilette deponiert? Sie weiß aber schon, wieso sie hier ist, oder?

«Ich hab mich vor meinem Bruder versteckt», erklärt sie grinsend.

Ich kann nicht verhindern, dass sich meine Lippen zu einem Lächeln verziehen. «Das kann ich gut verstehen.»

«Hast du auch *so einen*?», fragt sie augenrollend und richtet sich wieder auf.

«Ja. Sie sind furchtbar, oder?»

«Unerträglich», bestätigt sie. «Ist er der Arsch, den du eben verflucht hast, oder hast du Bekanntschaft mit dem König gemacht?»

Das verräterische Schnauben entkommt mir, bevor ich darüber nachdenken kann, ob es klug ist, so offen zu sein.

«Ah», meint sie und grinst noch breiter. «Letzteres also. Hier.» Sie reicht mir ein Handtuch, damit ich meine Hände abtrocknen kann.

«Danke. Du hattest also auch schon die Ehre?», hake ich vorsichtig nach. Dass sie ebenso genervt von dem Mann zu sein scheint wie ich, erfüllt mich mit einer angenehmen Genugtuung. Ich vertraue ihr nicht, aber nachdem ich meine ungefilterte Reaktion auch nicht rückgängig machen kann, schadet ein Gespräch sicher nicht.

«Mhm. Er zeigt sich heute von seiner besten Seite, oder? Wahrhaft königlich. Es ist ein Wunder, wenn am Ende des Abends noch Anwärterinnen übrig bleiben, die die Rolle der Blutbraut übernehmen wollen. Bestimmt ergreifen alle noch vor der Verkündung die Flucht. Ich zumindest möchte nicht freiwillig ein Jahr mit dem Kerl verbringen.»

«Verständlich», gebe ich zu. Ihr scheint wirklich nichts daran zu liegen, heute Abend ausgewählt zu werden. Das verrät allein die Tatsache, dass sie heimlich auf dem Klo liest, statt dem König hinterherzueiern, wie es der Rest von uns tut. Aber wozu dann überhaupt der ganze Aufwand einer Bewerbung? All die Fragebögen, Gespräche und Untersuchungen, nur um mit sehr viel Glück bis zu einem Ball zu kommen, bei dem sie sich dann versteckt?

Ob ihr Bruder sie gezwungen hat, hier mitzumachen?

Das wäre furchtbar. Man kann über Valerian sagen, was man will, aber wenigstens zwingt er mich nicht dazu, mich fremden Männern anzubieten. Ich bin freiwillig hier. Und werde es auch bleiben, bis man mich nach Hause schickt. «Irgendjemand wird sicher übrig bleiben. Es geht schließlich nicht allen um den König», füge ich hinzu.

«Um was dann?», fragt sie interessiert. «Macht? Einfluss? Geld?»

Dass sie das überhaupt fragen muss. Ich wette, neunzig Prozent der Anwärterinnen bewerben sich aus diesen Gründen. Immerhin lockt die Krone uns doch mit genau solchen Versprechungen – mit einem besseren, sichereren Leben. Und wenn man in einer Gesellschaft lebt, die uns Menschen so viele Wege nach oben versperrt, ergreift man selbst die kleinste Chance auf ein bisschen Wohlstand. «Vielleicht. Ich denke, jede von uns hat andere Beweggründe.»

Neugierig schaut sie mich an. In dem grellen Licht ist ihre Augenfarbe undefinierbar. Sie könnten ebenso gut blau wie grün sein. «Und warum machst du es?», will sie wissen.

Ich zögere. Kann sie mir gefährlich werden? Vermutlich nicht. Vielleicht spielt es mir sogar in die Hände, sie auf meiner Seite zu haben, und sei es nur, weil sie dann noch weniger selbst zur nächsten Blutbraut werden will. Also gebe ich ihr die ehrliche Antwort. Oder zumindest die, die für die *offizielle* Florence Hawthorne ehrlich ist.

«Ich setze mich für Bedürftige ein», erkläre ich. «Für Waisenkinder und arbeits- oder obdachlose Eltern. Ich denke, mit dem Geld und der Aufmerksamkeit, die ich hier bekäme, könnte ich viel bewirken. Das ist es mir wert, mich ein Jahr lang mit besagtem Arsch rumschlagen zu müssen.»

«Ahh!», sagt sie und strahlt mich an. «Du bist Florence, oder? Ich hab von dir gehört!»

Das ... ist ungewöhnlich. Der Skandal vor vierzig Jahren, bei dem unsere Familie alles verlor, ist eigentlich lang genug her, dass niemand in London mehr über uns spricht. Aber sie scheint keinen negativen Eindruck von mir zu haben – im Gegenteil. Hat sie also auf andere Art von mir erfahren? «Ja», gestehe ich. «Und was ist mit dir? Warum machst du hier mit?»

«Oh, ich will gar nicht mitmachen», versichert sie mir und lächelt. «Keine Sorge, ich bin keine Konkurrenz.»

«Ich leider auch nicht», murmle ich. «Mich hasst er noch mehr als die anderen.»

Verwirrt runzelt sie die Stirn. «Wieso das?»

Ich kann nicht verhindern, dass ich ein wenig rot werde. «Ich habe ihn angerempelt.»

«Ups.»

«Mhm. Zweimal, um genau zu sein.» Ich verziehe das Gesicht.

«Ach.» Sie winkt ab. «Er wird's überleben! Und vielleicht kriegst du noch eine dritte Chance, um ihm zu zeigen, dass Anrempeln nicht deine einzige Qualität ist. Du solltest ihn dann nur nicht als Arsch beschimpfen. Das kommt vermutlich nicht besonders gut an.» Mit einem Augenzwinkern wendet sie sich zum Gehen. «Ich muss los, mein Bruder sucht mich bestimmt schon. Wenn er mich nicht findet, macht er immer ein Drama daraus, und das will hier niemand erleben. Wir sehen uns, Florence! Viel Glück!»

Sie verlässt den Raum, und ich starre für einen Moment reglos auf die Tür.

Glück werde ich brauchen. Jede Menge davon.

KAPITEL ZWEI

# PLAY THE PART

Die aufmunternden Worte der Fremden helfen mir leider nicht weiter. Nach der Abfuhr des Königs bin ich komplett planlos. Auf seiner Liste an potenziellen Blutbräuten bin ich vermutlich Platz zehn von zehn – und das angesichts einer Anwärterin, die lieber auf der Toilette Bücher liest, statt um ihn zu buhlen. Wenn mir nicht schleunigst eine Möglichkeit einfällt, an ihn heranzukommen, ist diese Mission gestorben.

Ich finde Valerian am Buffet. Auf einer meterlangen Eichentafel sind unzählige Speisen und Getränke aufgereiht, ein Teller schöner angerichtet als der andere. Dazwischen stehen riesige Bouquets aus roten und weißen Rosen, ein blutroter Tischläufer erstreckt sich über beide Enden. Bedienstete tun den Gästen Essen auf, damit auch ja keiner der Vampire einen Finger zu viel rühren muss.

Mein Bruder wurde ebenfalls bereits versorgt. Allerdings scheint er seinen Teller nicht angerührt zu haben. Stattdessen tut er das, was er am besten kann. Spionieren.

Obwohl sein Fokus gänzlich auf einer Gruppe Männer ein paar Schritte weiter liegt, bemerkt er mich, bevor ich ihn erreiche. Er dreht sich zu mir um und mustert mich abschätzig.

«Und?», fragt er. «Hier, du hast noch nichts gegessen.» Er drückt mir seinen Teller mit verschiedenen Häppchen darauf in die Hand.

«Ich war eigentlich ganz froh, dass Mum nicht mitgekommen ist», erkläre ich frostig. «Du musst sie nicht unbedingt ersetzen.» Dennoch nehme ich das Essen entgegen, mustere es kurz prüfend und beiße schließlich von einer Lachsschnitte ab. «Mh», entwischt es mir. Das schmeckt göttlich. Ich schätze, an die Mahlzeiten im Schloss könnte ich mich gewöhnen.

«Das nennt sich Familiensinn, Schwesterherz», erwidert Valerian. «Wie war dein Gespräch mit dem König?»

Natürlich hat er das gesehen. Val sieht alles, wie auch immer er das hinbekommt. «Durchwachsen», murmle ich.

«Durchwachsen.» Sein Tonfall verrät, dass ihm diese Antwort weder gefällt noch ausreicht. «Nachdem ihr euch verabschiedet habt, sah er aus, als würde er gleich deinen Kopf fordern. Musstest du ihn anrempeln? Ich kann mich nicht erinnern, das je in Mums Strategienkatalog gesehen zu haben.»

«Partys sind mein Gebiet, schon vergessen?», zische ich und halte trotz meines Ärgers ein mildes Lächeln auf meinen Lippen. «Du hast doch gesehen, dass es nichts bringt, ihn plump anzusprechen!»

«Damit wärst du wenigstens nicht negativ aufgefallen», raunt er und hält sein Gesicht ebenso neutral.

«Immerhin falle ich auf. Der Abend ist noch nicht vorbei, und an mich erinnert er sich jetzt zumindest!»

Val schnaubt. «Ich kann nur hoffen, dass du recht hast, Flo.»

«Falls nicht, kannst ja gerne nächstes Mal du versuchen, ihn zu verführen.»

«Wenn er mich lassen würde, jederzeit.»

«Du bist unausstehlich.»

Die Worte ernten mir ein ehrliches Schmunzeln. «Sagt die Ziege zum Bock ...»

Ich verdrehe die Augen, muss aber ebenfalls grinsen. Schnell beiße ich wieder in die Lachsschnitte, um es zu verbergen. Diesen Satz haben unsere Eltern etabliert. Wir bekamen ihn als Kinder immer zu hören, wenn wir uns gezankt haben – und das war nicht selten der Fall. Bis heute hält er uns vor Augen, wie ähnlich wir uns sind, wenngleich wir unsere Differenzen haben. Valerian und ich sind trotz oder vielleicht auch wegen dieser Unterschiede ein gutes Team. Eines, das dieses Königreich stürzen könnte – wenn es sich ein bisschen zusammenreißt.

Obwohl ich ihn jetzt gern umarmen würde, halte ich mich diesmal an unsere Abmachung, Val während des Balls nicht zu berühren. Na ja, fast. Ich stoße ihn kaum merklich mit der Schulter an, und er erwidert die Geste ebenso sanft. Eine stille Bekundung unserer Zuneigung.

«Also, wie geht es weiter?», fragt er leise. «Brauchst du mich zum Verkuppeln?»

Ich überlege einen Moment. Wir wissen nicht viel über König Benedict. Allein zwischen dem Inner District, der Vampirstadt innerhalb Londons, und den Vierteln der menschlichen Bevölkerung liegen Welten. Vom Palast, dem sogenannten Crimson Heart, ganz zu schweigen. Informationen über alles, was hier passiert, sind dementsprechend schwer zu bekommen, und oft ist kaum zu unterscheiden, was wahr ist und was man uns nur glauben lassen will. Kein Mensch traut einer Zeitung, die von Vampiren geschrieben wird, und es ist uns bisher noch nicht gelungen, einen der menschlichen Bediensteten im Schloss für unsere Sache zu gewinnen. Wir können also nur spekulieren, wie der König tickt. Allerdings wirkt er durchaus wie die Art von patriarchalischem Arschloch, das eher der Meinung eines Mannes über eine Frau trauen würde als der Frau selbst.

Trotzdem ...

Ich präsentiere mich als die Vorkämpferin für die Schwachen und Hilfsbedürftigen, während Val sich im Schatten der Gesellschaft bewegt. Er ist Taxifahrer für die Vampirgesellschaft im Inner District und riskiert täglich sein Leben für ein paar aufgeschnappte Informationsfetzen.

Es ist einer der gefährlichsten Jobs in der Stadt. Die Narbe an seinem Hals zeugt davon, und mit dieser ist er noch gut davongekommen. Der Angriff blieb unaufgeklärt, weil sich letztendlich niemand darum schert, welcher Vampir die Gesetze bricht und sich so Blut von der Vene verschafft. Doch Val hat überlebt. In vielen anderen Fällen verschwinden die Menschen einfach spurlos. Kollateralschäden einer Gesellschaft, für die wir mehr Ware als Lebewesen sind.

Dennoch macht mein Bruder weiter. Tut so, als wäre nichts – als würde er diese Monster nicht hassen bis aufs Blut. Je unauffälliger er sich verhält, desto weniger Fragen wirft es auf. Auch hier im Schloss sollte er sich bedeckt und im Hintergrund halten. Doch wenn er aktiv versucht, den König von mir zu überzeugen, wird das schwierig. Dann stünde er mitten im Rampenlicht.

Wieder ein Risiko. Diesmal eines, das ich nicht eingehen will. Wir haben unsere Rollen aus gutem Grund so strikt getrennt.

«Ich versuche es noch mal allein», entscheide ich. «Erst mal. Du bist der Notfallplan.»

Ich habe zwar keine Ahnung, wie ich die Blamage von vorhin wieder ausbügeln soll, aber das werde ich schon schaffen. Vielleicht mit ein wenig Humor und einer aufrichtigen Entschuldigung. Oder ich bitte meine Toilettenbekanntschaft um Hilfe. Sie schien mich zu mögen und hat selbst kein Interesse daran, ausgewählt zu werden. Sofern sie nicht gelogen hat. Sie könnte mir ebenso gut in den Rücken fallen …

Verdammt, warum ist das nur alles so kompliziert? Ich hasse diese ewigen Intrigen. Man entkommt ihnen nicht. Man rutscht nur von einer in die nächste.

Spannung legt sich so plötzlich über den Raum, als wäre

in der Nähe ein Blitz eingeschlagen. Die Gespräche werden leiser, die Gesten nervöser. Irritiert schaue ich mich um. Valerian berührt mich am Ellbogen und lenkt meinen Blick so zur Ursache.

Auf dem Treppenabsatz, auf dem vorhin die letzte Blutbraut verabschiedet wurde, hat mittlerweile ein Ensemble seine Instrumente aufgebaut. Davor steht König Benedict und blickt grimmig in die Menge, als würde er jemanden suchen. Sein rechter Fuß wippt auf dem Teppich, der einzige Beweis dafür, dass er ungeduldig zu sein scheint.

Stoff raschelt, und leises Gemurmel erklingt, als sich jemand einen Weg zwischen den Gästen hindurchbahnt. Eine Frau im weißen Kleid mit kurzen Rüschenärmeln betritt die Treppe und hastet die Stufen zum König hinauf. Ihre dunklen Haare fallen ihr in leichten Locken bis zu den Schulterblättern, und mein Herz sackt unvermittelt ab.

Das ist die Fremde von der Toilette. Warum hat er sie zu sich bestellt? Er hat sich doch nicht etwa bereits entschieden? Die Verkündung der neuen Blutbraut ist für Mitternacht geplant, und es kann unmöglich später sein als neun Uhr.

«Was passiert da?», flüstere ich Valerian zu.

Er hat die Stirn in Falten gelegt und beobachtet das Geschehen mit unverkennbarer Skepsis.

Ich hefte meinen Blick wieder auf den König und die Unbekannte. Sie platziert sich an seiner Seite und wendet sich freudestrahlend dem Publikum zu. Erst jetzt bemerke ich das goldene Diadem, versetzt mit roten Rubinen, das inzwischen auf ihrem Kopf thront. Mir stockt der Atem. Wieso trägt sie das? Wenn ich mich nicht täusche, sind das Kronjuwelen. Nichts, was man der Blutbraut überlassen würde.

«Ah», macht Valerian neben mir. «Das muss seine Schwester sein.»

Mir wird eiskalt. «Seine Schwester», wiederhole ich tonlos.

Nein.

Nein, nein, nein!

*Ich verstecke mich vor meinem Bruder.*

Oh Gott, das darf nicht wahr sein.

«Lyra Tudor», erklärt Val überflüssigerweise. «Die Beschreibung passt. Ich frage mich nur, warum sie Weiß trägt.»

Das kann ich ihm beantworten. Sie tut es, um so für ihren Bruder die Anwärterinnen auszuspionieren. Und ich habe ihn in ihrer Gegenwart mehrfach beschimpft. Ich bin direkt in ihre verfluchte Falle getappt. Sicher hat sie ihm von meinem Verhalten erzählt. Der Abend ist gelaufen. Unsere Mission endet hier. Ich habe es ruiniert.

«Willkommen.»

König Benedicts Stimme erklingt, und sofort tritt durchdringende Stille ein. Trotz der Größe des Saals braucht er kein Mikrofon, um sich Gehör zu verschaffen. Die Akustik und seine Präsenz sorgen dafür, dass man ihn auch so klar und deutlich versteht. Es ist das erste Mal an diesem Abend, dass er sich an seine Gäste wendet, und aus irgendeinem Grund fühlt es sich an, als würde er mich direkt ansprechen.

Gänsehaut kriecht mir über die Arme. Ich stelle meinen Teller auf einem Tisch neben mir ab und schlinge sie um meinen Körper.

«Heute haben wir gleich zwei Gründe zum Feiern», verkündet König Benedict. «Zum einen die Wintersonnenwende, die längste Nacht des Jahres. Zum anderen werde ich um

Mitternacht meine neue Blutbraut erwählen. Bis dahin empfehle ich Ihnen, den Abend in vollen Zügen zu genießen. Die Tanzfläche ist hiermit eröffnet.» Er gibt dem Ensemble ein Zeichen, und die ersten Noten eines langsamen Walzers erklingen, um das Schweigen der Menge fortzuspülen. Gemeinsam mit seiner Schwester verlässt der König den Treppenabsatz und mischt sich wieder unter seine Gäste.

Selbst seine Ansprache war reduziert auf das Nötigste. Sein Interesse an dieser Feier scheint wirklich begrenzt zu sein. Vermutlich wird er einfach die Frau auswählen, die ihn am wenigsten belästigt hat. Vielleicht auch die, die er am attraktivsten findet. Aber nicht mich. Ganz sicher nicht mich.

Ich starre hinauf zu der Stelle, an der er eben noch stand, und versuche, meine Gedanken zu sortieren. Die Melodie des Ensembles nehme ich kaum wahr, dabei ist es so selten, dass ich Musik live hören kann statt durch einen blechern klingenden Lautsprecher. In meinem Kopf überschlägt sich alles, und ein mulmiges Gefühl, das Übelkeit gleicht, hat sich in meinem Magen breitgemacht.

«Was ist?», will Valerian wissen und berührt mich am Arm.

Zögernd sehe ich ihn an. Offenbar beobachtet er mich schon länger, denn er hat die Brauen misstrauisch zusammengezogen. Ich schlucke. Es hat keinen Sinn, es schönzureden oder optimistisch zu bleiben. Er muss wissen, wo wir stehen. «Es tut mir so leid, Val», bringe ich heraus. «Ich habe versagt.»

«Wovon redest du da?»

Ich kann nur den Kopf schütteln, während mir die bittere Realität immer schmerzhafter bewusst wird.

Wir hatten so viel Glück, für diesen Ball ausgewählt zu

werden. Das hier war unsere Chance. Die erste und beste. Und ich habe sie zunichtegemacht.

Generationen von Hawthornes haben darauf hingearbeitet, die Menschen aus der Herrschaft der Vampire zu befreien. Ich hätte ihre Ziele erreichen können. Ich hätte diejenige sein können, die uns endlich nah genug an die Königsfamilie heranbringt, um genau dort zuzuschlagen, wo sie am verwundbarsten ist.

Doch ich habe alles ruiniert. Unzählige Menschen werden weiter leiden, weiter bluten – meinetwegen.

«Sprich mit mir», fordert Val und legt seine Hände schwer auf meine Schultern. «Florence. Was ist passiert?»

Wie soll ich ihm das erklären? Und viel wichtiger – wie soll ich es wiedergutmachen? Meine Eltern werden am Boden zerstört sein. Wir wussten, dass unser Plan schon heute Abend scheitern könnte. Doch niemand, erst recht nicht ich selbst, hat damit gerechnet, dass ich diese einzigartige Chance derart leichtsinnig verspiele.

«Ich ...»

«Miss Hawthorne?»

Der Klang der tiefen Stimme lässt mich stocken.

Valerian versteift sich. Sein Blick wandert über meine Schulter, und sein Mundwinkel zuckt. Langsam nimmt er seine Hände von mir und verbeugt sich. «Eure Majestät.»

Mir wird heiß und kalt zugleich. Ich drehe mich um und schaue direkt in König Benedicts grüne Augen. Sein Gesicht ist eine Maske. Ich kann nichts darin lesen, weder Wut noch sonst irgendwas erkennen. Aber ich mache mir nichts vor. Er weiß, was ich über ihn gesagt habe. Und nun werde ich die Konsequenzen meiner unbedachten Worte zu spüren bekommen. Mit ein wenig Glück verweist er mich nur des Schlosses. Mit Pech ...

Ich wette, er hat schon Leute für weniger in den Tower sperren lassen. Doch hätte er das vor, hätte er direkt seine Wachen auf mich angesetzt, oder? Warum steht er persönlich vor mir?

Ich mache einen Knicks und bemühe mich, meine Atmung ruhig zu halten. Mein cremeweißes Ballkleid fühlt sich plötzlich viel zu eng an. «Ja, Eure Majestät?»

König Benedict mustert mich für einen langen Moment. Und dann ... lächelt er. Nicht breit. Nicht ehrlich. Aber auch nicht grausam. «Darf ich um diesen Tanz bitten?», fragt er, und seine Stimme klingt wie schwarze Seide, dunkel und weich.

Völlig perplex starre ich ihn an. Was ... Hat er das wirklich gefragt?

«Meine Schwester gehört ganz Euch», verkündet Valerian und ist schneller von meiner Seite verschwunden, als ich meine Stimme wiederfinde.

Der König beachtet ihn nicht weiter. Sein Blick hängt an mir, und ich bin sicher, dass ihm nichts entgeht. Kein Atmen, kein Blinzeln, kein unsicheres Zögern. *Reiß dich zusammen, Florence.*

«Natürlich», bringe ich heraus. «Es ist mir eine Ehre.»

Er bietet mir seine Hand an, und ich ergreife sie. Seine Finger sind heiß, als müssten sie mir verdeutlichen, was für ein Monster er ist. Und anscheinend brauche ich diese Erinnerung. Denn als König Benedict mich ein paar Meter weiter zu einem freien Platz auf der Tanzfläche geleitet und seine Hand an meine Taille legt, durchläuft ein wohliger Schauer meinen Körper.

Verräter!

Wieder ist da dieser schwere Duft, der mich einhüllt und mir das Denken unmöglich macht. Er riecht holzig, nach

Kiefer oder Tanne vielleicht. Es erinnert mich an seltene Ausflüge in den Wald und Abende vor dem Kamin.

«Ich hoffe, Ihr habt Eure Füße diesmal unter Kontrolle», murmelt er und führt uns in den Tanz.

Der trockene Seitenhieb bringt mich für eine Sekunde aus dem Takt, und am liebsten würde ich mich sofort für die Worte revanchieren. Stattdessen besinne ich mich auf meine Rolle, hebe das Kinn ein wenig und lächle entschuldigend. «Ich bin wirklich untröstlich über unseren Zusammenstoß, Eure Majestät.»

«Zusammenstöße», verbessert er mich, und ich erkenne den Hauch eines Schmunzelns auf seinen Lippen. Es mag sarkastisch sein, doch es bringt ein Grübchen in seiner rechten Wange zum Vorschein, und ich stelle mir unweigerlich vor, wie es wohl aussieht, wenn er ehrlich lächelt.

«Ich bin noch untröstlicher», scherze ich zaghaft.

Das Halblächeln bleibt noch einen Moment, aber er geht nicht weiter darauf ein. Stattdessen mustert er mich schweigend. Sein Blick hat etwas an sich, das mich dazu verleitet, mich kleiner zu machen, als ich bin. Seine gesamte Präsenz strahlt Autorität aus. Sie erinnert mich daran, dass er der mächtigste Vampir dieses Landes ist und ich nicht mehr als ein Mensch.

Ich versuche, nicht darüber nachzudenken. Wenn ich mir bewusst mache, mit was für einer Bestie ich gerade tanze, verliere ich meinen letzten Nerv. Es kommt Folter gleich. Während mein Verstand sich nichts sehnlicher wünscht, als aus diesem Saal zu fliehen, drängen sowohl mein Körper als auch meine Aufgabe mich in die entgegengesetzte Richtung. Es ist, als würde ich innerlich zerreißen.

«Ihr wirkt nicht, als würdet Ihr Euch besonders gut amüsieren», bemerke ich, als der König nichts weiter sagt.

Er verzieht keine Miene, während er mich in eine Drehung führt. «Ich bin hier, weil es meine Pflicht ist. Nicht, weil ich gern den Gastgeber spiele.»

«Hättet Ihr Eure Blutbraut lieber im kleineren Rahmen gewählt?» Eventuell schlage ich mit meinen Fragen über die Stränge. Sie sind ein wenig zu persönlich, um sie ausgerechnet ihm zu stellen, doch diese Feier und seine schlechte Laune sind die einzigen Bezugspunkte, die ich zum König habe. Sie scheinen mir die beste Möglichkeit, ein Gespräch zu eröffnen, das nicht leer und oberflächlich bleibt. In all den Jahren der Planung haben wir nie in Erwägung gezogen, dass er eine derartige Abneigung gegenüber den Anwärterinnen an den Tag legen könnte.

«Wenn es nach mir ginge, fände gar keine Wahl statt», erwidert er kühl.

Was meint er damit? Will er keine Blutbraut? Oder hat er sich vorab bereits auf eine andere Frau festgelegt? Doch falls dem so ist, warum tanzt er dann mit mir?

Ich öffne den Mund, um eine weitere Frage zu stellen, als er mir zuvorkommt. «Man sagte mir, Ihr wärt eine Aktivistin?»

Das Wort lässt mich einen Moment stocken. «So würde ich es nicht nennen», wende ich ein und ernte eine fragend gehobene Augenbraue.

«Warum nicht?»

«Die Bezeichnung lässt meine Bemühungen größer klingen, als sie sind.»

«Was genau tut Ihr denn?», will er wissen.

«Meist plane ich Spendenkampagnen oder kümmere mich um die Verteilung von Mitteln an die Bedürftigen. Hin und wieder unterstütze ich auch die Mitarbeitenden in den Waisenunterkünften.»

«Das klingt ziemlich aktivistisch.»

«Es könnte mehr sein.» Und das meine ich ernst. Dieses Image ist ein Mittel zum Zweck, aber die Hilfsorganisationen und ihre Ziele liegen mir tatsächlich am Herzen. Hätte ich nicht so viel Zeit auf die Planung und das Training für diese Mission verwenden müssen, wäre ich jede freie Minute dort gewesen. Es tut mir in der Seele weh, diese Menschen im Stich lassen zu müssen, sollte ich als Blutbraut ausgewählt werden. Doch leider geht es nicht anders. Und letztendlich geht es bei diesem Vorhaben nicht um mich, sondern um unser aller Wohl.

«Woher nehmt Ihr die Zeit dafür?», will König Benedict wissen. «Ihr arbeitet doch auch, oder nicht? Soweit ich informiert bin, ist die Familie Hawthorne nicht wohlhabend genug, um die einzige Tochter rund um die Uhr für Benefizarbeit zu entbehren.» Noch immer hält sein Blick meinen gefangen. Er mustert mich mit einer solchen Sorgfalt, dass ich das Gefühl habe, nur einmal falsch blinzeln zu müssen, um aufzufliegen.

«Ich arbeite als Schneiderin. Aber uns geht es nicht schlecht», weiche ich aus. Letzteres stimmt nicht. Natürlich geht es uns schlecht. Finanziell kommen wir über die Runden, auch nach dem Skandal. In dieser Hinsicht haben wir weniger Sorgen als andere Familien. Aber kein Mensch in diesem Land kann von sich behaupten, dass es ihm gut ginge. Wir stehen in dieser Gesellschaft am Ende der Nahrungskette und dürfen uns nur so weit nach unseren Träumen strecken, wie die Vampire es uns erlauben.

Ich frage mich, ob der König mich mit seiner Aussage ködern wollte. Mir liegen unweigerlich Anschuldigungen auf der Zunge. Sicher weiß er ebenso gut wie ich, dass meine Familie einst wohlhabend war. Und warum sie es nun nicht mehr ist. Wir wollten Gerechtigkeit. Vergeltung für den Mord an meiner Großmutter. Mein Großvater beschuldigte damals einen Vampir, sie getötet zu haben, doch es kam nie zu einer Anklage. Im Gegenteil. Er wurde wegen Verleumdung und Aufwiegelung verurteilt und das Hawthorne-Anwesen auf dem Land sowie seine Geschäfte wurden enteignet. Sie nahmen uns alles, was wir hatten. Eine der ältesten Adelsfamilien der Stadt – ruiniert.

«Aber Ihr wollt mehr.» Er lässt es klingen wie eine Feststellung, und sofort schüttle ich den Kopf.

Er soll nicht denken, es ginge mir um das Geld oder den Status, den diese Rolle mit sich bringt. Es ist nicht mein Ziel, unserer Familie wieder zu ihrem alten Rang zu verhelfen. Dieser wird ohnehin nichts mehr wert sein, wenn das Königreich erst in Trümmern liegt.

«Ich tue das nicht für mich», sage ich ehrlich. Lügen müsste ich erst, würde er nachfragen, für wen ich es sonst tue. Doch er geht wie erhofft davon aus, ich würde noch immer über die Hilfsorganisationen sprechen.

«Ihr scheint es meiner Schwester angetan zu haben», meint er und führt mich erneut in eine Drehung. Anschließend legt er seine Hand wieder an exakt die gleiche Stelle wie zuvor. Er lässt sie nicht wandern, kommt mir nicht näher. Wir behalten dieselbe höfliche Distanz bei, mit der wir den Tanz begonnen haben und die sich gleichzeitig nach zu viel und zu wenig anfühlt.

«Das ... freut mich», antworte ich vorsichtig. Es ist unmöglich zu sagen, was genau sie ihm erzählt hat. Und ich bin nicht darauf aus, ihm versehentlich die Beleidigungen zu beichten, sollte er noch nichts davon wissen.

«Sie sagte, Ihr wärt *erfrischend ehrlich*. Was auch immer das bedeutet.» Ist das ein Funken Neugier in seinen Augen?

«Das kann ich Euch nicht beantworten, aber ich fühle mich geehrt. Tatsächlich wusste ich gar nicht, wer sie ist, bis sie auf der Treppe neben Euch stand.»

Schwach schüttelt er den Kopf. «Das wundert mich nicht. Lyra hat Freude daran, Chaos zu stiften. Es ist ihr Lebenselixier, und irgendwann wird sie mich damit ins Grab bringen, so viel ist sicher.»

«Das Gefühl kenne ich. Mein Bruder raubt mir manchmal auch den letzten Nerv. Aber am Ende gibt es nichts Wichtigeres als Familie und Liebe, meint Ihr nicht?»

«Eine romantische Vorstellung. Leider keine besonders realistische.»

Ich ziehe die Augenbrauen hoch. «Ihr seht das anders?»

Er lächelt kalt. «Es gibt immer Dinge, die größer sind als Liebe, Miss Hawthorne. Aber ich wünsche Ihnen, dass Sie von diesen verschont bleiben.» Das Lied klingt aus, und König Benedict lässt mich langsam los. Er führt meine Hand an seinen Mund und küsst sanft meine Knöchel. Es ist nur der Hauch einer Berührung. Dennoch wird mir dabei so heiß, als würden Flammen durch meine Adern tanzen. «Es war mir eine Ehre», raunt er, und ich bringe nicht mehr als ein gestammeltes Danke zustande, bevor er in der Menge verschwindet.

Sein Kuss brennt auf meiner Haut nach, und erst jetzt wird mir bewusst, wie schnell mein Herz schlägt. Was bedeutet dieser Tanz? War es eine gute Unterhaltung oder habe ich es vermasselt? Dieser Mann ist so undurchschaubar, dass ich meine Chancen nun noch schlechter einschätzen kann als zuvor.

*Es gibt immer Dinge, die größer sind als Liebe.*

Wenn er wüsste, wie recht er damit hat. Wie gut ich die Bedeutung dieser Worte verstehe.

In der Familie Hawthorne steht Liebe schon seit Generationen nur an zweiter Stelle.

An erster steht sein Tod.

Ich begegne König Benedict nicht noch einmal. Den gesamten restlichen Abend suche ich ihn auf der Tanzfläche, doch er ist wie vom Erdboden verschluckt.

Auch von seiner Schwester fehlt jede Spur, und Valerian ist zu sehr mit Spionieren beschäftigt, um mich von meinen rasenden Gedanken abzulenken. Also unterhalte ich mich mit den anderen Anwärterinnen. Das scheint mir sicherer, als die anwesenden Vampire anzusprechen und dabei im Schlangennest der Inner-District-Gesellschaft zu stochern. Mir ist viel zu bewusst, dass ich mich inmitten von Monstern befinde. Und auch, wenn es ihnen nicht erlaubt ist, Menschen zu beißen, fühle ich mich hier alles andere als sicher.

Die zehn Anwärterinnen könnten verschiedener nicht sein. Allein vom Aussehen her unterscheiden wir uns so sehr, dass es wirkt, als hätte man dem König möglichst viel Auswahl geben wollen, statt gezielt nach seinem Geschmack auszusuchen. Und wenn man sich seine bisherigen Blutbräute so ansieht, scheint er auch keine konkreten Vorlieben zu haben.

Dennoch – nur zehn Frauen werden jedes Jahr zur Wahl der neuen Blutbraut eingeladen. Wie genau sie ausgesucht werden, weiß niemand so recht, doch es ist sicherlich kein Zufall, wer von den Hunderten von Bewerberinnen es bis hierher schafft. In den fünf Jahren, die ich mich erfolglos beworben habe, hat es sich zwar manchmal wie Willkür angefühlt, doch die vielen Fragebögen und Formulare, die ich jedes Mal ausfüllen musste, sprechen eine andere Sprache.

Nach der Begegnung mit Lyra bin ich vorsichtiger geworden. Unsere Gespräche beschränken sich auf Small Talk und langweilen mich innerlich zu Tode, doch wenigstens lenken sie ein wenig vom Warten ab. Nur herumzustehen und nichts tun zu können, um König Benedicts Wahl zu beeinflussen, macht mich fertig.

Was für ein Bild hat er von mir? Rückblickend wirkte der Tanz wie ein Test. Vielleicht war es die dritte Chance, von der Lyra gesprochen hat. Aber habe ich diesen Test bestanden oder nicht?

Kurz vor Mitternacht begebe ich mich gemeinsam mit Valerian zur Treppe. Alle Anwärterinnen und ihre Begleitpersonen sollen dort in erster Reihe stehen, wenn gleich die Entscheidung verkündet wird.

«Was denkst du?», raunt Val mir zu.

«Ich weiß es nicht», gestehe ich flüsternd, während das Ensemble das letzte Lied ausklingen lässt, das Licht gedimmt wird und die übrigen Gäste ruhiger werden.

Mein Bruder schweigt. Ist er zuversichtlich? Oder überlegt er, wie er unseren Eltern erklären soll, dass ich gescheitert bin? Plant er bereits den nächsten Mordanschlag – einen, der nicht auf so vielen Variablen fußt? Auch wenn sie es nie ausgesprochen haben, weiß ich, dass meine Familie zu anderen Mitteln greifen wird, sollte ich heute scheitern. Verzweifelteren Mitteln.

Eine Frau in einem schwarzen Jumpsuit betritt den Treppenabsatz. Ihre dunklen Haare sind kurz geschnitten, ihre Augen dezent geschminkt. Goldene Armreifen heben sich von ihrer braunen Haut ab und stellen ihren einzigen Schmuck dar. Sofort tritt Stille ein, und ich bezweifle, dass es nur an der Tatsache liegt, dass sie dort oben steht. Sie hat eine ähnlich dominante Ausstrahlung wie der König selbst. Sie muss wichtig sein. Eine Frau, welcher der Inner District zu Füßen liegt.

«Ist das Eris Hyll?», wispere ich. Zwar kommt sie mir von Zeitungsartikeln bekannt vor, die vereinzelt Einblicke in den Beraterkreis des Königs gewähren, doch ich bin mir nicht sicher, ob ich sie richtig zuordne. Valerian ist derjenige, der sich die Gesichter sämtlicher Vampire einprägt, als würde er die Polizeiakte eines Mordfalls führen.

«Ja», murmelt er kaum hörbar.

«Seine Rechte Hand leitet die Zeremonie?»

«Offensichtlich.»

Hyll lässt den Blick abschätzig über den Raum schweifen, bevor sie zu sprechen ansetzt. Ihre Stimme hallt klar und scheinbar mühelos durch den Saal.

«Danke, dass Sie alle heute anwesend sind, um einem unserer wichtigsten Rituale beizuwohnen. Seit Jahrhunderten sorgt die Blutgabe für den Zusammenhalt dieser Gesellschaft. Sie verbindet Menschen und Vampire und nährt die Macht unseres Herrschers. König Benedict hat seine neue Blutbraut erwählt, und mir obliegt die Ehre, den Bund zu besiegeln. Sie alle sind Zeugen dieser Vereidigung, die bis zur nächsten Wintersonnenwende bestehen wird.»

Sie macht eine Pause, und Applaus erklingt. Als sie nickt, bricht er ebenso abrupt wieder ab, wie er begonnen hat. «Ich darf nun verkünden, wem die ehrenvolle Aufgabe zuteilwird, König Benedict zu nähren.»

Ich halte den Atem an, und es wirkt, als würde der gesamte Saal dasselbe tun. Alle warten auf den Namen, der so viel bedeutet. Für sie. Für mich. Für unsere Zukunft. Nur ich will ihn nicht hören. Egal, ob es nun mein eigener sein wird oder ein fremder. Ist es meiner, zahle ich mit meinem Leben – auf die eine oder andere Weise. Ist es ein fremder, habe ich versagt.

«Die neue Blutbraut Englands ist Florence Hawthorne.»

Alles in mir zieht sich vor Panik zusammen. Valerian fasst mich von hinten am Ellbogen und drückt meinen Arm. Ich höre ihn einen Fluch murmeln, der in meinen eigenen Gedanken widerhallt.

Passiert das wirklich?

Ich bin nicht bereit. Ich habe es mir anders überlegt. Das war alles ein riesengroßer Fehler.

«Miss Hawthorne?» Hylls Blick findet meinen mit erschreckender Sicherheit. Die ganze Zeit scheint sie gewusst zu haben, wo ich stehe, und kein einziges Mal hat sie hergeschaut. Sie hebt kaum merklich das Kinn, doch es ist Zeichen genug. Ich weiß, was nun passiert. Den Ablauf der Zeremonie mussten alle Anwärterinnen proben, damit sie reibungslos verläuft. Und das ist womöglich das Einzige, was mich in diesem Moment noch aufrecht hält und mir hilft, den Rest meines Muts zusammenzukratzen.

Valerian lässt meinen Arm los, und ich mache einen zittrigen Schritt auf die Treppe zu. Der Teppich verschwimmt vor meinen Augen zu einem blutroten Wasserfall, und der Atem bleibt mir in der Brust stecken.

Nein.

Ich muss das jetzt tun. Ich muss das schaffen.

Mit pochendem Herzen erklimme ich die Stufen. Der Weg bis zum Treppenabsatz scheint endlos, jeder Schritt fühlt sich an wie eine Meile. Dennoch komme ich oben an. Vor der Rechten Hand des Königs bleibe ich stehen, blicke ihr direkt ins Gesicht und mache einen Knicks.

«Kniet nieder», befiehlt sie mit ruhiger Stimme, und

während ich gehorche, nehme ich wahr, wie der gesamte Saal hinter mir dasselbe tut. Hunderte Personen, die in Ehrfurcht zu Boden gehen.

Hyll tritt beiseite, und die Stille wird so durchdringend, dass mir mein Blut in den Ohren rauscht. Kein Atmen ist zu hören. Kein Tuscheln mehr, kein Rascheln. Und in das Nichts hinein erklingen harte, sichere Schritte.

Mein gesamter Körper prickelt. Ich kann mein Herz hämmern spüren, meine Hände sind schwitzig.

Diesmal kommt König Benedict von einer der Emporen herunter. Ich wage es nicht, den Blick zu heben, doch seine Schritte kommen näher, bis sich seine blank polierten schwarzen Schuhe in mein Blickfeld schieben.

«Florence Hawthorne», ertönt die Stimme der Rechten Hand erneut, und alles in mir zieht sich noch weiter zusammen, verkrampft sich so heftig, dass ich glaube, mich nie wieder aus dieser Position lösen zu können. «Schwört Ihr, König Benedict Tudor I zu dienen, bis die längste Nacht euch scheidet?»

Tief atme ich ein. «Ich schwöre es», verkünde ich laut und deutlich.

Aus dem Augenwinkel sehe ich, wie der König sich kaum merklich regt, doch ich wage es nicht, der Bewegung mit meinem Blick zu folgen. Ich weiß nicht, was es mit mir machen würde, ihm in diesem Moment ins Gesicht zu schauen.

«Schwört Ihr ihm Treue und Verschwiegenheit bis zum Ende Eurer Tage?»

«Ich schwöre es», bringe ich heraus, und die Lüge brennt sich förmlich in meine Zunge.

«Seht mich an», raunt König Benedict kaum hörbar, und ein Zittern fährt durch meinen Körper. Widerwillig schaue ich auf. Der Blick aus seinen grünen Augen bohrt sich in meinen, und eine Sekunde lang bin ich der festen Überzeugung, er könnte meine Gedanken lesen. Er weiß es. Er hat mich durchschaut. Ich werde sterben.

«Schwört Ihr, Eure Pflichten zu achten, ebenso wie Euren König?»

«Ich schwöre es», verkünde ich atemlos.

König Benedict rührt sich nicht. Für einen Moment, der sich wie eine Ewigkeit anfühlt, dehnt sich Stille im Saal aus. «Was schwört Ihr mir?», fragt er schließlich mit rauer Stimme, und ich muss mich zwingen, seinem Blick standzuhalten. Da ist keine schwarze Seide mehr. Seine Worte klingen roh und unberechenbar, als würde es unter ihrer Oberfläche brodeln.

«Ich schwöre Euch», fahre ich eisern fort, «ich bin Euer in Geist und Blute.»

Er lässt den Schwur in der Luft hängen, bevor er mich endlich erlöst. «So nehme ich Euch als mein.» Er streckt seine Hand aus und öffnet sie für mich. Darin liegen die beiden Tropfenohrringe aus Gold. Die großen Rubine schimmern im Licht wie flüssiges Blut.

Zu meiner Überraschung kann ich das Zittern meiner Finger unterdrücken. Ich nehme ihm die Ohrringe ab, darauf bedacht, ihn möglichst wenig zu berühren, und stecke sie mir an. Sie fühlen sich schwerer an, als sie sein sollten. Nach mehr als einer Verpflichtung. Nach meinem Untergang.

Doch *ich* werde *sein* Untergang sein. Nicht andersherum. Das ist das einzige Ende, das ich für diese Geschichte akzeptiere.

«Erhebt Euch», fordert König Benedict, doch diesmal bin nur ich es, die ihm Folge leistet. Selbst seine Rechte Hand kniet nun vor uns nieder. Er berührt mich am Ellbogen, so federleicht, dass ich es kaum spüre, und bringt mich so dazu, mich dem Saal zuzuwenden. Ich blicke hinunter auf die kniende Menge und bin mir nicht sicher, ob ich träume.

«Dieses eine Mal dürft Ihr sie befehlen», raunt mir der König ins Ohr. Sein Atem streift heiß meine Wange, und ich erschauere. Dann wendet er sich ab und steigt langsam wieder hinauf auf die Empore.

Ich warte, bis seine Schritte verklingen, meine Brust viel zu eng für mein rasendes Herz, meine Lunge zum Bersten gespannt, weil ich es kaum wage, Luft zu holen. Und erst, als die Stille wieder so laut ist, dass ich sie nicht mehr ertrage, bitte ich die Menge, sich zu erheben.

Die folgende Stunde vergeht wie in einem Rausch. Ich werde aus dem Saal geführt, tiefer ins Schloss hinein. Mir wird Blut abgenommen – keine Ahnung wofür, sie haben es schon bei der Annahme der Bewerbung untersucht –, dann geht es wieder durch lange Flure, bis ich mich schließlich in einem geräumigen Schlafzimmer wiederfinde. Ein Himmelbett mit cremefarbenen Laken nimmt die eine Seite des Raumes ein. Im Kamin prasselt ein Feuer, davor steht eine gemütlich aussehende Sitzgruppe mit altmodisch geblümten Kissen auf dem Sofa. Vor einem der bodentiefen Fenster befindet sich ein kleiner Schreibtisch. Die halb transparenten Vorhänge sind zugezogen, und dahinter ist nur die Schwärze der Nacht erkennbar. Hinter einer hölzernen Tür verbirgt sich vermutlich ein Bad, und vor der Kommode und dem Kleiderschrank stehen bereits meine Koffer.

Alle Anwärterinnen mussten bei der Anreise heute Morgen ihr Gepäck mitbringen. Es wurde in unserer Anwesenheit genauestens durchsucht, und einiges wurde konfisziert. Rasierklingen. Silberschmuck. Telefone. Einige der Frauen waren sehr empört darüber, dass sie ihre Handys während ihres Aufenthalts im Schloss abgeben mussten. Zumindest dieses Problem kann ich nicht nachvollziehen, da ich keines besitze. Die meisten Menschen sind zu arm für die Technik, die für die Vampire eine Selbstverständlichkeit darstellt. Wir sind froh, wenn wir Strom haben. Selbst in der Schneiderei haben wir nur einen uralten Laptop für die Buchhaltung, mit dem kaum jemand umgehen kann. Aber so wurde bei mir immerhin nichts beanstandet. Eine Haarnadel wurde auf ihren Silbergehalt geprüft. Mein Tagebuch wurde durchblättert, um sicherzugehen, dass nichts zwischen den Seiten versteckt ist. Jedes Kleidungsstück wurde abgetastet. Aber sie haben nichts gefunden.

Gott sei Dank.

Es war richtig, dass wir uns gegen den Versuch entschieden haben, auf diesem Wege eine Waffe für mich ins Schloss zu schmuggeln. Doch leider sorgt dieser Umstand nun dafür, dass ich mich wie ausgeliefert fühle. Solange ich hier bin, werde ich praktisch wehrlos sein. Und auch wenn das Teil unseres Plans war, fühlt es sich falsch an, mein Leben und meine Sicherheit derart bereitwillig in die Hände dieser Monster zu legen.

Es klopft an der Tür, und eine blasse Bedienstete mit braunen Locken steckt den Kopf herein. Sie hat mich eben schon begrüßt und mir wortkarg erklärt, wie ich das Intercom-Panel neben der Tür bediene, um sie zu rufen, falls ich etwas brauche. Ihr abweisender Tonfall sagte mir allerdings, dass ich darauf besser verzichten sollte, solange es geht.

«Ihr Bruder, Miss Hawthorne», verkündet sie kühl, und ich nicke ruckartig. Ich bin noch immer so aufgelöst, dass ich es nicht mal schaffe, mich bei ihr zu bedanken.

Sie verschwindet, und Valerian betritt an ihrer Stelle den Raum. Bei seinem Anblick durchströmt mich Erleichterung, doch seine Worte machen das Gefühl zunichte, bevor ich es auch nur ansatzweise genießen kann. «Wir haben nur fünf Minuten», lässt er mich wissen, und statt mich anzusehen, schweift sein Blick sofort umher, als müsste er sich jedes Detail auf der Stelle merken.

Ich stürme auf ihn zu und werfe mich in seine Arme. Er strauchelt nicht mal. Mein Bruder fängt mich mit der unerschütterlichen Verlässlichkeit, die er immer an den Tag legt, und drückt mich fest an sich.

«Oh Gott», flüstere ich und vergrabe das Gesicht an seiner harten Brust. Tausendmal haben wir dieses Szenario durchgesprochen. Doch es sich vorzustellen, kann nicht ansatzweise vermitteln, wie beängstigend es in der Realität ist. Ich bin dem Monster in den Schlund gekrochen. Und jetzt muss ich hoffen, dass es mich nicht bei lebendigem Leib verspeist.

«Beruhige dich», raunt Val, doch er meint etwas anderes. Es ist ein Code, den wir für meine Zeit im Schloss entwickelt haben. *Wir könnten belauscht werden.*

Ich nicke angestrengt, und er streicht mir tröstend mit der Hand über den Hinterkopf.

«Kein Zurück mehr, Flo. Du musst das jetzt durchziehen.»

«Ja», stoße ich aus.

«Atme einfach tief durch.» *Halt dich an den Plan.*

«Mhm», bringe ich hervor.

«Hast du deine Medikamente?»

Mir wird heiß und kalt zugleich. Meine *Medikamente.* «Ja», bringe ich hervor. Ich habe eine Packung Antihistaminika durch die Sicherheitskontrolle bekommen, doch die meint Val nicht. Er spricht von den anderen Tabletten. Denen, die Mum und ich nächtelang in meine Kleidersäume eingenäht haben, und zwar so, dass sie beim Abtasten nicht aufgefallen sind. Normale Antibabypillen und Silbertabletten, die angeblich wie die Pille danach eine Vampirschwangerschaft verhindern. Letztere könnten sich allerdings im Geschmack meines Blutes bemerkbar machen, weswegen ich hoffe, sie nicht nutzen zu müssen.

«Was, wenn sie nicht wirken?», flüstere ich, und Val drückt mich fester an seine Brust.

«Dann ... besorgen wir dir andere.»

Mir wird schlecht.

«Du schaffst das», raunt er. «Wenn es jemand schafft, dann du.» Er drückt mir einen Kuss auf die Schläfe und verharrt lang genug dort, um mir ins Ohr zu flüstern. «Spiel weiter das fragile Blümchen, Florence. Er wird deine Dornen erst bemerken, wenn er blutet.»

Schwer schluckend löse ich mich von ihm. «Ich liebe euch», stoße ich aus, und Val lächelt sanft.

«Wir dich auch. Mum, Dad und ich halten dir den Rücken frei, ja? Mach uns stolz, Flo.» Er drückt noch einmal meine Hand, dann verlässt er den Raum.

Ich starre auf die geschlossene Tür, sehne mir seine Wärme zurück und atme tief durch. Geradezu trotzig straffe ich die Schultern und recke das Kinn. Ich schaffe das.

Nur widerwillig mache ich mich bereit fürs Bett und schalte das Licht aus. Ich lehne mit dem Rücken am Kopfteil, die Decke bis zur Nasenspitze hochgezogen, und beobachte die Tür. Der König könnte mich jeden Moment aufsuchen. Ich wage nicht zu hoffen, dass er mir wenigstens noch diese eine Nacht lässt, um mich zu sammeln. Er wird nicht warten. Er wird in Besitz nehmen, was nun ihm gehört, ob ich dafür bereit bin oder nicht.

Aber Val hat recht. Ich muss mich einfach an den Plan halten. Ich weiß, weshalb ich hier bin. Was ich zu tun habe. Auch die schlimmsten Stunden mit diesem Mann werden vorübergehen.

Ich mag mich ihm für ein ganzes Jahr versprochen haben, doch es sind nur sechs Monate, die ich diese Rolle spielen muss. Sechs Monate Zeit, um meine Aufgabe zu erfüllen. Scheitern ist keine Option.

Bis zur Nacht der Sommersonnenwende wird der König tot sein. Denn wenn er meine Dornen bemerkt, ist es längst zu spät.

## KAPITEL DREI

# SCARY PEOPLE

Ein Luftstoß streift über meine Haut und bringt mich zum Frösteln. Die Dunkelheit ist undurchdringlich. Sie hält mich gefangen, drückt mich nieder wie eine Decke aus Blei. Ein Rascheln durchbricht die Stille. Ein schwerer, holziger Duft hüllt mich ein. Eine Stimme wie schwarze Seide raunt mir ins Ohr.

«Armes kleines Blümchen.» Benedicts Atem ist heiß auf meiner Wange, und ich wende das Gesicht ab.

«Nein, nicht. Ich ...»

«Du hast einen Schwur geleistet», erinnert er mich, und alles in mir zieht sich zusammen. Hände wandern über meinen Körper. Ihr Griff wird fester, immer fester, bis aus den Fingern Klauen werden, die sich in meine Haut graben, aus Seide werden Reißzähne, aus seinem angenehmen Duft der Geruch von Eisen.

Blut klebt an meiner Haut, und ich winde mich verzweifelt. Ich muss hier weg, ich muss ihm entkommen, aber die Klauen reißen und zerren an mir. In meiner Kehle setzt sich ein Schrei fest, der mich am Atmen hindert. Das Monster schmiegt sein Gesicht in meinen Nacken, und ich bin mir ohne jeden Zweifel sicher, dass er mich zerstören wird, dass mich selbst meine Dornen nicht retten werden. Ich kann nicht entkommen. Kann mich nicht wehren, kann nichts sehen, nichts hören. Ich bin ...

Ein Klopfen hallt durch den Raum. Dann ein weiteres. Es klingt eindringlich, geradezu fordernd.

*König Benedict*. Er ist hier. Er will mich. Er ...

Panisch fahre ich aus dem Schlaf hoch. Mein Puls rast, mein Atem geht stoßweise, und einen Moment lang habe ich keinen blassen Schimmer, wo ich mich befinde. Erst allmählich nehme ich den seidenen Baldachin über meinem Himmelbett und die weiche Matratze unter mir wahr. Ich liege diagonal darauf, die Kissen neben mir und auf dem Boden verstreut. Die Decke ist ans Bettende gerutscht und hat sich um meine Beine gewickelt. Eilig strample ich mich frei, um das Gefühl loszuwerden, jemand würde mich festhalten. Ich streiche mir vorsichtshalber über den Hals und stelle erleichtert fest, dass daraufhin kein Blut an meinen Händen klebt. Ich bin nur so nass geschwitzt, dass mich der leiseste Lufthauch erschaudern lässt, obwohl es im Zimmer stickig ist und die Fenster gegen die Kälte des Winters geschlossen sind. Durch die Vorhänge fällt trübes Morgenlicht. Ich muss gestern eingeschlafen sein, während ich auf den König gewartet habe. Beeindruckend, wenn man bedenkt, dass sich mir die ganze Zeit vor Nervosität der Magen umgedreht hat.

Es klopft zum dritten Mal. Wenn er das wirklich ist ... So kann ich ihm nicht unter die Augen treten. Oder überhaupt. Ich bin noch nicht bereit. Ich brauche mehr Zeit, ich brauche ...

«Miss Hawthorne?», ertönt eine gedämpfte Frauenstimme, und ich atme erleichtert auf. Eilig streiche ich meine Haare zurecht, greife nach der Bettdecke und ziehe sie mir bis unter die Achseln hoch.

«Ja?», krächze ich.

Die Tür wird geöffnet, und eine Frau um die Mitte dreißig steckt den Kopf ins Zimmer. Ihr blasses Gesicht wird von braunen Locken umrahmt, und ihr Blick wandert skeptisch durch den Raum, bevor er mich fixiert.

Wenn ich mich nicht täusche, hat sie mir gestern das Intercom-Panel erklärt, aber ich weiß dennoch nicht, wie sie heißt. Vermutlich habe ich es in meiner Aufregung nicht mal fertiggebracht, sie das zu fragen. Wie unhöflich. Die Bediensteten sind neben mir die einzigen Menschen im Crimson Heart und somit auch meine einzigen Verbündeten. Ich sollte sie nicht derart leichtsinnig verprellen, das weiß ich. Doch mir wird zunehmend schmerzhaft bewusst, wie herausfordernd mein Aufenthalt im Schloss sein wird. Und egal, wie gut ich normalerweise im Kontakteknüpfen bin – das wird mir hier schwerer fallen als sonst.

Die Frau rümpft kaum merklich die Nase. «Guten Morgen. Ich bringe das Frühstück.»

«Oh», stammle ich. «Danke.»

Sie tritt ein und trägt ein großes Tablett ins Zimmer. Mit völliger Selbstverständlichkeit stellt sie es auf dem Couchtisch ab und öffnet die Vorhänge sowie eines der Fenster. Kalte Dezemberluft strömt herein. Sie riecht nach Laub und Frost, und erst jetzt bemerke ich meine neue Aussicht.

Von meinem Schlafzimmer aus hat man einen direkten Blick auf den Red Garden, der den Palast umrahmt. Er sowie eine streng bewachte Mauer trennen das Crimson Heart vom Inner District und dem Rest der Stadt. Woher der Garten seinen Namen hat, ist in den Sommermonaten offensichtlich. Nachdem Henry VII vor über fünfhundert Jahren als erster Vampir den englischen Thron bestiegen hatte, ließ er das Schloss errichten und um es herum Blutahorn sowie rote Rosen pflanzen. Diese dominieren den Park nun und lassen ihn während der warmen Jahreszeit aussehen, als hätte es Blut geregnet, das selbst an den Spitzen der höchsten Bäume klebt.

Zumindest erzählt man sich das. Gestern war das erste Mal, dass ich das Herz der Stadt mit eigenen Augen gesehen habe, und zurzeit sind die Äste kahl, die Rosen längst verblüht.

Der Anblick ist dennoch surreal. Als Mensch derart tief

in die Welt der Vampire vorzudringen, ist eine Seltenheit, und meine reine Anwesenheit in diesem Schloss kommt mir befremdlich vor. Seit ich vor rund zwanzig Stunden in die königliche Limousine gestiegen bin, die mich und Val hergebracht hat, scheint sich mein Leben um hundertachtzig Grad gedreht zu haben.

Wenigstens der Nebel, der zwischen den Sträuchern über den Wegen hängt, ist mir vertraut. Nicht einmal König Benedict kann verhindern, dass das Londoner Wetter sich in seinem Garten breitmacht und dort Trübsal verbreitet.

Vor den bodentiefen Fenstern befindet sich ein kleiner Balkon mit zwei Stühlen und einem Tisch. Im Sommer ist es sicher angenehm, dort zu sitzen, mit dem Duft der Rosen in der Nase und Vogelgezwitscher in den Ohren. Jetzt hingegen friere ich schon vom Hinsehen. Die eisige Luft weht zu mir herüber, und ich ziehe mir fröstelnd die Decke über die Schultern.

«Habt Ihr gut geschlafen, Miss?», fragt die Bedienstete, die vor den Balkontüren stehen geblieben ist und mich nun abschätzig mustert.

«Ja», lüge ich. «Danke. Wie heißt du eigentlich? Tut mir leid, ich hätte schon gestern fragen sollen.»

Sie zwingt ein Lächeln auf ihre Lippen. «Bonnie, Miss.»

«Freut mich, dich kennenzulernen, Bonnie. Du kannst mich Florence nennen.»

«Verzeiht mir, aber dieses Angebot kann ich nicht annehmen», sagt sie, ohne zu zögern. «Soll ich Euch ein Bad einlassen? Oder möchtet Ihr erst frühstücken? Ich kann in der Zwischenzeit Eure Laken wechseln.»

«Ähm ...» Ihre Reaktion überfordert mich. Warum will sie mich nicht beim Vornamen nennen? Und wie soll ich entscheiden, was ich machen möchte, wenn ich noch nicht einmal wirklich realisiert habe, wo ich bin? «Gibt es Tee?», frage ich hilflos.

«Selbstverständlich, Miss.»

Ich schäle mich aus der Decke und stehe auf. Unterdessen huscht Bonnie ins Bad und bringt mir von dort einen cremefarbenen Morgenmantel. Zögerlich schlüpfe ich hinein und setze mich auf das Sofa vor dem Kamin. Hoffentlich will sie mir nicht beim Anziehen oder gar beim Baden helfen. Doch Bonnie schenkt mir lediglich Tee in eine feine Porzellantasse, schürt den Kamin an, schließt das Fenster wieder und macht sich anschließend daran, das Bett abzuziehen.

Eine Weile beobachte ich sie, unschlüssig, wie ich mich verhalten soll. Ich wurde noch nie bedient. Auch meine Mutter hat in der Hinsicht kaum Erfahrung, und vermutlich hat sie mir deshalb keine Etikette für solche Situationen an die Hand gegeben. Ich habe schon wieder das Gefühl, alles zu vermasseln. Offenbar war bereits meine Bitte, mich beim Vornamen zu nennen, unangebracht, denn Bonnie wirkt merkbar gereizt.

Sie rafft die Bettwäsche zusammen, verschwindet kurz nach draußen auf den Gang und kommt mit einem Stapel frischer Laken zurück. In beeindruckender Geschwindigkeit bezieht sie das Bett und wendet sich anschließend wieder mir zu. Spätestens jetzt fällt ihr sicher negativ auf, dass ich nur herumsitze und sie wortlos anstarre.

«Kann ich sonst noch etwas für Euch tun?», will sie wissen, und schon wieder ist da dieses Lächeln, das alles andere als ehrlich ist. Es wirkt maskenhaft und gezwungen.

«Ähm ...» Mir fällt nichts ein. Nur eine einzige Frage brennt mir auf der Zunge, schon seit ich gestern die Rubinohrringe angelegt habe, die momentan unschuldig auf meinem Nachttisch liegen. Als wären sie kein Symbol für meine neue Rolle, die mich alles kosten wird. Ich schlucke. «Wisst Ihr, wann König Benedict kommt?»

Allein von dem Gedanken schlägt mein Herz vor Furcht schneller. Um zu verhindern, dass sie es bemerkt, schaue ich eilig hinunter in meinen Tee, der die Farbe von hellem Karamell hat. Ich trinke ihn immer mit zu viel Sahne. Auch das gehört sich laut meiner Mutter nicht, aber es ist eine Vorliebe, die sie mir nicht abgewöhnen konnte.

Vielleicht bilde ich es mir ein, doch ich glaube, Bonnie schnauben zu hören. «Der König hat gestern getrunken, Miss. Er wird Euch erst in einigen Tagen aufsuchen.»

Verwirrt hebe ich den Kopf. So spät? Ich habe geahnt, dass er nicht sofort Blut brauchen wird, aber ... Das ist ja nicht das Einzige, wofür ich hier bin, oder? Mein Blick wandert unwillkürlich zum Bett, bevor ich schnell wieder meinen höchst interessanten Tee beobachte. Womöglich möchte er sich das ... erste Mal für den ersten Biss aufsparen.

Meine Finger kribbeln vor Nervosität. Ich umklammere meine Tasse fester. «Und was mache ich so lange?», will ich wissen.

«Ihr werdet auf ihn warten, Miss. Was solltet Ihr sonst tun? Ihr habt die Bibliothek und die Gärten zur freien Verfügung. Falls Ihr das Zimmer verlassen möchtet, wird Eure Wache Euch gern begleiten.»

Jetzt sehe ich doch wieder auf. «Meine Wache?»

Ich glaube, Bonnie hält ihr Gesicht bewusst neutral. Nur zu gern wüsste ich, welche Emotionen sie damit vor mir verbirgt. «Vor der Tür, Miss. Solltet Ihr etwas brauchen, könnt Ihr nach mir rufen. Ansonsten komme ich zum Mittagessen wieder. Guten Appetit.»

Bonnie geht und lässt mich sprachlos zurück. Ich weiß nicht genau, womit ich gerechnet habe. Natürlich war mir klar, dass meine Zeit im Schloss kein Vergnügen sein würde. Dass ich vermutlich mit Schmerzen und Gewalt zurechtkommen müsste. Aber dass ich mich durch die Worte eines anderen Menschen derart einsam und verloren fühle, hätte ich nicht erwartet. Ich soll hier warten? Allein? Wie lang? Und wie oft? Werde ich das ganze Jahr hier abgestellt, als wäre ich nicht mehr als ein Spielzeug, zu dem König Benedict hin und wieder greift, wenn er sich langweilt?

*Es könnte viel schlimmer sein,* erinnert mich die Stimme in meinem Kopf. Und ja, das stimmt. Es ist leicht zu verdrängen, aber es stimmt. Die vorherigen Blutbräute hielten sich immer bedeckt, was Aussagen über ihren Aufenthalt im Schloss anging. Das sollten sie wohl auch, wenn sie nicht riskieren wollen, ihren neu gewonnenen hohen Stand sofort wieder zu zerstören. Natürlich verlieren sie kein schlechtes Wort über den König – aber eben auch kein gutes. Die wenigen Berichte in der Zeitung lasen sich entweder wie reine Propaganda oder waren so vage und voller Spekulation, dass sie vollkommen nutzlos blieben. Ich wünschte, wir hätten bessere Informationen, aber wir müssen mit dem vorliebnehmen, was Spione wie Val herausfinden. Und das ist nicht viel.

Missmutig beäuge ich das Frühstück. Es gibt frische Brötchen mit Aufschnitt, Butter, Marmelade und Honig, dazu rote Trauben, Äpfel und Birnen. Ich sterbe vor Hunger, doch mir ist so mulmig zumute, dass ich vermutlich nichts herunterbekomme. Selbst an dem Tee habe ich bisher nur halbherzig genippt. Ich stelle meine Tasse zurück aufs Tablett und beschließe, mir erst mal den Nachtschweiß vom Körper zu waschen. Bestimmt wäre Bonnie selbst dann noch so distanziert-professionell geblieben, hätte ich sie gebeten, mir dabei zu helfen. Bekommt sie Ärger, wenn sie sich normal mit mir unterhält? Oder vertraut sie mir einfach nicht? Ich könnte es ihr nicht verübeln.

Das Badezimmer ist ebenso hübsch wie der Hauptraum. Der Boden besteht aus dunkelgrauem Marmor, die Wände sind weiß gefliest. Über dem Spiegel hängen helle Lampen, die zum Schminken sicher ideal sind, in denen ich mit meiner blassen Haut jedoch aussehe, als hätte ich drei Tage nicht geschlafen. In der Ecke befindet sich eine vollverglaste Dusche mit Regenbrause, auf dem breiten Waschtisch liegen Handtücher bereit. Lediglich die kupferne Klauenfußwanne vor dem tiefen Fenster bricht mit der sonst modernen Ausstattung.

Ich sperre die Tür ab, dankbar für das Schloss, dann lasse ich mir heißes Wasser ein. In einem der Schränke finde ich unterschiedliche Badesalze und kippe eine große Portion von dem mit Lavendelduft in die Wanne. Das beruhigt. Zumindest hoffe ich das, denn wenngleich die Erinnerung an meinen Albtraum langsam verblasst, holt mich die Realität zunehmend ein. Und ich bin drauf und dran, doch noch die Nerven zu verlieren.

Ich bin erst seit vier Tagen hier, und alles, was ich will, ist, nach Hause zu gehen. Mittlerweile glaube ich fast, dass ich bestraft werde. Nur für was, weiß ich nicht. Ich versuche mir immer wieder zu sagen, dass es viel schlimmer sein könnte, aber mein Aufenthalt im Schloss wird langsam zu meiner persönlichen Hölle. Alles, was ich tue, ist, in diesem Zimmer zu warten und mich zu Tode zu langweilen.

Stillsitzen war noch nie meine Stärke. Nicht dass ich viel Gelegenheit gehabt hätte, mich darin zu üben. Zwischen meinem Job als Schneiderin, der Freiwilligenarbeit, dem Training mit meinem Bruder oder Vater und den Lektionen meiner Mutter blieb selten Zeit, um zu faulenzen. Ich war mein ganzes Leben lang in Bewegung und gut darin, meinen vollen Terminplan zu managen. Doch nun stehe ich unfreiwillig still.

Ich habe nichts zu tun. Weder in meinem Zimmer noch außerhalb. Bonnie bleibt abweisend, und die wechselnden Wachen vor meiner Tür versuche ich gar nicht erst in ein Gespräch zu verwickeln. Ich bin mir sicher, dass sie Vampire sind, denn Menschen könnten mich wohl kaum verlässlich vor den Gefahren beschützen, die in diesem Schloss lauern. Außer natürlich, es geht ihnen gar nicht darum, mich zu schützen, sondern darum, mich zu überwachen.

So oder so, sie helfen nicht gegen die Einsamkeit, die mich Stunde für Stunde mehr zerfrisst. Und auch meine Spaziergänge durch das Schloss und den Garten bringen keine Erleichterung. Zwar laufen wir hin und wieder Bediensteten oder Vampiren über den Weg, doch sie alle beschränken sich darauf, mich knapp zu grüßen. Auf meine Fragen wird ebenso knapp geantwortet. Daran, mich in ein Gespräch zu verwickeln, scheint niemand auch nur zu denken. Oder vielleicht wurde es ihnen auch untersagt. Meine Mahlzeiten bringt mir Bonnie allesamt aufs Zimmer, und so bleibt mir unbegrenzt Zeit, um zu lesen oder mir auszumalen, was wohl passiert, wenn König Benedict irgendwann nach mir verlangt.

Die Angst vor unserer nächsten Begegnung hat sich mittlerweile tief in mein Herz gefressen. Je länger er mich warten lässt, desto größer wird sie. Sie beherrscht mich nicht nur, wenn ich wach bin, sondern auch in meinen Träumen, die mich jede Nacht mehr Schlaf kosten.

Ich wünschte, es würde endlich passieren. Ich will es hinter mich bringen, anstatt hilflos in diesem Zimmer zu sitzen und auf das Unvermeidliche zu warten wie ein Lamm auf der Schlachtbank.

Genau wie an den letzten vier Tagen stellt Bonnie auch heute das Frühstückstablett vor mir auf dem Tisch ab. Die Auswahl wechselt jeden Morgen, und ich kann mich wohl glücklich schätzen, nicht wie eine Gefangene mit Wasser und Brot abgespeist zu werden. Doch mittlerweile ist mir jeglicher Appetit vergangen. Während Bonnie wie immer das Zimmer lüftet und mein Bett macht, sitze ich schweigend mit im Schoß gefalteten Händen da, starre hinunter auf die frischen Körnerbrötchen und kämpfe gegen meine Verzweiflung an.

Wenn ich wenigstens irgendetwas über den König oder die Vampire herausfinden würde, könnte ich mir einreden, etwas Sinnvolles zu tun. Immerhin bin ich nicht nur als Auftragsmörderin, sondern auch als Spionin im Schloss. Doch gefühlt weiß ich mittlerweile weniger als vor meiner Ankunft, und so kommt mir all das hier nur noch sinnloser vor.

«Bonnie?», frage ich zaghaft.

Sie streicht soeben die letzte Falte in der dunkelroten Bettwäsche glatt und richtet sich auf. «Ja, Miss?»

Wann wird ihr Tonfall endlich aufhören, sich jedes Mal wie ein Messerstich anzufühlen? Ich dachte, sie würde mir gegenüber irgendwann auftauen, doch das Gegenteil scheint der Fall zu sein.

«Du bist auch ein Mensch, oder?», will ich dennoch wissen.

Sie versteift sich merklich. «Das ist korrekt.»

Ich zögere. Bisher haben wir kaum miteinander gesprochen, weshalb es sich seltsam anfühlt, sie etwas Persönliches zu fragen. Doch vielleicht war das mein Fehler. Vielleicht hätte ich mehr auf sie zugehen sollen, schließlich ist *sie* es, die für *mich* arbeitet. Ich muss den ersten Schritt machen. «Und seit wann bist du schon im Schloss angestellt?»

Nun lächelt sie zwar, doch es wirkt eher wie eine Grimasse. «Ich bin hier geboren, Miss.»

«Oh. Wie funktioniert das, wenn man als Schlosskind erwachsen wird? Konntest du dich entscheiden, ob du hierbleiben oder in der Stadt arbeiten möchtest?» Ich weiß, dass die Bediensteten meist auf Lebzeit im Schloss angestellt werden. Doch sie müssen auch hier wohnen. Ob sie hier sicher sind? Und selbst wenn es ihnen im Crimson Heart besser geht als in den Menschenvierteln, kann ich mir gut vorstellen, dass man sich dennoch wünscht, im Leben mehr zu sehen als nur die immer selben Steinmauern.

«Ja, das konnte ich. Verzeihung, Miss Hawthorne, aber ich muss jetzt weiter.» Sie macht Anstalten, sich abzuwenden.

«Kannst du nicht noch ein bisschen bleiben?», frage ich hoffnungsvoll. «Und du kannst mich wirklich Florence nennen, das wäre mir lieber.»

Bonnie stockt und presst pikiert die Lippen zusammen, was ein paar Fältchen um ihre Mundwinkel erscheinen lässt. Egal, was ich tue, sie scheint mit mir einfach nicht warm zu werden. Oder warm werden zu wollen. «Beides muss ich verneinen, Miss.»

«Aber wieso denn?» Ich klinge wie ein quengelndes Kind, doch das ist mir mittlerweile egal. Ich würde alles tun für ein bisschen Gesellschaft. Ein bisschen Ablenkung.

«Es tut mir leid», sagt sie schlicht. Doch aus irgendeinem Grund glaube ich ihr das nicht.

«Darfst du das nicht?», frage ich frustriert. «Ist es das? Hat der König verboten, dass sich irgendjemand mit mir anfreundet?»

Ihr entweicht ein Schnauben. «Ihr könnt Euch anfreunden, mit wem Ihr wollt. Nur nicht mit mir. Wenn Ihr mich jetzt entschuldigt ...» Sie geht mit zügigen Schritten zur Tür, und ich bin einen Moment lang sprachlos. Wie meint sie das? Ist es, weil sie meine Bedienstete ist? Oder kann sie mich wirklich nicht leiden?

«Warte!», fordere ich.

Bonnie hält mit der Hand am Türknauf inne und wirft mir einen finsteren Blick über ihre Schulter zu. «Ja?»

Kurz spiele ich mit dem Gedanken, sie einfach zu fragen, warum sie mich nicht mag. Doch dann überlege ich es mir anders. Wer weiß, ob ich die Antwort im Moment verkrafte. Und es gibt schließlich noch weitere Personen in diesem Schloss, mit denen ich mich anfreunden kann. Welche, die mir vermutlich mehr Informationen liefern könnten. Vorausgesetzt, ich komme an sie heran.

«Ich möchte bitte die Prinzessin sehen.»

Bonnie blinzelt. «Sie empfängt keinen Besuch.»

«Dann sag ihr, ich bitte um eine Audienz oder so.»

«Ich bezweifle, dass ...»

«Bitte, Bonnie?», unterbreche ich sie. «Lyra kennt mich. Sie wird mich sicher empfangen.»

Wir wissen vermutlich beide, dass ich übertreibe. Wohl eher wird König Benedicts Schwester herzlich über mich lachen und mich ebenso im Regen stehen lassen, wie Bonnie es getan hat. Doch einen Versuch ist es wert. Ich habe nichts zu verlieren. «Bitte», sage ich noch einmal.

«Schön», stößt Bonnie aus, obwohl sie verständnislos den Kopf schüttelt. «Ich werde es ausrichten.»

Erleichtert atme ich aus. «Danke!»

«Erhofft Euch nicht zu viel», warnt sie. «Guten Appetit.» Sie verlässt zügig das Zimmer und lässt mich abermals in meinem Sorgenkarussell allein.

Etwa eine halbe Stunde nach dem Mittagessen klopft es erneut an meiner Tür. Ich rechne mit Bonnie, die zurückkommt, um das Geschirr einzusammeln, doch stattdessen betritt Lyra Tudor mein Zimmer. Sie trägt ein Kleid, das einer Prinzessin würdig ist. Nur vielleicht keiner, die sich von Menschenblut ernährt ...

Der Rock ist bodenlang und besteht aus gerüschtem hellrosa Tüll. Die oberste Schicht ist mit filigranen Goldstickereien verziert und schimmert bei jeder Bewegung. Ihre Haare fallen ihr in dunklen Wellen über die Schultern, und das Strahlen auf ihrem Gesicht scheint den Nebel vor den Fenstern vertreiben zu wollen.

Im Tageslicht ist die Ähnlichkeit zu ihrem Bruder unverkennbar. Sie haben dieselben grünen Augen, dieselben dichten dunklen Wimpern. Auch ihre Nase ist der des Königs wie aus dem Gesicht geschnitten.

Was sagt es über mich aus, dass ich Lyras Anblick schon wieder halb vergessen hatte, während sich Benedicts detailgetreu in mein Gedächtnis eingebrannt hat?

Gemeinsam mit Lyra weht auch ein sanfter Duft von Jasmin ins Zimmer. Hastig stehe ich vom Sofa auf und mache einen Knicks. «Prinzessin», stoße ich aus. «Was für eine Ehre.»

Lyra verzieht belustigt einen Mundwinkel und winkt ab. «Nicht so förmlich, Florence. Du kannst mich ruhig Lyra nennen. Ich habe schon darauf gewartet, dass du endlich nach mir fragst.» Sie schließt die Tür hinter sich und lässt den Blick interessiert durchs Zimmer wandern.

Ich runzle die Stirn. «Ihr habt … auf mich gewartet?»

«Jep. Ich habe mein Lästerbedürfnis noch nicht gestillt. Aber Benedict hat mir verboten, mich *einzumischen*.» Sie betont das Wort, als würde sie den Befehl ihres Bruders kein bisschen ernst nehmen, und grinst selbstzufrieden.

«Einmischen? Wobei?», hake ich nach. Auf das Thema Lästern gehe ich besser nicht ein, das kann nicht gut für mich enden.

«Na ja. Bei dir. Oder euch. Ich habe ihn dazu überredet, dich auszuwählen, allerdings unter der Bedingung, dass ich dich nicht *belästige*. Aber jetzt hast du *mich* belästigt, und dazu hat er nichts gesagt. Ich bin also fein raus.»

Leicht überfordert sehe ich zu, wie sie den Raum durchquert, sich aufs Sofa setzt und mich zu sich winkt.

Dass Lyra bei meiner Wahl ihre Finger im Spiel hatte, überrascht mich nicht wirklich. Immerhin hat Benedict mir beim Tanzen verraten, wie angetan sie von mir war. Trotzdem verstehe ich nicht, warum sie das getan hat. Ich habe immerhin über ihn hergezogen. Will sie ihm eins auswischen? Hat sie womöglich eigene Pläne? Ich lasse mich neben ihr nieder und beschließe, das Thema zu vertiefen. «Als ich dich neben dem König stehen sah, dachte ich, es wäre gelaufen», gestehe ich.

«Wieso?» Sie klingt ehrlich interessiert.

Ich zucke etwas hilflos mit den Schultern. «Was ich über ihn gesagt habe, war nicht gerade nett.»

«Zugegeben, *das* habe ich ihm nicht verraten», erwidert

sie mit einem Augenzwinkern. «Würde ich an deiner Stelle auch nicht tun, er kann ein bisschen empfindlich sein.»

Mir entweicht ein Schnauben. «Falls ich ihn jemals zu Gesicht kriege, versuche ich daran zu denken.»

«Oh, keine Sorge. Das Labor hat dein Blut inzwischen sicher auf jede noch so irrelevante Lappalie überprüft. Und Ben ist niemand, der sich gern in Enthaltsamkeit übt. Spätestens übermorgen hast du ihn an der Backe. Eher früher.»

«Wieso haben sie mir nach dem Ball überhaupt noch mal Blut abgenommen?», frage ich verwirrt. «Es wurde doch schon bei meiner Bewerbung untersucht.» Ich fühle mich wie ein kleines Kind, dem man die Welt erklären muss. Aber abgesehen von Lyra lässt sich ja niemand dazu herab, mir meine Fragen zu beantworten.

«Beim ersten Mal achten sie nur auf Krankheiten oder Auffälligkeiten. Beim zweiten Mal sind sie viel gründlicher. Nur für den Fall, dass du irgendein Gift in deinem Blut schmuggelst oder so. Deswegen auch die Wache vor deiner Tür. Du könntest ja gefährlich sein.»

Ich verziehe das Gesicht. Die Vampire sind offenbar noch vorsichtiger, als wir dachten. Es ist ein Wunder, dass ich meine Verhütungspillen unbemerkt ins Schloss schmuggeln konnte. Ich entferne täglich eine aus dem Saum, um sie zu nehmen, und bete, dass sie nicht doch noch jemand zufällig findet. «Und warum hat mir das keiner gesagt?», will ich wissen. «Ich warte seit Tagen auf den König.»

Lyra verzieht entschuldigend das Gesicht. «Ist nicht so Bens Ding, euch Blutbräute einzuweihen. Aber dafür hast du jetzt mich. Und Briana.»

«Wer ist Briana?»

«Meine beste Freundin. Sie sollte jeden Moment hier sein. Also, erzähl mal, wie fühlst du dich?»

Ich lache freudlos auf und merke zu spät, dass meine ruhige Fassade dabei gehörig verrutscht ist. «Bestens», behaupte ich dennoch.

Lyra hebt vielsagend die Brauen und mustert mich mit einer Mischung aus Mitgefühl und Sorge. «Du bist also noch nicht heimisch geworden in unserem schnuckeligen kleinen Schlösschen, was?», scherzt sie.

Ich schüttle den Kopf. «Das dürfte noch eine Weile dauern.»

«Es wird besser», verspricht sie mir. «Du lebst dich sicher bald ein.»

«Mhm», gebe ich zustimmend von mir, doch ihre Worte machen mir nur wenig Hoffnung. Stattdessen breitet sich wieder dieses mulmige Gefühl in meiner Magengrube aus, wenn ich an alles denke, was vor mir liegt. Ich muss dem König näher kommen, als ich je wollte. Und ihn dabei auch noch glauben lassen, es würde mir gefallen.

Erneut klopft es, und Lyra springt auf. «Das muss Brie sein!» Sie eilt zur Tür und öffnet sie. Doch zu meiner Verwunderung kommt keine fein gekleidete Dame, sondern eine Bedienstete herein. Hinter sich zieht sie eine Kleiderstange mit Unmengen an Klamotten in den Raum. Es folgen noch eine Frau und zwei Männer, die ähnlich beladen sind. Auf Lyras Anweisung hin stellen sie alles vor meinem Bett ab, verbeugen sich und gehen wieder. Im Gegenzug betritt eine junge Frau mit glatten schwarzen Haaren, heller Haut und stechend blauen Augen den Raum. Sie trägt ein ebenso aufwendig besticktes Kleid wie Lyra, das jedoch von einem tiefen Indigoblau ist, und hält sich mit der Erhabenheit einer Königin.

Lyra strahlt. «Florence, das ist Briana Farrell. Tochter des Schatzmeisters und meine beste Freundin.»

Der Blick der Fremden findet meinen. Sie lächelt mich warm an und macht einen Knicks. «Freut mich.»

Ich bin mittlerweile aufgestanden und erwidere die Geste reichlich verwirrt. Diese Frau ist mit Sicherheit ein Vampir, und dennoch erweist sie *mir* Respekt? «Mich auch», erwidere ich und mustere mein Zimmer, das nun unangenehm an den Verkaufsraum unserer Schneiderei erinnert. Wobei dort nur die Stücke aus billigem Stoff landen. Die guten, teuren Klamotten werden direkt in den Inner District geliefert, und es kann gut sein, dass einige von ihnen es bis ins Crimson Heart schaffen.

Lyra geht hinüber zu den Kleiderstangen und zieht einen rotbraunen Strickpullover von einem der Bügel. Sie hält ihn zwischen uns, als würde sie sich vorstellen, wie er an mir aussieht. «Ich dachte mir, dass du noch ein paar Klamotten brauchen könntest», meint sie. «Und vielleicht auch ein bisschen Beratung ...» Ihr Blick wandert an mir hinab, und ich streiche peinlich berührt meinen Rock glatt. Mein Kleiderschrank ist in der Tat schlecht gefüllt. Klamotten sind nun mal teuer. Noch dazu hat so ziemlich alles darin meine Mutter für mich ausgesucht. Ich selbst habe nie Wert darauf gelegt, mich besonders schick zu machen. Es war allenfalls Mittel zum Zweck.

«Der passt zu deinen Augen und deinen Haaren», verkündet Lyra und hält mir den Pullover entgegen.

Zögerlich trete ich zu ihr und nehme ihn ihr ab.

«Braun mit Braun und noch mehr Braun?», scherzt Briana und zieht einen dunkelgrünen Cardigan aus den Klamottenbergen hervor.

«Das nennt man Ton in Ton», verteidigt Lyra sich. «Es wirkt harmonisch.»

«Ähm ...», mache ich, und die beiden drehen fragend die

Köpfe zu mir. «Was ... also ... Was darf ich denn im Schloss überhaupt tragen?»

Lyra lacht auf. Briana schmunzelt nur in sich hinein. «Alles natürlich. Also ... mit ein paar Ausnahmen. Aber wenn es keinen formellen Anlass gibt, kannst du dich ruhig bequem anziehen.»

«Dann müsst ihr heute noch zu einem formellen Anlass?», frage ich und mustere ihre eleganten Kleider.

«Heute ist die Wintersonnenwende. Es gibt bei Sonnenuntergang ein großes Festessen.»

«Aber ich dachte, die habt ihr schon mit dem Ball gefeiert?»

«Na ja ... Der Ball ist eher obligatorisch. Wir feiern ihn immer ein paar Tage früher, damit es nicht so stressig wird mit den Weihnachtsfeiertagen und der neuen Blutbraut. Und an der Sonnenwende selbst werden dann die wichtigsten Leute noch mal zum Essen eingeladen. Bitte frag mich nicht, wer sich das ausgedacht hat. Als ich kleiner war, habe ich Ben jedes Jahr mit der Frage genervt, warum wir dieses langweilige Fest zweimal feiern müssen.»

Der Gedanke an Weihnachten sorgt dafür, dass sich mein Herz noch ein wenig mehr zusammenzieht. Das erste Mal in meinem Leben werde ich das Fest nicht mit meiner Familie verbringen. Stattdessen werde ich hier sitzen, allein in diesem Zimmer. Ich bezweifle stark, dass der König oder die Prinzessin an Weihnachten Zeit für mich haben. Bei Ersterem kann ich vermutlich froh sein, Letzteres finde ich fast ein wenig schade. Lyra plaudert offenbar gern, was mir zu so einigen Informationen verhelfen könnte. Und sie ist außerdem überraschend gute Gesellschaft.

«Verstehe», sage ich, doch gleichzeitig fällt mir etwas auf, das mir bisher völlig entgangen ist. Der Ball findet im

Winter vor der eigentlichen Sonnenwende statt. Was, wenn auch die Feier im Sommer verfrüht stattfindet? Warum haben wir das bisher nicht bedacht? Würde das unseren Plan beeinflussen? Soweit wir wissen, sind die Vampire im Winter stärker und im Sommer schwächer. Sonnenlicht macht ihnen zwar wenig aus, doch je kürzer die Nächte, desto mehr ähneln sie Menschen in Bezug auf Kraft und Schnelligkeit. Wie viel Unterschied genau es macht, wissen wir allerdings nicht. Vielleicht ist er so gering, dass ein paar Tage mehr oder weniger egal sind. Doch vielleicht kosten sie uns auch das Leben.

«Alles okay?», fragt Briana und bringt mich damit zurück ins Hier und Jetzt. Sie ist näher zu mir getreten und hat nun zusätzlich zu dem grünen Cardigan eine dunkelbraune Stoffhose in den Händen. Ihr Lächeln ist überraschend aufmunternd. Dass ich diese beiden Vampire derart sympathisch finde, sollte mir zu denken geben. Sie würden mein verfluchtes Blut trinken, wenn sie dürften. Doch ich bin so froh, nicht mehr allein zu sein, dass sich das leicht vergessen lässt.

«Ja», schwindle ich und nehme dankend die Sachen entgegen.

«Willst du sie mal anprobieren? Wir haben noch eine Stunde Zeit, bevor das Essen beginnt.»

«Gern.»

So dankbar, wie ich für die Ablenkung bin, hätte ich vermutlich *alles* anprobiert, was sie mir geben. Doch gemeinsam mit Brianas und Lyras Hilfe schaffe ich es tatsächlich, mir einige hübsche Outfits auszusuchen.

Ich hatte noch nie so viele neue Sachen auf einmal. Und immer, wenn ich versuche, mich zwischen zwei schönen Teilen zu entscheiden, werde ich dazu überredet, einfach beide zu nehmen. Es ist ein seltsames Gefühl, irgendwo zwischen Glück und Schuld. Jahrelang habe ich in der Schneiderei Klamotten genäht, für die ich selbst zu arm war, und nun legt man mir alles zu Füßen.

Am Ende haben wir eine ganze Kleiderstange mit meinen neuen Sachen gefüllt – von bequem und lässig bis hin zu eleganten Abendkleidern, die Lyras und Brianas in nichts nachstehen. Ich werde morgen früh sehr lang brauchen, um mich für etwas zum Anziehen zu entscheiden, so viel steht fest.

Als es draußen allmählich dunkler wird, klopft es an der Tür. Der Sonnenuntergang ist heute um exakt fünfzehn Uhr dreiundfünfzig, wie Lyra mir erklärt hat. Dabei hat sie einen wichtigtuerischen Tonfall aufgesetzt und drohend den Zeigefinger geschwenkt. Wenn man ihr glauben darf, besteht König Benedict darauf, auf die Sekunde genau das Abendessen zu eröffnen. Wundern tut es mich nicht. Ich kann mir gut vorstellen, dass ihr Bruder Wert auf Etikette legt, so, wie er mich zurechtgewiesen hat, nachdem ich ihn angerempelt habe. Vermutlich ist allein Lyra zu verdanken, dass ich heute hier stehe. Sie hat ihn auf wundersame Weise davon überzeugt, dass ich kein hoffnungsloser Fall bin.

«Florence?», fragt diese soeben.

«Hm?», mache ich geistesabwesend. Schon wieder sind meine Gedanken bei ihrem Bruder hängen geblieben. Ich habe nicht die geringste Ahnung, was ich von ihm zu erwarten habe. Und in gewisser Weise macht mir das noch mehr Angst als der Mann selbst. Wie wird sich unsere Beziehung zueinander entwickeln? Ich kann mir kaum vorstellen, wie er sich verhält, wenn er mich mag. Und ich *will* mir nicht vorstellen, was er mit mir macht, wenn er mich hasst.

«Es hat geklopft.»

«Oh.» Aus irgendeinem Grund dachte ich, Lyra würde wie vorhin den Besuch hereinbitten. Immerhin steht sie als Prinzessin dieses Landes ganz klar über mir. Doch offenbar ist sie der Meinung, meine Rolle als Bewohnerin dieses Zimmers ginge vor. «Herein», rufe ich, und Bonnie betritt den Raum. Sie mustert das Bild, das sich ihr bietet, für einen flüchtigen Moment, dann ziehen sich ihre Augenbrauen auch schon missbilligend zusammen.

«Eure Majestät», grüßt sie steif und macht einen Knicks. «Miss Farrell. Das Essen beginnt in fünfzehn Minuten.»

Lyra seufzt und hängt eine Bluse zurück an die Kleiderstange. «Ich kann es kaum erwarten, mir von den alten Säcken zwei Stunden lang das Ohr über Politik abkauen zu lassen.»

Mir entweicht ein leises Schnauben.

«Miss Hawthorne?» Bonnies Stimme wird, falls möglich, noch kühler. Fragend schaue ich sie an. Aus ihren Augen schießen mir regelrechte Blitze entgegen. «Der König wünscht, Euch heute Nacht zu sehen.»

In mir gefriert alles zu Eis. Der Atemzug, den ich eben nehmen wollte, bleibt mir förmlich im Hals stecken. «In Ordnung», stoße ich aus.

Bonnie nickt. «Ich bringe später Euer Abendessen und lasse die übrigen Klamotten abholen.»

Bevor ich noch etwas erwidern kann, hat sie den Raum verlassen.

«Oje», kommentiert Lyra das Ganze. «Bonnie ist mal wieder die Freundlichkeit in Person.»

«Mach dir nichts draus, Florence», meint Briana und legt mir eine Hand auf die Schulter. «Sie ist zu allen so.»

Ihre Worte dringen gar nicht richtig zu mir durch. Atmen allein überfordert mich bereits. *Heute Nacht*. Oh Gott, ich kann das nicht. Ich will mich weinend in einer Ecke verkriechen, wo mich König Benedict niemals findet.

«Was soll ich anziehen?», presse ich stattdessen hervor.

«Das Blutkleid», erwidert Lyra, ohne zu zögern.

«Was?» Warum ist es so schwierig, Sauerstoff in meine Lungen zu bekommen? Und wie zum Teufel soll ich meine Aufgabe hier erfüllen, wenn ich jetzt schon in Panik gerate? Verdammt ...

Lyra geht zielstrebig zu meinem Schrank, öffnet ihn und holt ein tiefrotes Kleid daraus hervor. Ich habe mich schon beim Einräumen meiner Sachen gefragt, wann ich das wohl anziehen soll. «Das trägst du bei Blutritualen. Der erste Biss gehört dazu. Die Sonnenwendfeiern auch. Wenn es dir nicht gefällt, bekommst du ein anderes, deine Vorgängerin hat zum Beispiel um einen Sari gebeten. Wir können dir alles organisieren, wichtig ist nur, dass es rot und festlich ist. Und vergiss die Ohrringe nicht.» Lyra hat die Stecker bereits auf meinem Nachttisch entdeckt und bringt sie mir zusammen mit dem Kleid.

«Verstehe.» Ich will sie entgegennehmen, doch meine Finger zittern so sehr, dass ich einen von ihnen direkt zurück in Lyras Handfläche fallen lasse.

«Halt still», verlangt sie sanft, legt das Kleid auf meinem Bett ab und steckt mir die Rubintropfen selbst an. Dann umarmt sie mich plötzlich. Ich erwidere es, ohne darüber nachzudenken. Oder vielmehr klammere ich mich an ihr fest.

Diese tröstende Geste, Lyras Verständnis und Mitgefühl, geht gegen alles, was mir die letzten vierundzwanzig Jahre eingetrichtert wurde. Ich verstehe das nicht. Ich fühle mich so desorientiert, dass mir schwindelig wird. Aber vielleicht liegt das auch an meiner flachen Atmung. Wenn ich daran denke, was ein anderer Vampir heute Nacht von mir verlangt, ist Lyras unverständliches Verhalten wohl mein kleinstes Problem.

«Mach dir keine Sorgen», sagt sie an meinem Ohr. «Du wirst das super machen. Und mein Bruder ist zwar ein Griesgram, aber immer respektvoll, versprochen!»

Fast hätte ich aufgelacht, doch ich kann es mir gerade noch verkneifen.

Lyra löst sich von mir und lächelt mich an. «Wir müssen jetzt wirklich los, aber wir kommen dich morgen noch mal besuchen. In Ordnung?»

«Das wäre schön», gestehe ich und versuche, ihr Lächeln zu erwidern. Erfolglos.

«Viel Glück, Florence», sagt auch Briana und drückt im Vorbeigehen kurz meine Finger.

Meine Kehle ist wie zugeschnürt, also nicke ich nur und sehe hilflos dabei zu, wie die beiden den Raum verlassen.

# KAPITEL VIER

# USE ME

Das Klopfen an der Tür sorgt dafür, dass ich alarmiert vom Sofa aufspringe. Seit Lyra und Briana gegangen sind und ich mich umgezogen habe, sitze ich wie auf heißen Kohlen und warte darauf, dass der König mich zu sich ruft. In meinem Kopf herrscht das reinste Chaos. Ich schwanke zwischen der Überzeugung, das alles nicht zu schaffen, und dem Wunsch, es endlich hinter mir zu haben. Eine Diskrepanz, die mich gefährlich aus dem Gleichgewicht bringt.

«Herein», krächze ich, streiche noch einmal das Blutkleid glatt und verschränke anschließend die Hände vor dem Bauch, um mich ein wenig zu beruhigen. Es funktioniert für genau drei Sekunden. So lange, wie es dauert, bis die Tür geöffnet wird und statt eines Bediensteten der König höchstpersönlich in meinem Schlafzimmer steht.

Ich erstarre und finde einen Moment lang meine Sprache nicht mehr. Ich dachte, er würde mich zu sich bestellen. Persönlich abholen wird er mich wohl kaum. Will er es also hier tun? Bitte nicht. Ich weiß nicht, ob ich es ertrage, anschließend noch in diesem Bett zu schlafen. Mit den Erinnerungen an seine Berührung auf meiner Haut und seinem Duft in der Nase. Ich weiß jetzt schon, dass ich ihn noch wahrnehmen werde, selbst wenn die Laken gewechselt sind und er längst verflogen sein müsste.

König Benedict trägt eine schwarze Anzughose und ein weißes, glatt gebügeltes Hemd. Keine Spur von einem Sakko oder einer Krawatte. Die obersten beiden Knöpfe sind offen, und er hat die Ärmel bis über die Ellenbogen zurückgeschlagen. Es betont seine definierten Unterarme und seine breiten Schultern, lässt seine helle Haut ein wenig gebräunter wirken. Seine dunklen Haare sind kaum merklich zerzaust, und der Dreitagebart ist perfekt gestutzt. Er sieht gut aus, das kann ich nicht leugnen. Vermutlich würde ich ihn in diesem Moment anziehend finden, wäre mir nicht so furchtbar übel.

Er fixiert mich mit seinem Blick und schließt wortlos die Tür hinter sich. Niemand sonst ist mit ihm hereingekommen. Wir sind allein, und diese Tatsache bringt meine Fingerspitzen vor Nervosität zum Kribbeln.

Viel zu spät erinnere ich mich an meine Manieren. «Eure Majestät», bringe ich hervor und mache einen tiefen Knicks.

Schweigend mustert der König mein Kleid und das Zimmer, bevor er mir ins Gesicht schaut und sein Blick mich förmlich mit dem Boden verwachsen lässt. Die Klamotten wurden vorhin von zwei Bediensteten weggeräumt, sodass nun wieder alles in makelloser Ordnung ist. Auch ich sehe ... gut aus. Makellos ist vermutlich zu viel gesagt, aber ich bin während der Wartezeit mehrmals zum Spiegel gelaufen, um zu kontrollieren, dass Kleid und Haare genau so sitzen, wie sie sollen. Selbst wenn in meinem Inneren eine derartige Unruhe herrscht, dass es sich anfühlt, als müsste ich mindestens mein Kleid falsch herum anhaben, sieht man es mir äußerlich hoffentlich nicht an.

«Miss Hawthorne.» Sein Mundwinkel zuckt, doch ich kann nicht erkennen, ob er nun ein Lächeln oder eine Grimasse unterdrückt hat. Der Klang seiner Stimme fährt mir dennoch unter die Haut, hüllt mich wieder in schwarze Seide, die mir Gänsehaut über die Arme jagt.

Ich weiß nicht, wie ich reagieren soll. Mein Kopf ist zu voll und zu leer zugleich, doch ich muss etwas sagen. Ich ertrage keine weitere Sekunde Stille zwischen uns. Die Luft ist viel zu geladen. «Wie war Euer Essen?», frage ich mit zittriger Stimme.

Kaum merklich legt er den Kopf schief und kommt einen Schritt näher. «Ihr habt mit meiner Schwester gesprochen», stellt er fest.

Ich schlucke. «Hätte ich das nicht tun sollen?»

«Ich bezweifle, dass Ihr diesbezüglich eine Wahl hattet. Lyra ist hartnäckig.»

«Aber Ihr wolltet nicht, dass sie mich trifft.» Ich weiß nicht, warum ich ausgerechnet das anspreche. Es ist unhöflich. Vielleicht ist mir gerade alles recht, um das Unvermeidbare hinauszuzögern.

«Ich wollte nicht, dass Ihr schon nach wenigen Tagen das Bedürfnis verspürt, wieder zu gehen.»

Entweder verbirgt er seine wahre Motivation oder er hat eine verdammt schlechte Menschenkenntnis. Denn er kann nicht ernsthaft glauben, dass mir – oder irgendjemandem – permanente Einsamkeit und Langeweile lieber wären als die Gesellschaft seiner Schwester. «Mir war nicht bewusst, dass mir das freigestellt ist», platze ich heraus und entlocke ihm damit ein Schnauben. Ich beiße mir auf die Wange, doch das flüchtige Lächeln auf Benedicts Lippen gibt mir Hoffnung, dass meine unbedachten Worte nicht weiter tragisch sind.

«Habt Ihr Euch gut eingelebt?», will er wissen und übergeht meinen unangebrachten Kommentar einfach.

*Wenn man das Leben nennen kann*, hätte ich beinahe erwidert. Gott, Florence! Reiß dich zusammen. «Ja», lüge ich stattdessen.

Für den Bruchteil einer Sekunde runzelt er die Stirn, als würde er meine Antwort hinterfragen. «Willst du dich setzen?», fragt er dann, und sein Tonfall ist eine verwirrende Mischung aus Sanftheit und Ungeduld.

«Muss ich?», entwischt es mir.

«Dann hätte ich nicht gefragt.»

*Sondern es befohlen.* Dieser Zusatz steht so deutlich zwischen uns in der Luft, als hätte er ihn ausgesprochen. Gänsehaut kriecht meine Schultern hinauf bis in meinen Nacken.

«Ich würde gern stehen bleiben», beschließe ich. Es fühlt sich sicherer an. Als hätte ich so zumindest noch eine Chance zu fliehen. Dabei weiß ich doch, dass ich dem König nie entkommen würde.

«In Ordnung.» Er kommt auf mich zu, langsam und bedacht, wie ein Raubtier, das bereit ist, sich auf seine Beute zu stürzen. Und jetzt will ich wirklich weglaufen.

Ich lasse die Hände sinken und balle sie an meinen Seiten zu Fäusten. Es kostet mich sämtliche Kraft, keinen Schritt rückwärts zu machen, doch ich komme nicht gegen das Zittern an, das stattdessen von mir Besitz ergreift.

Etwa einen Meter vor mir bleibt der König stehen und zieht argwöhnisch die Brauen zusammen. Sein Gesichtsausdruck wandelt sich. Von der Ruhe in Person zu etwas, das beinahe wütend wirkt.

Ich halte den Atem an und warte ab, was er tut. Doch er mustert mich nur noch einen Moment länger und schüttelt schließlich den Kopf.

«Was?», frage ich atemlos. Spielt er mit mir? Will er mich quälen? Er soll es einfach tun, verdammt, ich halte das nicht länger aus.

Doch König Benedict scheint das hier nicht im Geringsten zu genießen. Er wirkt einfach nur sauer. «Das nennt ihr Menschen also ein freiwilliges Opfer?», knurrt er.

Verwirrung mischt sich unter meine Angst. «Was soll das heißen?», bringe ich hervor.

«Es soll heißen, dass wir explizit nach einer Blutbraut

gesucht haben, die das hier aus freien Stücken tut. Nicht, weil sie irgendjemand dazu zwingt.»

Mein Herz schlägt mittlerweile so schnell, dass es sich anfühlt, als müsste es jeden Moment vor Überforderung aufgeben. Scheiße, warum muss alles, aber auch wirklich alles derart schiefgehen?

«Mich zwingt niemand», versichere ich ihm und bemühe mich, meine Stimme fester klingen zu lassen. Ich fürchte, es gelingt mir nicht.

«Florence.»

*Florence.* Ich erschaudere, während diese beiden Silben endlos laut in meinen Gedanken widerhallen. Er sagt meinen Namen beinahe tadelnd und mit unverkennbarer Bitterkeit. Dass er mich nun auch noch mit meinem Vornamen anspricht, bringt mich nur weiter aus dem Konzept. Kann er nicht einfach tun, wofür er gekommen ist? Warum muss er es noch schwieriger machen?

«Denkst du wirklich, ich würde nicht merken, wie viel Angst du vor mir hast?»

Ich bin mir nicht sicher, ob es eine rhetorische Frage ist. Also schweige ich. Doch das scheint genau die falsche Reaktion zu sein. Es macht ihn nur noch wütender.

«Du hast einen Schwur geleistet, verdammt!», entfährt es ihm.

Ich schlucke gegen meine trockene Kehle an und recke trotzig das Kinn. «Dessen bin ich mir bewusst. Und nur weil ich mich fürchte, heißt das nicht, dass ich nicht bereit bin, ihn zu erfüllen.»

Freudlos lacht er auf. «Ach ja?» König Benedict macht einen Schritt auf mich zu, sodass wir plötzlich unmittelbar voreinander stehen. Kaum eine Handbreit Luft trennt uns noch.

Damit habe ich nicht gerechnet. Reflexartig weiche ich zurück, verändere meine Haltung, mache mich kampfbereit. Erst im letzten Moment kann ich meine Hände davon abhalten, die Kampfpose zu vervollständigen. Doch der Blick des Königs sagt mir, dass es bereits zu spät ist.

Was denkt er jetzt? Schiebt er meine Reaktion auf die Angst, oder ahnt er, dass ich im Nahkampf ausgebildet bin? Wenn ja, dürfte unser Plan gestorben sein. Und ich sterbe möglicherweise gleich mit.

Er mustert mein Gesicht. Offenbar ist er sich noch nicht sicher, wie er meine Reaktion einordnen sollen.

Ich reagiere auf die einzige Art und Weise, die mir auf die Schnelle einfällt. Ich provoziere ihn, in der Hoffnung, ihn so abzulenken.

«Geht es hier um mein Befinden oder um Eures?», fahre ich ihn an und glaube fast, meine Mutter am anderen Ende Londons enttäuscht aufstöhnen zu hören. Egal. «Mir scheint, dass Ihr der Einzige seid, dem die Furcht im Weg steht.»

Zwischen seinen Brauen bildet sich eine steile Falte. «Vergebt mir, dass ich davon absehe, über wehrlose junge Frauen herzufallen, die nur hier sind, damit ihre Eltern die Spielschulden abbezahlen können.»

«Meine Eltern haben keine Schulden, Ihr könnt also unbesorgt sein.» Der Satz kommt mir wesentlich schnippischer über die Lippen als geplant, doch König Benedicts Mundwinkel zuckt amüsiert.

«Und warum seid Ihr dann hier, Miss Hawthorne?» Mir entgeht nicht, dass er mich nun wieder förmlich anspricht. Vermutlich ist das gut so. Es fühlt sich an, als würde ich mich nun wieder auf sichererem Boden bewegen.

«Um Menschen zu helfen», erkläre ich.

«Verstehe. Ihr müsst eine wahre Samariterin sein, wenn Ihr Euch hierherwagt, obwohl Ihr der festen Überzeugung seid, ich würde Euch verletzen.»

«Danke», keife ich. «Wollt Ihr damit eigentlich noch lange warten? Ich möchte irgendwann ins Bett.»

Oh Gott. Diese Unterhaltung ist so was von außer Kontrolle. Wozu hat meine Familie mir jahrelang Besonnenheit eingetrichtert, wenn schon beim kleinsten Anlass mein Temperament wieder die Führung übernimmt? Wurde schon mal eine Blutbraut in den Tower gesperrt, weil sie den König beleidigt hat? Wenn nicht, bin ich vielleicht die Erste.

Doch König Benedict scheint meine Antwort zu amüsieren, denn nun hat er den Kampf gegen seine Mundwinkel endgültig verloren. Das ist eindeutig ein Lächeln, und er braucht viel zu lange, um es zu verbergen. Als sein Gesichtsausdruck wieder neutral ist, schüttelt er den Kopf. «Was glaubt Ihr, was ich bin?», fragt er.

Verwirrt runzle ich die Stirn. Ich habe keine Ahnung, was er von mir hören will. Doch Benedict hebt auffordernd die Brauen. «Ein Vampir?», versuche ich es.

Er hält meinen Blick. «Und ist ein Vampir für Euch dasselbe wie ein Monster?»

Ich muss schlucken. Zu lügen hat keinen Sinn. Das würde er durchschauen. Vermutlich sagt mein Gesicht ohnehin schon genug.

«Keine Sorge», nimmt er mir eine Antwort ab. «Das habe ich schon zu oft gehört, als dass es mich noch beleidigen würde.»

«Warum fragt Ihr dann überhaupt?», bringe ich hervor.

«Weil Ihr Euch Eurer Situation offenbar nicht ganz bewusst seid. Seid Ihr hierfür wirklich bereit? Die Vereidigung ist erst rechtskräftig, wenn ich von Euch getrunken habe.

Das hier ist Eure letzte Chance, einen Rückzieher zu machen und das Schloss zu verlassen.»

Einen Moment lang ist die Versuchung überwältigend, das Ganze abzubrechen und einfach wieder nach Hause zu fahren. Ich will zu meiner Familie. Ich will an Weihnachten mit ihnen am Esstisch sitzen und anschließend mit einem Kakao auf dem Sofa liegen, ein Feuer im Kamin. Ich will mich an Vals warme Brust lehnen, der mit meinen Eltern zum fünften Mal ihre politischen Beziehungen durchkaut. Ich will in meinem vertrauten Bett schlafen. Ich will hier so sehr weg, dass es wehtut.

Doch ich kann nicht. Denn wenn ich jetzt aufgebe, werden sie mich nie wieder so ansehen wie früher. Meine Familie wird nie Rache für das bekommen, was mit meiner Großmutter geschehen ist. Wir werden niemals frei sein, sondern unser Leben weiter in Unterdrückung fristen. Val wird weiterhin in seinem Job sein Leben riskieren. Die Vampire werden uns weiter Lügen eintrichtern, und wir Menschen werden für immer da bleiben, wo wir jetzt sind – am Rande einer Gesellschaft, die nur darauf aus ist, uns bluten zu lassen.

«Ich bin mir sicher», bestätige ich, und wenigstens diesmal unterstreicht mein Tonfall meine Worte.

König Benedict atmet tief durch, als müsste er sich selbst erst dazu durchringen, diese Entscheidung zu akzeptieren. «In Ordnung», sagt er rau und weist mit dem Kinn hinter mich. «Stellt Euch an die Wand.»

«Was?», entkommt es mir.

«Ihr wollt Euch nicht setzen, und an der Wand kann ich Euch leichter auffangen, wenn Ihr in Ohnmacht fallt.»

«Ich falle nicht in Ohnmacht!», widerspreche ich empört.

«Das sagen sie alle», murmelt er und tritt auf mich zu.

Widerwillig lasse ich mich von ihm bis an die Wand drängen. Ich erwarte, dass er mich zwischen seinem Körper und dem kalten Stein gefangen nimmt, doch er hält eine Handbreit Abstand und stützt sich lediglich mit seinen Händen links und rechts von mir ab.

Seine Nähe reicht dennoch, um mein Blut in Aufruhr zu versetzen. Und als er langsam den Kopf senkt, fängt mein Herz doch noch an zu stolpern.

König Benedict streicht mir vorsichtig die Haare über die Schulter. Er berührt mich dabei nicht, aber sein Atem streift heiß meinen Hals, und ich erschauere. Unweigerlich steigt mir sein Duft nach Wald in die Nase, und ich weiß schon jetzt, dass sich dieser auf ewig in meine Erinnerung einbrennen wird.

«Tut es weh?», frage ich erstickt und will die Antwort doch nicht wissen.

«Nur ein wenig.» Seine Stimme ist kaum mehr als ein Raunen und erklingt so nah an meinem Ohr, dass mir die Knie weich werden.

«In Ordnung», stoße ich aus.

Wieder spüre ich einen seiner tiefen Atemzüge auf meiner Haut. Dann seine weichen, warmen Lippen. Raue Bartstoppeln. Spitze Zähne.

Der Schmerz ist so unterschwellig, dass ich ihn kaum wahrnehme. Benedicts Mund auf meinem Hals überschattet ihn.

Er ist so sanft zu mir, und dennoch überwältigt er mich. Ich spüre, wie mein Blut langsam meinen Körper verlässt. Es ist wie ein Ziehen in meiner Magengrube, ein Drängen in meinem Herzen. Ein forderndes, verlangendes Gefühl, das mich unweigerlich näher zu diesem Mann treiben will.

Der König saugt an meinem Hals, und für den Bruchteil einer Sekunde geben meine Beine unter mir nach. Ein Keuchen entweicht mir, und ich kralle die Hände in den Stoff seines Hemdes, um mich an irgendetwas festzuhalten. Sein Duft macht mir das Denken schwer. Seine Locken kitzeln mich an der Wange. Sein Atem auf meiner Haut raubt mir das letzte bisschen Verstand.

Ich sollte alles daran hassen. Ich sollte es abstoßend und unverzeihlich finden, dass er mein Blut trinkt und mich auf diese schäbige Weise benutzt. Doch stattdessen schmelze ich förmlich unter seiner Berührung und klammere mich nur noch fester an sein Hemd.

Benedict legt seine Hand über meine. Ich zucke zusammen und will sie wegziehen, doch er hält sie fest. Seine Haut ist rau und heiß, als wollte sie mich daran erinnern, was er ist, und er löst mit geradezu berauschender Sanftheit meine Finger aus dem Stoff seines Hemdes. Vermutlich will er nur verhindern, dass ich es ruiniere. Doch der Gedanke zersplittert, als Benedict meine Hand flach auf seine Brust drückt und ich sein Herz darin schlagen spüre.

Gänsehaut überzieht meinen gesamten Körper. Ich lege auch meine andere Hand auf seine Brust, nehme seinen definierten Oberkörper unter meinen Fingern wahr. Er lehnt sich kaum merklich in die Berührung, saugt noch ein wenig stärker an meinem Hals, und das sehnende Ziehen verbrennt mich langsam, aber sicher von innen heraus.

Es fühlt sich gut an, von ihm gebissen zu werden.

Viel zu gut.

Und ausgerechnet dieser unverzeihliche Gedanke ist es, der in meinem Kopf hängen bleibt, als der König nun seine Lippen von meinem Hals löst. Er streicht mit der Zunge über die Wunde, und meine Knie werden noch ein wenig weicher. Langsam lehnt er sich zurück, und ich lasse eilig meine Hände sinken. Was zur Hölle, Florence.

Ich versuche, das Gefühl von eben abzuschütteln, und konzentriere mich auf meinen Hals. Am liebsten würde ich die Stelle sofort betasten, doch vermutlich ist das keine gute Idee. Ein leichtes schmerzhaftes Pochen bleibt dort zurück, Blut spüre ich jedoch keines. Er muss die Wunde irgendwie verschlossen haben.

König Benedict weicht einen Schritt zurück und hebt den Daumen an seinen Mund. Ein spitzer Vampirzahn, der vorhin definitiv noch nicht da war, blitzt hinter seinen Lippen auf, als er sich damit die Haut aufritzt. Auf seiner Fingerkuppe bildet sich ein Tropfen Blut, den er mir erwartungsvoll entgegenhält.

Ich starre erst seinen Daumen an, dann ihn. Sein Gesicht ist unleserlich, seine grünen Augen dunkel vor Verlangen. Es jagt einen weiteren Schauer durch meinen verräterischen Körper. Warum habe ich erwartet, sein Mund wäre blutverschmiert? Nicht mal auf seinen vollen Lippen findet sich ein Beweis für das, was er mir soeben angetan hat.

«Du musst es trinken», erklärt er ruhig. «Es heilt den Biss.»

Den Biss, der mich völlig aus dem Konzept gebracht und dafür gesorgt hat, dass ich all meine Prinzipien vergesse. Den Biss, der mich für diese paar Sekunden den Verstand verlieren lassen hat, denn anders lässt sich meine Reaktion nicht erklären. Ist es womöglich mehr als nur eine simple Wunde? Hat der König Kontrolle über mich, sobald er seine Zähne in meiner Haut versenkt?

Ich mustere den kleinen Tropfen Blut mit wachsendem Misstrauen. Warum sollte es ihn kümmern, dass die Wunde heilt, wenn er sie ohnehin immer wieder öffnet? Womöglich hat er andere Absichten. Wer weiß, was sein Blut sonst noch bewirkt. Es wird mich kaum in einen Vampir verwandeln – nicht, dass wir in Erfahrung bringen konnten, wie das vonstattengeht –, aber es könnte mich abhängig machen. Mir meinen eigenen Willen nehmen. Das kann ich nicht riskieren. Was ich empfunden habe, während er von mir getrunken hat, war bereits besorgniserregend genug.

Energisch schüttle ich den Kopf.

König Benedict zieht irritiert die Brauen zusammen. «Es heilt die Wunde», wiederholt er ungeduldig. «Außerdem hilft es dir, schneller Blut nachzubilden.»

«Nein, danke», bringe ich hervor und schlinge meine Arme um meinen Körper. In dem ärmellosen Kleid und ohne seine Nähe ist mir plötzlich eiskalt. «Es geht schon.»

«Es geht *nicht*», widerspricht er mir harsch. «Du bist menschlich, dein Körper braucht viel zu lange, um zu regenerieren.»

Natürlich versucht er, mich zu überreden. Es muss wichtig für ihn sein. Vermutlich wird er mich zwingen. Es ist ja nicht so, als könnte ich mich gegen ihn wehren. Doch ich werde es versuchen. Freiwillig gebe ich mich ihm nicht hin. Das Risiko für unsere Mission ist zu groß. Meine Familie verlässt sich auf mich.

«Ich möchte das nicht», sage ich nun fester.

Sein Mundwinkel zuckt. Ist er wütend? Oder amüsiert es ihn, dass ich so naiv bin zu glauben, ich könnte mich seinem Willen widersetzen? «Dir ist sicher bewusst, was für eine Ehre es ist, königliches Blut angeboten zu bekommen?», will er wissen.

«Nein», erwidere ich. «Verzeihung, aber wir Menschen legen darauf nicht besonders viel Wert.»

Zur Abwechslung entlockt ihm meine freche Erwiderung kein Schmunzeln. Ein harter Zug legt sich um seinen Mund. «Geht es dir ums Prinzip? Oder was willst du mit deiner Ablehnung bezwecken?»

«Ich möchte nichts bezwecken. Ich möchte das lediglich nicht trinken», wiederhole ich stur. Ich fürchte, ich mache alles falsch. Schon bei der Sonnenwendfeier habe ich mir einen Fauxpas nach dem anderen erlaubt. Jetzt streite ich erst mit ihm, verfalle ihm dann und beleidige ihn anschließend in seiner königlichen Vampirehre. Wie der Elefant im Porzellanladen lege ich alles in Trümmer. Jede andere Frau wäre besser für diese Aufgabe geeignet als ich.

Benedict starrt mich an, als könne er mein Verhalten ebenso wenig fassen wie ich. Ich rechne fest damit, dass er jeden Moment mein Kinn packt und mir das Blut einfach in den Mund zwingt. Meine Füße suchen unweigerlich einen sichereren Stand, ganz egal wie sinnlos das ist.

Aber der König tut nichts dergleichen. Stattdessen schüttelt er kaum merklich den Kopf, holt mit wütender Miene ein Taschentuch aus seiner Hosentasche und tupft sich den Blutstropfen vom Daumen. Ungläubig sehe ich zu, wie sich ein roter Fleck auf dem blütenweißen Stoff ausbreitet.

«Ich lasse die Ärztin rufen», knurrt Benedict und geht mit großen Schritten zu dem Intercom-Panel bei der Tür. Erst als er es erreicht hat, sickern seine Worte zu mir durch. Er hat es akzeptiert? Er wird mich nicht zwingen? Mich durchströmt immense Erleichterung.

«Danke», flüstere ich.

Der König wirft mir lediglich über seine Schulter hinweg einen unlesbaren Blick zu und aktiviert das Touchpad.

Die Ärztin ist eine Frau mit dunklen Augen und lockigen schwarzen Haaren, die sie zu einem strengen Dutt gebunden hat. Sowohl ihr Gesicht als auch ihre Hände und Handgelenke sind tätowiert. Auf ihrer rechten Schläfe prangen neun Punkte, an ihrer Unterlippe und ihrem Kinn finden sich verschiedene kleine Zeichen. Sterne, Kreise, Kreuze. Die Tinte ist ausgefranst und bestätigt meine Vermutung, dass sie weit älter ist, als sie aussieht. Doch die erhöhte Temperatur ihrer hellbraunen Haut und ihr verurteilender Blick sprechen ohnehin Bände darüber, was sie ist.

Ich sitze auf dem Sofa, eine Decke um die Schultern, die mir der König förmlich aufgezwungen hat, während Dr. Demenan mir eine Salbe auf den Hals schmiert. Benedict wartet schräg gegenüber auf dem Sessel und beobachtet alles mit finsterem Blick. Seine Finger trommeln immer wieder angespannt auf die Armlehne. Offenbar passt es ihm rein gar nicht, dass ich sein Blut abgelehnt habe. Mir erschließt sich nur nicht, wieso er es mir dann durchgehen lässt. Ich vermeide es, zu ihm zu sehen. Stattdessen konzentriere ich mich auf den Handrücken der Ärztin und versuche zu erkennen, was die Linien dort darstellen sollen.

«Wie lange dauert es, bis es verheilt ist?», will König Benedict wissen, als Dr. Demenan endlich von mir ablässt und sich erhebt.

«Das kann ich nicht genau sagen, Eure Majestät. Aber es wird sicher nicht ausheilen, bevor Ihr das nächste Mal trinkt. Ich werde es mir vorher noch einmal ansehen, um zu entscheiden, ob es sinnvoller ist, es bei einer Bissstelle zu belassen oder sie zu wechseln.» Sie wirft mir einen abschätzigen Seitenblick zu.

«Wunderbar», murmelt Benedict sarkastisch. «Danke, Hêlîn.»

«Es war mir eine Ehre.» Sie macht einen Knicks und lässt uns wieder allein.

Benedict mustert mich mit sichtlichem Missfallen, sagt jedoch nichts. Er erhebt sich aus seinem Sessel, und ich versteife mich unweigerlich. Der Abend ist noch nicht vorbei, das ist mir schmerzlich bewusst. Ich habe das Unvermeidliche nur weiter herausgezögert. Immerhin war er bisher vorsichtig mit mir. Vielleicht habe ich Glück und er bleibt weiterhin so sanft ...

«Tut es sehr weh?», fragt er leise, und ich erschauere. Wenn er so mit mir spricht, könnte man beinahe glauben, er hätte so etwas wie Mitgefühl.

«Kaum, Eure Majestät», hauche ich und versuche, meine Nervosität herunterzuschlucken. Einige Sekunden lang hält er meinen Blick. Ich wünschte, König Benedict wäre nicht so schön. Ich wünschte, er sähe mehr aus wie das Monster, das er ist.

«Braucht Ihr sonst noch etwas?», will er wissen.

Ich schüttle den Kopf.

«Gut.» Er hebt kaum merklich einen Mundwinkel. «Immerhin seid Ihr nicht in Ohnmacht gefallen. Wenigstens das kann ich Euch zugutehalten.» Ist das Belustigung in seiner Stimme? Er macht jetzt allen Ernstes Scherze?

«Ich halte mein Wort nun mal», bringe ich hervor.

«Ja, so scheint es. Das weiß ich durchaus zu schätzen. Gute Nacht, Florence.»

«Gute Nacht?», wiederhole ich verwirrt, doch entweder erkennt er es nicht als Frage, oder er ignoriert es bewusst. Ohne sich noch einmal umzublicken, verlässt er mein Zimmer und zieht die Tür hinter sich ins Schloss.

Ich sitze wie versteinert auf dem Sofa und starre ihm nach. Was ... Wieso geht er? Was ist mit ... dem Rest?

Habe ich ihn etwa so sehr verärgert, dass er nicht mehr mit mir schlafen will? Hat der Besuch von Dr. Demenan seine Lust vertrieben? Oder will er mir einfach etwas Zeit lassen, um das Geschehene zu verarbeiten?

Nein, sicher nicht. So rücksichtsvoll schätze ich ihn nicht ein. Andererseits …

Wenn ich ehrlich bin, habe ich nichts von dem, was König Benedict bisher getan hat, so erwartet. Er scheint es sich zur Aufgabe gemacht zu haben, mich möglichst viel zu verwirren.

Ich sitze noch eine ganze Weile da, starre ratlos die Tür an und versuche, mir einen Reim aus seinem Verhalten zu machen. Er kommt zurück. Mit Sicherheit kommt er zurück. Oder …?

Doch als es eine halbe Stunde später an der Tür klopft, ist es nicht er. Stattdessen betritt Bonnie das Zimmer. Sie trägt ein Tablett mit einer Tasse Tee und einem kleinen Döschen, in dem ich weitere Medizin vermute. Normalerweise kommt sie um diese Zeit nicht mehr her. Sie wird wohl geschickt worden sein. Mittlerweile habe ich das Blutkleid ausgezogen und mich mit einem Buch aus der Bibliothek ins Bett verkrochen. Es lenkt mich allerdings kaum von meinen kreisenden Gedanken ab.

«Der König wünscht, dass Ihr das nehmt», lässt sie mich wissen, und ihr pikierter Tonfall entgeht mir nicht.

«Was ist das?», frage ich bemüht ruhig. Am liebsten würde ich sie ebenso anfauchen wie sie mich. Ihre feindselige Art kann ich im Moment nicht gebrauchen. Mein Kopf ist voll mit anderen Sorgen.

«Eisen, Folsäure und Vitamin B12, um Euren Blutverlust auszugleichen. Herzlichen Glückwunsch, Euer Plan scheint zu funktionieren. Der König macht jetzt schon Aufhebens um Eure Gesundheit.» Da ist so viel Abscheu in ihrer Stimme. Und ich verstehe einfach nicht, warum.

«Mein Plan?», wiederhole ich gereizt.

Bonnie lächelt nur freudlos und stellt das Tablett auf meinem Nachttisch ab. «Gute Nacht.» Sie wendet sich zum Gehen.

«Was ist eigentlich dein verdammtes Problem mit mir?», platze ich heraus.

Sie funkelt mich an. «Ihr solltet Euch eher fragen, warum Ihr kein Problem mit Euch selbst habt. Ihr Blutbräute seid eine Schande für die Menschheit.»

Mir klappt der Mund auf. «Wie bitte?»

«Es gehört schon einiges an Ignoranz dazu, für das eigene Wohl eine ganze Gesellschaft zu verraten. Geld und Einfluss – für was?»

«Ich verrate niemanden», empöre ich mich. «Und hier geht es sicher nicht um mein Wohl, sonst würde ich mir kaum von einem fremden Mann die Pulsader aufbeißen lassen.»

Sie schnaubt abfällig. «Redet Euch das ruhig ein.»

Ihre Überheblichkeit macht mich rasend. «Also hasst du mich, weil du denkst, ich wäre auf Wohlstand aus? Ist es das? Du kennst mich nicht mal!»

«Ich kenne dich gut genug», widerspricht sie und verzieht angewidert das Gesicht. «Du bist nicht anders als die vielen vor dir.»

«Ach ja? Also weißt du, dass ich hier bin, weil ich mich für andere einsetzen will? Dass ich es schon seit Jahren tue?»

«Du kannst mich nicht umstimmen, nur weil du mir irgendwelche Ammenmärchen von deiner angeblichen Gutherzigkeit erzählst.»

«Du hast doch keine Ahnung», entfährt es mir. «Wir sind auf derselben Seite, Bonnie!»

Die Abscheu in ihren Augen spricht Bände. Dennoch fasst sie sie erneut in Worte. «Das sind wir ganz sicher nicht», spuckt sie aus, dreht sich auf dem Absatz um und stürmt aus dem Zimmer.

Ich greife mir ein Kissen und schleudere es ihr nach, aber zu meinem Frust fliegt es nicht mal bis zur Tür. Ich weiß nicht, warum ich so wütend bin. Es ist nichts Neues, dass andere mich nicht so wahrnehmen, wie ich wirklich bin. Ganz im Gegenteil, das war immerhin unser Ziel. Mich selbst hinter einer Fassade zu verbergen, gehört zu meinem Alltag. Doch noch nie wurde ich dadurch für jemanden zum Feindbild. Und erst recht nicht für jemanden, der doch eigentlich auf *meiner* Seite ist.

Der Gedanke, dass Bonnie glaubt, ich würde in irgendeiner Form mit den Vampiren sympathisieren oder gar kooperieren, ist schwer zu ertragen. Sie scheint diese Monster genauso sehr zu hassen wie ich. Und doch darf ich sie nicht wissen lassen, dass wir genau das gemeinsam haben. Dafür ist meine Mission zu wichtig. Also werde ich weiterhin meine Rolle spielen, auch wenn es sich ihretwegen jetzt wie ein Verrat anfühlt.

# KAPITEL FÜNF

# MONSTERS

Die Wachen vor meiner Tür sind verschwunden. Seit König Benedict das erste Mal von mir getrunken hat, scheint meine Sicherheitsverwahrung, oder wie auch immer man es nennen mag, zu Ende zu sein. Mein Blut wurde als unbedenklich befunden, und damit nimmt man offenbar an, jede Gefahr, die von mir ausgehen könnte, sei gebannt.

Vermutlich stimmt das auch. Zumindest im Moment. Ohne eine Waffe aus reinem Silber, die ich im Schloss sicherlich nicht finden werde, kann ich nichts ausrichten. Und das soll ich auch noch nicht, denn Valerians Pläne durcheinanderzubringen, wäre vermutlich unser aller Todesurteil. So bleibt mir nichts anderes übrig, als zu warten und mir in schier endloser Langeweile auszumalen, wie ich den König in der Nacht der Sommersonnenwende umbringe. Vielleicht macht es mir die Aufgabe einfacher, wenn ich es in sechs Monaten tatsächlich tun muss. Sofern ich überhaupt die Gelegenheit bekomme. Denn dazu müsste ich es in sein Schlafzimmer schaffen, während er schläft. Und an mir in seinem Bett scheint er bedenklich wenig Interesse zu haben.

Dreimal hat er nun schon von mir getrunken. Er hat kaum gesprochen und mich ebenso vorsichtig berührt wie beim ersten Mal. Dass ich sein Blut verweigere, scheint ihn noch immer zu verärgern, und die Tatsache, dass die Wunde an meinem Hals nach jedem Biss ein wenig schlimmer wird, trägt nicht gerade dazu bei, die Wogen zu glätten. Zwar heilt sie immer binnen kurzer Zeit zu, sodass schon am folgenden Tag kaum mehr als eine gerötete Stelle zu sehen ist, aber die Schmerzen werden immer präsenter und der Blutverlust macht mir zu schaffen.

Dr. Demenan hat empfohlen, sich auf die eine Stelle zu

beschränken, damit mein Körper seine Energie nicht auf die Heilung von mehreren Wunden verwenden muss. Die Dosierung der Tabletten hat sie bereits nach drei Tagen verdoppelt.

Leider hilft selbst das nicht gegen die Kraftlosigkeit, die mich neuerdings begleitet und mir das Denken schwer macht. Ich bin nun schon seit zwei Wochen im Schloss. Eigentlich hätte ich längst einen Plan schmieden müssen, um trotz der Abweisung des Königs näher an ihn heranzukommen. Doch da ich ihn so schlecht kenne, fällt es mir schwer abzuwägen, welche meiner Optionen die beste ist. Vor allem vor der offensichtlichsten schrecke ich zurück: mich ihm selbst anzubieten, während ich doch froh sein sollte, dass er mich in Ruhe lässt.

Ich bin noch nicht richtig wach, als ein kurzes Klopfen an meiner Tür ertönt und diese schwungvoll geöffnet wird. Bonnie hat vor zehn Minuten mein Frühstück gebracht, mich missmutig beäugt und ist ohne ein Wort wieder verschwunden. Nun rauscht Lyra in mein Schlafzimmer, ihre Stimmung das genaue Gegenteil von Bonnies. Sie ist das blühende Leben. Wie sie so früh am Morgen schon derart energiegeladen sein kann, ist mir ein Rätsel.

Aufstehen kommt mir in meinem Zustand jeden Tag unmöglicher vor, und meist starre ich erst eine ganze Weile aus dem Fenster, bevor ich es schaffe, mich aus dem Bett zu quälen. Das Wetter heute ist auch nicht gerade hilfreich. Der Himmel draußen ist von grauen Regenwolken überzogen, vor denen immer wieder Krähen vorbeiziehen.

«Oh mein Gott, Florence!», beschwert Lyra sich viel zu laut, und ich verziehe das Gesicht. «Du liegst noch im Bett?»

«Enttäuschend, ich weiß», scherze ich halbherzig.

«Aber wirklich! Es ist Silvester! Ich muss noch mindestens drei meiner Jahresvorsätze erfüllen und brauche Unterstützung!»

«Damit bist du aber früh dran», merke ich an und mustere ihr Outfit. Sie trägt einen dunkelblauen Rollkragenpullover und eine schwarze Stoffhose mit weiten Beinen. Es steht ihr gut, wirkt elegant und doch bequem.

«Das schaffe ich noch», behauptet sie und setzt sich auf meine Bettkante. «Ich will einen Kuchen backen. Hilfst du mir?»

«Einen Kuchen backen», wiederhole ich und richte mich ächzend auf. «Das ist dein Jahresziel?»

Sie zieht die Augenbrauen hoch. «Gibt's daran irgendetwas auszusetzen?»

Ich muss schmunzeln. «Gar nicht. Was sollte eine Prinzessin sich auch sonst vornehmen?»

«Eben. Also? Bist du meine Komplizin, wenn ich die Küche überfalle?»

«Kannst du denn backen?», frage ich etwas misstrauisch.

«Nein. Aber du hoffentlich?» Sie lächelt dieses zuckersüße Lyra-Lächeln, mit dem sie jeden im Schloss um den Finger wickelt. Ich habe es mittlerweile oft genug beobachtet. Niemand ist vor ihr sicher. Nicht die Wachen, nicht die Bediensteten, und erst recht nicht ihr Bruder. Davon gehe ich zumindest aus, wenn ich höre, wie sie über ihn spricht.

«Ein bisschen», gestehe ich. Und weil die Alternative ein weiterer einsamer Tag in meinem Zimmer wäre, gebe ich nach. «Na gut, ich helfe dir.»

«Danke!» Sie strahlt, und mir wird fast ein bisschen warm ums Herz.

Lyra und Briana verhindern, dass ich im Schloss den Verstand verliere. Sie sind die Einzigen, die mir Gesellschaft leisten, nachdem Bonnie nicht mal mehr mit mir spricht und ich bisher kein Lebenszeichen von meiner Familie erhalten habe. Ich dachte, sie würden mir schreiben. Doch entweder haben sie das wirklich nicht getan, oder die Briefe werden absichtlich zurückgehalten. Ich versuche, besser nicht zu genau darüber nachzudenken.

An Weihnachten waren Lyra und Briana somit mein einziger Trost. Sie haben sogar ein Geschenk mitgebracht – ein kleines Aquarellset, das an mir leider völlig verschwendet ist – und eine Runde Karten mit mir gespielt. Und das, obwohl sie genügend eigene Verpflichtungen hatten.

Ich fürchte, es sollte mir zu denken geben, dass ich mich so sehr auf zwei Vampire stütze, doch in der vergangenen Woche habe ich aufgehört, meine Unbefangenheit Lyra und Briana gegenüber zu hinterfragen. Aktuell kann ich es mir nicht leisten, ihre Freundschaft auf die Goldwaage zu legen. Mit diesem Problem werde ich mich auseinandersetzen, wenn ich mich dazu in der Lage fühle, meine Zeit im Schloss allein durchzustehen. Bis dahin klammere ich mich an jedem Strohhalm fest, und sei es ein blutiger.

Es war dennoch das einsamste Weihnachten meines Lebens. Denn selbst wenn sie Menschen wären und ich den beiden gegenüber keine Vorbehalte hätte, können zwei Frauen, die ich zu dem Zeitpunkt erst eine Woche kannte, unmöglich meine Familie ersetzen.

Trotzdem habe ich das Fest mit erhobenem Kinn und gestreckten Schultern überstanden. Und vielleicht schaffe ich es so auch noch bis ins Neue Jahr.

Lyra wartet geduldig, bis ich mich fertig gemacht, angezogen und gefrühstückt habe, und etwa eine Stunde später betreten wir die Schlossküche. Sie befindet sich im Erdgeschoss, die großen Fenster blicken auf den Gemüsegarten, der zu dieser Jahreszeit recht karg wirkt. Zwar gehört zum Schloss noch ein beheiztes Gewächshaus, doch momentan wird das meiste importiert. Der König kann es sich ja leisten. Und mir kommt es zugute, denn ich liebe Heidelbeeren, und zu Hause greifen wir fast immer zu günstigerem Obst.

Eine wilde Mischung aus verschiedenen Duftnoten liegt in der Luft. Zimt, Braten, süßes Gebäck. Gemeinsam mit dem Stimmengewirr der vielen Bediensteten bereitet mir der Raum binnen Sekunden Kopfschmerzen.

«Guten Morgen!», grüßt Lyra, und augenblicklich breitet sich Stille aus. Die Menschen um uns herum schauen uns an, als würden sie Geister sehen, und ich nehme stark an, dass Lyra der Küche eher selten einen Besuch abstattet. Auf die Stille folgt ein Chaos aus Begrüßungen, Knicksen und Verbeugungen, während alle offenbar versuchen, so schnell wie möglich das Weite zu suchen.

Ich wünschte, ich könnte dieses Verhalten auf Lyras Anwesenheit schieben, doch mir treten die Bediensteten ebenso argwöhnisch gegenüber wie ihr. Ich ernte einige verwirrte bis skeptische Blicke, während die Küche sich zunehmend leert. Bestimmt denken sie alle so wie Bonnie. Dass ich zu diesen Monstern halte, mich bereitwillig von ihnen benutzen lasse. Und dass ich hier mit der Prinzessin aufkreuze, bestätigt ihre Vermutungen.

«Gut, was braucht man für einen Kuchen?», will Lyra wissen und zieht mich an der Hand in die Vorratskammer. Mir entgeht nicht, dass einige der Bediensteten bei diesen Worten alarmiert aufschrecken.

«Das kommt darauf an, was du backen willst. Mehl, Eier, Zucker?» Die Grundlagen bekomme ich hin, aber auf Kommando eine genaue Zutatenliste aufzusagen, übersteigt meine Backkompetenzen. Val könnte das. Zumindest für ein Rezept. Immer, wenn es mir schlecht geht, backt er mir Zimtschnecken. Ich weiß nicht mehr, wann oder warum er damit angefangen hat. Er tut es, seit ich denken kann. In der Öffentlichkeit würde er das allerdings niemals zugeben. Ein Hawthorne zeigt keine Schwäche. Nicht nach außen. Wenn er sehen würde, wie ich hier Tag für Tag mehr einknicke, wäre er zutiefst enttäuscht.

«Es wird ein Königskuchen», verkündet Lyra stolz.

Ich schaue sie nur fragend an. Es klingt nicht gerade nach einem Gebäck, das es in unserer Familie auf den Tisch schaffen würde.

«Kennst du das nicht? Ich wollte das schon immer mal machen! Jeder bekommt ein Stück Kuchen, und in einem ist eine Bohne eingebacken. Wer sie findet, ist für den Rest des Abends der Bohnenkönig beziehungsweise die Bohnenkönigin und muss mit *Eure Majestät* angesprochen werden.»

Amüsiert schüttle ich den Kopf. «Dir ist aber schon bewusst, dass der richtige König mit am Tisch sitzt?»

«Das macht es ja so lustig!»

Ich schnaufe. «Dein Bruder hatte recht. Du hast wirklich Freude daran, Chaos zu stiften.»

«Das hat er nicht gesagt!», ruft sie gespielt empört aus.

«Nein, bestimmt habe ich es mir eingebildet.»

«Muss wohl so sein», erwidert sie. «Ich würde nie absichtlich ein wichtiges Abendessen sabotieren oder die Vorbereitung eines Silvestermenüs durcheinanderbringen, indem ich die Küche in Beschlag nehme und die Bediensteten dazu zwinge, mir beim Backen zu helfen.»

«Natürlich nicht», bestätige ich todernst, und Lyra grinst verschwörerisch. Verdammt. Vielleicht mag ich sie wirklich ein bisschen.

Lyra bringt einen jungen schlaksigen Kerl mit blasser Haut und blonden Locken dazu, uns zu helfen. Er wirkt, als würde er jeden Moment in Ohnmacht fallen, doch etwa eineinhalb Stunden später holen wir tatsächlich einen gelungenen Kuchen und drei Muffins aus dem Ofen. Was genau es mit Letzteren auf sich hat, hat Lyra mir nicht verraten, und ich habe nicht mehr die Kraft, um nachzuhaken. Meine Arme sind schwer, und mein Kopf dröhnt von der stickigen Luft. Vor zwei Wochen wäre es für mich kein Problem gewesen, ein paar Stunden lang in der Küche zu stehen. Doch ich kann nicht mehr leugnen, dass der Blutverlust an meinen Kräften zehrt.

Ich bin froh, als Lyra uns zwei Stücke Kuchen abschneidet und wir damit zurück in mein Zimmer gehen. Den Rest überlässt sie den Bediensteten, die noch immer ziemlich verschreckt wirken. Vielleicht hilft er ihnen dabei, unseren Überfall zu verarbeiten.

«Hast du die Bohne?», will Lyra wissen, die mir gegenüber auf dem Sofa sitzt und seit geschlagenen fünf Minuten suchend in ihrem Stück herumstochert, statt es zu essen.

«Nein», nuschle ich und halte mir im nächsten Moment peinlich berührt eine Hand vor den Mund. So viel zu meinen Manieren. «Der Kuchen ist echt gut geworden», füge ich hinzu.

«Ah. Schade. Ich auch nicht. Hoffentlich haben wir heute Abend mehr Glück.»

«Wir?», frage ich und spieße das letzte Stück auf meine Gabel. Sie hat mir noch nicht gesagt, wer alles beim Silvesteressen anwesend sein wird. Aufgrund der drei Muffins tippe ich auf sie, Benedict und Briana.

«Na du, Ben und ich», meint sie stattdessen.

Ich verschlucke mich und atme dabei ein paar Krümel

ein. «Was?», frage ich hustend. Ich bin mir nicht sicher, was mir mehr die Luft raubt – Lyras Worte oder die bedenkliche Menge an Kuchen in meiner Luftröhre.

«Ich will, dass du mit uns feierst! Briana ist mit ihrem Vater einen Onkel in der Stadt besuchen, und du bist sonst allein. Das wäre doch schade. Außerdem hab ich dir extra einen Königsmuffin gebacken! Also, kommst du?»

«Du hast das die ganze Zeit geplant», stelle ich fest, statt auf ihre Frage einzugehen. Ich weiß nicht recht, was ich antworten soll. Einerseits ist es die perfekte Gelegenheit, um näher an den König heranzukommen. Andererseits bin ich so verunsichert von seiner Abweisung, dass ich ihm am liebsten so gut wie möglich aus dem Weg gehen würde.

«Ja», gesteht sie. «Bitte, Florence!»

«König Benedict weiß nichts von deinem Plan, nehme ich an?»

«Manchmal ist es besser, wenn man ihn überrascht.» Sie untermalt ihre Worte mit einem zuckersüßen Lächeln.

Unsicher verziehe ich das Gesicht. «Ich weiß nicht, Lyra. Ich will ihn nicht noch mehr verärgern ...»

«Was meinst du? Inwiefern hast du ihn denn verärgert?»

«Keine Ahnung. Vielleicht weil ich sein Blut nicht trinke ...»

«Deswegen ist er doch nicht sauer, Florence! Er respektiert das. Wirklich.»

Mir entweicht ein leises Schnauben. «Dann liegt es wohl an etwas anderem.»

Sie runzelt die Stirn. «Warum denkst du eigentlich, er wäre sauer? Ein bisschen griesgrämig ist er immer, damit wurde er vermutlich geboren.»

«Das ist es nicht», wehre ich ab.

«Sondern?», bohrt Lyra nach. Offenbar habe ich ihre

Neugier geweckt. Ein schwerwiegender Fehler, wie mir jetzt erst klar wird. Sie wird nicht mehr lockerlassen.

«Ach, nichts.»

«Florence», beschwert sie sich. «Nun sag schon, was das Problem ist! Dann kann ich dir auch verraten, ob du dir zu Unrecht Sorgen machst.»

«Ich ...»

Verflucht, ich sollte darüber nicht ausgerechnet mit ihr reden. Aber mit wem denn sonst? Und Lyra schaut mich derart erwartungsvoll an, dass ich aus diesem Gespräch vermutlich ohnehin nicht mehr entkomme. «Ich bin einfach verwirrt, weil er nicht mit mir schlafen will», presse ich hervor und wende peinlich berührt den Blick ab. Als seine kleine Schwester ist ihr dieses Thema vermutlich noch unangenehmer als mir. Doch sie wollte es ja unbedingt hören.

Lyra gibt ein Glucksen von sich. «Ähm», macht sie, und ich bin mir nicht sicher, ob da Belustigung oder Verwirrung in ihrer Stimme mitschwingt. «Sollte er das wollen?»

Jetzt ist es an mir, verwirrt zu sein. Vorsichtig schaue ich zu ihr auf. Die Prinzessin mustert mich mit einer Mischung aus Erheiterung und Argwohn.

Hitze steigt mir ins Gesicht. Diese Reaktion habe ich nicht erwartet. «Ich ... Ich dachte ... also ... Ich dachte, das wäre üblich. Ich meine, es heißt schließlich Blut*braut*», versuche ich mich zu erklären.

Ihre Brauen wandern weiter nach oben. «Du dachtest, Ben ... Warte, wie?»

Sie wirkt so überrumpelt, dass ich am liebsten im Boden versunken wäre. Entweder Lyra wusste nichts davon, was ihr Bruder mit den Blutbräuten anstellt, oder ...

Oder ich lag furchtbar daneben.

«Nicht?», ist alles, was ich herausbringe.

«Ich bin mir ziemlich sicher, dass Ben in seinem ganzen Leben mit keiner einzigen Blutbraut geschlafen hat», sagt sie ruhig.

Meine Wangen brennen vor Scham. «Tut mir leid. Ich ... ich war wohl falsch informiert.»

«Und wo genau hast du diese Information her?» Lyras Stimme hat ihre Unbeschwertheit verloren. So gern sie sich auch über ihren Bruder auslässt, vor anderen würde sie ihn dennoch bis aufs Blut verteidigen.

«Das ... also ... Man erzählt sich das eben», stammle ich und weiche ihrem Blick wieder aus.

«Man *erzählt* sich das? Steht es in den Zeitungen? Kommt es in den Nachrichten?»

«Nein, aber ... also ...»

«Woher kommt das denn dann? Ist es nur ein Gerücht? Denkt ihr Menschen ernsthaft, mein Bruder würde sich unter dem Deckmantel eines unserer wichtigsten Rituale Betthäschen ins Schloss holen?» Oh Gott, sie wird sauer, kann das sein?

«Ich ... Ich wusste nicht ...»

«Was ist mit den vorherigen Blutbräuten?», unterbricht sie mein Gestammel. «Irgendeine muss dem Unsinn doch mal widersprochen haben!»

«Sie erzählen nicht viel», murmele ich zerknirscht.

«Wow. Uns wird wirklich bei allem, was wir tun, irgendeine böse Absicht unterstellt, oder?»

«Es tut mir aufrichtig leid», beteuere ich. «Ich hätte es hinterfragen sollen.»

Lyra schüttelt missmutig den Kopf. «Schon gut. Ich schätze, es ist nicht deine Schuld. Aber ich muss dich leider enttäuschen, Ben hat nicht vor, mit dir zu schlafen.»

Obwohl ich das bereits vermutet hatte, durchflutet mich

Erleichterung. «Das ist keine Enttäuschung», versichere ich ihr. Trotz seines Desinteresses habe ich mich noch immer für den Moment gewappnet, in dem er doch zu mir kommen und mehr als nur mein Blut wollen würde. Zu wissen, dass das nicht passieren wird, tut gut. Doch leider wird diese Erleichterung von Sorge untermauert. Denn meine Mission wird dadurch so viel schwieriger. Wie soll ich nah genug an den König herankommen, wenn er mich dauerhaft auf Abstand hält? Spätestens an der Sommersonnenwende brauche ich Zugang zu seinem Schlafzimmer. Aber ich sehe ihn nur, wenn er von mir trinkt. Und ich glaube nicht, dass er besonders wohlwollend reagieren würde, wenn ich dabei versuche, ihn zu mehr zu verleiten.

«Wenn du das immer noch möchtest, komme ich gern zum Essen», verkünde ich und lächle Lyra entschuldigend an.

Sie nickt zögerlich, und ich kann nur hoffen, dass sie mir diese Unterhaltung nicht nachtragen wird. Sie ist der Schlüssel zu Benedict. Warum ist mir das nicht früher klar geworden?

Er muss mir vertrauen.

Und das ist leichter zu bewältigen, wenn auch sie es tut.

Der königliche Speisesaal ist ein Anblick für sich. Vor den hohen Fenstern ist es bereits dunkel, und so lenkt nichts von der prunkvollen Einrichtung ab. Rot-goldene Wandteppiche bedecken die Wände und aufwendig gearbeiteter Stuck ziert die hohe Decke. Der Großteil des Raumes wird von einer gigantischen Tafel ausgefüllt, an der mindestens fünfzig Personen Platz finden würden. An ihrem Kopf ist für drei gedeckt, und an der Wand dahinter hängt ein überlebensgroßes Ölporträt eines verstorbenen Königs. Ich kann nicht sicher zuordnen, wer darauf abgebildet ist, doch die Ähnlichkeit zu Benedict ist verblüffend. Vermutlich ist es sein Vater Jasper I, denn zuvor regierte dessen Mutter Jane I. Und ich bezweifle, dass er seinem Urgroßvater Henry VII derart aus dem Gesicht geschnitten ist.

Wir warten neben der Tür auf den König, und Lyra tappt ungeduldig mit ihrem Fuß auf den Boden. Ich versuche unterdessen, mich an die Einrichtung zu gewöhnen. Unvorstellbar, dass all das einem einzigen Mann gehört. Wie muss sich das anfühlen? Wenn man nicht als unbedeutender Gast in diesem Saal sitzt, sondern als der Herrscher dieses Landes? Ich schätze, ich werde es nie erfahren.

«Er ist zu spät», stellt Lyra missmutig fest und verschränkt die Arme vor der Brust. Sie hat ihren Pullover gegen ein langes dunkelgrünes Samtkleid mit Meerjungfrauenschnitt getauscht und sich die langen Haare zu einem Kranz flechten lassen. Ich habe mich mit ihrer Unterstützung für ein goldenes Kleid im Prinzessinnenstil entschieden. Die Farbe betont meine Augen und setzt bewusst die Rubinohrringe in Szene.

«Ich schwöre bei Gott», beginnt sie, «wenn er uns warten lässt ...»

Die Tür wird geöffnet. Ich ziehe wie von selbst die Schultern nach hinten und verschränke die Hände vor meinem Bauch. Lyra hingegen reckt angriffslustig das Kinn.

«Na endlich!», begrüßt sie ihren Bruder. «Was hast du zu deiner Verteidigung zu sagen?»

König Benedict mustert sie für den Bruchteil einer Sekunde, bevor sein Blick auf mich fällt. Er zieht die Brauen zusammen, und seine Miene verfinstert sich. «Was zur Hölle, Lyra?»

«Sei gefälligst höflich», verlangt sie, schiebt sich zwischen uns und drückt ihm einen Kuss auf die Wange. «Wir haben eine Gästin. Also. Warum bist du zu spät? Und glaub nicht, dass ich das Thema fallen lasse, du machst jedes Mal ein Drama daraus, wenn ich nicht pünktlich bin!»

Benedict ringt sich für mich das falscheste Lächeln ab, das ich jemals gesehen habe, bevor er sich seiner Schwester zuwendet, die ihn bereits in Richtung des Tisches zieht. «Ich war auf der Suche nach meiner Blutbraut, um ihr einen schönen Abend zu wünschen. Und wie es aussieht, habe ich sie gefunden. Du kannst sie nicht einfach zum Essen einladen, das ist dir bewusst, oder?»

«Ich kann Euch hören», murmle ich und bleibe bei der Tür stehen. Vielleicht war das hier doch keine gute Idee. Es reizt ihn nur noch weiter.

«Das ist mir bewusst», erwidert Benedict eisig und fixiert mich wieder mit seinem Blick. «Ebenso wie die Tatsache, dass Ihr hierfür nicht verantwortlich seid.» Erneut widmet er sich seiner Schwester. «Ich hoffe, du hast wenigstens die Küche darüber informiert, dass wir zu dritt essen.»

Lyra macht eine ausladende Geste in Richtung der drei gedeckten Plätze. «Tada», verkündet sie honigsüß.

König Benedict schnaubt und setzt sich. «Erinnere mich daran, diese Angelegenheit auszudiskutieren, wenn ich mehr Energie übrig habe.»

«Ganz sicher nicht», erwidert Lyra und setzt sich auf den Stuhl zu seiner Rechten, den ein Bediensteter ihr zurückzieht. «Florence? Kommst du?» Sie weist mit dem Kinn auf den Platz ihr gegenüber.

Ich schätze, es ist ein gutes Zeichen, dass der König meine Anwesenheit so leichtfertig akzeptiert hat, also komme ich ihrer Aufforderung nach. Doch als ich mich setze und mir ebenfalls der Stuhl zurechtgerückt wird, versteift Benedict sich merklich. An seinem Kiefer zuckt ein Muskel. Beißt er die Zähne zusammen? Was habe ich nun wieder falsch gemacht?

«Soll ich ...», setze ich an, doch er löst sich aus seiner Starre und bringt mich mit einem Kopfschütteln zum Schweigen.

«Wir essen», verkündet er, und augenblicklich wird die Vorspeise hereingebracht. Es ist eine Kürbiscremesuppe, hübsch garniert mit einem Strudel aus Sahne und Kürbiskernöl.

Eine ganze Weile essen wir schweigend. Mir wird Weißwein eingeschenkt, Lyra und dem König etwas, das lediglich aussieht wie Rotwein. Seit dem Sonnenwendball mache ich mir diesbezüglich nichts mehr vor, egal wie wenig ich die Realität wahrhaben will. Immer wieder bleibt mein Blick an dem Glas zwischen König Benedicts Fingern hängen. Wie viel Blut trinkt er eigentlich? Wie viel muss er trinken, bis er ... satt ist? Reicht ihm meines nicht? Trinkt er immer mehr und mehr, weil sein Durst einfach nicht stillbar ist? Oder geht es nur um ... Genuss? Mir läuft ein Schauder über den Rücken.

Für den Rest der Vampirbevölkerung ist Blut rationiert. Die Verteilung wird ebenso streng reguliert wie ihre Population, um die Versorgung aller zu gewährleisten. Es werden schon lange kaum noch Menschen verwandelt. Nur alle paar Jahre wird jemand erwählt, und natürlich fällt die Entscheidung nur auf die wohlhabendsten und wichtigsten Personen. Wobei ich ohnehin nie nachvollziehen können werde, warum man sich in einen Vampir verwandeln lassen will. Ich würde lieber sterben, als zu ihnen zu gehören, so viel ist sicher.

Ihr eigenes Wohl ist der einzige Grund, weshalb diese Monster nicht mehr direkt von Menschen trinken dürfen, sondern sich von Blutspenden ernähren müssen. Nur zu gern würden sie wieder Jagd auf uns machen, sich ganz der Bestie hingeben, die sie in Wahrheit sind. Doch dann wären wir schneller ausgerottet, als ihnen lieb ist. Das haben die blutigen Zeiten nach der Thronbesteigung von Henry VII zur Genüge bewiesen.

In der Familie Hawthorne erzählt man sich noch heute, was vor fünfhundert Jahren geschehen ist. Unzählige ließen in diesen Monaten ihr Leben. Die Straßen waren rot von Blut, und jeder Schritt vor die Tür konnte der Letzte sein. Als die Vampire an die Macht kamen, blieb kein Zweifel mehr daran, was sie sind. Sie ließen all ihre vorgegaukelte Menschlichkeit hinter sich und offenbarten uns genau die Grausamkeit, vor der wir uns so lange fürchteten. Und obwohl die Menschen sich mit allem wehrten, was sie hatten, haben wir die Schlacht verloren. Vorerst.

König Benedict fängt meinen Blick auf und reißt mich damit aus meinen finsteren Gedanken. Eilig schaue ich weg, doch seine grünen Augen haben sich bereits bedenklich tief in meinen Kopf gebrannt. Wenn er mich ansieht, fühlt es sich jedes Mal an, als würde meine Haut Feuer fangen. Dann rast mein Herz, und meine Hände werden schwitzig.

Mittlerweile sind wir beinahe mit dem Hauptgang fertig. Benedict und ich haben unser Roast Beef bereits aufgegessen. Nur Lyra lässt sich Zeit und nippt zwischen den Bissen immer wieder genüsslich an ihrem ... Wein.

Ich schlucke schwer. Man hätte mir nicht besser verdeutlichen können, dass diese sympathische junge Frau keine Freundin ist, sondern ebenso ein Monster wie der Rest von ihnen. Sie mag freundlich sein, mir Gesellschaft leisten und mich zum Lachen bringen, doch es ändert nichts an unserer Natur. Und die sieht nun mal vor, dass die eine die andere am liebsten statt des Roast Beefs zum Abendessen verspeisen würde.

«Wie geht es Eurem Hals?»

König Benedicts Stimme jagt eine Gänsehaut über meinen gesamten Körper. Ich zwinge mich dazu, ihn anzusehen, und bereue es sofort. Dunkelgrüne Augen fixieren mich, und ich habe wie so oft das Gefühl, als hätte ich ebenso gut mein Tagebuch aufschlagen und ihm daraus vorlesen können. Wenn er mich so ansieht, wirkt es, als würde er mich mühelos durchschauen. Mittlerweile habe ich realisiert, dass mir das lediglich so vorkommt. Doch allein die Angst, er *könnte* es tun, drückt mir immer wieder aufs Neue die Luft aus den Lungen.

«Gut», erwidere ich eilig und nehme hastig noch einen Schluck aus meinem Glas.

Der König funkelt mich an. «Wenn Ihr mich schon anlügt, habt wenigstens den Anstand, es nicht so offensichtlich zu tun.» Sein Tonfall klingt verärgert, doch er enthält auch eine Spur sarkastischer Belustigung. Es scheint die einzige ansatzweise positive Emotion zu sein, die ich in ihm hervorrufen kann. Das amüsierte Zucken seiner Mundwinkel, wenn ich nicht das tue, was von mir erwartet wird, ist der einzige Lichtblick in seinem finsteren Gesicht.

«Es ist nicht halb so schlimm, wie Ihr tut», lehne ich mich weiter aus dem Fenster.

«Und ich dachte, Ihr hättet mir Treue geschworen. Gehört Ehrlichkeit nicht dazu?», erwidert er trocken.

«Ich spüre die Wunde kaum», beharre ich. Ein Bediensteter räumt unterdessen endlich Lyras Teller ab. Sie flüstert ihm Anweisungen zu, doch ich bin viel zu gebannt von Benedict, um genauer hinzuhören.

«Ach ja?», hakt der König nach. «Und wie geht es Euch sonst? Ihr fühlt Euch doch nicht etwa schwach und müde, weil Euer Körper nicht schnell genug Blut nachproduziert?»

Er weiß es. Natürlich. Doch ich lasse dennoch nicht locker. «Das Einzige, dessen ich müde bin, ist, dass Ihr mich alle zwei Tage dasselbe fragt.»

Lyra lacht auf und erntet dafür den grimmigen Blick ihres Bruders. «Das ist nichts, was man auf die leichte Schulter nehmen sollte», beharrt er und sieht wieder mich an. «Auch ich bin mit diesem Schwur eine Verantwortung eingegangen. Eine, die Ihr mich nicht erfüllen lasst.»

Was für eine Verantwortung soll das sein? Dafür zu sorgen, dass ihm das frische Blut nicht vorschnell ausgeht?

«Nachtisch!», verkündet Lyra freudig, bevor ich mir eine diplomatische Antwort abringen kann, und der Blickkontakt zu Benedict wird von einem Teller in meinem Sichtfeld unterbrochen. Darauf befindet sich einer unserer Muffins von heute Vormittag, wobei es nun wohl offiziell ein Cupcake ist. Eine flambierte Baiserhaube mit glasierten Apfelstückchen sorgt zumindest ansatzweise dafür, dass er wirkt, als würde er zu diesem Menü gehören. Aber ich erkenne das braune Muffinpapier wieder, das wir benutzt haben.

König Benedict runzelt die Stirn. «Sind der Küche die Zutaten ausgegangen?», will er wissen.

«Das haben wir gebacken, Bruderherz», säuselt Lyra und schält ihren Cupcake mit den Fingern aus dem Papier. «Tu besser so, als würde er dir schmecken.»

Benedicts Züge werden auf einmal butterweich. Zum ersten Mal, seit ich ihn kenne, findet ein ehrliches Lächeln den Weg auf seine Lippen, und er mustert Lyra mit unverkennbarer Zuneigung. «Wie viele Bedienstete muss ich für deinen Aufenthalt in der Küche entschädigen?», neckt er sie. «Ich wette, sie kehren immer noch das Mehl auf.»

Lyra streckt ihm die Zunge heraus und beißt demonstrativ in ihren Cupcake. «Mh», macht sie mit vollem Mund. «Denkt an die Bohne!»

«Wie bitte?» König Benedict beginnt allen Ernstes, das Gebäck mit Messer und Gabel in kleine Häppchen zu schneiden. Doch Lyra ist mit Kauen beschäftigt, weshalb sein Blick wieder erwartungsvoll auf mir landet.

«In einem der Muffins ist eine Bohne versteckt», erkläre ich.

Er runzelt die Stirn. «Und was soll das bringen?»

Ich zucke etwas überfordert mit den Schultern und greife widerwillig ebenfalls zu meinem Besteck. Es scheint mir die sicherere Wahl zu sein, den König zu imitieren. Doch schon beim ersten Schnitt stoße ich auf etwas Hartes. Oh nein. Bitte nicht.

«Wer die Bohne findet, ist für den Rest des Abends die Bohnenkönigin», verkündet Lyra. «Das heißt, du musst mich dann mit *Eure Majestät* ansprechen, und immer wenn ich etwas trinke, musst du rufen: Die Königin trinkt!»

«Ich bezweifle, dass diese Regel gilt, wenn du offensichtlich dafür gesorgt hast, dass du selbst diese Bohne kriegst», wendet Benedict ein.

«Habe ich nicht!»

«Ich habe mitbekommen, wie du mit dem Bediensteten getuschelt hast, Lyra.»

«Aber doch nur, damit er den Nachtisch bringt!»

Ich höre nur mit halbem Ohr zu. Ich bin damit beschäftigt, klammheimlich meinen Muffin zu sezieren. Natürlich habe ich die verfluchte Bohne. Ob ich sie unbemerkt verschwinden lassen kann?

«Florence, hast du sie?», fragt Lyra in diesem Moment, und ich schaue ertappt zu ihr hoch. Ihre Augen beginnen förmlich zu leuchten. «Aha! Es ist mir eine Ehre, Eure Majestät!» Sie deutet eine Verbeugung an, und ich werde rot.

«Lass das, Lyra», mahnt Benedict sie leise.

«Sie hat die Bohne!»

«Sie ist keine verdammte Königin.»

«Das sind aber die Regeln!»

«Nicht an meinem Tisch.»

Die Prinzessin verdreht die Augen. «Es ist doch nur ein Spaß, du Spielverderber! Ich verlange ja nicht, dass du ihr deine Krone aushändigst und ihr die Füße küsst.»

«Lyra.»

Ich weiß nicht, was ich sagen soll, also nehme ich peinlich berührt einen Schluck von meinem Wein. Schlechte Entscheidung.

«Die Königin trinkt!», ruft Lyra aus.

Benedict steht so ruckartig vom Tisch auf, dass ich zusammenfahre und mir Wein übers Kinn läuft. Mit energischen Schritten verlässt er den Saal und lässt Lyra und mich wie erstarrt zurück.

Was war das denn? Hat ihn dieser kleine Scherz ernsthaft derart aus der Fassung gebracht?

Lyra verzieht das Gesicht, lächelt mich entschuldigend an und huscht ihm hinterher. Die Tür bleibt einen Spaltbreit hinter ihr offen, und ich höre sie auf dem Gang nach ihm rufen.

«Ben.»

«Konntest du dir das nicht verkneifen?», fährt er sie an.

«Jetzt warte doch mal.»

Nur widerwillig stelle ich mein Glas ab. Am liebsten würde ich mich daran festklammern, aber stattdessen nehme ich meine Serviette und tupfe mir fahrig über das Kinn.

«Was genau war daran so schlimm?», will Lyra wissen. Ihre Frage erntet Schweigen. «Ben?»

«Du weißt, dass das Mutters Platz war.»

Seine Stimme ist jetzt leiser. Sie klingt fast ein wenig verwundbar, und in mir zieht sich alles zusammen. Ich verspüre das plötzliche Bedürfnis, aufzustehen und die Tür zu schließen, um ihre Privatsphäre nicht zu verletzen. Doch ich wäre eine schlechte Spionin, wenn ich das täte. Also sitze ich da, die Hände im Schoß verschränkt, den Blick auf meinen Teller geheftet, und lausche.

«Es ist zwanzig Jahre her», erinnert ihn Lyra sanft.

«Das mag sein, aber so fühlt es sich nicht an, wenn du eine andere auf diesen Stuhl setzt und sie als Majestät ansprichst.»

«Aber ...»

«Schon gut, Lyra. Ich erwarte nicht von dir, dass du es verstehst.»

Wieder tritt Schweigen ein, und eine unangenehme Betroffenheit macht sich in mir breit. Das Königspaar ist gestorben, als Lyra noch ein Baby war. Sie kann sich nicht an ihre Eltern erinnern. Er schon.

«Tut mir leid», sagt Lyra zögerlich. «Ich wusste nicht, dass ... also ... Ich wollte doch nur, dass du ein bisschen lachen kannst.»

Ein Seufzen erklingt, das eindeutig von Benedict stammt. «Ich weiß. Aber nicht heute, Lyra. Vielleicht im neuen Jahr.»

«Das heißt, ich hebe mir all meine Witze für nach Mitternacht auf?»

«Ich glaube nicht, dass ich heute Abend eine angenehme Gesellschaft bin. Erzähl sie mir morgen früh, ja?»

«Oh. In Ordnung.» Die Enttäuschung ist ihr anzuhören.

Wieder seufzt Benedict. Sein nächster Satz ist so gedämpft, dass ich ihn nicht verstehe. Anschließend herrscht Stille.

Sie umarmen sich.

Ich kann es weder sehen noch hören, aber ich bin mir dennoch sicher. Weil ich Tausende solcher Umarmungen mit Valerian geteilt habe. Vielleicht ist es eine tröstende. Vielleicht eine versöhnliche. So oder so, sie begräbt den Streit zwischen ihnen, kittet all die Risse im gegenseitigen Vertrauen. Und in diesem Fall sorgt sie dafür, dass ich meine Familie noch schmerzlicher vermisse als ohnehin schon.

«Was ist mit Florence?», fragt Lyra leise, und ich werde wieder hellhörig. «Was soll ich ihr sagen?»

«Sie braucht sich meinetwegen keine Sorgen zu machen. Ich komme später noch vorbei, um euch gute Nacht zu wünschen. Einzeln.»

Ein Schauer läuft mir über den Rücken. Unweigerlich spüre ich wieder Benedicts Lippen an meinem Hals. Seine Zähne in meiner empfindlichen Haut. Das Ziehen in meiner Magengrube.

Als Lyra zurück in den Speisesaal tritt, starre ich noch immer hinunter auf meinen Teller. Nur widerwillig schaue ich zu ihr auf.

Offenbar ist ihr aufgefallen, dass die Tür offen stand, denn sie zieht sie ganz langsam zu. «Hast du uns gehört?», fragt sie frei heraus.

«Ja.» Ich sehe keinen Grund zum Lügen. Und ich habe

auch keine Kraft mehr dazu. Der Tag hat mich ausgelaugt, und die Anwesenheit des Königs sorgt jedes Mal dafür, dass mein Herz mir regelrecht den Brustkorb sprengt. Mit ihm in einem Raum zu sein und jedes Wort, jeden Blick doppelt und dreifach zu analysieren, ist furchtbar anstrengend.

«Oh», macht sie nur und setzt sich wieder mir gegenüber.

«Tut mir leid.»

Lyra winkt ab und greift nach ihrem Weinglas. Sie lächelt mich zwar an, aber es wirkt ein wenig gezwungen.

«Habe ich etwas falsch gemacht?», frage ich sicherheitshalber.

«Nein, mach dir keine Sorgen. Das ist meine Schuld. Ich hätte daran denken sollen, dass Dezember ist.»

Ich zögere. «Wegen euren Eltern?» Ich bin mir nicht sicher, wann genau sie gestorben sind. Aber ich weiß, dass Benedict vor genau zwanzig Jahren seine erste Blutbraut gewählt hat. Zeitlich würde es also passen. «Was ist damals eigentlich passiert? «, wage ich zu fragen. Bisher konnten wir darüber nur spekulieren. Die Krone hielt sich bedeckt, was die Umstände von Benedicts Machtübernahme anging.

Lyra schüttelt den Kopf. «Weißt du was, lass uns lieber über was anderes reden. Wir könnten eine Runde Schach oder Karten spielen, hast du Lust?»

«Gern», stimme ich zu, auch wenn ich lieber ins Bett gegangen wäre. Doch das ist vermutlich ohnehin keine Option. Immerhin erwarte ich später noch Besuch.

«Wie schmeckt der Wein?», fragt Lyra und steht auf.

Etwas schwerfällig tue ich es ihr nach. «Ich bin nicht gerade eine Weinkennerin, aber ich mag ihn.»

«Gut, dann lass uns noch eine Flasche davon abgreifen. Schach ist lustiger, wenn man ein Trinkspiel daraus macht.»

«Ich würde sogar behaupten, es ist ausschließlich dann lustig», erwidere ich trocken, und Lyra lacht.

«Das kommt ganz darauf an, mit wem man spielt. Ich bezweifle, dass *wir* diesbezüglich irgendwelche Probleme hätten.» Sie umrundet den Tisch und hakt sich feixend bei mir unter. «Das neue Jahr kann sich ruhig noch etwas Zeit lassen.»

KAPITEL SECHS

# SEE YOU BLEED

Die fünf Glocken des Big Ben läuten noch immer das neue Jahr ein. Seit über einer halben Stunde lassen sie gemeinsam mit unzähligen weiteren Kirchen der Stadt ein Konzert erklingen, das ganz London vom Schlafen abhält.

Lyra und ich haben uns die Zeit bis Mitternacht mit zu viel Wein vertrieben und uns kurz danach in unsere Zimmer verabschiedet. Bonnie hat mich hergebracht, wofür ich trotz ihres grimmigen Blicks dankbar bin, und mir aus dem Kleid geholfen. Es ist nicht auszuschließen, dass ich mich in diesem Zustand im Schloss verlaufen hätte. Und so müde, wie ich mittlerweile bin, hätte ich auch bereitwillig auf dem Gang geschlafen.

Trotzdem kann ich noch nicht ins Bett. Ich stehe in Nachthemd und Morgenmantel auf dem kleinen Balkon, lausche den Glocken und warte auf den König.

Ausnahmsweise ist der Nachthimmel klar, sodass man die Sterne sehen kann. Die frische Luft lässt mich zwar frösteln, doch sie klärt auch meine Gedanken ein wenig. Ich hätte nicht so viel von diesem Wein trinken dürfen. Andererseits hat es wenigstens temporär dabei geholfen, meine Sorgen zu vergessen.

«Ihr erkältet Euch.»

König Benedicts Stimme lässt mich erschrocken herumfahren. Er steht direkt hinter mir in der Balkontür und versperrt mir so den Weg zurück nach drinnen. Im Gegensatz zu vorhin wirkt sein Gesicht nun entspannt. Und als ich bemerke, was er anhat, wird mein Mund trocken. Ich habe ihn noch nie so informell gekleidet gesehen. Statt des Anzugs trägt er eine lockere schwarze Baumwollhose, die einer Pyjamahose ähnelt, und ein cremefarbenes Leinenhemd, das er nur halb zugeknöpft hat. Es gibt viel zu viel darüber preis, wie definiert sein Oberkörper ist. Vermutlich ist das nicht verwunderlich bei jemandem, der einem Raubtier so sehr ähnelt. Doch er sieht nicht aus wie das Monster, das er ist. Er sieht aus wie ein junger Gott, und ich hasse alles daran.

«Habe ich Euch erschreckt?», fragt er, bevor ich meine Sprache wiedergefunden habe.

«Ein wenig», gestehe ich und merke erst jetzt, wie schwer meine Zunge geworden ist. Es kostet mich Mühe, die Worte deutlich zu formen. Bin ich wirklich so betrunken? Oder ist das die Müdigkeit? «Ich habe Euch nicht reinkommen hören», murmle ich und treffe seinen Blick.

«Ich bitte um Verzeihung.»

Mir entweicht ein Schnauben, das ihn glücklicherweise nicht weiter zu interessieren scheint. König Benedict *bittet* nicht um Verzeihung. Er erwartet sie. Genauso wie alles andere, das er will.

«Möchtet Ihr hier draußen bleiben?», übergeht er meinen Ausrutscher. Hinter mir klingen die Glocken endlich aus. Ihre Schläge werden leiser, immer mehr von ihnen verstummen.

«Sehr gern», erwidere ich ruhig.

Er mustert mich einen Moment lang. Dann geht er zurück nach drinnen und kommt mit einer Decke vom Sofa wieder. Vorsichtig legt er sie mir um die Schultern, und ich halte kurz den Atem an, weil ich dabei seinen mittlerweile vertrauten Duft riechen kann.

«Das mit der Erkältung war mein Ernst», lässt er mich wissen. «In Eurem Zustand ist damit nicht zu spaßen.»

«Ihr tut, als wäre ich schwer krank», beschwere ich mich. «Mir geht es gut.»

«Diese Behauptung wird auch beim fünften Mal nicht wahrer.»

Nicht schon wieder. «Seid Ihr hergekommen, um zu diskutieren, oder hat Euer Besuch auch einen Sinn?»

Benedict entweicht ein halbes Lachen, und ich verspüre einen Anflug von Stolz. «Wisst Ihr eigentlich, dass außer Euch niemand so mit mir redet?», will er wissen. «Die meisten haben Angst vor den Konsequenzen, die darauf folgen könnten.»

Von seinen Worten wird mir mulmig zumute, doch seine Reaktion eben hat mir bereits genug über seine wahren Gefühle verraten. Er ist kein bisschen verärgert von meinem Verhalten. «Gefällt es Euch deshalb so gut, wenn ich das tue?», wage ich zu fragen und recke herausfordernd das Kinn.

«Vielleicht, ja. Ich schätze, das ist diese *erfrischende Ehrlichkeit*, die Lyra mir beim Ball versprochen hat.»

«Ich nehme an, Ehrlichkeit ist immer erfrischend, wenn einem sonst nur das gesagt wird, was man hören will.»

«So denkt Ihr also von mir?»

«Hier geht es weniger darum, was ich von Euch denke, als darum, was ich von Eurem Umfeld denke.»

«Das wage ich zu bezweifeln. Aber ich habe Eure erste Frage nicht beantwortet.» Er tritt näher zu mir, und mein Atem stockt erneut. «Ich bin wirklich nicht hier, um mit Euch zu diskutieren.»

Ich schlucke, und mein Herz beginnt zu rasen. Dennoch lege ich bereitwillig den Kopf schief, um ihm Zugang zu meinem Hals zu gewähren. Das letzte Mal, dass Benedict von mir getrunken hat, ist nur zwei Tage her, und bei der Bewegung spannt die frisch verheilte Haut schmerzhaft.

Das erste Mal hat sein Biss kaum wehgetan. Mittlerweile ist dem nicht mehr so.

«Darf ich?», fragt König Benedict leise. Seine Stimme

klingt rau, geradezu hungrig. Er stützt sich links und rechts von mir an dem Balkongeländer in meinem Rücken ab, ohne mich zu berühren. Wie immer hält er mich auf vorsichtiger Distanz, und mir wird zunehmend bewusst, dass ich das ändern muss. Wenn er meine Nähe nicht sucht, muss ich seine suchen, so leichtsinnig das auch sein mag.

«Seit wann müsst Ihr fragen?», flüstere ich.

Seine Mundwinkel zucken. «Seit man mir als Kind Respekt beigebracht hat.»

«Ein Wunder, dass Ihr Euch noch daran erinnert.»

«So lang ist es nun auch wieder nicht her.»

Er kommt noch ein wenig näher, und mir fällt keine Erwiderung mehr ein. Schweigen hüllt uns ein, während er den Mund auf meinen Hals senkt und seine Zähne in meiner Haut versenkt.

Ich schließe die Augen, atme den Schmerz weg. Er wird schnell von dem rauschartigen Zustand abgelöst, den Benedicts Biss jedes Mal aufs Neue auslöst. Noch immer bin ich mir unschlüssig, was ihn verursacht. Ob es ein Gift oder eine Form von Gedankenkontrolle ist, die dafür sorgt, dass ich es derart genieße, wenn er von mir trinkt. Fakt ist, dass der Rausch aufhört, sobald König Benedict von mir ablässt. Es wäre ein gutes Zeichen. Bliebe da nicht die Tatsache, dass ich mich hin und wieder dabei ertappe, wie ich mich nach dem Gefühl sehne.

Mir wird schwindelig.

Ich weiß nicht, woran es liegt. Vielleicht an dem Wein. Vielleicht an meiner Müdigkeit. Vielleicht auch an dem unerträglichen Ziehen in meiner Magengrube. Ich muss mich an Benedicts Arm festhalten, um das Gleichgewicht nicht zu verlieren, und hebe unwillkürlich den Kopf. Meine Augen sind geschlossen, und dennoch scheint die Welt zu kippen und mir förmlich unter den Füßen wegzugleiten. Nur Benedicts Berührung versichert mir, dass ich noch stehe und nicht falle.

Benedict hebt ebenfalls den Kopf und lässt von meinem Hals ab. Einen Moment lang liegt seine Wange heiß an meiner. Seine Bartstoppeln kratzen über meine Haut, eine raue Liebkosung, die mich dazu bringt, mich ihm noch weiter entgegenzulehnen. Die Muskeln in seinen Armen spannen sich unter meinen Fingern an, und in der nächsten Sekunde spüre ich seine Hände an meiner Taille.

«Du schwankst», stellt er fest. Wut klingt in seiner Stimme mit, und er zieht mich von dem hüfthohen Geländer weg, als könnte ich darüber kippen.

Blinzelnd öffne ich die Augen, doch alles dreht sich und ich stolpere gegen Benedicts Brust. So nah an seiner Haut ist sein Duft überwältigend. Wenn er nicht so gut riechen würde, könnte ich mich vielleicht konzentrieren. «Ich hab wohl ... zu viel getrunken», nuschle ich.

«Der Alkohol ist das kleinste Problem», knurrt er und bückt sich. Bevor ich realisiere, was passiert, hat er mich bereits hochgehoben und trägt mich durch die geöffneten Balkontüren nach drinnen.

«Was wird das?», bringe ich hervor. Vermutlich sollte ich versuchen, die Situation auszunutzen, doch mein Kopf ist noch immer zu vernebelt, um auch nur einen klaren Gedanken zu fassen. Benedict ist warm, und ich ... ich will einfach nur schlafen.

«Ich bringe Euch ins Bett. Übrigens hatte ich recht.»

Wovon redet er? Ich bin so verwirrt. «Womit?»

«Dass Ihr ohnmächtig werdet. Auch wenn ich nicht erwartet hatte, dass es beim vierten Mal passiert.» Mit großen Schritten trägt er mich durch den Raum und legt mich auf der Matratze meines Himmelbetts ab. Die Wolldecke rutscht mir dabei von den Schultern, und die kalte Nachtluft, die sich mittlerweile bis ins Zimmer ausgebreitet hat, macht mir die plötzliche Abwesenheit von Benedicts Körperwärme nur noch deutlicher.

«Ich bin nicht ohnmächtig geworden», widerspreche ich und reibe mir das Gesicht. «Mir war nur schwindelig.» Unterdessen zieht der König mir allen Ernstes die Hausschuhe aus und deckt mich zu. Vielleicht habe ich doch das Bewusstsein verloren, und das hier ist ein Traum. «Was ...», setze ich an, doch er bringt mich mit einem Blick zum Schweigen. Erst jetzt registriere ich seine finstere Miene. Er wirkt ernsthaft verärgert.

«Wann begreift Ihr endlich, dass es nicht bei ein bisschen Schwindel bleibt, wenn wir so weitermachen?»

«Es war nur der Wein», wiederhole ich und schüre seine Wut damit nur noch weiter.

«Ich kann schmecken, wie viel Ihr getrunken habt», erklärt er knurrend. «Und es war nicht annähernd genug, um fast rückwärts vom Balkon zu stürzen.»

Ich schürze die Lippen, richte mich auf und ziehe mir die Decke bis unter die Achseln. «Ihr übertreibt. Ich wäre nicht gestürzt. Aber natürlich wisst Ihr besser, wie es mir geht, als ich selbst.»

«Florence.» Mein Name auf seinen Lippen jagt einen Schauer durch meinen Körper. Wenn er sich wenigstens entscheiden könnte, wie er mich nun anspricht, könnte ich mich vielleicht daran gewöhnen. Doch so erschrecke ich jedes Mal aufs Neue, wenn er den Ton wechselt.

«Was wollt Ihr von mir hören?», fauche ich.

«Ich will wissen, warum Ihr mein Blut verweigert und Euch damit selbst in Gefahr bringt.»

«Das ist meine Entscheidung», umgehe ich seine Frage.

«Es sind weniger als zwei Wochen vergangen, und Eure Gesundheit leidet jetzt schon.»

«Mir geht es gut.»

«Was habe ich Euch darüber gesagt, mich anzulügen?»

«Oh, Verzeihung!», entfährt es mir. «Ich wusste nicht, dass es neuerdings in *Eurer* Entscheidungshoheit liegt, wie *ich* mich fühle! Wenn Ihr wollt, dass ich Euer Blut trinke, müsst Ihr mich schon dazu zwingen.»

Der König presst die Lippen zusammen. «Ich würde dich niemals zu irgendetwas zwingen.»

«Sagt der Mann, der sämtliche Menschen dieses Landes dazu zwingt, ihr Blut zu spenden.»

«Das ist nicht mein Werk, das ist das Gesetz.»

Ich lache auf. «Ihr *seid* das Gesetz!»

«Nein, ich bin lediglich der Mann, auf dessen Haupt sie die Krone gesetzt haben», entgegnet er wütend. «Auch ich konnte mir mein Schicksal nicht aussuchen, Florence, ob du es glaubst oder nicht.»

Mir würden noch so einige Erwiderungen einfallen, die das *Schicksal* dieses ach so armen Mannes betreffen, doch ich beiße frustriert die Zähne zusammen und schlucke jede sarkastische Bemerkung hinunter. Benedict hingegen scheint erpicht darauf zu sein, das Thema auszudiskutieren.

«Du machst diese Angelegenheit unnötig kompliziert, und ich will wissen, weshalb», fordert er.

«Es ist mein gutes Recht, selbst zu wählen, was ich trinke und was nicht. Ich muss mich nicht dafür rechtfertigen.»

«Mein Blut würde *helfen*, Florence.» Er sagt es beinahe flehend, und einen Moment lang bin ich dazu verleitet, ihm zu glauben. Es einfach zu versuchen, nur ein winziger

Tropfen, um dieser ewigen Müdigkeit zu entkommen. Falls es mich wirklich beeinflusst, könnte ich es danach immer noch ablehnen. Mich weiter ohne durchbeißen.

Nur ...

Was, wenn ein einziger Tropfen reicht, um mir meinen Willen zu nehmen? Was, wenn danach nicht genug von mir übrig ist, um mich dem König weiter zu widersetzen?

Ich kann nicht. Ganz egal, was dieser Verzicht mit meinem Körper macht.

«Es tut mir leid», sage ich betont ruhig und halte seinem Blick stand. «Ich möchte das nicht.»

Ich kann Benedict ansehen, wie er mit sich ringt. Wie er all die Worte, die ihm auf der Zunge liegen, zurückhält und eine neutrale Miene aufsetzt, die doch so viel verrät. Er ist nicht glücklich über meine Entscheidung. Wird es vermutlich auch nie sein. Und damit errichte ich ein weiteres Hindernis, das es zu überwinden gilt. In meinem Versuch, die Kontrolle zu behalten, entgleitet sie mir immer mehr.

«Wie Ihr wünscht», verkündet er kühl und tritt vom Bett zurück. «Ein frohes neues Jahr, Miss Hawthorne.»

Er neigt flüchtig den Kopf zum Abschied und lässt mich ohne ein weiteres Wort allein.

Die Wunde hat in der Nacht geblutet.

Als ich aufwache, sind dunkle Flecken auf meinem Kissen, und mein Hals schmerzt. Es ist nicht viel Blut, aber dennoch beängstigend. Dieses Problem hatte ich bisher nie.

Vielleicht lag es daran, dass der König die Wunde nicht wie sonst mit seiner Zunge versiegelt hat. Er muss es vergessen haben, weil ich zu schwanken begonnen habe. Vielleicht hat er es aber auch mit Absicht gemacht, um mir zu zeigen, dass ich auf ihn hören sollte. So oder so – ich werde nicht einknicken. Also gebe ich mein Bestes, es zu ignorieren. Den Schmerz. Die Verzweiflung. Alles.

Das funktioniert so lange, bis ich den Fehler mache, im Bad etwas von der Salbe, die mir Dr. Demenan gegeben hat, auf die Wunde zu schmieren. Es brennt höllisch und hört nicht mehr auf. Ich versuche, meinen Hals mit einem feuchten Waschlappen wieder sauber zu wischen, und mache damit alles nur noch schlimmer.

Tränen schießen mir in die Augen. Tränen der Frustration, der Wut und der Hilflosigkeit. Ich kann sein Blut nicht annehmen. Ich kann es einfach nicht.

Gott, wie erbärmlich! So viele Menschen verlassen sich auf mich, und ich stehe im Nachthemd im Bad und heule.

«Miss Hawthorne?»

Bonnies Stimme klingt zu mir ins Badezimmer, und ich reibe mir hektisch über die Augen. Ihre missbilligenden Blicke sind das Letzte, was ich jetzt brauche. Sie bemüht sich wirklich nie zu verbergen, wie sehr sie mich verabscheut.

Unglücklicherweise hatte ich die Tür nur angelehnt, und nun wird sie geöffnet. Bonnie mustert mich mit sichtlicher Irritation. Sie hält das blutverschmierte Kissen in den Händen und ist vermutlich sehr enttäuscht darüber, dass sie mich nicht sterbend vorfindet.

«Na los», schniefe ich verbittert und klatsche den Waschlappen ins Waschbecken. «Sag mir, wie sehr ich es verdient habe, dann kannst du zufrieden wieder gehen.»

Bonnies Gesicht nimmt einen Ausdruck an, den ich bei ihr noch nie gesehen habe. Ihre Züge werden überraschend weich. Wortlos legt sie das Kissen auf dem Waschtisch ab, geht in die Hocke und öffnet den Schrank darunter. Mit einem kleinen Erste-Hilfe-Kasten in den Händen richtet sie sich wieder auf.

«Setz dich», fordert sie ruhig und weist auf den geschlossenen Klodeckel.

Ich blinzle verwirrt. Noch immer spüre ich diesen verräterischen Druck hinter den Augen, und aus Angst, gleich wieder loszuweinen, halte ich den Mund und tue, was sie von mir verlangt.

Bonnie fackelt nicht lange. Sie packt Verbandszeug aus und macht sich daran, meinen Hals von der Salbe zu säubern. Es brennt höllisch, doch sie arbeitet zügig. Dann faltet sie ein Stück Mullbinde zu einer Art Pflaster, fixiert es mit einigen Verbandsklebestreifen, und der Schmerz lässt allmählich nach.

«So sollte es gehen. Ich schaue es mir heute Mittag noch mal an», beschließt sie und packt den Koffer wieder weg. «Oder möchtest du, dass ich Dr. Demenan holen lasse?»

Bonnies Tonfall ist immer noch erstaunlich sanft. Vermutlich war sie zu abgelenkt davon, mich zu verarzten, und hat kurzzeitig vergessen, dass sie mich hasst.

«Ich denke, das ist nicht nötig», murmle ich.

Bonnie atmet tief durch und steht einen Moment lang unschlüssig im Badezimmer herum. Ich weiche ihrem Blick aus und warte darauf, dass sie endlich wieder verschwindet. Ihre Anwesenheit ist nicht gerade tröstlich.

«Es tut mir leid», sagt sie dann unvermittelt.

«Was?», frage ich verwirrt und schaue zu ihr auf.

«Dass ich so hart zu dir war, ohne dich zu kennen. Ich hätte dir eine Chance geben sollen, Florence.»

Ich muss schlucken. Sie benutzt ernsthaft meinen Vornamen? Und heißt das etwa, dass sie mir diese Chance jetzt gibt? Ich will nicht einfach so davon ausgehen. Am Ende beschließt Bonnie doch, dass wir auf unterschiedlichen Seiten stehen.

«Schon gut», murmle ich deshalb. «Ich weiß, wie du dich fühlst.»

Ich spezifiziere meine Aussage nicht weiter. Ich lehne mich mit ihr ohnehin schon zu weit aus dem Fenster, und ich denke, Bonnie braucht keine Erklärung, um sie zu verstehen. Noch klarer kann ich nicht sagen, dass auch ich die Vampire verabscheue. Immerhin könnte sie mich reinlegen und nur darauf warten, mir aus meinen eigenen Worten einen Strick zu drehen. Schon bedenklich, wie ich hinter jeder Tür eine neue Verschwörung wittere. Das passiert wohl, wenn man in einem Elternhaus aufwächst, welches seit Generationen mit verdeckten Karten und drei Assen im Ärmel spielt.

Bonnie mustert mich nachdenklich. Sie traut mir noch lange nicht, das könnte sie nicht deutlicher machen. «Trotzdem bist du hier», stellt sie fest und runzelt die Stirn. «Trotzdem lässt du *das* zu.» Ihr Blick bleibt an meinem Hals hängen.

«Ja», sage ich nur. «Weil ich muss.»

«Ich verstehe es nicht», meint sie kopfschüttelnd.

«Ich weiß. Und ich kann es dir nicht erklären. Aber ich hoffe, dass du es irgendwann auch so verstehen wirst.»

Bonnies Brauen wandern nach oben, und ich hoffe, dass ich meine Ehrlichkeit nicht bereuen werde. Falls sie wirklich hier ist, um mich auszuspionieren, war das gerade mein potenzielles Todesurteil.

«Tut mir leid wegen des Kissens», wechsle ich das Thema. «Die Flecken gehen sicher nicht mehr raus.»

Sie schnaubt. «Mach dir nichts draus. Ich gebe dem Blutsauger die Schuld dafür, nicht dir. Abgesehen davon ist es sein Problem, wenn die gesamte Haushaltskasse für neue Möbel und Bettzeug draufgeht, nicht meins.»

«Ich glaube, um die Kasse zu leeren, müsste ich noch einiges mehr vollbluten», scherze ich.

Sofort wird ihre Miene wieder ernst. «Ich sage das nicht als Freundin, sondern lediglich als deine Bedienstete, aber ... gib auf dich Acht, Florence. Dein Körper wird das nicht ewig mitmachen. Der König braucht mehr, als du ihm allein geben kannst, und er wird es sich dennoch nehmen. Es liegt nicht in seiner Natur, sich zurückzuhalten.»

Mir läuft ein kalter Schauer über den Rücken. «Du denkst also, ich sollte sein Blut annehmen?» Ich habe ihr neulich davon erzählt, in der Hoffnung, dass sie mir etwas über die früheren Blutbräute und eventuelle Verhaltensänderungen sagen würde. Doch Bonnie hat diese Unterhaltung ebenso abgeschmettert wie alle anderen.

«Ich denke, dass die vor dir es getan haben. Keine von ihnen sah je so kränklich aus wie du.» Mitleidig verzieht sie einen Mundwinkel. «Aber das geht mich nichts an. Wenn du mich entschuldigst. Ich gehe dein Bett frisch beziehen.» Sie schnappt sich das Kissen vom Waschtisch und verschwindet zurück ins Schlafzimmer.

Perplex schaue ich ihr nach. Ich hätte nicht damit gerechnet, dass Bonnie irgendwann ihren Hass auf mich ablegt. Und dann rät sie mir auch noch, Benedicts Blut anzunehmen? Sollte das nicht gegen alle Überzeugungen gehen, die sie hat?

Vielleicht verfolgt sie doch andere Absichten. Oder aber sie sieht nur die positiven Aspekte – dass das Blut heilt und ich so gesund bleibe, während der König von mir trinkt –, ohne zu wissen, dass es noch andere Wirkungen hat.

Oder … Es *gibt* nur die positiven Aspekte. Was, wenn ich zu misstrauisch bin?

Frustriert stöhnend erhebe ich mich vom Klodeckel. Darüber nachzudenken bereitet mir Kopfschmerzen. Und die kann ich jetzt nicht auch noch gebrauchen.

Ich nehme eine Dusche, vorsichtig darauf bedacht, den Wasserstrahl nicht über meine Schultern wandern zu lassen, und wickle mich in einen weichen Frotteebademantel. Als ich mich anschließend im Spiegel betrachte, weiß ich leider nur zu gut, was Bonnie mit meinem kränklichen Aussehen meinte.

Meine ohnehin helle Haut wirkt käsig, und ich habe Augenringe, die Mum zur Verzweiflung treiben würden. Sie sind zu dunkel, um sie zu überschminken, und dürften nur bedingt etwas mit meinen regelmäßigen Albträumen zu tun haben. Mein Körper leidet. Und er zeigt es mir immer deutlicher.

Als ich das Schlafzimmer betrete, streicht Bonnie soeben die frisch bezogene Bettdecke glatt. Auf dem Couchtisch steht wie üblich ein Tablett mit Frühstück und daneben …

Beim Anblick des Umschlags macht mein Magen einen Satz. Ich kenne dieses Papier, und obwohl es unmöglich ist, glaube ich fast, auf dem dunkelgrünen Wachssiegel das Wappen meiner Familie zu erkennen. Ein kleiner Zweig mit Weißdornblüten.

«Post für dich», lässt Bonnie verlauten. «Du hast deine Tabletten gestern Abend nicht genommen.» Sie durchquert das Zimmer und legt das Pillendöschen sowie meine Rubinohrringe auf dem Umschlag ab. «Brauchst du noch etwas, bevor ich gehe?»

«Nein», stammle ich, hin- und hergerissen zwischen

dem Wunsch, noch mal das Gespräch zu ihr zu suchen, und dem Verlangen, sofort diesen Brief aufzureißen. Die Sehnsucht nach meiner Familie siegt. Besuchen werden sie mich erst in einigen Wochen. Die Besuchsvorschriften im Schloss sind streng, weshalb wir uns nur einmal im Monat sehen dürfen, und ich vermisse sie schmerzhaft. Vielleicht können wenigstens ihre Worte ein wenig Trost spenden.

«Na dann», meint Bonnie und nähert sich der Tür. Kurz bevor sie sie erreicht, hält sie noch einmal inne. «Du kannst deine Familie auch anrufen, weißt du? Tut mir leid, ich hätte es dir vorher sagen sollen.»

Ich schüttle den Kopf. «Wir haben kein eigenes Telefon.»

Sie hebt die Brauen. «Wieso das denn?»

«Weil es teuer ist.»

«Oh ... Tut mir leid.»

Ich lächle schwach. «Schon gut.» Die Kosten sind nur ein Teil des Grundes. An sich könnten wir es uns zwar leisten, doch wozu? Damit die Vampire unsere Gespräche abhören können? Meine Eltern legen das Geld lieber sinnvoller an. Es wandert alles in unsere Umsturzpläne. Val hat allerdings ein geheimes Handy – nur für den Notfall. Aber das werde ich wohl kaum aus dem Schloss anrufen.

«Auf dem Schreibtisch liegt auch Briefpapier, falls du antworten möchtest», wechselt Bonnie das Thema. «Ich wäre an deiner Stelle aber vorsichtig. Miss Hyll liest angeblich jeden Brief, der das Schloss verlässt.»

«Die Rechte Hand persönlich?», versichere ich mich. «Das klingt nach ganz schön viel Arbeit.»

«So heißt es zumindest.» Bonnie zuckt mit den Schultern. «Man weiß ja nie. Bis später.»

«Bis später», erwidere ich hastig. «Und danke!»

Bonnie schüttelt nur schwach den Kopf. «Lass es mich nicht bereuen.»

Kaum, dass die Tür ins Schloss gefallen ist, stürze ich förmlich zum Sofa und schnappe mir den Umschlag vom Tisch. Es ist tatsächlich unser Wappen. Und auf der anderen Seite steht in der schnörkeligen Handschrift meiner Mutter mein Name.

Ungeduldig breche ich das Siegel und rupfe das Briefpapier heraus. Es ist nur ein Bogen, einseitig beschrieben, und sofort durchfährt mich Enttäuschung. Mir liegt so viel auf dem Herzen, was ich ihnen erzählen möchte. Es drängt regelrecht in mir empor, drückt mir von unten gegen die Zunge, wartet nur darauf, endlich ausgesprochen zu werden. Und sie begnügen sich mit ein paar wenigen Zeilen?

Doch was sollen sie schon schreiben? Alles, worüber wir reden könnten, darf ohnehin niemals jemand erfahren. Und im Gegensatz zu meinem Leben geht ihres weiter wie immer. Vermutlich hat es wenig Sinn, von einem Alltag zu berichten, den ich in- und auswendig kenne. Und dennoch hätte ich zu gern darüber gelesen.

Es wundert mich allerdings, dass der Umschlag ungeöffnet bei mir ankam. Wenn Eris Hyll angeblich jeden Brief liest, der das Schloss verlässt, warum interessiert es sie dann nicht, was in denen steht, die hier ankommen?

Doch vielleicht ist genau das ein Trick. Um mich glauben zu lassen, unsere Worte wären sicher, und mich anschließend an leichtsinnigen Wahrheiten aufzuhängen. Meine Mutter ist jedenfalls kein Risiko eingegangen. Ihre Sätze sind kurz, prägnant und scheinbar ohne Interpretationsspielraum.

*Meine liebste Florence,*

*wir wünschen dir ein frohes neues Jahr!*

*Wie ist es dir ergangen? Hast du dich gut im Schloss eingelebt?*

*Ich habe mich so gefreut, von deinem Erfolg bei der Wahl zu hören. Du hast die Rolle der Blutbraut wirklich verdient, ich hoffe, das weißt du! Du hast das Herz am rechten Fleck und stets das Wohl anderer im Sinn. Du bist pflichtbewusst, loyal und die beste Tochter, die man sich wünschen kann. Niemand wäre besser geeignet, um die Menschen dieses Landes zu repräsentieren. Du wirst deine Aufgabe großartig machen, dessen sind wir uns sicher.*

*Zu Hause ist alles beim Alten, nur dass es dem Haus ohne dich an Leben fehlt. Dein Bruder weiß schon gar nichts mehr mit sich anzufangen. Es wird definitiv bald Zeit, dass wir dich besuchen!*

*Ich hoffe, du vergisst uns in deinem turbulenten neuen Leben nicht. Und denk immer daran: Wir sind so stolz, dass du diesen Weg gehst!*

*In Liebe*
*Deine Familie*

Nun ist die Enttäuschung allgegenwärtig.

Das ist alles? Sie schicken mich ins Herz des Feindes, und alles, worum es ihnen geht, ist die Mission?

Es mag wirken wie ein liebevoller Brief, doch ich erkenne hinter jedem der Sätze eine versteckte Bedeutung. Einen

Code. Eine geheime Botschaft. Nichts davon betrifft wirklich mich, zumindest fühlt es sich so an. Es geht nur um unsere Ziele.

*Hast du dich gut eingelebt?*

Oder übersetzt: Hast du bereits Informationen?

*Du hast das Herz am rechten Fleck und stets das Wohl anderer im Sinn.*

Mit anderen Worten: Denk daran, was diese Mission für den Rest der Menschheit bedeutet.

*Ich hoffe, du vergisst uns nicht.*

Soll heißen: Behalte dein Ziel im Auge.

Es kommt mir vor, als hätte meine Mutter nicht mehr als unterschwellige Erinnerungen an meinen Auftrag formuliert. Sie sind stolz, ja. Solange ich nicht scheitere.

Interpretiere ich zu viel hinein? Es könnte doch auch ganz anders gemeint sein. Vielleicht sind uns die Intrigen so sehr in Fleisch und Blut übergegangen, dass wir nun nicht einmal mehr die simpelsten Geständnisse von Zuneigung machen können, ohne ungewollt zwischen den Zeilen zu lesen.

Das wird es sein. Meine allgemeine Frustration färbt auf meine Wahrnehmung dieses Briefes ab. Ich weiß doch, dass meine Familie mich liebt und hinter mir steht. Sie müssen es gar nicht aussprechen.

Und trotzdem …

Ich werde diesen Stein nicht mehr los, der sich beim Lesen auf mein Herz gelegt hat. Offenbar ist heute einfach nicht mein Tag, denn ich würde am liebsten schon wieder weinen. Und egal, wie oft ich die Worte noch lese, sie geben mir kein Gefühl von Geborgenheit. Ich bin nach wie vor allein.

# KAPITEL SIEBEN

# HOW VILLAINS ARE MADE

Bist du sicher, dass das eine gute Idee ist?» Bonnie mustert mich mit zusammengezogenen Brauen. Sie macht keinen Hehl daraus, dass sie nicht viel von meinem Plan hält. Ich habe eine halbe Stunde gebraucht, um sie dazu zu überreden, mir den Weg zu zeigen, und nun muss sie alle paar Meter stehen bleiben, um auf mich zu warten.

Rein rational betrachtet ist die Strecke bis in den Königsflügel des Schlosses nicht lang. Für mich jedoch könnte es ebenso gut eine Wandertour durch die Highlands sein. Ich schlurfe durch die Gänge wie eine alte Frau und bin kurz davor, Bonnie um einen Gehstock zu bitten.

Es ist Mitte Januar. Benedict trinkt seit einem Monat von mir, und ich verweigere noch immer sein Blut. Die Wahrheit kann mittlerweile auch ich nicht mehr leugnen. Ich bin am Ende. Und doch werde ich nicht nachgeben. Ich kämpfe mich mit eiserner Sturheit voran, Tag für Tag.

«Es ist mir egal, ob es eine gute Idee ist», presse ich angestrengt hervor und stütze mich schwer atmend an der Wand neben mir ab.

Bonnies Blick spricht Bände, doch sie sagt nichts mehr. Man kann kaum behaupten, dass wir Freundinnen geworden sind, aber wir haben uns zumindest auf eine Art Waffenstillstand geeinigt. Womöglich hat sie auch einfach nur Mitleid mit mir. Doch wie dem auch sei: Immer, wenn sie ihre Aufgaben erledigt hat, leistet sie mir ein paar Minuten Gesellschaft. Sie scheint sogar so etwas wie einen Beschützerinstinkt entwickelt zu haben. Zumindest achtet sie penibel darauf, ob ich gut esse, jeden Abend meine Tabletten nehme und mich genug ausruhe.

Letzteres macht mich fertig. Ich tue gefühlt nichts anderes mehr, als mich auszuruhen.

Lyra und Briana besuchen mich zwar regelmäßig und

begleiten mich hin und wieder für einen Spaziergang in die Gärten, doch sie müssen ihren eigenen Verpflichtungen nachgehen. Und da ich solche nicht habe, hangle ich mich lediglich von einer frostigen Begegnung mit dem König zur nächsten. Meine Mission liegt auf Eis. Ich habe keine Ahnung, wie ich weiter vorgehen soll, und so sitze ich nur meine Zeit ab, bis ich Ende dieser Woche endlich meine Familie treffe.

Sie werden wissen, was zu tun ist. Vielleicht ist in Anbetracht der Situation ein neuer Plan notwendig. Immerhin ist es nicht annähernd so einfach, in Benedicts Bett zu kommen, wie wir dachten. Nicht, dass ich gegen eine derartige Planänderung etwas einzuwenden hätte ...

«Er mag keine unangekündigten Störungen», warnt Bonnie mich zum zehnten Mal.

«Er wird es ... überleben», keuche ich.

Sie schnalzt mit der Zunge. «Wie du meinst.» Ihre Versuche, mit mir zu diskutieren, werden immer halbherziger. Offenbar hat sie gemerkt, dass an meinem Sturkopf kein Vorbeikommen ist. Und das ist auch ganz gut so, denn mir reicht das regelmäßige Gezanke mit Benedict. Für mehr habe ich keine Energie. Ich habe durchgehend Kopfschmerzen, mir tut alles weh, und oft ist mir schon Sitzen zu anstrengend.

Endlich erreiche ich die prunkvolle Eichentür, vor der Bonnie stehen geblieben ist. Ich lehne mich an die kalte Steinmauer daneben und atme tief durch.

Bonnie gibt mir einen Moment. «Soll ich hier draußen warten?», fragt sie schließlich und mustert mich aufmerksam.

«Nein, danke. Ich finde den Weg zurück.»

«Mhm.» Sie presst einen Moment lang die Lippen zusammen, als würde sie sich weitere Worte verkneifen. Es ist unschwer zu erraten, was ihr auf der Zunge liegt. «Soll ich dich ankündigen?», fragt sie stattdessen.

Mein Blick huscht zur Tür. Es ist das erste Mal, dass ich diesen Teil des Schlosses betrete. Wenn Benedict von mir trinken will, kommt er immer zu mir und lässt mich kurz darauf wieder allein. Er hält eine geradezu professionelle Distanz zu mir, was ich durchaus zu schätzen weiß. Aber ich bin es leid, nur der Blutbeutel zu sein, den er so lange in einer Ecke parkt, bis er wieder Durst hat. Dieses Dahinvegetieren ist mir zuwider, und ich halte es keine Sekunde länger in meinem Zimmer aus, ohne ihm meine Meinung zu sagen.

«Ich klopfe selbst», entscheide ich. «Danke, dass du mich hergebracht hast.»

«In Ordnung ...» Wieder zögert sie, überlegt es sich aber doch anders. «Dann bis später.» Sie deutet einen Knicks an und geht den Gang, den wir gekommen sind, zurück.

Ich wende mich der Tür vor meiner Nase zu und atme tief durch. Es beruhigt zwar meinen Puls ein wenig, hilft jedoch nicht gegen die Schmerzen, die mittlerweile mein treuer Begleiter sind. Heute Vormittag hatte ich wieder das Gefühl, als müsste ich jeden Moment entweder anfangen zu schreien oder zu heulen. Der ständige Blutverlust höhlt meinen Körper langsam von innen aus, und obwohl ich es nicht zugeben will, macht es mich völlig fertig. Ohne Ablenkung ist es unerträglich. Und wenn ich diese heute nicht bekomme, dann ...

Dann weiß ich auch nicht.

Vermutlich erleide ich dann einen Nervenzusammenbruch.

Benedicts Tür ist mit aufwendigen Schnitzereien verziert. Kleine Rosen, Zweige und Vögel ranken sich darauf nach oben. Ich nehme meinen Mut zusammen und klopfe so fest ich kann gegen das dunkle Holz.

«Herein», tönt es leise von drinnen, und ich öffne mit zitternden Fingern die Tür. Es ist nicht so, als hätte ich Angst vor dieser Begegnung. Stattdessen sorgt die Anstrengung dafür, dass ich meine Hände nicht mehr ruhig halten kann.

König Benedicts Suite ist in mehrere Räume unterteilt. Ich überblicke ein Wohnzimmer mit Sitzgruppe vor einer bodentiefen Fensterfront. Eine Tür führt auf den Balkon, dunkles Holz dominiert den Boden und die Möbel. Die Wände hingegen sind cremefarben und mit prunkvollem Stuck ausgestattet. Zwei Flügeltüren führen zu beiden Seiten vom Zimmer ab. Die rechte ist geöffnet, und dahinter erspähe ich deckenhohe Bücherregale und einen roten Samtsessel.

«Wer ist da?», ertönt Benedicts Stimme aus der Richtung. Er klingt abwesend, als würde es ihn höchstens geringfügig interessieren, wer ihm einen Besuch abstattet. Vielleicht habe ich Glück, und Bonnie hat übertrieben, als sie meinte, er möge keine Störungen.

Zögerlich trete ich näher, bis ich unter dem geschwungenen Türrahmen stehe und um die Ecke schauen kann. Benedict sitzt an einem großen Mahagonischreibtisch über einen Laptop gebeugt. Um ihn herum herrscht ein heilloses Chaos. Papiere und Unterlagen liegen gestapelt oder scheinbar wahllos verteilt herum. Ein Tablett mit einer Kanne Tee und einer Tasse steht gefährlich nah an der Tischkante. Lediglich der Fleck direkt vor Benedict ist aufgeräumt genug, damit er dort arbeiten kann. Er mustert den Bildschirm vor sich mit gerunzelter Stirn und tippt sich immer wieder mit der Rückseite eines Füllers gegen die Unterlippe. Mich scheint er gar nicht wahrzunehmen.

Ich lasse den Blick schweifen. Die Wände sind komplett von Regalen bedeckt, doch Benedict gegenüber gibt es ein bodentiefes Fenster. Einzelne Buntglaskunstwerke sind zwischen den klaren Scheiben eingelassen. Rosen. Vögel. Sonnen. Sie werfen buntes Licht auf das wahre Schmuckstück dieses Zimmers – eine große goldene Konzertharfe.

Sofort überkommt mich Sehnsucht. Meine Finger zucken verräterisch, wollen mich dazu verleiten, die Saiten zu zupfen. Seit meiner Kindheit habe ich regelmäßig auf der Harfe meiner verstorbenen Großmutter geübt. Die Musik ist für mich untrennbar mit Zuhause verbunden. Noch etwas, das mir hier fehlt.

Ein Geräusch verleitet mich dazu, mich wieder umzudrehen.

Benedict hat seinen Füller weggelegt, schaut zu mir auf und runzelt die Stirn. «Was tust du hier, Florence?»

Wieder einmal mein Name von seinen Lippen. Er ist dabei geblieben, mich formlos anzusprechen. Vielleicht will er mir zeigen, dass ich mit meinen Entscheidungen seinen Respekt verspielt habe. Ich lege keinen Wert darauf. Viel beunruhigender jedoch ist das Kribbeln, das sich jedes Mal in meiner Magengrube ausbreitet, wenn er meinen Vornamen benutzt.

«Euch auch einen wunderschönen Tag, Eure Majestät», säusele ich und ernte einen finsteren Blick.

«Ich arbeite, Florence», ist alles, was er sagt. Er weist mit dem Kinn zur Tür.

Zum Teufel mit dem Kribbeln. Jetzt bin ich sauer.

«Und mir ist langweilig», erwidere ich und trete näher an seinen Tisch heran.

Benedict entweicht ein Schnauben. «Oh, Verzeihung! In diesem Fall darfst du mich natürlich jederzeit bei meiner Arbeit stören!» Sein Stirnrunzeln vertieft sich, und er nickt energisch zu dem Samtsessel. «Setz dich. Du siehst aus, als würdest du jeden Moment zusammenbrechen, und dafür habe ich nun *wirklich* keine Zeit.»

Ich denke gar nicht daran, seiner Aufforderung nachzukommen. Heute ist einer dieser Tage, an denen mir alles egal ist. Es macht meine Zunge spitzer als sonst, und dazu kommt die Tatsache, dass ich ohnehin keine Energie mehr habe, um meine Worte zu filtern.

«Wisst Ihr eigentlich, dass ich es liebe, wenn Ihr mir Komplimente macht?», säusele ich weiter.

Benedict bemüht sich um ein ernstes Gesicht, doch mir entgeht nicht, wie sein Mundwinkel dabei zuckt und für einen winzigen Augenblick das Grübchen in seiner rechten Wange offenbart. «Ich nenne lediglich Fakten», erklärt er. «Aber es ist schön zu wissen, dass dein vorlautes Mundwerk nicht mit deiner Gesundheit leidet.»

«Es hätte Euch sicher sehr geschmerzt, wenn dem so wäre», gebe ich zurück und verschränke die Arme vor der Brust. Diese Haltung entlastet meinen Rücken zumindest ein klein wenig.

Ich sollte mich wirklich hinsetzen. Stehen zu bleiben, kostet mich zu viel Kraft. Doch dann müsste ich Benedict nachgeben, und dafür bin ich nicht hergekommen.

Er lehnt sich seufzend in seinem Stuhl zurück und mustert mich. «Was ist los? Warum schleppst du dich durch das gesamte Schloss?»

Ich recke das Kinn, lasse die Arme wieder sinken und ziehe die Schultern ein wenig nach hinten. So schlapp, wie ich bin, fühlt sich die Geste kein bisschen selbstbewusst an. Und vermutlich sieht es auch nicht selbstbewusst aus. Egal. Ich mache das Beste daraus. «Ich möchte, dass Ihr mir eine Rolle gebt, während ich hier bin», verkünde ich.

Benedict runzelt die Stirn. «Du bist die Blutbraut.»

«Das ist keine Rolle, höchstens ein Titel. Die Blutbraut zu sein, bedeutet, herumzusitzen und darauf zu warten, dass Ihr Durst bekommt. So will ich meine Zeit nicht verschwenden.»

«Unsere jahrhundertealte Tradition ist für dich also eine Zeitverschwendung?» Er klingt wieder belustigt. «Ist es dir nicht Aufgabe genug, die Menschen dieses Landes im Schloss zu vertreten?»

«Ich vertrete niemanden. Ich bin kaum mehr als ein laufendes Wahrzeichen. Wenn Ihr darin Erfüllung findet, können wir gern tauschen.»

Benedict schmunzelt, doch der Ausdruck erscheint mir nicht mehr amüsiert, eher spöttisch und bitter. «Ich habe mich schon gefragt, wann das passiert.»

«Wann was passiert?», hake ich nach, mein Tonfall ein wenig zu gereizt.

«Dass du dich doch noch von deiner anderen Seite zeigst.»

«Wie bitte?»

«Samariterin hin oder her. Du willst dasselbe, was auch die anderen wollten. Einfluss. Macht.»

Ich stocke. «Darum geht es doch gar nicht!»

«Natürlich nicht.» Seine Stimme trieft nur so vor Sarkasmus. Kopfschüttelnd widmet er sich wieder dem Laptop.

«Ich will keine Macht, ich will lediglich etwas zu tun haben! Eine Aufgabe! Und wenn sie darin besteht, die Kamine zu kehren. Ich bin nicht wählerisch.»

«Ich aber. Und eine Mindestanforderung für meine

Kaminkehrer ist, dass sie nicht Gefahr laufen, vornüberzukippen und in einem Haufen Asche zu ersticken.»

Ich schnappe beleidigt nach Luft. «Wie bitte?»

«Du kannst dich kaum auf den Beinen halten. Du denkst doch nicht wirklich, ich würde dir in diesem Zustand irgendeine Aufgabe übertragen. Solange du nicht gesund bist, brauchen wir darüber nicht zu diskutieren. Und jetzt setz dich endlich.»

«Ich langweile mich zu Tode!», beschwere ich mich.

«Ich bezweifle, dass es *das* ist, was dich tötet, Florence.» Er weist ungeduldig auf den roten Sessel, und diesmal gehorche ich. Lange hätte ich ohnehin nicht mehr stehen können. Missmutig lasse ich mich auf das weiche Polster sinken und lehne mich zurück. Mein Herz schlägt heftig, offensichtlich überfordert damit, meinen Körper angemessen mit Blut zu versorgen. Gut möglich, dass es daran liegt, dass davon nicht mehr genug vorhanden ist.

«Bitte», stoße ich angestrengt aus und schaue Benedict in die Augen. «Ich halte das nicht mehr aus. Es ist so sterbenslangweilig. Ich fühle mich nutzlos.»

Unzufrieden verzieht er den Mund. «Ich sollte das als Druckmittel benutzen, um dich endlich zur Vernunft zu bringen», stellt er fest.

Ich brauche zwei tiefe Atemzüge, bevor ich eine Antwort hervorbringe. «Ebenso gut hättet Ihr mich zwingen können, ohne mir etwas im Gegenzug anzubieten. Aber das wollt Ihr nicht. Oder habt Ihr Eure Meinung darüber plötzlich geändert?»

Benedict presst die Lippen zusammen und mustert mich nachdenklich. «Nein, das habe ich nicht», bestätigt er. «Aber jedes Mal, wenn ich dich so sehe, denke ich darüber nach.»

Leider weiß ich, was er meint. Meine Hautfarbe gleicht mittlerweile der eines Gespenstes. Mit den Augenringen erinnert mein Gesicht an das eines Waschbären. Eines abgemagerten, verhungernden Waschbären. Ich habe ungewollt abgenommen, und mein Körper wirkt eingefallen. Essen ist schwierig, wenn der Magen rebelliert.

Ich sehe Benedict an, dass er schon wieder mit mir diskutieren will. Er mahlt einige Sekunden mit dem Kiefer, als würde er versuchen, die Worte, die ihm auf der Zunge liegen, zu zerkauen. Dann scheint er sie endgültig herunterzuschlucken, denn er schüttelt resigniert den Kopf.

«Ich werde darüber nachdenken, wie du in deinem Zustand helfen kannst», willigt er ein.

Verwirrt blinzle ich ihn an. Ich habe mit vielem gerechnet, aber nicht damit, dass er tatsächlich zustimmt.

«Wirklich?», frage ich.

«Bring mich nicht dazu, es doch direkt abzulehnen.»

Ich schließe eilig den Mund und nicke nur. «Danke! Das ... bedeutet mir viel.» Es klingt wie eine Floskel, aber leider ist es wahr. Dieses winzige Versprechen gibt mir neue Kraft. Ich will mich erheben, doch Benedict funkelt mich an.

«Bleib um Gottes willen sitzen und ruh dich aus!» Er steht auf und greift nach der Teekanne auf dem Tablett. Bevor ich so richtig verstanden habe, was er vorhat, schenkt er mir eine Tasse ein, umrundet den Schreibtisch und drückt sie mir in die Hand.

«Ich dachte, ich halte Euch vom Arbeiten ab», wende ich ein, nehme sie aber dennoch entgegen. Das heiße Porzellan ist eine Wohltat für meinen fröstelnden Körper. Ich trage inzwischen nur noch warme Hosen und dicke, übergroße Wollpullover, um nicht immerzu frieren zu müssen.

Benedict macht eine ausladende Geste, mit der er auf die Bücherregale zu allen Seiten des Raumes hinweist. «Du kannst lesen, während ich mich durch die Korrespondenz quäle. Wenn ich fertig bin, begleite ich dich zurück auf dein Zimmer.»

Ich öffne bereits den Mund, um zu widersprechen, doch sein warnender Blick bringt mich zum Schweigen. Keine Diskussion. Schön. «Darf ich mir wenigstens selbst ein Buch aussuchen?», frage ich.

Der König mustert mich einen langen Moment, als müsste er darüber ernsthaft nachdenken. «Wenn du deinen Tee getrunken hast», beschließt er dann und setzt sich wieder hinter seinen Schreibtisch. Er konzentriert sich erneut auf den Bildschirm, und ich verdrehe heimlich die Augen. So, wie er sich benimmt, könnte man fast glauben, meine Gesundheit läge ihm wirklich am Herzen.

Ich trinke einen Schluck von meiner Tasse und lasse den Blick durch das kleine Arbeitszimmer schweifen. Natürlich bleibt er an der Harfe hängen. Sie muss alt sein und von unsagbarem Wert. Goldene Verzierungen ranken sich an ihr hinunter. Rosen und Blätter, auf manchen der Zweige sind kleine Vögelchen zu erahnen. Dasselbe Motiv wie auf den Fensterscheiben und seiner Tür.

Ich dachte immer, die Harfe, die wir zu Hause haben, sei schön. Sie wurde in meiner Familie mütterlicherseits weitergereicht, immer mit dem entsprechenden Unterricht. Ich wurde von Mum unterrichtet, sie von meiner Großmutter. Und seit deren Tod hat das Instrument noch eine weitere Bedeutung. Es steht für alles, was wir verloren haben, und die Rache, die wir üben werden. Doch egal, wie besonders die Harfe für eine Menschenfamilie wie unsere sein mag – sie ist nichts im Vergleich zu dieser hier.

«Spielt Ihr?», frage ich und schaue zu König Benedict.

«Hm?» Er hat die Stirn in tiefe Falten gelegt und hebt nur widerwillig den Kopf.

«Auf der Harfe, meine ich.»

Er stockt. Sein Blick bleibt für einen Moment an den Saiten hängen, dann presst er die Lippen zusammen und widmet sich wieder dem Laptop. «Nein», sagt er schlicht. Aber in dem Wort scheint mehr mitzuschwingen, als er aussprechen will. Ein kaum wahrnehmbarer Unterton, der doch die ganze Melodie verändert.

Ich verbringe den gesamten Nachmittag bei Benedict. Wir hüllen uns in Schweigen, und bis auf das gelegentliche Klackern der Laptoptastatur und das Klirren meiner Tasse ist in dem Arbeitszimmer nichts zu hören. Hin und wieder murmelt Benedict einen Fluch oder wühlt entnervt in dem Unterlagenchaos auf seinem Schreibtisch, und jedes Mal, wenn ich einen Blick zu ihm wage, finde ich ihn mit zusammengezogenen Brauen und einem harten Zug um die Mundwinkel vor. Diese Korrespondenz scheint eine ganz schöne Tortur zu sein.

Ich würde ihn gern fragen, was das Problem ist, aber ich will ihn nicht stören. Womöglich wirft er mich dann doch raus, und das will ich nicht riskieren. Obwohl Benedicts Anwesenheit ein durchgehend mulmiges Gefühl in meiner Magengrube auslöst, fühle ich mich bei ihm wohler als in meinem Zimmer. Ich schätze, es ist die Illusion von Gesellschaft, die dafür sorgt, dass ich mir hier nicht so einsam vorkomme wie sonst. Und ich klammere mich geradezu verzweifelt an diesem Gefühl fest.

Trotz meiner Kopfschmerzen lese ich die ersten hundertfünfzig Seiten eines Krimis. Der Mörder meuchelt angeblich unschuldige Vampire, und was bei den Lesenden eigentlich Angst und Schrecken auslösen soll, finde ich beruhigend. Diese Monster *sind* sterblich. Ich weiß das, und dennoch fällt es mir manchmal schwer, darauf zu vertrauen. Meine größte Angst ist es, in fünf Monaten einen Silberdolch in Benedicts Herz zu rammen, nur um festzustellen, dass er sich die Klinge dunkel lächelnd aus dem Brustkorb zieht.

Alle paar Kapitel muss ich das Buch weglegen, weil meine Kopfschmerzen zu schlimm werden. Ich schließe meist die Augen und döse für einige Minuten, dann geht es wieder.

Offenbar bin ich gerade wieder eingeschlafen. Das Geräusch von Benedicts Stuhl, der über die Dielen scharrt, lässt mich aufschrecken. Ich blinzle und nehme verschwommen wahr, wie der König zu mir tritt und sich bückt. Er hebt etwas vom Boden auf. Mein Buch. Es muss mir aus der Hand gerutscht sein.

«Seid Ihr fertig?», murmle ich und reibe mir die Augen. Das Licht im Raum hat sich verändert. Vor dem Fenster ist es mittlerweile dunkel, stattdessen leuchtet nun der Kronleuchter an der Decke. Ich habe wohl doch mehr als nur ein kurzes Nickerchen gehalten.

«Ja.» Er legt das Buch auf den Beistelltisch neben mir. «Wenn auch nicht so fertig wie du.»

«Ha ha …» Ich quäle mich in eine aufrechtere Position und streiche mir fahrig die Haare zurecht. Diesmal hat der Schlaf nicht geholfen. Mein Kopf dröhnt noch mehr als zuvor, und ich bin furchtbar müde. «Wie lange habe ich geschlafen?»

«Ein bis eineinhalb Stunden, schätze ich.»

Ich verziehe das Gesicht. «Warum habt Ihr mich nicht geweckt?»

Seufzend bietet Benedict mir seine Hand an und übergeht die Frage damit einfach. «Komm. Es ist bald Zeit fürs Abendessen.»

Ich verkneife mir, ihm zu sagen, dass ich es auch allein zurück zu meinem Schlafzimmer schaffe. Stattdessen lasse ich mir von ihm aufhelfen.

Seine Fingerkuppen sind rau, und ich verstehe nicht, warum sich das so gut anfühlt. Vielleicht ist es die Wärme, die sie ausstrahlen. Oder die Tatsache, dass ich mich generell nach Berührung sehne. Nach Umarmungen. Nach Nähe.

Ich halte Benedicts Hand ein wenig zu lang fest, und das Kribbeln, das sich dabei seinen Weg durch meinen Körper bahnt, klingt noch den gesamten Weg bis zu meiner Tür in mir nach. Es ist furchtbar, was für eine Wirkung sein Körper auf mich hat. Furchtbar, wie schön ich ihn trotz allem finde und wie gut er duftet. Furchtbar, wie nah ich ihm manchmal sein will.

Mir ist bewusst, dass eigentlich genau das die Lösung ist. Ihm näherzukommen. Ihn zu verführen. Doch ich bezweifle, dass er darauf eingehen würde, und wenn doch … Ich will nicht wissen, was das mit mir machen würde. Allein der Gedanke, mit ihm zu schlafen, kommt mir wie Verrat vor. Ich bin nur nicht sicher, an wem. An mir? An meinen Idealen? An Benedict?

Bestimmt hat meine Familie einen besseren Plan. Einen sichereren, der nicht darauf basiert, dass der König Interesse an mir entwickelt und ich meinen Körper für unser Vorhaben verkaufe.

König Benedict begleitet mich bis vor meine Tür. Es ist

ungewohnt, mit ihm durch das Schloss zu laufen, weil es ihn so normal wirken lässt. Natürlich bin ich nicht davon ausgegangen, dass er sich sonst in einer Sänfte herumtragen lässt, aber es wirkt schon sehr befremdlich, wie er in meinem Schneckentempo die halb dunklen Gänge entlanggeht.

«Also dann», murmle ich etwas unbeholfen, als wir mein Zimmer erreichen. Soll ich ihm anbieten, noch mit reinzukommen? Auf eine Tasse Tee oder einen Schluck Blut? Der Gedanke ist so skurril, dass ich beinahe aufgelacht hätte.

Benedict nickt nur unberührt. «Ruh dich aus.»

«Von was?», entwischt es mir. «Ich habe nichts gemacht, außer zu schlafen und Tee zu trinken.»

«Und das solltest du weiterhin tun.»

Ich ziehe eine Schnute, was ihm wie so oft ein Seufzen entlockt. Doch seine Mundwinkel wandern kaum merklich nach oben.

«Ich denke über eine Aufgabe für dich nach», verspricht er, und ich atme erleichtert aus. Er macht mir Hoffnung. Und vielleicht hält er sein Wort ja. Mir wäre wirklich alles recht, um nicht länger in diesem Zimmer zu versauern.

«Danke, Eure Majestät.» Ich mache einen Knicks.

Benedict mustert mich noch einen Moment. Dann schüttelt er kaum merklich den Kopf. «Guten Abend, Florence.» Er lässt mich allein und begibt sich auf den Rückweg.

Manchmal habe ich das Gefühl, zu wissen, was in Benedict vorgeht. Doch in anderen Momenten, wie zum Beispiel jetzt, kann ich nicht einmal erahnen, was er denkt. Ich versuche, mir nicht zu sehr den Kopf darüber zu zerbrechen. Stattdessen betrete ich mein Schlafzimmer.

Sofort fällt mir die Kälte auf, die sich in den vergangenen Stunden im Raum ausgebreitet hat. Es ist stockfinster, und im Kamin brennt kein Feuer.

Das ist ungewöhnlich. Normalerweise sorgt Bonnie dafür, dass der Raum tagsüber geheizt ist, auch wenn ich mit Lyra und Briana unterwegs bin. Dachte sie, ich bleibe länger bei Benedict? Wieso sollte sie? Sie war doch der festen Überzeugung, der König würde mich hochkant aus seinem Arbeitszimmer werfen.

Ich taste nach dem Lichtschalter und mache dabei einen Schritt in den Raum hinein, doch gerade als ich ihn finde, stolpere ich über etwas. Das Licht geht an, und ich lande unsanft neben dem Etwas auf dem Boden. Ist das …? Ich starre auf den leblosen Körper, und mir entweicht ein Laut, der halb Schmerz, halb Schock ist.

«Bonnie?», frage ich, doch meine Stimme ist zittrig und mir kriecht eine unangenehme Gänsehaut die Arme hinauf bis in meinen Nacken. Bonnie liegt auf der Seite, ihre braunen Locken verdecken ihr Gesicht, und sie regt sich nicht.

Ich habe das Gefühl, als dürfte ich mich nicht bewegen. Der Moment ist wie eingefroren, und solange ich mich nicht rühre, den Bann nicht breche, kann die Realität mich nicht einholen. Oder zumindest hätte ich das gern. Sie tut es eben doch. Mir steigen Tränen in die Augen, und ein Zittern nimmt von mir Besitz.

«Bonnie!», sage ich lauter, aber es klingt abgehackt. Angst schnürt mir die Kehle zu, doch irgendwie schaffe ich es, mich aus meiner Starre zu lösen. Nur dass es keinen Unterschied mehr macht. Schon als ich ihre Schulter berühre, um sie auf den Rücken zu drehen, weiß ich, dass es zu spät ist. Sie ist eiskalt. Ihre Augen starren ins Leere, ihre Lippen blau und an ihrem Hals prangen zwei dunkelrote Wunden.

Ein hilfloses Schluchzen entkommt mir. Meine Hände streichen über Bonnies Arme, ihre Haare, ihre kalte Wange, doch es fühlt sich an, als wären es nicht meine eigenen. Als würde ich lediglich dabei zusehen, wie jemand Berührungen an eine Tote verschwendet. Ich weiß längst, dass Bonnie es nicht mehr spürt. Dass sie nicht mehr aufwachen wird. Und dieses Wissen reißt mich fast entzwei, so schmerzhaft ist es.

Sie ist weg.

Eines dieser Monster hat sie ermordet.

Eine Hand legt sich auf meine Schulter, und ich schreie erschrocken auf. Ich will zurückweichen, doch warme Finger schließen sich sanft um meinen Oberarm.

«Ich bin es», ertönt Benedicts Stimme. Er geht neben mir in die Hocke und fängt meinen Blick auf. Ein Ausdruck unbändigen Zorns liegt auf seinem Gesicht, doch sein Griff bleibt sanft, und sein Duft nach Wald und Kaminfeuer umspielt mich. Ich atme ihn tief ein, in der Hoffnung, er würde mein rasendes Herz beruhigen, und Benedict wendet sich Bonnies leblosem Körper zu.

«Wer war das?», frage ich. Ich erkenne meine eigene Stimme nicht wieder. Sie klingt schrill, nach einer Mischung aus einem Wimmern und einem wütenden Brüllen. Benedict antwortet nicht sofort, und weder seine Hand an meinem Arm noch sein vertrauter Geruch können meine Gefühle noch davon abhalten, überzukochen. «Ich will wissen, wer das war!», fahre ich ihn an, und Tränen tropfen von meinem Kinn.

Benedict lässt meinen Arm los. «Das werde ich herausfinden.» Er sagt es bemüht ruhig, doch ihm ist anzusehen, dass er um seine Beherrschung ringt. Es lässt mich fast glauben, ihr Tod würde ihn wirklich interessieren.

«Komm», fordert er leise und bietet mir seine Hand an. «Setz dich auf einen Sessel.»

Widerwillig lasse ich zu, dass er mir hoch hilft. Ich bin wacklig auf den Beinen, noch mehr als sonst. Offenbar habe ich verlernt, wie man läuft, denn ich kann mich beim besten Willen nicht daran erinnern, wie es geht. Bonnies lebloses Gesicht hängt in meinen Gedanken fest, selbst als Benedict mich zur Sitzgruppe führt und mir einen der Sessel so zurechtrückt, dass er mit dem Rücken zu ihrer Leiche steht. Ich setze mich, und er legt mir eine Decke um die Schultern. Anschließend geht er mit schnellen Schritten zur Badezimmertür. Er wirft einen prüfenden Blick in den Raum, und was mir im ersten Moment merkwürdig vorkommt, jagt im nächsten einen kalten Schauder über meinen Rücken.

Er sieht nach, ob sich dort jemand versteckt. Bonnies Mörder, der irgendwann im Verlauf des Tages in diesem Zimmer war und es noch immer sein könnte. Der vielleicht *mich* gesucht hat …

Obwohl ich seit heute Mittag nichts gegessen habe, wird mir mit einem Mal speiübel. Ich stehe auf und streife mir die Decke ab. Hastig stolpere ich an Benedict vorbei, dränge ihn zur Seite und schaffe es gerade noch bis zur Kloschüssel, bevor ich mich übergeben muss.

Seine dumpfen Schritte werden von meinem Würgen übertönt. Ich höre einen gemurmelten Fluch, dann streichen mir Benedicts heiße Hände die Haare aus dem Gesicht und halten sie in meinem Nacken fest. Er geht neben mir in die Knie, reibt mir über den Rücken, und ich weiß nicht mehr, was ich fühlen soll.

Ich will ihn anschreien. Ich will mich an ihn lehnen. Ich will, dass er geht, und ich will noch mehr, dass er bleibt, denn ohne ihn habe ich das Gefühl, als müsste ich mich auflösen. Es ist alles zu viel. Die Abgeschlagenheit, die Schmerzen, die Einsamkeit. Und jetzt auch noch Bonnies Leiche in meinem Zimmer. Der Frau, die mich vielleicht als Einzige hätte verstehen können. Die wirklich auf meiner Seite war, auch wenn sie es nicht wusste.

Ich habe ihr gesagt, sie würde es eines Tages verstehen.

Offensichtlich war das eine Lüge.

«Du bist hier sicher, Florence», raunt Benedict. «Du brauchst keine Angst zu haben. Ich beschütze dich, das schwöre ich dir.»

Als würde mich das interessieren. Verdammt, ich will einfach nur nach Hause.

Mit beiden Unterarmen stütze ich mich auf der Klobrille ab und lasse den Kopf hängen. Ich bin nass geschwitzt, und gleichzeitig ist mir eiskalt.

«Geht es wieder?», fragt Benedict leise und streicht mir über den Nacken. Die Berührung ist warm und seltsam intim. Sie sorgt dafür, dass sich mein Herzschlag beschleunigt und Gänsehaut meine Arme hinaufwandert. Und mit einem Mal ist seine Nähe zu viel.

«Ja», stoße ich atemlos hervor und rutsche ein wenig von ihm weg. «Ich ... brauche einen Moment. Bitte.»

Ich schaue ihn nicht an. Dennoch spüre ich sein Zögern. «Ich bin vor der Tür», verkündet er schließlich und verlässt den Raum.

Ich atme tief durch und versuche, meine Gedanken zu ordnen. Es gelingt mir nicht. Die Realität setzt sich zwar in meinem Kopf fest, doch ich kriege sie nicht zu greifen. Es fühlt sich an, als würde ich in einem Albtraum feststecken. Nur, dass ich ihm nicht wie sonst entkommen kann. Der Albtraum ist mein Leben.

Nach einer gefühlten Ewigkeit stehe ich endlich vom Boden auf und betätige die Spülung. Meine Knie sind steif und schmerzen, ich zittere am ganzen Körper, und mir ist noch immer übel. Dennoch spüle ich mir am Waschbecken den Mund aus, putze mir die Zähne und spritze mir etwas kaltes Wasser ins Gesicht, um zumindest dort den Schweiß abzuwaschen.

Als ich das Schlafzimmer wieder betrete, ist der Raum voll mit Vampiren. Benedict hat die Wachen gerufen. Zwei von ihnen haben Bonnies Leiche auf eine Trage gebettet und decken sie soeben zu.

«Ich will wissen, wer dafür verantwortlich ist», tönt Benedicts wütende Stimme durch den Raum. «Koste es, was es wolle.» Er steht ein paar Meter weiter neben Eris Hyll. Die Rechte Hand des Königs hat eine finstere Miene aufgesetzt und scheint über die Situation ebenso verärgert wie er.

«Ich tue mein Möglichstes.»

«Ich will nicht dein Möglichstes, Eris, ich will Verantwortliche!»

«Die will ich auch, Benedict», erwidert sie grimmig. «Aber womöglich werden wir sie nicht finden. Nicht, wenn es dieselben sind wie damals.»

Benedict beißt die Zähne zusammen und starrt einen langen Moment hinüber zu Bonnies Leiche. Dann schüttelt er energisch den Kopf. «Das wird sich nicht wiederholen. Auf keinen Fall. Riegel das Schloss ab. Niemand geht mehr ein oder aus. Die Bediensteten werden geschützt, niemand arbeitet mehr allein. Ich will Wachprotokolle mit genauen Zeit-, Orts- und Personenangaben. Florence wird in meinen Flügel umquartiert. Ich will mindestens vier Wachen auf dem Gang, zu jedem Zeitpunkt. Sie wird nie mit einer einzelnen Wache allein gelassen, ist das klar?»

«Glasklar», erwidert Eris. «Ich leite sofort alles in die Wege.»

«Gut.» Jetzt erst bemerkt Benedict mich. Er kommt mit zielsicheren Schritten auf mich zu.

«Geht es dir besser?», will er wissen. In seiner Stimme klingt noch immer dieser autoritäre Ton mit. Normalerweise würde ich darauf mit einer schnippischen Bemerkung reagieren, doch in diesem Moment beruhigt es mich. Wenigstens einer von uns behält die Kontrolle.

«Mhm», ist alles, was ich herausbringe.

Seine Züge werden weicher. Oder bilde ich mir das ein? «Du ziehst um. Möchtest du selbst packen oder soll das jemand übernehmen? Du brauchst nur deine Sachen für heute Nacht, um den Rest kümmern wir uns morgen.»

«Ich ... packe selbst», krächze ich. Ich hinterfrage seinen Plan nicht. Er kommt mir mehr als gelegen. Als könnte ich jemals wieder ruhig in diesem Zimmer schlafen.

Aus dem Augenwinkel sehe ich, wie die Wachen die Liege mit Bonnie hochheben und Anstalten machen, sie aus dem Zimmer zu tragen.

«Nein!», rufe ich und eile auf sie zu, doch sie ignorieren mich.

«Wartet», fordert Benedict lauter und folgt mir. Sofort halten sie inne und lassen die Trage wieder sinken. «Wir geben dir einen Moment, um dich zu verabschieden», erklärt er an mich gewandt, und ich nicke dankbar. Benedict mustert mich noch einmal prüfend, dann verlässt er das Zimmer. Die anderen folgen ihm. Eris Hyll bildet das Schlusslicht. Sie wirft mir einen unlesbaren Blick zu und spricht mir leise ihr Beileid aus, bevor sie die Tür hinter sich zuzieht.

Stille legt sich über den Raum. Ich schaue auf die Umrisse von Bonnies Körper hinab und atme tief durch.

Sie ist wirklich tot.

Sie wurde ermordet – in meinem Schlafzimmer. Vielleicht sogar an meiner Stelle ...

Ist es meine Schuld? Ist sie meinetwegen gestorben?

Der Gedanke treibt mir erneut Tränen in die Augen. Eilig schüttle ich ihn ab und gehe neben Bonnie in die Knie. Es ist nicht meine Schuld, sondern die dieser Monster. Und egal, wie besorgt sie nun tun, wie sehr sie sich um Sicherheit bemühen, wie mitfühlend sie ihr Beileid aussprechen – jeder von ihnen könnte ihr Mörder sein.

Jeder außer Benedict. Denn er war die ganze Zeit über bei mir.

Ich hätte nicht gedacht, dass eines Tages ausgerechnet er die einzige Person in diesem Schloss sein würde, der ich vertrauen kann. Und sei es nur in dieser einen Sache.

Doch davon darf ich mich nicht täuschen lassen. Er steht auf ihrer Seite, nicht auf meiner. Trotz meiner Erschöpfung kämpft sich neue Entschlossenheit in mir empor. Sie beginnt als kaum merkliches Schwelen in meiner Magengrube und entwickelt sich binnen Sekunden zu einem regelrechten Lauffeuer.

Ich muss mich zusammenreißen. Stark bleiben. Ich darf hier nicht weich und unnachgiebig werden. Egal, wie nett Lyra und Briana sind. Egal, wie sanft Benedict manchmal scheint und wie attraktiv er ist. Wenn ich diesen Monstern etwas entgegensetzen will, muss ich zehnmal so erbarmungslos sein wie sie. Nicht das fragile kleine Blümchen, sondern der Dorn unter ihrer Haut.

Mit zitternden Fingern ziehe ich das Tuch von Bonnies Gesicht. Ihre Augen sind jetzt geschlossen. Wenigstens diesen Respekt hat man ihr erwiesen.

Ich schlucke und balle die Hände zu Fäusten. Sie hatte

so viel mehr verdient als das. Wir alle hätten so viel mehr verdient.

«Ich werde dich nicht vergessen», flüstere ich, meine Stimme überraschend fest. Soeben hat meine Aufgabe hier noch weiter an Wichtigkeit gewonnen. Ich werde die Menschheit aus den Klauen dieser Bestien befreien. Ich werde Vergeltung üben für das, was man meiner Familie genommen hat. Und ich werde Bonnie rächen.

Koste es, was es wolle.

# KAPITEL ACHT

# DESTROY DESTROY DESTROY

Ich sehe dabei zu, wie die Wachen Bonnies Leiche wegbringen. Mein Kopf fühlt sich zum Bersten voll an, und doch kriege ich keinen klaren Gedanken zu fassen. Ein schmerzhaftes weißes Rauschen überlagert mein Bewusstsein.

Hektisch werfe ich meine Sachen für die Nacht in eine Tasche und lasse mich von einer regelrechten Eskorte in mein neues Schlafzimmer bringen. Es befindet sich direkt gegenüber von Benedicts Suite und stellt meine bisherige Unterbringung in den Schatten. Dunkles Holz, blutroter Samt und Gold dominieren den großen Raum. Ich weiß nicht, was ich davon halten soll. Vielleicht würden die dunklen Farben beruhigend wirken, würde mir nicht ein solches Gewicht auf die Brust drücken. Ich fühle mich trotz der Weite des Zimmers eingeengt, wie begraben. Alles wirkt schwer und trostlos.

Mein Abendessen, das mir wenig später gebracht wird, rühre ich nicht an. Die Übelkeit bleibt, und als Lyra und Briana klopfen, um nach mir zu sehen, lasse ich sie nicht rein.

Ich kann jetzt nicht mit ihnen reden. Würden sie überhaupt verstehen, wie ich mich fühle? Oder würden sie mich dafür belächeln, dass ich über einen einfachen Menschen trauere? Ich glaube, es war ein Fehler, ihnen zu vertrauen. Ich habe mich von ihnen täuschen lassen, habe mich bei diesen Monstern sicher gefühlt, dabei könnten ebenso gut sie es sein, die Bonnie ermordet haben. Wie oft muss ich mir vor Augen halten, was sie sind, bis auch mein Unterbewusstsein es begreift? Wie viel Leid muss ich sehen, wie viel Blut muss fließen, bis ich mich endlich nicht mehr von ihnen blenden lasse?

Meine Familie würde sich schämen, wüssten sie, was in mir vorgeht. Und ich tue es ebenso.

Ich nehme ein langes, heißes Bad und starre dabei aus dem Fenster. Die Nacht ist tiefschwarz, der Himmel bewölkt. Das Badesalz mit Lavendel trägt kein bisschen zu meiner Beruhigung bei, und meine Gedanken drehen sich im Kreis. Ich sehne mich mehr nach zu Hause als je zuvor. Nach der Sicherheit des Vertrauten, einer liebevollen Umarmung, tröstenden Worten.

Ob meine Eltern und Val mich trotz allem am Ende der Woche besuchen dürfen? Benedicts Stimme hallt in meinem Kopf nach. *Riegelt das Schloss ab.* Er wird es mir doch nicht verbieten, sie zu sehen? Das kann er nicht machen. Ich glaube, das würde mich endgültig brechen.

Morgen frage ich ihn. Wenn der Schock hoffentlich ein wenig abgeklungen ist und ich wieder mehr bei Sinnen bin.

Ich quäle mich aus der Wanne, mache mich bettfertig und suche anschließend die Tablettendose aus dem Chaos in der Tasche. Der Anblick ist unerwartet schmerzhaft. Normalerweise stellt Bonnie sie mir immer für den jeweiligen Abend hin, damit sie merkt, wenn ich sie vergessen habe. Und schon holen mich die Gedanken an sie wieder ein.

Mit Mühe verdränge ich sie und konzentriere mich auf die Medikamente. Eine der Antibabypillen habe ich eben in meinem alten Zimmer schon genommen. Sie sind in ein Kleid aus schwerem Stoff eingenäht, das ich unmöglich hätte mitnehmen können, wenn ich nur für eine Nacht packen soll. Spätestens Morgen werde ich aber sicherstellen müssen, dass es hergebracht wird.

Ich fülle mir ein Glas mit Wasser, setze mich aufs Bett und schütte mir zwei der Eisentabletten in die Handfläche. Doch bevor ich sie nehme, halte ich noch einmal inne. Ein mulmiges Gefühl hat sich in meiner Magengrube breitgemacht.

Etwas stimmt nicht. Oder kommt es mir nur so vor?

Ich betrachte die Tabletten genauer und halte sie unter das Licht meiner Nachttischlampe. Sie sehen aus wie immer. Ein bläuliches Dunkelgrau mit einer leichten Musterung, die an Marmor erinnert. Trotzdem ...

Ich sollte sie einfach nehmen. Das ist nur mein Kopf, der mir einen Streich spielt. Mein Misstrauen ist allmählich nicht mehr gesund.

Dennoch schütte ich mir ein paar weitere Tabletten in die Handfläche. Sie sind alle identisch, sehen aus wie immer, riechen wie immer. Und sicher liegt es nur daran, dass ich so neben mir stehe, dass sie sich jetzt fremd anfühlen. Oder ...?

Meine Gedanken hören nicht auf zu kreisen. Jemand war in meinem Zimmer. Aber er kam nicht dorthin, um Bonnie zu töten, oder? Denn wenn sie das Ziel gewesen wäre, warum sollte sie dann ausgerechnet in meinem Zimmer getötet werden und nicht an einem unauffälligeren Ort? Plötzlich bin ich mir sicher, dass es um mich ging. Und vielleicht wollte der Mörder gar nicht auf mich warten, sondern nur unbemerkt etwas in meinem Zimmer erledigen. Zum Beispiel meine Tabletten mit anderen austauschen.

Ein eisiger Schauer läuft mir über den Rücken. Ich stehe kurzerhand wieder auf, balle meine Hand um die Tabletten zur Faust und verlasse barfuß das Zimmer. Der Flur ist hell erleuchtet, der Steinboden kalt unter meinen Füßen. Wachen stehen zu beiden Seiten des Ganges an den nächsten Kreuzungen und beobachten mich dabei, wie ich leise zu Benedicts Tür tapse. Ich zögere, doch niemand hält mich auf. Ich klopfe an, und von einem Moment auf den anderen hämmert mein Herz mindestens doppelt so laut wie zuvor in meiner Brust.

Sicher ist es nur Einbildung. Ich verschwende seine Zeit.

Aber ... so eine Vermutung wäre mir doch nicht grundlos gekommen. Etwas an diesen Tabletten ist anders. Ich bin mir fast sicher. Oder ...

Verflucht, ich weiß überhaupt nicht mehr, was ich denken soll. Würden wenigstens diese furchtbaren Kopfschmerzen nachlassen ...

Diesmal bittet Benedict mich nicht herein. Stattdessen öffnet er mir persönlich die Tür, und ich stocke. Er trägt nicht mehr als eine schwarze Baumwollhose, die locker auf seinen Hüften sitzt. Sein nackter Oberkörper lenkt mich einen Moment lang davon ab, weshalb ich eigentlich hier bin. Ohne Hemd wirkt seine Brust noch breiter. Seine Muskeln sind definiert, seine Arme kräftig. Er trainiert regelmäßig, ohne Frage. Und ich würde ihm zu gern einmal dabei zuschauen.

Dieser Mann sollte nicht so verdammt attraktiv sein. Doch mein Blick bleibt unweigerlich an den dunklen Härchen hängen, die sich unterhalb des Bauchnabels von seiner hellen Haut abheben und in seinem Hosenbund verschwinden. Die Erinnerung an seinen Biss durchfährt mich. Daran, wie er mich sanft gegen die Wand drückt, meinen Körper dort mit seinem gefangen nimmt, seine Lippen auf meine Haut senkt ...

Ich schlucke und schaue eilig in Benedicts Gesicht. Er mustert mich mit gehobenen Brauen, und Hitze schießt mir in die Wangen.

«Was ist los?», fragt er und tritt zur Seite, um mich reinzulassen.

Ich antworte nicht sofort. Stattdessen gehe ich an ihm vorbei in die Suite und versuche, das Bild von uns aus meinem Kopf zu vertreiben.

«Florence?», fragt er sanft. «Ist etwas passiert?»

Gott, diese Stimme aus schwarzer Seide hilft nicht! Warum bin ich eigentlich hier? Ist es klug, ausgerechnet ihn einzuweihen? Ich kann ihm nicht trauen, das darf ich nie vergessen.

Aber wem soll ich es sonst erzählen? Lyra? Das ist auch nicht besser. Was sollte sie unternehmen? Meine Familie könnte mir ebenso wenig helfen. Und allein ...

Ich gebe es nicht gern zu, aber allein bin ich hilflos. Ich muss es Benedict sagen. Ganz egal, wie strategisch sinnvoll das sein mag.

Widerwillig atme ich durch und halte ihm meine geöffnete Hand mit den Tabletten hin. Er schaut mich nur ratlos an.

«Würdest du mir bitte erklären, was los ist?», fordert er.

Ich brauche einen Augenblick, um Worte zu formulieren. «Ich glaube, das sind nicht meine», bringe ich heraus.

Benedict runzelt die Stirn. Erst jetzt fällt mir auf, dass seine Locken noch feucht sind. Und sein Duft nach Kiefer und Tanne umhüllt mich nicht wie sonst, sondern schwebt kaum wahrnehmbar in der Luft. Bestimmt war er gerade duschen. Und ich sollte aufhören, mir das vorzustellen.

«Wieso?», will er wissen und schaut mir wieder ins Gesicht.

«Hm?», mache ich verwirrt.

Sein Blick fesselt meinen. Das Grün seiner Augen ist mir mittlerweile vertraut, und ich wünschte, er würde mich trösten. Mich halten. Wenigstens für einen Moment seine Arme um mich legen. Verflucht, was ist nur los mit mir?

«Wieso sind es nicht deine?», hakt er ungeduldig nach.

Die Tabletten. Ach ja. «Ich weiß nicht, ich ...»

Benedicts Gesichtsausdruck lässt mich innehalten. Er

wirkt so skeptisch, dass ich jetzt schon weiß, dass er mir nicht glauben wird. Vermutlich tut er es als *weibliche Hysterie* ab und schickt mich zurück auf mein Zimmer.

«Sie fühlen sich dünner an», erkläre ich trotzdem.

Benedict verzieht den Mund. Einen Moment lang wirkt er zwiegespalten. Und vielleicht ist das Problem nicht, dass er mir nicht glaubt, sondern dass er mir nicht glauben *will*.

Plötzlich löst er sich aus seiner Starre. Mit zwei großen Schritten ist er bei einer Kommode und kommt mit einem Taschentuch zu mir zurück. Vorsichtig hält er meine Hand fest und sammelt die Tabletten mit dem Tuch ein. «Wasch dir die Hände», befiehlt er mir und nickt zu der Tür links von mir. «Wer weiß, was das ist.»

Der Kloß in meinem Hals droht allmählich, mir die Luft abzudrücken. Ich nicke und tue, was er mir gesagt hat. Ich durchquere sein Schlafzimmer, wo ich einen Blick auf ein großes Bett mit dunklen Laken erhasche, und wasche mir schließlich in seinem luxuriösen Badezimmer gleich zweimal die Hände. Sicher ist sicher.

Als ich zurückkomme, tritt Benedict gerade vom Gang zurück in die Suite und schließt mit grimmiger Miene die Tür hinter sich. «Sie bringen die Tabletten zu Hêlîn», erklärt er.

«Dr. Demenan?»

«Genau. Morgen wissen wir hoffentlich mehr.»

«Vielleicht habe ich es mir auch nur eingebildet», murmle ich und schlinge die Arme um meinen Körper. Mittlerweile sind meine Füße eiskalt, und ich friere, weil es in Benedicts Räumen merkbar kälter ist als in meinem eigenen. Wie er oberkörperfrei hier rumlaufen kann, ist mir ein Rätsel. Doch als er nun seine Hand an meinen Oberarm legt und mich sanft in Richtung des Sofas lenkt, erübrigt sich die Frage. Sein Körper ist so viel wärmer als der eines Menschen. Vermutlich wird ihm deshalb nicht so schnell kalt.

«Möglich», gibt der König zu und bedeutet mir, mich zu setzen. Erschöpft lasse ich mich in die Kissen sinken. «Aber wenn die Tabletten wirklich ausgetauscht wurden, würde das erklären, was Bonnies Mörder in deinem Zimmer wollte.» Seine Miene ist so finster, dass mir direkt noch kälter wird.

«Mich?», frage ich halbherzig.

Benedict nickt. «Mit den Tabletten hätte man dich, oder vielleicht auch mich, klammheimlich vergiften können. Und bei deinem Zustand hätten wir wahrscheinlich nicht einmal bemerkt, dass etwas nicht mit rechten Dingen zugeht. Wir wären einfach davon ausgegangen, dass dein Tod meine Schuld war, und niemand außer mir hätte jemals irgendwelche Konsequenzen dafür zu spüren bekommen.»

In Benedicts Worten schwingt so viel Bitterkeit mit, dass ich fast Mitleid für ihn empfinde. Als hätte er sich tatsächlich Vorwürfe gemacht, wäre es so gekommen. Als könnte er nicht jederzeit aufhören, von mir zu trinken, statt dabei zuzusehen, wie ich daran zugrunde gehe.

«Wenn sie wirklich vergiftet sind ...», flüstere ich stockend. «Und Bonnie den Verantwortlichen nicht überrascht hätte ...» Oh Gott. Sie hat mir das Leben gerettet. «Dann wäre ich sicher nicht misstrauisch geworden und hätte die Tabletten einfach genommen.»

Benedict ballt die Hände an seinen Seiten zu Fäusten. Ein harter Zug liegt um seine Mundwinkel, und er nickt kaum merklich. «Es tut mir leid», presst er hervor.

Fragend schaue ich ihn an. «Was?»

«Ich hatte dir Sicherheit versprochen. Offensichtlich war mir nicht klar, was das erfordert.»

Ich weiß nicht, was ich sagen soll. Der Mann, der mein Blut trinkt, steht vor mir und spricht von Sicherheit. Was bedeutet dieses Wort für ihn? Nur, dass sich außer ihm niemand an mir vergreift?

«Ihr braucht Euch um mich keine Sorgen zu machen», versichere ich ihm und kann nicht verhindern, dass ein Hauch Feindseligkeit in meiner Stimme liegt.

«Das tue ich aber», erwidert er gereizt. «Du allein gibst mir schon jeden Grund dazu! Wenn jetzt auch noch der ...» Er unterbricht sich und atmet einmal tief durch. «Wenn es nun auch noch jemand auf dich abgesehen hat ...» Wieder bringt er den Satz nicht zu Ende. Er seufzt und presst frustriert die Lippen zusammen. «Florence.»

Benedict geht vor mir in die Knie und greift nach meiner Hand. Er schließt sie in seine, und ich bin so überrumpelt, dass ich erstarre. Er sucht meinen Blick. «Ich bitte dich inständig, mein Blut anzunehmen. Wenigstens einen Tropfen. Bitte.»

Träume ich, oder fleht mich der König von England wirklich auf Knien an?

«Warum lasst Ihr mir diese Wahl überhaupt?», flüstere ich.

Benedict runzelt die Stirn. «Weil es nicht meine Entscheidung ist, sondern deine. Mehr als das hier kann ich nicht tun, um sie zu beeinflussen. Und glaub mir, es wird definitiv das letzte Mal sein, dass ich vor dir knie.»

«Soll ich mich jetzt geehrt fühlen?», frage ich.

Benedict drückt meine Hand fester. «Nein, du sollst verdammt noch mal aufhören, vor meinen Augen wegzusterben!»

Ist es das, was ich tue?

Sterbe ich, weil ich mich weigere, sein Blut zu trinken?

Ich will es nicht glauben. Doch wenn ich ehrlich bin, fühlt es sich genau so an. Ich ertrage es nicht mehr. Die Schmerzen, die Müdigkeit. Dieses Gefühl, mich Tag für Tag mehr zu verlieren. Ich will, dass es aufhört. Und wenn das bedeutet, Benedicts Blut zu trinken, wird es womöglich Zeit, dass ich das Risiko eingehe.

«Kann ich Euch vertrauen?», bringe ich hervor.

«Warum solltest du das nicht können?», fragt er sichtlich irritiert. «Ich habe keinen Grund, dich zu hintergehen, Florence.»

Zumindest das stimmt vermutlich. Das ganze Land beugt sich seinem Willen. Er ist nicht auf Arglist angewiesen. Im Gegensatz zu mir.

«Ich weiß, dass ich durch Euer Blut nicht direkt zum Vampir werde. Aber es kann mich auch nicht ... versehentlich verwandeln?» Ob es mich irgendwie beeinflusst, kann ich ihn nicht fragen. Wenn das der Fall ist, würde er ohnehin lügen.

Benedict schüttelt den Kopf. «So funktioniert das nicht. Dafür müsstest du vollständig ausbluten. Und mein Blut bräuchte vorher Zeit, um sich in deinem Körper auszubreiten. Mindestens ein paar Stunden, vorzugsweise mehr. Du bleibst ein Mensch, das kann ich dir versprechen.»

Dann muss ich mir also zumindest darum keine Sorgen machen. Ich lasse mir noch einen Moment Zeit, um sicherzugehen, dass ich keine impulsive Entscheidung treffe, die ich später bereue. Benedict kniet weiterhin vor mir und mustert mich abwartend. Ich glaube sogar, einen Hauch Hoffnung auf seinem Gesicht zu erkennen.

Genau daran klammere ich mich nun fest. Hoffnung.

«In Ordnung», wispere ich.

«In Ordnung?», wiederholt er ungläubig.

«Ich werde Euer Blut probieren.»

Erleichtert atmet er durch. Benedict steht auf und lässt sich neben mir auf das Sofa sinken. Er fragt nicht nach, ob ich mir sicher bin. Stattdessen ergreift er die Gelegenheit beim Schopf. Schweigend sehe ich dabei zu, wie er sich mit einem seiner Fangzähne in den Daumen sticht und sich ein Tropfen Blut auf seiner Fingerkuppe bildet.

Diese Entscheidung könnte ein fataler Fehler sein. Sie könnte unseren Plan ruinieren. Doch was ist von diesem überhaupt noch übrig? Und was bleibt mir anderes? Wenn ich Benedicts Blut nicht annehme, werde ich womöglich nicht einmal bis zur Sommersonnenwende überleben.

Ich öffne den Mund ein wenig und lasse zu, dass Benedict sanft mit seinem Daumen über meine Unterlippe fährt. Bevor ich zu sehr darüber nachdenken kann, lecke ich das Blut ab.

Entgegen meiner Erwartung schmeckt es kaum metallisch. Eher süßlich und ein wenig herb. Wärme breitet sich in meinem Körper aus, rauscht von meiner Mitte ausgehend bis in meine Zehen und Fingerspitzen. Einen Augenblick lang scheint alles in mir zu pulsieren. Dann, ebenso schnell, wie es kam, verflüchtigt sich das Gefühl wieder, und zurück bleibt dieselbe bleierne Müdigkeit wie zuvor. Derselbe Schmerz.

Ich weiß nicht, was ich fühlen soll. Soll ich erleichtert sein oder doch enttäuscht?

«Wann wirkt es?», frage ich vorsichtig.

«Sofort», erwidert er zerknirscht.

«Ich merke nichts.»

«Das habe ich befürchtet.»

Er spricht es nicht aus, doch ich glaube zu wissen, worauf er hinauswill. «Ich brauche mehr, nicht wahr?», rate ich.

«Das würde ich zumindest vorschlagen, ja.»

Tief atme ich durch. «Wie viel mehr?»

Benedicts Gesicht bleibt bemüht neutral. «Das weiß ich nicht. Ich gebe dir so viel, wie du brauchst.»

Natürlich war das erst der Anfang. Was habe ich auch erwartet? Doch nun macht es vermutlich ohnehin keinen Unterschied mehr. Und zumindest habe ich bisher nicht das Gefühl, als hätte mich Benedicts Blut in irgendeiner Weise beeinflusst.

Ich nicke zaghaft, das einzige Zeichen meiner Zustimmung. Ich wüsste ohnehin nicht, was ich sagen soll. Vielleicht wäre Dank angebracht, doch den will ich ihm nicht zugestehen.

Statt mir wieder seinen Daumen anzubieten, öffnet Benedict kurzerhand eine Ader an seinem Handgelenk. Blut sickert langsam aus der winzigen Wunde, während er mir seinen Arm entgegenhält.

«Von der Vene ist es mächtiger», erklärt er.

Ich zögere, lasse den Satz einen Moment lang sacken. Trinkt er deshalb von mir und nicht von den Konserven, mit dem der Rest der Bevölkerung ernährt wird?

«Bitte ruinier nicht meine Polster», murmelt Benedict. Das Blut rinnt bereits seinen Arm hinab.

Es kostet mich einiges an Überwindung, sein Handgelenk zu umfassen und von ihm zu trinken. Langsam schließe ich die Augen, nehme einen ersten, vorsichtigen Schluck. Es fühlt sich viel zu intim an. Intim und verboten. Ich spüre die Härchen seines Arms unter meinen Fingern, seine weiche Haut unter meinen Lippen. Doch kaum, dass ich Benedicts Blut schmecke und sich diese Wärme wieder in meinem Körper ausbreitet, fallen meine Hemmungen.

Die Schmerzen sind wie weggespült. Die Müdigkeit ist

vergessen. Mit jedem Schluck schmeckt sein Blut besser, und neue Kraft strömt durch meine Glieder. Mein Herz schlägt kräftiger, mein Atem geht tiefer, der Nebel in meinem Kopf klärt sich. Und endlich, nach einem Monat des Leidens, fühle ich mich wieder lebendig.

«Langsam», klingt Benedicts tiefe Stimme zu mir durch.

Doch ich will mich nicht zurückhalten und schon gar nicht aufhören. Ich will, dass diese Berauschtheit ewig anhält und ich nie wieder meinen schmerzenden Körper spüren muss. Ich umklammere Benedicts Arm fester, nehme immer gierigere Schlucke.

«Florence.» Benedict löst sanft meine Finger von seinem Handgelenk und entzieht mir seinen Arm. Widerwillig öffne ich die Augen und klammere mich an ihm fest, doch obwohl ich mich nun unbesiegbar fühle, habe ich seiner Stärke nichts entgegenzusetzen. Er hält mich eisern fest, sein Arm verschwindet aus meinem Sichtfeld, und ich stöhne frustriert auf.

«Das ist genug», behauptet er ruhig.

Ist es das?

In mir pulsiert alles, die Welt dreht sich. Womöglich hat er mich doch unter Drogen gesetzt. Mir ist schwummrig zumute, und ich höre mein Blut in meinen Ohren rauschen.

«Es hört gleich auf», verspricht Benedict mir. Seine Stimme klingt dumpf, als würde er durch Watte sprechen. Er legt mir eine Hand auf den Rücken, und ich lehne mich in die Berührung, spüre, wie mein Kopf gegen seine Schulter sinkt. Ich schließe die Augen wieder und nehme ein paar tiefe Atemzüge. Allmählich scheint sich mein Körper zu beruhigen. Doch erst als mein Puls nicht mehr rast und es sich nicht mehr anfühlt, als würde sich der Raum drehen, öffne ich blinzelnd die Lider.

Das Zimmer sieht aus wie zuvor, mein Kopf ist überraschend klar, und die Schmerzen, die Müdigkeit, der ewige Nebel ... Sie sind weg.

«Fühlst du dich besser?», will Benedict wissen, seine Stimme nah an meinem Ohr.

Ich lehne immer noch an ihm. Und jetzt, wo ich mir dessen bewusst werde, brennen mir seine Finger förmlich ein Loch in den Rücken.

«Mhm», mache ich nur und löse mich vorsichtig von ihm. Ich traue meiner Zunge noch nicht. Es kommt mir vor, als könnte sie mich betrügen und statt eines «Ja» ein «Mehr» über meine Lippen stolpern lassen. Doch abgesehen davon ...

Alles scheint wieder normal. Wie vorher.

Ich habe endlich das Gefühl, wieder ich selbst zu sein.

Die Erleichterung trifft mich mit einer solchen Wucht, dass ich keine Chance habe, mich darauf einzustellen. Ich weiß wirklich nicht, wie ich den letzten Monat ertragen habe. Doch es ist vorbei. Diese verfluchten Qualen sind endlich vorbei.

Mir schießen Tränen in die Augen. Eilig wende ich mich von Benedict ab, doch es ist zu spät. Er hat sie bereits gesehen.

«Florence? Was ist los?» Ich spüre seine Hand fester an meinem Rücken, als wollte er verhindern, dass ich mich ihm weiter entziehe.

«Nichts», presse ich hervor.

«War es schlimm?» Er klingt ernsthaft besorgt. Und allmählich fange ich an, ihm zu glauben. Er wollte mich nicht überreden. Er hat es getan, weil er es musste. Weil es die einzige Möglichkeit war, um mich zu heilen. Und hätte ich ihm nur ein kleines bisschen mehr vertraut, hätte ich niemals so leiden müssen. Dann wäre es mir hier gut gegangen. Dann hätte ich nicht einen ganzen Monat damit verschwendet, langsam vor mich hin zu sterben.

«Nein», schluchze ich und reibe mir die Tränen von den Wangen. Es scheint, als wäre jede Entscheidung, die ich in diesem Schloss treffe, genau die falsche. Ohne meine Familie bin ich offensichtlich nicht halb so kompetent oder stark, wie ich dachte. Sie halten diesen Plan zusammen. Halten *mich* zusammen. Wenn sie Ende der Woche zu Besuch kommen, müssen sie mir sagen, was ich tun soll. Ich fühle mich so furchtbar nutzlos.

«Warum weinst du dann?», will Benedict wissen, und er klingt so liebenswürdig überfordert, dass ich mich am liebsten in seine Arme werfen würde.

Ich schniefe und schüttle den Kopf. «Weil es nicht mehr wehtut.»

«Aber ... Das habe ich dir doch die ganze Zeit über gesagt?»

Mir entweicht ein Schnauben. «Ich dachte, es sei ein Trick. Dass das Blut mich gefügig macht, genau wie Euer Biss.»

«Wovon zur Hölle sprichst du da?»

«Weiß ich doch nicht!» Rückblickend betrachtet kommt mir diese Vermutung unsinnig vor. «Heilendes Blut klingt nicht gerade glaubwürdig», verteidige ich mich und wende mich ihm wieder zu. «Eher nach einem miesen Trick. Woher soll ich wissen, wie Eure ... Eure Magie funktioniert?»

Benedict verzieht das Gesicht. «Magie? Ich bin ein Vampir und keine Märchenfee.»

Ich lache auf. «Über Vampire weiß ich auch nicht mehr. Das kommt davon, wenn Ihr uns aus Eurer Gesellschaft ausgrenzt. Und wer sagt, dass es keine Feen gibt? Von eurer

Existenz erfuhren wir immerhin auch erst vor fünfhundert Jahren.»

«Ich bezweifle sehr, dass da draußen noch andere Wesen leben. Und wenn doch, verstecken sie sich vermutlich gut, weil sie genau wissen, was ihr Menschen mit jenen tut, die anders sind als ihr.»

Seine Worte sind unerwartet harsch. Ich brauche einen Moment, um ihre Bedeutung zu erfassen.

«Bitte?», frage ich schließlich.

Benedict lässt mich los und steht ruckartig auf. «Was dachtest du, was ich mit dir vorhabe?», will er wissen. «Als bräuchte ich irgendwelche Tricks, um meinen Willen durchzusetzen. Ich bin der König dieses Landes, Florence. Ist es zu viel verlangt, dass du mir wenigstens ein kleines bisschen vertraust, solange du in meinem verdammten Schloss lebst? Könntest du zumindest *versuchen*, deine klischeehaften Vorurteile hinter dir zu lassen?»

Ich übergehe seine Beschwerde. «*Wir Menschen?*», wiederhole ich stattdessen und stehe ebenfalls auf. «Wir sollen die Bösen sein? Ihr seid es doch, die uns halten wie Vieh!»

Er funkelt mich an. «Ist es eigentlich dein Ziel, mich zu beleidigen? Wir tun nichts dergleichen. Ihr seid frei. Ihr könnt tun und lassen, was ihr wollt, so war es schon immer.»

«Natürlich! Solange wir brav regelmäßig unser Blut spenden und in den für uns vorgesehenen Stadtteilen bleiben! Solange wir den Mund halten und akzeptieren, dass ihr uns nach Belieben alles nehmen könnt. Solange wir uns auf die Jobs begrenzen, die ihr uns erlaubt, und dabei in Kauf nehmen, dass Menschen, die wir lieben, immer wieder spurlos verschwinden. Solange wir ja keine Gleichberechtigung verlangen oder gar selbst darüber bestimmen wollen, was mit unserem Körper geschieht! Das ist keine *Freiheit*, das ist Unterdrückung! Und falls Ihr Euch nicht erinnert – sie hat genau hier angefangen, vor fünfhundert Jahren auf Eurem Thron.»

Benedict lacht freudlos auf. «Oh nein. Sie hat angefangen, als ihr Menschen begonnen habt, Vampire zu jagen und umzubringen. Sie hat angefangen, als wir nicht Teil *eurer* Gesellschaft sein durften, so wie ihr es jetzt von unserer seid. Wir haben uns lediglich verteidigt.»

Ich kann nicht glauben, was er da behauptet. «Ihr habt uns alles genommen!», rufe ich und balle die Hände zu Fäusten.

«Nein, wir nahmen euch einzig und allein eure verdammte Überlegenheit!», donnert er. «Alles andere ist geblieben. Dennoch tut ihr so, als hätten wir eure Leben zerstört, während wir zuvor kein Leben hatten. Wir fristeten ein Dasein in Dunkelheit und Schatten. In Einsamkeit und Gefahr. Mein Urgroßvater war es, der zum ersten Mal *uns* ein wenig Freiheit schenkte. Und verzeih mir, wenn im Gegenzug weniger für euch übrig blieb – aber ihr wart es, die uns Glauben machten, Freiheit sei ein endliches Gut. Und nur zu deiner Information: Mein Biss macht dich nicht *gefügig*, Florence. Was auch immer du fühlst, wenn ich von dir trinke, es liegt ganz allein an dir selbst.»

Ich schnappe nach Luft, um etwas zu sagen, bringe jedoch kein Wort heraus. Ich könnte ihn als Lügner bezeichnen – doch ich bin mir nicht sicher, ob er das ist. Vielleicht glaubt er diese Dinge wirklich. Vielleicht ist es seine tiefe Überzeugung, dass er der Gute ist und wir die Bösen. Welche Chance hätte ich dann, ihn vom Gegenteil zu überzeugen? Und was soll das heißen, alles, was ich fühle, liegt an mir? Was will er damit implizieren?

Mit energischen Schritten durchquert Benedict den Raum. Er öffnet die Tür, fixiert mich mit einem finsteren Blick und weist mit dem Kinn in Richtung meines Zimmers. «Es war ein langer Tag. Gute Nacht, Florence.»

Er ... wirft mich raus?

Typisch. Was habe ich auch von ihm erwartet?

Schnaubend rausche ich an ihm vorbei. Mir liegen bereits letzte gehässige Worte auf der Zunge, doch kaum, dass ich auf dem Gang stehe, schließt Benedict mit einem energischen Klacken die Tür hinter mir. Dieser ...!

Ich treffe den Blick einer der Wachen an der Ecke. Die abschätzige Neugier auf ihrem Gesicht macht mich nur noch wütender. Von der hilflosen Verzweiflung vorhin ist nichts mehr übrig. Jetzt ist da nur noch verbissene Entschlossenheit.

Ich bin wieder bei Kräften. Es wird Zeit, dass ich mich zusammenreiße. Denn eines ist sicher: Ich werde nicht zulassen, dass dieses Schloss und seine Bewohner mich noch einmal derart verwundbar erleben.

# KAPITEL NEUN

# TELL ME THE TRUTH

Am nächsten Morgen fühle ich mich dank Benedicts Blut so gut wie seit meiner Ankunft im Schloss nicht mehr. Körperlich zumindest.

Ich hatte wieder Albträume, diesmal noch schlimmer als sonst, und habe dementsprechend schlecht geschlafen. Die Erinnerung an Bonnie verursacht mir nach wie vor Übelkeit. Ihre leeren Augen verfolgen mich, und ich glaube zunehmend, etwas Anklagendes in ihnen zu erkennen. Die Tatsache, dass eine fremde Bedienstete an ihrer Stelle mein Zimmer betritt, verschlimmert den Schmerz nur noch. Doch als die Frau mir verkündet, dass Benedict mich in einer halben Stunde zum Frühstück in seiner Suite erwartet, schafft der Gedanke an ihn es zumindest vorübergehend, den an Bonnie zu vertreiben.

Mein Puls beginnt zu rasen, wenn ich an unseren Streit denke. An die Arroganz, mit der er seine Sünden verteidigt. Doch ich beiße mir auf die Zunge, bemühe mich um eine freundliche Miene und nicke nur. Übung für das Frühstück. Ich muss mich zusammennehmen. Je mehr ich es mir mit dem König verscherze, desto schwieriger wird es, anschließend wieder an ihn heranzukommen.

Ich lag gestern noch lange wach und habe darüber nachgedacht, wie ich weiter vorgehen soll, ohne zu einem Schluss zu kommen. Die Situation ist einfach zu verwirrend. Nichts lief im Schloss bisher nach Plan, und so viele Variablen sind noch offen. Der Mord kam völlig unerwartet, und ich habe keine Ahnung, warum mich jemand umbringen sollte. Oder ging es um Benedict? Spielt uns diese neue Situation in die Karten, oder erschwert sie meine Aufgabe nur noch weiter?

Ich muss mit Val und meinen Eltern sprechen. Wir werden gemeinsam einen neuen Plan ausklügeln, und bis dahin halte ich die Füße still und versuche, nicht noch negativer aufzufallen.

Mit dem Betreten von Benedicts Suite schlucke ich ausnahmsweise all meine Meinungen herunter. Oder zumindest gebe ich mir Mühe, das zu tun, denn ich kann nicht leugnen, dass ich weniger Kontrolle über meine Zunge habe, als mir lieb ist.

Ein Bediensteter hat mir die Tür geöffnet und führt mich nun in Benedicts Schlafzimmer. Der König sitzt dort an einem kleinen runden Eichentisch vor der Fensterfront. Seltene Morgensonne bringt seine dunklen Locken zum Leuchten, und im Gegensatz zu gestern Abend ist er voll bekleidet. Im Kamin brennt ein Feuer, doch hinter ihm ist ein Fenster geöffnet, das frische Luft in den Raum lässt und den Dampf aus seiner Teetasse sichtbar macht. Mir fällt auf, dass sein Bett noch nicht gemacht ist. Die Laken sind zerwühlt von der Nacht, und der Anblick ist seltsam intim. Es kommt mir fast vor, als könnte ich ihn dort liegen sehen, seine Haare zerzaust, Augen geschlossen, die helle Haut seiner nackten Brust ein Kontrast zu den dunklen Laken.

Benedicts Blick wandert fast prüfend an mir hinab, dann weist er mit dem Kinn auf den Stuhl gegenüber. «Guten Morgen.» Sein Gesichtsausdruck verrät nichts über seine Laune, doch allein die Tatsache, dass meine Gedanken sich schon wieder verselbstständigen, ruiniert meine eigene.

«Morgen», murmle ich und setze mich.

Benedict hebt eine Braue, stellt seine Tasse ab und schenkt mir ebenfalls Tee ein. «Weißt du, Florence», setzt er fast sachlich an, und dennoch entgeht mir sein vorwurfsvoller Tonfall nicht. «Mir ist erst jetzt bewusst geworden, wie konsequent du mir gegenüber die Etikette ignorierst.»

Ich zwinge mir ein falsches Lächeln auf die Lippen. «Verzeihung, Eure Majestät. Möchtet Ihr, dass ich noch einmal neu hereinkomme und Euch angemessen begrüße?»

Benedict schnaubt. «Jetzt, wo du wieder normal laufen kannst, wäre das ja kein Problem.»

Es kostet mich einiges an Selbstbeherrschung, nicht die Augen zu verdrehen.

Sein Mundwinkel zuckt belustigt. «Keine Sorge. Ich verkneife mir ein Hab-ich-doch-gesagt.» Er kippt Sahne in meinen Tee und reicht mir die Tasse. Irritiert sehe ich hinunter in die karamellfarbene Flüssigkeit. «Was ist?», will er wissen. «War das zu viel?»

«Nein», gestehe ich. «Es ist genau richtig.» Ich werfe einen prüfenden Blick in seine eigene Tasse, doch Benedicts Tee ist dunkel.

«Ich habe mich erkundigt, wie du ihn trinkst», erklärt er. «Die Küche kennt deine Essgewohnheiten vermutlich besser als du selbst.»

«Das ist ... sehr aufmerksam», gestehe ich. «Danke.»

Benedict schüttelt nur den Kopf. «Iss», fordert er.

Ich beschließe, nicht weiter zu protestieren, und nehme mir ein Mohnteilchen von einem der Teller. Während ich esse, lehnt Benedict sich zurück, trinkt von seinem Tee und schaut aus dem Fenster.

«Wollt Ihr nichts?», frage ich nach einer Weile.

«Ich kann Frühstück meist nicht viel abgewinnen», erwidert er.

Ich lasse mir einen weiteren Bissen lang Zeit, um über meine nächsten Worte nachzudenken. Sie sind vermutlich dennoch etwas provokanter, als sie sein sollten, aber ich glaube, das macht nichts. Wenn ich nicht wüsste, dass er genau das an mir zu mögen scheint, würde ich mich vielleicht mehr zusammenreißen.

«Nach gestern Nacht habe ich nicht erwartet, dass Ihr mich zu Euch einladet, um mir beim Essen zuzusehen.»

Sein Blick wandert zu mir. «Sieh es als Friedensangebot.»

«Wieso?» Ich beiße mir auf die Zunge, doch das Wort ist mir bereits entwischt.

«Weil ich nicht vorhabe, die nächsten elf Monate in einem inoffiziellen Rosenkrieg zu verbringen. Wir beide haben unsere Überzeugungen, und daran wird sich nichts ändern, das ist mir klar. Aber ich brauche dich an meiner Seite, Florence. Ich brauche dein Vertrauen. Wir haben schon genug Feinde.»

Benedicts Worte legen sich wie ein schweres Gewicht auf meine Schultern. «Wir?»

Seine Miene verfinstert sich. «Vielleicht solltest du erst aufessen», schlägt er vor. «Dein Körper hat einiges nachzuholen.»

Ich denke gar nicht daran. «Was habt Ihr herausgefunden?», frage ich alarmiert. «Geht es um Bonnie? Habt Ihr den Mörder verhaftet?»

Benedict seufzt. «Nein und nein. Aber Hêlîn hat deine Tabletten im Labor untersucht.»

Ich lasse den Rest des Mohnteilchens auf meinen Teller sinken. «Und?», frage ich atemlos.

Benedicts Gesicht verfinstert sich weiter. Ich weiß nicht, ob es daran liegt, dass ich mich ihm erneut widersetze, oder an den Neuigkeiten, die er mir mitteilen muss. Vermutlich passt ihm beides nicht.

«Es waren gemahlene Schierlingssamen darin.»

Obwohl ich nicht weiß, was genau das bedeutet, breitet sich Gänsehaut auf meinen Armen aus. «Das heißt?»

«Sagt dir der Begriff des Schierlingsbechers etwas?»

«Nein», gestehe ich. «Was ist das?»

Benedict verzieht den Mund. «Das war in der Antike eine Hinrichtungsmethode. Deine Tabletten waren vergiftet.»

Mein Herzschlag verselbstständigt sich. Mit einem Mal spüre ich sein Hämmern bis in meine Fingerspitzen. Angst kriecht mir den Nacken hinauf und hinterlässt kalten Schweiß.

«War das Gift ... für mich?», bringe ich hervor. «Oder sollte es Euch erreichen?»

«Bis zu mir wäre es nicht mehr gekommen. Hättest du diese Tabletten genommen, würdest du jetzt nicht hier sitzen.»

Ich umklammere meine Tasse und schlucke gegen den Kloß in meinem Hals an. Ich war so kurz davor, sie zu nehmen. Wäre ich nur ein kleines bisschen weniger misstrauisch gewesen ...

«Wie wirkt das Gift?», krächze ich.

Benedict presst die Lippen zusammen. «Das willst du nicht wissen, glaub mir. Ich habe Hêlîn gefragt und es bereut.»

Seine Worte sollen mich abschrecken, und in gewisser Weise tun sie das auch. Doch gleichzeitig sorgen sie dafür, dass ich erst recht wissen will, was für ein Schicksal mir bevorgestanden hätte. «Sagt es mir», bitte ich ihn und suche den Blick seiner grünen Augen. Reue schimmert in ihnen.

«Es führt zu Lähmungen.» Seine Stimme klingt gepresst, als müsste er die Worte hervorzwingen. «Man erstickt bei vollem Bewusstsein. Gut möglich, dass man einen natürlichen Tod angenommen hätte.»

Mir wird schlecht. «Aber ... wieso ich? Wer hätte denn etwas davon?»

«Das kann ich dir nicht sagen.»

«Weil Ihr es nicht wisst oder weil ich es nicht wissen soll?»

Benedict verzieht das Gesicht. «Beides.»

Nur widerwillig akzeptiere ich diese nichtssagende Antwort. «Wie kommt so ein Gift überhaupt ins Schloss? Wie konnte jemand Zugang dazu kriegen?»

«Der gefleckte Schierling ist hierzulande heimisch. Wie die Tabletten ins Schloss kamen, versuchen wir gerade herauszufinden. Bis dahin geht hier niemand mehr ein oder aus. Ich versprach dir Sicherheit und habe versagt, aber ich werde alles in meiner Macht Stehende tun, um dich in Zukunft zu beschützen.»

Er wirkt so entschlossen, dass es mich beinahe ein wenig rührt. Ich glaube Benedict, dass er es ernst meint. Nur muss ich mir auch in Erinnerung halten, dass es nicht um mich als Person geht, sondern ausschließlich um mein Blut, das er beschützen will.

«Diese ... neuen Regeln gelten aber nicht für meine Familie, oder?», hake ich vorsichtig nach.

Benedict runzelt die Stirn. «Die Anordnung gilt für alle. Niemand betritt oder verlässt das Schloss.»

Das meint er nicht so, oder? Sicher reden wir aneinander vorbei. «Aber ... aber meine Familie ist keine Bedrohung. Sie dürfen mich doch immer noch besuchen, richtig?»

Benedict schaut mich an, als hätte ich ihm soeben vorgeschlagen, die gesamte Stadt zu einer Party einzuladen. «Ich habe das Gefühl, du bist dir des Ernstes der Lage nicht bewusst.»

«Doch, aber es geht um meine Familie. Ich möchte sie endlich wiedersehen!» Ich *möchte* nicht nur. Ich muss. Ich brauche ihren Rat, verdammt.

«Es tut mir leid, Florence, aber das steht momentan völlig außer Frage. Ich kann ihnen ein Telefon zur Verfügung stellen lassen, dann kannst du sie anrufen.»

«Das ist nicht dasselbe!»

«Das ist alles, was ich dir anbieten kann.»

«Aber ...»

«Du wurdest gestern fast vergiftet und willst jetzt ernsthaft mit mir über meine Sicherheitsvorkehrungen diskutieren?»

«Meine Familie ist kein Sicherheitsrisiko!», rufe ich verzweifelt. Zumindest nicht für mich.

«Davon gehe ich auch nicht aus!» Seine Stimme bekommt wieder diesen gereizten Unterton, der mir nach unseren zahllosen Auseinandersetzungen nur allzu vertraut ist.

«Warum verbietet Ihr mir dann, sie zu sehen?»

«Weil es hier nicht nur um dich geht, Florence!» *Um wen dann?*, will ich fragen, doch Benedict schneidet mir das Wort ab. «Brich jetzt nicht schon wieder einen Streit vom Zaun. Das Thema steht nicht zur Diskussion. Wenn du deine Vorurteile für einen Moment ablegen würdest, könntest du vielleicht verstehen, dass ich das nicht tue, um dich leiden zu lassen, sondern um dieses Land – dich und deine Familie eingeschlossen – zu beschützen!» Er wirkt ernsthaft frustriert. Und leider hat es wirklich keinen Sinn, weiter auf ihn einzureden.

Benedict ist der König. Daran hat er mich erst gestern mehr als deutlich erinnert. Er wird seine Meinung nicht ändern, nur weil ich ihn darum bitte. Und ich kann ihm schlecht sagen, dass Val und meine Eltern sich sehr gut selbst verteidigen können. Das bedeutet allerdings, dass ich niemanden von ihnen allzu bald treffen werde. Und das wiederum ...

Ich bin auf mich allein gestellt. Es liegt jetzt an mir, alles wieder unter Kontrolle zu bringen. Nur wie?

Selbst wenn ich unseren ursprünglichen Plan weiterverfolge ... Sollte Benedict diese Regelungen bis zur Sommersonnenwende nicht aufheben, stehen wir vor einem riesigen Problem. Doch ich kann auch nicht einfach eine neue Strategie anwenden, ohne meine Familie einzuweihen. Und ich kann unmöglich gar nichts tun. Wenn ich also nur diese drei Optionen habe ...

Dann muss ich an unserem ursprünglichen Vorhaben festhalten und die nötigen Vorkehrungen treffen, um es wie besprochen durchführen zu können. Ich muss Benedicts Vertrauen gewinnen. Und ich muss in sein verfluchtes Bett, zwischen seine zerwühlten Laken, in seine warmen, kräftigen Arme.

Ein Schauer läuft mir über den Rücken. Ich würde mir gern einreden, meine bisherige Zurückhaltung hätte nur an meiner körperlichen Verfassung gelegen. Doch nun, wo ich nicht länger darauf warten kann, dass Val oder meine Eltern mir eine Alternative auf dem Silbertablett servieren, wird mir schmerzlich klar, dass ich nur nach Ausreden gesucht habe. Ich habe alles getan, um mich nicht mit meiner eigentlichen Aufgabe auseinandersetzen zu müssen. Habe zugelassen, dass meine Angst mich zurückhält.

Doch das ist jetzt nicht mehr möglich. Ich muss handeln. Denn ich bin die Einzige, die dazu momentan in der Lage ist.

Was habe ich mir gestern noch geschworen? Unnachgiebigkeit. Entschlossenheit. Mehr Mut.

Ich schlucke. Immerhin ist Benedict respektvoller, als wir dachten. Es wird nicht so schlimm, wie ich es mir all die Jahre zuvor ausgemalt habe.

«Ich verstehe», sage ich bemüht ruhig und widme mich wieder dem Rest meiner Mohnschnecke. Meine Finger zittern verräterisch, doch falls er es bemerkt, schiebt er es sicher auf die Umstände. Obwohl ich mir schon so viele Fehltritte erlaubt habe, schöpft er noch immer keinen Verdacht. Und das muss auch so bleiben.

Benedict scheint einen ausgeprägten Beschützerinstinkt zu haben. Seit er das erste Mal von mir getrunken hat, ist er um mein Wohl besorgt. Vielleicht komme ich so an ihn heran. Ich gebe mich zerbrechlich. Gebrochen. Tue so, als bräuchte ich ihn, um mich wieder zusammenzusetzen.

Kurz blitzen Zweifel in mir auf. Bisher habe ich meine Rolle nicht gerade makellos gespielt. Doch ebenso, wie ich mir einreden konnte, es gäbe einen anderen Weg, muss ich mir nun einreden, dass ich es ab jetzt hinkriege.

Aus dem Augenwinkel sehe ich, wie Benedict sich zurücklehnt. Ich weiß, dass er mich beobachtet. Vermutlich ist er sich nach meinen bisherigen Ausbrüchen nicht sicher, was er von meiner Reaktion halten soll. Und leider kann ich es mir auch nicht *ganz* verkneifen, meine Meinung kundzutun. Es wäre vermutlich auch auffällig, würde ich von jetzt auf gleich meinen Mund halten.

Vorsichtig schaue ich auf und treffe seinen Blick. «Hattet Ihr Gelegenheit, Euch Gedanken über eine Aufgabe für mich zu machen?», frage ich hoffnungsvoll.

Er mustert mich. «Tatsächlich, ja.»

Überrascht hebe ich die Brauen. «Und?»

«Deine Vorliebe fürs Kaminkehren kann ich leider nicht bedienen, auch wenn es dir jetzt wieder besser geht.» Sein rechter Mundwinkel verzieht sich zu einem kaum merklichen schiefen Schmunzeln, und ein Grübchen macht sich auf seiner Wange breit.

«Ich bin untröstlich!», rufe ich gespielt theatralisch.

«Natürlich. Ich hätte allerdings etwas anderes für dich. Es ist vermutlich nicht so ganz das, was du dir erhofft hast, aber du könntest mich als Assistentin unterstützen.»

Ich starre ihn an. Benedict gewährt mir doch nicht ernsthaft Einblick in seine Regierungsarbeit, oder? Vielleicht geht es um etwas ganz anderes? «Bei was genau benötigt Ihr Assistenz?»

Benedict wirkt nachdenklich. Er hat seine Tasse abgestellt und fährt immer wieder mit dem Zeigefinger den Bogen des Henkels nach. Erst nach dem fünften Mal scheint er sich entschieden zu haben, was er sagen will.

«Du könntest Ordnung in meine Unterlagen bringen und zum Beispiel Briefe adressieren und Korrektur lesen. Oder mir hin und wieder mit dem Laptop aushelfen, falls du dich mit Technik auskennst. Ich tue es jedenfalls nicht, und das Teil kostet mich regelmäßig den letzten Nerv.» Ich öffne den Mund, um zu antworten, doch Benedict ist offenbar noch nicht fertig. Er verzieht das Gesicht. «Nur um das klarzustellen, selbst wenn du das Angebot annimmst, kannst du jederzeit wieder aufhören oder dir freinehmen. Das ist keine offizielle Anstellung. Ich finde es mehr als befremdlich, meine Blutbraut für mich arbeiten zu lassen, aber du hast darum gebeten, also ...»

«Ich weiß das zu schätzen», unterbreche ich ihn. «Und ich übernehme die Aufgaben gern. Wobei ich bezweifle, dass ich besser mit einem Laptop zurechtkomme als Ihr, immerhin arbeitet Ihr täglich damit und ich so gut wie nie.»

«Da wäre ich mir nicht so sicher», murmelt er. «Ich versuche, dieses Teufelsgerät so selten zu benutzen wie möglich. Schon allein, weil mich jedes Mal, wenn ich es hochfahre, eine ganze Flut an E-Mails erwartet. Wer hat sich das eigentlich ausgedacht? Sobald die Leute nur noch auf Senden drücken müssen, um eine Nachricht zu übermitteln, verlieren sie offenbar jegliches Gespür dafür, ob besagte Nachricht auch sinnvoll ist oder nicht.»

Ich kann nicht verhindern, dass sich ein Grinsen auf meine Lippen stiehlt. Obwohl ich mich bemühe, es zu verbergen, bemerkt Benedict es.

«Was?», fragt er.

«Nichts. Ihr seid nur ein bisschen ... altmodisch. Wenn ich das so sagen darf.» Und noch dazu ist er sich seiner Privilegien nicht bewusst. Wir Menschen können uns technische Geräte kaum leisten und kriegen noch dazu keinen Zugang zum Internet. Der ist der Vampiroberschicht vorbehalten. Und alles, was der König tut, ist, sich darüber zu beschweren, dass das Versenden von Nachrichten viel zu einfach sei.

Benedict verdreht die Augen. «Du und Lyra seid wirklich wie füreinander gemacht.»

«Verzeihung.» Mein Grinsen lässt die Entschuldigung vermutlich nicht so ganz ernst wirken.

Er schüttelt den Kopf und mustert mich nachdenklich. «Also ist das wirklich in Ordnung für dich?»

Ich nehme mir einen Moment Zeit, um noch mal über sein Angebot nachzudenken. Es klingt zwar nicht nach der anspruchsvollsten Aufgabe und dementsprechend nach wenig Ablenkung, doch es ist immer noch besser, als allein in meinem Zimmer zu sitzen. Die Gesellschaft des Königs war gestern eine willkommene Abwechslung, selbst wenn wir uns die meiste Zeit nur angeschwiegen haben. Vielleicht gibt es mir sogar ein wenig Einblick in seine Korrespondenz. Und noch dazu spielt es mir doch in die Hände, oder nicht? Ich muss Benedict näherkommen und sein Vertrauen gewinnen. Und er legt mir den Schlüssel dazu förmlich vor die Füße.

«Wann kann ich anfangen?», frage ich.

Der König mustert erst mich, dann die Mohnschnecke auf meinem Teller. «Wenn du aufgegessen hast.» Er greift nach einer Schale Heidelbeeren neben sich und stellt sie vor mir ab. «Vitamine», erklärt er, und ich verschlucke mich fast an dem Bissen, den ich eben genommen habe.

«Danke», nuschle ich und trinke hastig einen Schluck Tee, um mein belustigtes Lächeln hinter meiner Tasse zu verbergen. So viel zu seinem Beschützerinstinkt. Ich habe das Gefühl, Benedicts harte Schale wird endgültig schmelzen, wenn ich anfange, mich ihm gegenüber verletzlich zu zeigen. Und nichts ist leichter als das, denn meine Dornen scheint er noch nicht einmal zu erahnen.

Entgegen meinen Hoffnungen gewährt Benedict mir keinen Einblick in seine Korrespondenz. Ich sitze wieder auf dem roten Samtsessel, einen Stapel Bürgeranfragen auf dem Schoß, die ich nach Datum und Kategorie sortieren soll. Seltener Sonnenschein bringt das Buntglasfenster neben mir zum Leuchten und wirft ein Muster aus Farben ins Zimmer. Das Licht bricht sich auf dem goldenen Rahmen der Konzertharfe und lenkt immer wieder meinen Blick zu dieser. Es juckt mich in den Fingern, auf ihr zu spielen, doch ich will Benedict nicht stören.

Er sitzt mit zusammengezogenen Brauen über seine Unterlagen gebeugt. Immer wenn ich mit einer Aufgabe durch bin, frage ich ihn nach einer nächsten. Und vorhin musste ich ihm erklären, wie man das Mailpostfach stummschaltet. Es wäre um einiges einfacher gewesen, hätte er mich den Bildschirm dabei sehen lassen, aber ich habe mich nicht getraut, das vorzuschlagen. Er soll nicht auf die Idee kommen, ich sei an seinen Nachrichten interessiert. Auch wenn ich das selbstverständlich bin.

Trotz der Beschäftigung driften meine Gedanken immer wieder ab. Zu Bonnies leblosem Körper. Den Tabletten. Dem Streit mit Benedict.

Ich bin es, die gestern hätte sterben sollen. Langsam und qualvoll. Und vermutlich wird das nicht der letzte Versuch bleiben, mich zu töten. Denn was auch immer der Grund für das Attentat war, er wird sich wohl kaum über Nacht in Luft aufgelöst haben.

Als sich erneut Bonnies Anblick in meine Gedanken schleicht, lege ich frustriert den Stapel Anträge beiseite. Ein Schauder durchläuft meinen Körper, und ich schüttle den Kopf. Dieses Bild wird mich für den Rest meines Lebens nicht wieder loslassen.

Tränen wegblinzelnd, lasse ich den Blick durch das kleine Arbeitszimmer schweifen. Benedict scheint in einen Brief versunken. Er hat die Stirn gerunzelt, seine Augen wandern stetig von links nach rechts.

Sein Versprechen von Sicherheit hallt in meinem Kopf nach. Die Worte sind beruhigend, und zugleich reichen sie mir nicht. Aus irgendeinem Grund wünschte ich, es ginge dabei auch um mich als Person und nicht nur um meine Rolle als Blutbraut. Natürlich reagiert er so. Er hat kein Interesse daran, mich ersetzen zu müssen. Ich glaube ehrlich gesagt auch nicht, dass das jemals passiert ist. Bisher hat jede Blutbraut ihren einjährigen Dienst zu Ende geführt.

Hat man auch bei den anderen versucht, sie zu vergiften? Oder geht es aus irgendeinem absurden Grund nur um mich? Schon wieder drängt sich die Erinnerung an Bonnie in meinen Kopf, vermischt mit der an meinen Albtraum von heute Nacht. Den bitteren Vorwürfen, die sie mir in diesem ins Ohr gezischt hat.

Mein Blick bleibt wieder an der Harfe hängen, und ich muss mich zusammenreißen, nicht aufzuspringen, mich auf den Samthocker zu setzen und zu spielen. Musik schafft es immer, mich zu beruhigen. Sie ist in Klang gegossene Geborgenheit. Ein Fetzen schmerzlich vermisstes Zuhause.

«Benedict?» Sein Name rutscht mir unbedacht über die Lippen. Mist. Ich wollte ihn nicht stören. Am Ende schickt er mich doch zurück in mein Zimmer.

Peinlich berührt drehe ich den Kopf. Benedict hat den Blick von dem Papier gehoben und mustert mich. Doch er wirkt nicht einfach nur genervt, sondern geradezu schockiert.

So schlimm war es nun auch nicht, oder? Ich wollte doch nur ...

Oh Gott!

Mir wird eiskalt. *Benedict.*

Jetzt erst wird mir bewusst, was ich eben getan habe. Ich habe den König Englands mit seinem Vornamen angesprochen.

«Ich meine ... Eure Majestät», stammle ich. Hitze schießt mir in die Wangen. Verflucht. Warum passiert mir so etwas immer wieder? Als hätte ich in seiner Nähe keinen Filter. «Verzeihung, ich ...» Ich schlucke und frage mich, wie ich den Satz beenden soll. Ich was? Keine Ahnung. Ich bin nicht ganz bei mir?

Benedicts Mundwinkel zuckt, und wieder erscheint dieses unverschämt attraktive Grübchen auf seiner Wange. «Was wolltest du fragen?», will er ruhig wissen.

Mein Herz schlägt mir bis zum Hals. Er sagt gar nichts dazu? Nach gestern Abend hätte ich mindestens eine Standpauke erwartet. Es scheint ihn zwar nicht zu stören, dass ich mich nicht an die Etikette halte, aber das ...

Das kann nicht in Ordnung sein.

«Ich ... also ... Darf ich ein bisschen auf der Harfe spielen?», bringe ich heraus. «Ich bemühe mich auch, leise zu sein. Natürlich nur, wenn es in Ordnung ist.»

«Spiel ruhig. Es stört mich nicht.» Völlig unberührt beugt er sich wieder über den Brief, als würde er das tatsächlich so meinen. Würde ich Harfe spielen, während Val sich konzentrieren will, hätte er mich hochkant rausgeschmissen.

Zögerlich stemme ich mich aus dem Sessel hoch und setze mich an die Harfe. Benedict würdigt mich weiterhin keines Blickes. Er muss doch wissen, wie laut dieses Instrument ist? Oder steht es hier womöglich seit Jahrzehnten unbenutzt herum? Dann wird er sich spätestens nach den ersten Tönen beschweren, egal wie leise ich spiele.

Ich balle meine Hände zu Fäusten und strecke anschließend meine Finger, um wieder mehr Gefühl für ihre Bewegungen zu bekommen. Seit ich hier bin, ist mir sicher einiges an Fingerfertigkeit abhandengekommen, und noch dazu hat sich die Hornhaut zurückgebildet, die ich aufgrund der Arbeit in der Schneiderei und des regelmäßigen Harfespielens zu Hause hatte. Gut, dass ich ohnehin leise sein muss.

Behutsam kippe ich die Harfe zu mir und zupfe die ersten Töne eines alten Wiegenlieds. Es wurde mir als Kind immer vorgespielt, bis ich es mit acht Jahren selbst spielen konnte. Bis heute habe ich dabei jedes Mal den Duft meiner Mutter in der Nase. Höre ihre Stimme, die leise mitsingt.

Aus dem Augenwinkel nehme ich wahr, wie Benedict den Kopf hebt und mich beobachtet. Vielleicht stört ihn die Lautstärke doch. Aber es käme mir komisch vor, jetzt sofort wieder abzubrechen, also spiele ich weiter, erhöhe das Tempo ein wenig, genieße das Gefühl der gespannten Saiten unter meinen Fingerkuppen und der Vibration in meinem Brustkorb. Vermutlich bräuchte ich nur ein paar Tage Übung, dann wäre ich wieder genauso gut wie vor meiner Abreise. Ob Benedict mir vielleicht erlaubt, die Harfe in mein Schlafzimmer zu bringen?

«Du kannst spielen?»

Seine Frage bringt mich so sehr aus dem Konzept, dass ich mich direkt vertue und eine falsche Saite anschlage. Der Fehler ist kaum zu hören. Dennoch ärgere ich mich darüber.

Widerwillig lasse ich die Hände sinken und sehe zu Benedict hinüber. Schon wieder wirkt er überrascht von mir. Was hat er denn erwartet? Dass ich einfach auf dem Instrument herumzupfe, während er versucht zu arbeiten?

«Ja», antworte ich leise.

«Woher?»

Ich öffne bereits den Mund, schließe ihn jedoch sogleich wieder. Sollte ich ihm von unserer Harfe erzählen? Was, wenn er entscheidet, dass man sie uns nach dem Skandal damals auch hätte wegnehmen müssen?

«Ist es ein Geheimnis?», fragt er, halb belustigt, halb interessiert.

«Ich weiß nicht», gestehe ich.

Benedict hebt die Brauen.

«Meine Mutter hat es mir beigebracht.»

Ich sehe ihm an, dass ihm diese Antwort nicht genügt. Doch er fragt nicht weiter nach. «Na dann», sagt er nur und senkt wieder den Kopf. «Mach dir keine Sorge wegen der Lautstärke. Ich bin daran gewöhnt.»

Wer spielt sonst für ihn? Und bilde ich es mir ein, oder ist er ... sanfter als eben noch? Sein Gesicht scheint entspannter, sein Tonfall ein wenig milder. Fast als hätte die Musik auch ihn beruhigt.

Er wirkt auf einmal wie ein anderer Mann. Als wäre die Rolle des unnachgiebigen Königs nur eine Fassade, die er mit den ersten Tönen dieses Instruments abgelegt hat.

Vorsichtig zupfe ich weiter, webe die vertraute Melodie erneut um uns. Doch trotz Benedicts Worten halte ich sie leise. So, dass ich noch das Rascheln von Papier hören kann, wenn er eine Seite umblättert. Oder das Kratzen seines Stuhls auf dem Boden, wenn er sich bewegt.

So, dass ich nicht das Gefühl habe, allein mit der Harfe zu sein, sondern vielmehr allein mit ihm.

# KAPITEL ZEHN

DRAWN
TO
YOU

Ich spiele eine ganze Weile auf der Harfe, und Benedict beschwert sich kein einziges Mal über die Lautstärke. Er scheint völlig unberührt von dem Klangteppich, in den ich uns verwoben habe.

Ich bemühe mich dennoch, leise zu spielen, und lege dabei besonderen Wert auf eine korrekte Handhaltung. Schon bald fühlen sich die Bewegungen wieder völlig natürlich an, und erst als meine Finger schmerzen, lasse ich schweren Herzens von dem Instrument ab.

Nach einem gemeinsamen Mittagessen schickt Benedict mich zurück in mein Schlafzimmer. Er hat am Nachmittag Termine mit seinen Beratern und braucht mir nicht erst zu sagen, dass ich allein nichts in seinem Büro verloren habe.

Mittlerweile wurden meine Sachen aus meinem alten Zimmer hergebracht, und ich verbringe eine Weile damit, sie im Schrank umzusortieren. Doch von den Erinnerungen an gestern kann mich auch das nicht ablenken. Als es nach etwa einer halben Stunde an meiner Tür klopft, bin ich so erleichtert, dass es mich kaum noch interessiert, wer davorsteht.

«Herein?», rufe ich und drehe den Kopf. Für einen winzigen Moment erwarte ich, dass Bonnie eintritt, so vertraut ist mir ihr Anblick in den letzten Wochen geworden. Doch stattdessen ist es Lyra, die zögernd im Türrahmen erscheint. Hinter ihr erhasche ich einen Blick auf zwei Wachen, die sie offenbar herbegleitet haben.

«Darf ich reinkommen?», fragt sie leise.

Eilig nicke ich und lasse den Pullover, den ich eben neu zusammengelegt habe, auf mein Bett sinken. Die Prinzessin gestern abzuweisen, war ein Fehler. Ich muss meine Vorbehalte ihr gegenüber verstecken, wenn ich Benedicts Vertrauen gewinnen will.

Lyra kommt ins Zimmer und schließt die Tür hinter sich. Sie bleibt direkt davor stehen, scheinbar unschlüssig, wie sie sich verhalten soll. Ich zwinge ein Lächeln auf meine Lippen. «Hi.»

«Oh, Florence ...» Lyra schüttelt den Kopf, stürmt auf mich zu und fällt mir um den Hals. Überrumpelt stolpere ich einen Schritt rückwärts und tätschle ihr den Rücken. Eine kaum merkliche Gänsehaut breitet sich auf meinen Armen aus, und obwohl es mir widerstrebt, Lyra so nah an mich heranzulassen, fühlt es sich auch schön an. Ihre Umarmung ist tröstlich und die wohl herzlichste Berührung, die ich bisher im Schloss erfahren habe.

«Mein Beileid», flüstert sie an meinem Ohr, und ich erschaudere. Vorsichtig löse ich mich von ihr und atme tief durch. Meine Gefühle überschlagen sich, doch ich halte meinen Gesichtsausdruck neutral.

«Danke.»

«Wie fühlst du dich?» Die Sorge in Lyras Blick ist unübersehbar. Sie wirkt so ehrlich. Als würde es sie wirklich interessieren.

«Es geht schon», schwindele ich und lasse mich auf die Bettkante sinken.

Lyra zieht skeptisch die Brauen zusammen und lässt ihren Blick über mich schweifen. «Oh», stößt sie aus und wippt auf den Fußballen. «Hast du von Ben getrunken?»

Ich wünschte, es wäre nicht so offensichtlich. Doch Fakt ist, dass ich bis gestern Abend aussah wie eine wandelnde Leiche. Es kommt mir seltsam vor, dass mein Körper nun so viel fitter ist, während es mir mental noch schlechter geht. Aber ich schätze, ich sollte dankbar dafür sein.

«Ja», gestehe ich. «Es war das einzig Sinnvolle unter diesen Umständen.»

Lyra lässt sich neben mich sinken und verschränkt die Hände in ihrem Schoß. Heute trägt sie einen langen geblümten Rock und darüber ihren geliebten grünen Strickpullover. Sie ist ein bunter Farbklecks, der so gar nicht zu meiner traurigen Welt passen will. «Wie meinst du das?», hakt sie nach.

«Na ja, nach der Sache mit Bonnie ...»

Unsicher schaut sie mich an. «Denkst du, du bist auch in Gefahr?»

Irritiert hebe ich die Brauen. Weiß Lyra etwa nichts von den Tabletten? Das kann nicht sein. Als Prinzessin muss sie doch informiert werden, oder? Sollte ich es ansprechen ...?

Nein. Vielleicht hatte Benedict einfach noch keine Zeit, um es ihr zu sagen. Er hat immerhin den ganzen Vormittag gearbeitet. Zudem ist das nicht meine Angelegenheit, selbst wenn sie mich persönlich betrifft. Der König bestimmt, wer informiert wird und wer nicht.

«Sie wurde in meinem Zimmer getötet», weiche ich aus. «Ich glaube nicht, dass das ein Zufall ist.»

Lyra verzieht das Gesicht. Hilflos schüttelt sie den Kopf. «Ich verstehe nicht, wer so etwas überhaupt machen würde. Jeder weiß, wie hoch die Strafen sind, wenn man von der Vene trinkt. Und dazu auch noch Mord ...»

Ich muss mir ein Schnauben verkneifen. Die *Strafen* ...

Als Valerian damals angegriffen wurde und fast am Straßenrand verblutet wäre, hat sich niemand darum geschert. Angeblich wurde der Täter nie gefunden. Und wen wundert das? Wahrscheinlich haben sie ihn nie gesucht. Warum sollten sie auch? Val ist in ihren Augen entbehrlich, nur ein Mensch von vielen, kaum mehr als eine gute Mahlzeit. Der einzige Grund dafür, dass Benedict im Schloss nun nach dem Mörder sucht, ist vermutlich der, dass es hier um sein Eigentum geht. Seine Bedienstete. Seine Blutbraut.

Lyra scheint meinen verbitterten Gesichtsausdruck falsch zu deuten, denn sie tätschelt mir die Hand. «Dir wird nichts passieren, Florence, versprochen. Ben hat schon alle Hebel in Bewegung gesetzt. Das Schloss ist jetzt sicherer denn je. Ein bisschen zu sicher, wenn du mich fragst.» Sie verdreht die Augen. «Sie lassen mich nicht mal mehr in den Garten. Geschweige denn aus dem Schloss. Und diese zwei Pappnasen da draußen folgen mir auf Schritt und Tritt. Mir ist klar, warum Ben dich und die Bediensteten bewachen lässt, aber mich? Ich bezweifle, dass irgendjemand *mein* Blut trinken will, also wozu das Drama?»

«Du bist Benedict wichtig», wende ich ein. «Und ich glaube, er hat gern alles unter Kontrolle, kann das sein?»

Lyra lässt sich rücklings auf meine Matratze fallen und stöhnt theatralisch. «Brüder ... Sie können so nervig sein!»

Bis vor einem Monat hätte ich ihr zugestimmt. Doch jetzt, wo Val für mich unerreichbar ist, kann ich keine Scherze mehr darüber machen, wie pedantisch er manchmal ist. Ich vermisse ihn, noch mehr als meine Eltern. Als der Ältere von uns beiden hat er immer auf mich aufgepasst. Mir so viel beigebracht. Und ich wünschte, er wäre hier, um mich zu beschützen. Wenn ich könnte, würde ich jede der Wachen vor dieser Tür sofort durch ihn ersetzen, ganz egal, dass er nur ein Mensch ist. Bei ihm fühle ich mich sicherer, als ich es bei ihnen je sein könnte.

«Benedict lässt also wirklich die Bediensteten schützen?», hake ich vorsichtig nach und lenke das Thema damit weg von diesem schmerzhaften Vermissen.

«Mhm», macht Lyra nur missmutig.

«Alle?»

«Ja. Wäre komisch, wenn es nur die Hälfte wäre, oder? Alle, die menschlich sind, bekommen jetzt Geleitschutz.»

«Das klingt nach viel Aufwand.»

«Wahrscheinlich. Aber es geht ja nicht anders. Bis sie wissen, wer es war, geht Ben keine Risiken ein.» Sie rappelt sich auf. «Eigentlich wollte ich dich was ganz anderes fragen. Willst du mit Briana und mir einen Film schauen? Ich habe meine Bediensteten dazu gebracht, eine Leinwand mit Projektor in meiner Suite aufzubauen, aber ich fürchte, wir haben nur ein paar Stunden, bis Benedict Wind davon bekommt.»

«Und dann? Hat er etwas dagegen, dass du in deiner Suite Filme schaust?»

«Jap. Er ist so ein richtiger Opa! Angeblich werden davon meine Augen schlecht. Ich sag's dir, wenn ich es nicht besser wüsste, würde ich denken, er ist hundert.»

Ich muss schmunzeln. «Klingt nach ihm. Er hat mir heute von seinem Hass auf E-Mails erzählt.»

«Boah! Weißt du, er hatte auch mal ein Telefon in seinem Arbeitszimmer. Nach zwei Tagen hat er es ausgesteckt, damit ihn niemand mehr anrufen kann.»

«Sicher, dass er nicht hundert ist?»

«Im Geiste mindestens. Sei froh, dass wir Strom haben. Ich wette, der steht als Nächstes auf seiner Abschussliste!»

«Und fließend Wasser», scherze ich.

Lyra kichert. «Meinst du, bei der Klospülung würde er haltmachen?»

Mir entweicht ein belustigtes Schnauben. «Das hoffe ich doch.»

«Also?», will sie wissen. «Kommst du mit rüber? Briana würde sich auch freuen.»

Ich zögere. Eigentlich würde ich lieber etwas Abstand zu

den beiden halten, doch das bringt mich nicht weiter. Meine Aufgabe ist es, mich im Herz des Schlosses einzunisten. Und wenn mir das auch noch Ablenkung liefert, sollte ich mich nicht beschweren.

Zudem habe ich schon lange keinen Film mehr gesehen. Diese Chance kann ich mir also nicht entgehen lassen.

«Was schauen wir?», frage ich und lächle Lyra an.

Strahlend rappelt sie sich vom Bett auf. «Alles, was du willst!»

Wie sich herausstellt, befindet sich Lyras Suite direkt neben meinem Zimmer. Briana ist bereits da, und wir kuscheln uns ins Bett, ich unfreiwillig in der Mitte. Gemeinsam schauen wir einen kitschigen Liebesfilm, den die beiden auswendig können, und essen Süßigkeiten, bis uns schlecht wird.

Trotz der fragwürdigen Gesellschaft macht es Spaß. Ich war in meinem Leben sehr selten im Kino – aus verschiedenen Gründen. Einerseits gibt es den zeitlichen Aspekt, denn meine Tage zu Hause hätten ohnehin mindestens drei Stunden mehr gebraucht. Zudem sparen meine Eltern jeden Penny. Und wenn ich dann doch einmal mit Freunden oder Kolleginnen im Kino war, musste ich mir danach von meiner Familie anhören, diese Filme seien nur eine aufgehübschte Form der Propaganda.

Vielleicht stimmt das auch. Es sind Geschichten von Vampiren über Vampire. Dennoch habe ich meinen Eltern und Val in dieser Hinsicht nie ganz zugestimmt, denn in erster Linie sind Filme wundervoll.

Die schönen Szenen machen mich glücklich, die dramatischen traurig. Und so oder so lenken sie meine Gedanken weit weg von der oft bitteren Realität, hin zu Liebespaaren, die in dieser nicht einmal existieren. Sogar heute funktioniert das halbwegs, aber nach zwei Filmen und einem gemeinsamen Abendessen wird es mir dennoch zu viel. Ich sehne mich nach etwas Ruhe, um meine Gedanken zu ordnen, und verabschiede mich ins Bett.

Briana und Lyra wünschen mir eine gute Nacht und führen, noch bevor ich die Suite verlassen habe, ihre Diskussion darüber weiter, welcher der zwei Hauptdarsteller attraktiver ist. Zum Glück haben sie mich nicht gefragt. *Keiner*, wäre meine Antwort. Sie sind beide Vampire. Beide Monster, ebenso wie Lyra und Briana selbst.

Ich sage es mir immer wieder, während ich zurück in mein Zimmer gehe und mich bettfertig mache. Wie ein Mantra, das sich möglichst tief in mein Unterbewusstsein einbrennen soll. Ich darf ihnen nicht trauen.

Unweigerlich muss ich wieder an Bonnie denken. An die Tabletten und das Gift. An meine Aufgabe.

Wie hoch stehen wohl die Chancen, dass ich all das überlebe? Kann Benedict mich hier wirklich beschützen? Und kann Val es, falls ich es tatsächlich schaffe, den König zu töten?

Seufzend bleibe ich vor meinem Fenster stehen und blicke nach draußen. Der Himmel ist bewölkt und vom Mond ist nicht mehr als ein blasser Lichtschleier zu sehen. Ich sollte ins Bett, doch mir ist jetzt bereits klar, dass ich nicht schlafen werde. Meine Albträume warten auf mich, lauern unter meinem Kissen und zwischen den seidenen Vorhängen des Himmelbetts. Schon als Kind war ich anfällig für sie. Sowohl meine Eltern als auch Val mussten zahllose Nächte an meiner Seite verbringen und meine Hand halten, damit ich schlafen konnte.

Ein Klopfen an der Tür lässt mich zusammenzucken. Zögerlich bitte ich die Person herein.

Benedict taucht im Rahmen auf, und sofort schlägt mein Herz schneller. Er trägt noch dieselben Klamotten wie heute Vormittag, doch die obersten Knöpfe seines Hemdes sind geöffnet und der Stoff ist leicht zerknittert.

«Störe ich?», fragt er und lässt den Blick über mich schweifen. Ich trage bereits mein Nachthemd und habe plötzlich das Gefühl, als könnte er direkt hindurchsehen. Es kostet mich einiges an Selbstbeherrschung, nicht peinlich berührt die Arme vor meinem Körper zu verschränken.

«Nein», erwidere ich ruhig. «Ihr könnt gern hereinkommen.»

Er tritt ein. Fast zögerlich schließt er die Tür hinter sich, macht ein paar Schritte auf mich zu und bleibt dann unschlüssig stehen. So zurückhaltend kenne ich ihn nicht, und es weckt unweigerlich mein Interesse.

Ich räuspere mich und komme ihm ein Stück entgegen. Seine Augen folgen mir wie die eines Raubtiers. Benedict scheint jede meiner Bewegungen genauestens zu beobachten. «Braucht Ihr Blut?», frage ich vorsichtig und treffe seinen Blick. Gänsehaut breitet sich auf meinen Armen aus, doch er schaut nicht weg, bemerkt sie nicht. Einen langen Moment starren wir uns einfach nur an, Benedicts Stirn leicht gerunzelt, mein Herz im Aufruhr.

Mir kommt wieder in Erinnerung, was ich ihm gestern gestanden habe. Dass sein Biss mich berauscht, mir jeglichen Verstand raubt. Er hat mir kein Indiz dafür geliefert, was er von dieser Tatsache hält. Aber er hat sie zweifelsohne nicht vergessen.

Hitze schießt mir in die Wangen, und nun wende ich doch den Blick ab. Nur bleibe ich dabei an Benedicts Lippen hängen. An den Linien seines Kinns. An seinem Hals und dem Ansatz seiner nackten Brust. Eilig fixiere ich stattdessen die Tür hinter ihm.

«Nicht zwangsweise», erwidert er endlich. «Ich dachte eher ...» Er zögert erneut.

Fragend schaue ich ihn wieder an. Seine grünen Augen verschlingen mich.

«Ich dachte, du könntest vielleicht noch etwas gebrauchen», beendet er leise seinen Satz.

Mein Gesicht brennt. Will er damit darauf anspielen, wie ... gierig ich gestern war? Am liebsten würde ich vergessen, wie ich mich förmlich an seinem Arm festgeklammert und nach mehr gebettelt habe. Definitiv keiner meiner Glanzmomente.

«Florence?» Gott, diese Stimme. Sie vibriert in meinem Brustkorb und jagt einen Schauer über meinen Körper.

Ich schlucke. «Ihr sagtet, es sei genug», erinnere ich ihn.

«Das war es gestern auch. Du solltest nicht zu viel auf einmal trinken. Aber dass dein Körper nach mehr verlangt hat, ist vermutlich ein Anzeichen dafür, dass er sich nicht vollständig erholen konnte. Und nimm es mir nicht übel, aber ... du siehst zwar besser aus als gestern, aber immer noch nicht so, als wärst du ganz bei Kräften.»

«Sehr schmeichelhaft», murmle ich.

«Nur die Wahrheit.»

Missmutig verziehe ich das Gesicht. «Ihr seid also nicht hergekommen, um von mir zu trinken?», versichere ich mich.

Er schüttelt den Kopf. «Ich bin bereit, noch einige Tage zu warten, falls du dich nach gestern nicht dazu in der Lage fühlst.»

Die Erinnerung an Bonnies lebloses Gesicht kommt mir

wieder vor Augen. An die Bisswunde an ihrem Hals. Ihren blassen, blutleeren Körper. Mir wird schlecht.

Doch wenn ich das als Ausrede benutze, um Benedict von mir fernzuhalten, wird es nur noch schlimmer. Je länger ich den nächsten Biss hinauszögere, desto mehr werde ich mich davor fürchten. Ich kenne mich.

«Ich möchte nicht warten», krächze ich. «Bringen wir es lieber hinter uns.»

Benedicts Mundwinkel zuckt. «Sehr schmeichelhaft», wiederholt er meine Worte von eben, und mir wird noch heißer.

«Verzeihung.»

Er schüttelt nur den Kopf und tritt näher an mich heran. Mit einer hauchzarten Bewegung streicht er mir die Haare aus dem Nacken, und mein Herzschlag beschleunigt sich weiter. Feuer lodert in meiner Magengrube und verbrennt mich von innen heraus.

*Was auch immer du empfindest, wenn ich von dir trinke, liegt ganz allein an dir.*

Ist das wirklich so? Ist mein Körper ein solcher Verräter?

Benedict senkt den Kopf, und ich kralle mich in seinem Hemd fest. Sachte legt er seine Hände an meine Ellbogen. Sein Atem kitzelt meinen Hals, und ich versteife mich, um mich nicht in seine Berührung zu lehnen.

«Alles in Ordnung?», raunt er, und seine tiefe Stimme jagt schon wieder Gänsehaut über meinen gesamten Körper.

«Ja», hauche ich zittrig. Dabei habe ich doch gar keine Angst vor ihm. Sondern lediglich davor, dass er bemerkt, was ich in diesem Moment alles fühle. Irgendetwas läuft gewaltig falsch bei mir.

Benedict rührt sich nicht. Er ist mir weiterhin viel zu

nah und nicht nah genug. «Was muss ich tun, damit du dich in dieser Situation endlich entspannen kannst?», fragt er leise.

Ich atme tief ein. Atme Benedicts Duft nach Wald ein. Höre meinen Herzschlag in meinen Ohren wummern. Schließe die Augen. «Ich weiß nicht ...»

Seine Hände beginnen zu wandern. Geradezu liebevoll streichen sie über meine Arme, bis hoch zu meinen Schultern und dann wieder hinunter. Die Berührung fühlt sich gut an. Noch besser als Lyras Umarmung vorhin, wenn auch so viel verbotener. Ich erschauere, und Benedict lässt mich mit einem Räuspern los. «Verzeihung ...»

«Nein», entwischt es mir. Meine Gedanken hinken dem Wort hinterher, und ich realisiere zu spät, dass ich das nicht hätte sagen sollen. Dass ich das nicht sagen *wollte*. Verdammt. «Schon gut», flüstere ich nur noch, dann presse ich die Lippen zusammen. Schweigen ist Gold. Besonders, wenn man sein Mundwerk nicht unter Kontrolle hat.

Doch Benedict scheint mich auch mit diesen wenigen Worten verstanden zu haben. Seine Finger streichen wieder über meine Arme, und er kommt mir ein wenig näher. Ich lehne den Kopf zur Seite, um ihm besseren Zugang zu gewähren. Sein Mund legt sich heiß auf meinen Hals, seine Zähne bohren sich in meine Haut. Doch diesmal tut es kaum weh. Der Schmerz ist flüchtig, fast nicht wahrnehmbar. Nichts im Vergleich dazu, wie es sich in den letzten Wochen angefühlt hat. Nun, da die Wunde ganz verheilt ist, fühlt es sich wieder an wie beim ersten Mal. Viel zu gut.

Benedict saugt an meinem Hals, und ich kämpfe gegen das Kribbeln in meiner Magengrube an, das Ziehen in meinem Unterleib, das Rasen meines Herzens. Mein Atem geht dennoch stoßweise, als der König sich nach ein paar flüchtigen Augenblicken von mir löst und mit seiner Zunge über die Bissstelle fährt.

Ich glaube, er hat weniger getrunken, als er braucht. Doch ich wage es nicht, ihn darauf anzusprechen. Am Ende denkt er, ich *will*, dass er es noch einmal tut. Und vielleicht stimmt das sogar. Verflucht.

Er verharrt noch einen Moment länger nah an meinem Hals. Benedict zieht mit dem Daumen Kreise auf meinem Oberarm und atmet tief durch. «Danke», raunt er, und mein Herz setzt aus. Noch nie hat er sich für mein Blut bedankt. Und diese winzige Geste kommt mir furchtbar intim vor.

Endlich löst er sich von mir. Wie schon gestern öffnet Benedict nun seine eigene Vene und bietet mir sein Handgelenk an.

Ich löse meine verkrampften Finger aus seinem Hemd und umfasse seinen Arm, in der Hoffnung, so wenigstens ein bisschen Kontrolle zu behalten. Doch allein der Duft seiner nackten Haut benebelt mich. Und sein Blut schmeckt ebenso süß, ebenso verheißungsvoll wie gestern.

Ich zwinge mich zu kleinen, langsamen Schlucken, wenngleich mein Körper schon vom ersten Tropfen an nach mehr schreit. Liegt es wirklich nur daran, dass er Benedicts Blut braucht, um sich zu erholen? Oder kann es sein, dass tatsächlich irgendetwas mit mir nicht stimmt? Warum sonst reagiere ich so auf ihn? Mit Verlangen statt Abneigung und einem Prickeln auf meiner Haut statt Zittern vor Angst?

Diesmal lasse ich von Benedict ab, noch bevor er mich dazu auffordert. Er kommentiert es nicht, zieht lediglich ein Taschentuch aus seiner Hosentasche und tupft sich das Handgelenk ab, während ich mir den letzten Tropfen seines Bluts von den Lippen lecke. Benedict beobachtet mich dabei. Ich fürchte, ich muss hier und jetzt im Erdboden versinken.

«Wie fühlst du dich?», will er wissen, ohne seinen Blick von mir zu lösen.

«Gut», erwidere ich leise. Körperlich zumindest. Heilende Wärme füllt meine Glieder. Sie vermischt sich mit der Hitze von eben, breitet sich bis in meine Fingerspitzen aus und gibt mir neue Energie.

Mental allerdings ... Darüber denke ich besser nicht zu genau nach.

Benedict mustert mich. Er zieht die Brauen leicht zusammen und scheint zu überlegen.

«Was?», flüstere ich.

Er schüttelt den Kopf und rückt unvermittelt von mir ab. «Nichts. Ich lasse dich schlafen und erwarte dich morgen früh.»

Er dreht sich um und bringt mich damit völlig aus dem Konzept. Angst legt sich plötzlich um meine Brust wie ein Schraubstock. Ich will nicht, dass er schon geht. Ich will nicht wieder allein sein.

«Eure Majestät?», platze ich heraus und mache einen Schritt auf ihn zu.

Benedict hält inne, wendet sich mir wieder zu und sieht mich fragend an.

Verdammt. Worte ... Sag irgendwas, Florence.

«Meine Familie», setze ich an und beiße mir auf die Zunge. Egal. Zu spät. Und was soll schon passieren, wenn ich ihn erneut frage? Schlimmstenfalls sagt er Nein. «Dürfen sie mich wirklich nicht besuchen?»

Er seufzt. «Florence ...»

«Nicht mal mein Bruder? Bitte.»

«Niemand kommt ins Schloss. Ich kann das Risiko nicht eingehen. Es tut mir leid.»

Enttäuscht atme ich aus. «Aber ich darf ihnen noch schreiben, oder?»

«Natürlich.»

«Darf ich ihnen erzählen, was passiert ist? Mit den Tabletten?»

Benedict verzieht gequält einen Mundwinkel.

Ich balle die Hände zu Fäusten. «Also nicht ...»

«Je weniger Informationen nach draußen sickern, desto besser.»

«Warum?»

Er seufzt. «Bitte vertrau mir einfach, wenn ich dir sage, dass es so ist.»

*Vertrau mir.* Er sagt es so leichtfertig, als wäre es kein Ding der Unmöglichkeit. «Habt Ihr es deshalb nicht mal Eurer Schwester gesagt?»

Benedict stockt. «Hast du es Lyra erzählt?»

Ich mustere sein Gesicht. Er wirkt nicht verärgert. Eher besorgt. «Nein», erkläre ich. «Ich wollte Euch nichts vorwegnehmen.»

Er atmet auf. «Ich wäre dir dankbar, wenn du es dabei belassen könntest.»

«Warum?», frage ich wieder.

«Weil es besser wäre, sie damit nicht zu belasten.»

Ich schnaube. Das ist mal wieder typisch! Frauen müssen ganz sicher nicht beschützt werden, indem man uns Informationen vorenthält. Trotzdem mäßige ich meinen Ton. «Glaubt Ihr, sie kann damit nicht umgehen? Lyra ist eine starke junge Frau. Ihr solltet sie nicht unterschätzen.»

«Ich weiß, dass sie das ist. Aber das bedeutet nicht, dass ich ihr jedes Drama, das sich hier abspielt, ungelöst vor die Füße werfe. Wenn es relevant für sie wäre, würde ich sie einweihen. Bis dahin halte ich die Sache weitestgehend unter Verschluss. Wir müssen uns nicht verwundbarer machen, als wir sind.»

«Also darf ich mit niemandem darüber sprechen», stelle ich tonlos fest und verschränke die Arme vor der Brust. Allein. Ich bin hier so gottverdammt allein.

Benedicts Gesicht wird weich, und das treibt mir erneut Gänsehaut auf die Arme. «Du kannst mit mir sprechen, Florence», sagt er sanft.

Die Worte klingen tröstlich. Und gleichzeitig sind sie so absurd, dass ich beinahe aufgelacht hätte. Ihm soll ich mich anvertrauen?

«Ich meine es ernst», fügt Benedict hinzu, als hätte er meine Gedanken gelesen. «Ich werde zuhören.»

*Ja, zuhören und mir dann weiter verbieten, meine Familie zu sehen*, will ich erwidern, doch ausnahmsweise kann ich meine Zunge zügeln. «Danke», sage ich stattdessen.

Erwartungsvoll sieht er mich an. Denkt er, dass ich ihm jetzt mein Herz ausschütte? Das kann ich nicht. Nicht auf Kommando und schon gar nicht bei ihm.

Trotzdem will ich das Gespräch noch nicht beenden. Wenigstens für ein paar Minuten kann ich noch hinauszögern, dass er mich meinen Albträumen überlässt.

«Wie waren Eure Termine?», wechsle ich das Thema, und er hebt überrascht die Brauen.

«Zäh.»

«Verstehe …»

Benedict runzelt die Stirn und scheint nicht zu wissen, was er darauf erwidern soll.

«Habt Ihr morgen wieder Termine?», frage ich schnell und zupfe nervös am Stoff meines Nachthemds herum.

«Am Nachmittag, ja.»

«Ah … Dann flüchte ich mich solange wohl wieder zu Lyra.»

«Flüchten?», wiederholt Benedict ruhig.

Mist …

Ich presse die Lippen zusammen und bleibe ihm eine Antwort schuldig.

Benedict kommt wieder einen Schritt auf mich zu, seine grünen Augen voller Sorge. Warum wirkt das bei ihm so ehrlich? Ich hasse sein verdammtes Gesicht.

«Alles in Ordnung, Florence?», fragt er sanft, und meine Knie werden weich.

«Es geht schon», presse ich hervor.

«Es ist jedes Mal erstaunlich, mit was für einer Überzeugung du davon ausgehst, ich würde deine Lügen nicht erkennen.»

Mein Herz beginnt wieder zu rasen. Wenn er wüsste. Ein Glück erkennt Benedict meine Lügen nicht halb so gut, wie er glaubt.

«Ich kann dir nicht helfen, wenn du mir nicht sagst, was los ist», erinnert er mich.

«Das könnt Ihr ohnehin nicht», flüstere ich.

«Lass es mich versuchen.»

Ich schüttle den Kopf, doch ich muss ihm antworten. Weil doch genau das der Plan ist. Verletzlichkeit. «Es ist nur …» Meine Stimme klingt kratzig, und ich muss mich räuspern. «Wenn ich allein bin, holt es mich ein. Alles. Bonnie …»

Er verzieht das Gesicht. «Ah. Deswegen der Small Talk?»

«Nachts ist es schlimmer», flüstere ich.

«Ich kann noch bleiben, wenn du das möchtest.»

Ich stocke. «Früher oder später müsst Ihr gehen», erinnere ich ihn. «Wann genau ich mich damit quäle, ist eigentlich egal.»

«Dann gehe ich erst, wenn du eingeschlafen bist.»

Seine Worte senden ein Kribbeln durch meinen Unterleib. Wie meint er das?

Doch Benedict durchquert bereits den Raum, geht hinüber zur Sitzgruppe beim Kamin und hebt einen der Sessel hoch. Mühelos trägt er ihn durch das Zimmer und platziert ihn neben dem Bett.

Ich erschaudere. Er ist ein Vampir. Dass er die Kraft hat, um ohne mit der Wimper zu zucken diesen schweren Sessel zu tragen, macht das einmal mehr schmerzhaft deutlich. Ich sollte mich nicht sicher fühlen, wenn er bei mir ist, während ich schlafe. Trotzdem durchströmt mich Erleichterung. Und ich höre mich bereits ein *in Ordnung* hauchen, ohne die Entscheidung weiter hinterfragt zu haben.

Benedict setzt sich und schaut mich erwartungsvoll an. Soll ich mich jetzt einfach ins Bett legen? Oh Gott. In meiner Überforderung husche ich noch einmal ins Bad, obwohl ich mich längst fertig gemacht habe. Ich putze meine Zähne ein zweites Mal, nur um Zeit zum Nachdenken zu haben, und wasche mir das glühende Gesicht mit eiskaltem Wasser. Was passiert hier? Warum ist er so ... fürsorglich? Das sollte er nicht sein. Es sollte ihn verdammt noch mal nicht interessieren, wie es mir geht.

Doch als ich zurück ins Schlafzimmer komme, sitzt Benedict immer noch dort, ein Bein über das andere gekreuzt. Er hat sich das Buch von meinem Nachttisch genommen, ein weiterer Krimi aus der Bibliothek, und offenbar darin gelesen.

«Kein Wunder, dass du schlecht schläfst, wenn das deine Bettlektüre ist», murmelt er und klappt es zu.

«Ich finde es beruhigend», widerspreche ich kleinlaut und schiebe mich mit möglichst viel Abstand an seinem Sessel vorbei. Eilig klettere ich ins Bett, ziehe mir die kühle Bettdecke bis zum Kinn und lehne mich in den Kissen zurück. Das ist so merkwürdig. Warum habe ich Ja gesagt? Beobachtet er mich jetzt, bis ich einschlafe?

«Was, in Gottes Namen, ist daran bitte beruhigend?», will Benedict wissen und hebt eine Braue. Sein Mundwinkel zuckt verräterisch.

«Ich weiß nicht genau ... Die Bücher vermitteln mir das Gefühl, dass ich auf alle Eventualitäten vorbereitet bin.»

Benedict schüttelt den Kopf und trifft meinen Blick. «Und ich habe das Gefühl, dass ich dich niemals verstehen werde, Florence.»

Ich muss schlucken. Das ist gut so. «Zu schade», flüstere ich trotzdem.

Wieder zuckt sein Mundwinkel. Benedict verzieht den Mund zu einem halben Lächeln, das dieses verfluchte Grübchen in seiner Wange zum Vorschein bringt. «Keine Sorge, ich werde es weiterhin versuchen. Nur heute vielleicht nicht mehr. Ich bin verdammt müde.»

«Ihr müsst wirklich nicht hierbleiben, wenn Ihr ...»

«Mach einfach das Licht aus, Florence», unterbricht er mich sanft.

Das lasse ich mir nicht zweimal sagen. Ich taste nach dem Schalter meiner Nachttischlampe und knipse sie kurz darauf aus.

Dunkelheit hüllt uns ein. Ich kuschle mich tiefer in die Laken und schließe die Augen, mein Gesicht noch immer Benedict zugewandt. Ich käme mir komisch dabei vor, mich wegzudrehen. Vielleicht auch nicht komischer als ohnehin schon, aber doch irgendwie unhöflich.

«Gute Nacht», raunt er, mit dieser Stimme aus schwarzer Seide, und ich atme tief durch. Atme einen Hauch seines Duftes ein.

«Gute Nacht», hauche ich zurück und ziehe mir die Bettdecke über die Nase, damit ich ihn nicht mehr riechen kann. Am Ende träume ich noch von ihm. Ich glaube, mir wäre jeder Albtraum lieber als das.

Schweißgebadet wache ich auf, das Gefühl von Bonnies kaltem leblosem Körper noch unter den Fingerspitzen, den Geschmack von Eisen auf der Zunge.

Mein Herz rast, mein Atem geht stoßweise, und ich brauche einige Sekunden, um zu erkennen, dass es nur ein Traum war. In den letzten beiden Nächten waren sie so viel schlimmer als sonst, und obwohl ich nun weiß, dass ich wach bin, will die Panik sich nicht ganz verflüchtigen.

Ich lege mich wieder hin, starre in die durchdringende Finsternis meines Zimmers und kuschle mich so eng ich kann in meine Decke. Mir hängen weiterhin die Gefühle von eben nach. Hilflosigkeit. Dieses Mich-ausgeliefert-Fühlen. Und Furcht. Endlos viel Furcht.

Schwaches Mondlicht kämpft sich seinen Weg durch die Wolkendecke bis in mein Zimmer. Ich atme tief durch, erleichtert über das kleine bisschen Helligkeit. Der Wecker auf meinem Nachttisch zeigt halb zwei. Lange geschlafen haben kann ich nicht. Wann bin ich überhaupt ...?

Mein Blick wandert zur Seite, und ich zucke so heftig zusammen, dass mir ein leises Quieken entfährt. Eine Gestalt sitzt dort in der Dunkelheit neben meinem Bett, halb beleuchtet vom Licht des Mondes.

Benedict.

Oh Gott.

«Hast du mich erschreckt», flüstere ich und lege mir eine Hand auf die Brust, als könnte ich so mein wild schlagendes Herz beruhigen. Ich hatte völlig vergessen, dass er hierbleiben wollte. Beziehungsweise hiergeblieben ist. Was macht er noch hier?

Doch Benedict reagiert nicht auf meine Worte. Ich reibe mir die Augen und richte mich ein wenig im Bett auf, um besser sehen zu können. Sein Kopf ist auf seine Schulter gesunken. Und jetzt, wo das Dröhnen in meinen Ohren allmählich verhallt, höre ich sein leises, gleichmäßiges Atmen, das die Stille füllt. Er ist eingeschlafen.

Seine Brust hebt und senkt sich ganz langsam. Seine Augen sind geschlossen. Ich blinzle gegen die Dunkelheit an und erkenne Stück für Stück die Stoppeln auf seinen Wangen. Den Schwung seiner Lippen. Seine kaum merklich gerunzelte Stirn, so als würde auch er gerade in einem unliebsamen Traum festhängen.

Was mache ich da eigentlich schon wieder? Ich starre ihn an. Doch immerhin hat seine Anwesenheit meinen Kopf endgültig aus diesem Albtraum befreit.

Entnervt schnaufend wende ich Benedict den Rücken zu und lege mich wieder hin. Ich schließe die Augen, doch ich höre ihn immer noch atmen.

Seine Präsenz in diesem Zimmer ist wie ein Splitter unter meiner Haut. Egal, wie sehr ich versuche, meine Gedanken von ihm wegzulenken, es geht nicht. Da ist dieses konstante Stechen, das immerzu auf ihn aufmerksam macht.

Das Feuer im Kamin ist mittlerweile ausgegangen, und die Heizung kommt gegen die Größe des Raums nicht an. In den nächsten Stunden wird es furchtbar kalt werden. Die alten Fenster und dicken Schlossmauern sind zwar schön anzusehen, aber gegen die unerbittliche Januarkälte helfen sie nicht wirklich.

Benedict wird sicher bald frieren. Er ist zwar ein Vampir, doch auch er schläft nachts nicht ohne Decke. Zumindest wäre es dann merkwürdig, dass er eine auf seinem Bett liegen hat.

Der Gedanke stört mich mehr, als er sollte. Ein paar Minuten lang versuche ich noch, ihn zu ignorieren, bis ich mich doch widerwillig aus dem Bett schäle und über den eiskalten Fußboden durchs Zimmer schleiche.

Alles in mir sträubt sich dagegen. Das hier ist vermutlich das Absurdeste, was ich je getan habe. Und dennoch ...

Ich hole eine dicke Wolldecke vom Sofa und breite sie vorsichtig über Benedict aus.

Er atmet hörbar ein und regt sich kaum merklich. Wie erstarrt bleibe ich vor ihm stehen. Wenn er jetzt aufwacht ...

Doch er lehnt nur den Kopf ein wenig weiter zur Seite. Ein Kissen könnte er noch gebrauchen. Das sieht wirklich nicht bequem aus ...

Nein. Das ist nicht mein verdammtes Problem. Dann hat er eben morgen einen steifen Nacken. Er ist ein Vampir. Er wird es überleben. Bei dem Versuch, ihm das Kissen unter den Kopf zu schieben, würde ich ihn garantiert aufwecken, und auf *diese* Unterhaltung kann ich getrost verzichten. Außerdem ... würde er dann vielleicht gehen.

Erbärmlich.

Ich bin so erbärmlich!

Warum schere ich mich überhaupt darum, wie es ihm geht? Und warum will ich unbedingt, dass er bleibt? Er hat die Albträume offensichtlich nicht ferngehalten!

Wenigstens kommt es meinem Plan zugute, wenn er

aufwacht und merkt, dass ich ihn zugedeckt habe. Das wird sein Vertrauen in mich stärken. Oder zumindest rede ich mir das ein.

*Spiel weiter das fragile Blümchen, Florence. Er wird deine Dornen erst bemerken, wenn er blutet.*

Die Worte meines Bruders hallen in mir nach, und zum ersten Mal zweifle ich an ihnen. Ich zweifle an *allem*.

Was, wenn ich das Blümchen nicht spiele? Was, wenn ich es *bin*? Und was, wenn da gar keine Dornen sind?

Ich tue vor mir selbst so, als würde ich Benedict mit einer Masche in meine Nähe locken, dabei wünsche ich mir wirklich, dass er meine Hand hält, während ich einschlafe, weil mir sonst alles zu viel ist. Ich bin so eine Versagerin. Hätte man jemand Schlechteren für diese Aufgabe auswählen können? Ich glaube nicht.

Eine gefühlte Ewigkeit wälze ich diese Gedanken in meinem Kopf herum, versinke in Eventualitäten und Selbstmitleid. Ich weiß nicht, wie ich das hier schaffen soll, ohne meine Familie an meiner Seite zu haben. Ich kann es nur versuchen und vermutlich glorreich scheitern. Doch Scheitern ist keine Option. Nicht jetzt. Nicht, wo wir so weit gekommen sind. Und das macht alles nur noch schlimmer. Die Realität ist der schlimmste Albtraum von allen.

Irgendwann muss ich doch noch eingeschlafen sein, denn ich erwache im fahlen Morgenlicht in einem eiskalten Schlafzimmer. Sofort werfe ich einen Blick zur Seite, doch der Sessel, auf dem Benedict geschlafen hat, ist leer, die Decke hängt ordentlich zusammengelegt über einer der Armlehnen. Auf meinem Nachttisch allerdings steht ein gefalteter Zettel, darauf eine fein säuberliche Handschrift.

*Triff mich um acht zum Frühstück.*
*-B*

Mein Herz macht einen Satz, und ich werfe einen Blick auf den Wecker.

Verdammt. Ich komme zu spät.

# KAPITEL ELF

# GOOD GRIEF

Die Zeit scheint langsamer zu vergehen, je länger das Schloss abgeriegelt ist. Anfangs waren die neuen Sicherheitsvorschriften nicht mehr als eine Unannehmlichkeit. Ich habe mich mit der Arbeit für Benedict und Harfespielen abgelenkt und die Nachmittage bei Lyra und Briana verbracht, die den Projektor entgegen aller Erwartungen doch nicht direkt wieder abbauen mussten. Aber es dauerte nicht lang, bis uns selbst das Filmschauen zu eintönig wurde und die Tage begannen, sich ins Unendliche zu ziehen.

Mittlerweile ist es März. Die Nächte werden kürzer und der Frühling hält allmählich Einzug in den Red Garden, doch ich kann die Natur nur von meinem Balkon aus bewundern. In all den Wochen seit Bonnies Tod habe ich nicht einmal den Gang verlassen, auf dem sich unsere Zimmer befinden. Noch immer gibt es keine Spur von dem Mörder, und Benedict geht kein Risiko ein, was meine oder Lyras Sicherheit angeht. Nur bin ich längst wieder bei Kräften und sehne mich nach Bewegung. Nach Abwechslung. Und ganz besonders nach meiner Familie.

Ich weiß noch immer nicht, was ich davon halten soll, dass Benedict so sehr um mein Wohl besorgt zu sein scheint. Er lässt mich weiterhin von sich trinken. Zwar nicht mehr so viel wie in den ersten Tagen, doch es ist bedeutend mehr als der einzelne Tropfen, den er mir ursprünglich angeboten hat. Ich nehme sein Blut bereitwillig an – spiele für ihn nach wie vor das hilflose Mädchen, das er beschützen muss. Und es scheint zu funktionieren.

Die ersten beiden Wochen saß er jede Nacht neben meinem Bett, bis ich eingeschlafen bin. Vermutlich sogar länger, denn ein paarmal bin ich aus einem Albtraum aufgeschreckt, und seine tiefe, beruhigende Stimme hat mich wieder in den Schlaf begleitet.

Auch jetzt tut er es noch manchmal. Jeden Abend vor dem Schlafengehen stattet Benedict mir einen kurzen Besuch ab, um nach mir zu sehen. Und wenn er dabei bemerkt, dass es mir nicht gut geht, bleibt er. Ich muss es ihm nicht einmal sagen. Es ist fast, als hätte er einen siebten Sinn für mein Befinden entwickelt.

Offenbar kann ich meine Gefühle nur halb so gut vor ihm verbergen, wie ich es gern täte. Dass er mich so gut lesen kann, macht mir Sorgen. Doch ich kann auch nicht bestreiten, dass ich seine Fürsorge genieße. Zudem spielt sie meinem Plan in die Hände, denn Benedict und ich verbringen dadurch noch mehr Zeit miteinander, und allmählich taut er mir gegenüber auf.

Lyra hingegen hegt zunehmend einen Groll auf ihren Bruder. Wir sitzen in ihrer Suite, je eine Staffelei mit Leinwand vor uns, und sie klatscht ihren Pinsel so schwungvoll aufs Bild, dass es spritzt.

«Das nervt!», beschwert sie sich und rückt ihre Fotovorlage von Big Ben zurecht, als würde der Turm, den sie gezeichnet hat, davon gerader. «Ich will Big Ben nicht malen, ich will ihn sehen! Wem soll das hier Spaß machen? Wir sind eingesperrt! Gefangene! Bald gibt es nur noch Brot und Wasser, ich sag's euch.»

Briana hebt den Kopf und lugt hinter ihrer Staffelei hervor. Sie hat das Malen vorgeschlagen und war in den letzten paar Stunden ungewöhnlich still.

«Hast du ein Problem mit dem Bild?», fragt sie nun, legt ihren Pinsel ab und kommt zu uns herum. Sie betrachtet Lyras Werk, die ihrerseits missmutig das Gesicht verzieht, und schüttelt den Kopf. «Ich hab dir gesagt, benutz ein Lineal.»

Lyra funkelt sie an. «Klar, das macht es sicher besser. Es sieht aus wie ein … Na ja. Du weißt schon!»

Ich räuspere mich, um ein Lachen zu verbergen.

Briana grunzt. «Warum malst du ihn auch rot?»

«Künstlerische Freiheit!», beschwert Lyra sich und stößt ihre Freundin in die Seite. «Schau dir lieber das von Florence an, dagegen ist meins ein Kunstwerk.»

Das stimmt leider. Wie sich herausstellt, habe ich keinerlei Talent fürs Malen. Der Hund, an dem ich mich versucht habe, könnte ebenso gut einen Dämon aus Dantes Inferno darstellen. Oder eine schlecht gewordene Kartoffel.

«Ihr braucht nur ein bisschen Geduld», behauptet Briana und erntet zwei unzufriedene Blicke von uns.

«Zeig deins», fordert Lyra und erhebt sich.

«Ähm ... Es ist noch nicht fertig», behauptet Briana hastig, doch Lyra hat bereits einen Blick auf ihr Bild geworfen und stöhnt entnervt auf. «Im Ernst? Du willst uns doch verarschen!» Sie dreht die Staffelei, sodass ich das Gemälde auch sehen kann, und ich atme schnaubend aus. Briana hat die gesamte Leinwand mit einem Meer aus lebensechten roten Rosen bedeckt. Es ist wunderschön und lässt unsere kläglichen Versuche aussehen wie die von Fünfjährigen.

«Jetzt weiß ich, warum du Malen vorgeschlagen hast», bemerke ich.

«Um uns zu ärgern!», fügt Lyra hinzu.

«Ich konnte ja nicht wissen, dass ihr es so gar nicht mögt», verteidigt Briana sich und rückt die Staffelei weg von Lyras Pinsel, mit dem diese immer wieder ausladend gestikuliert.

«Du musst mir was malen», fordert Lyra, und Briana verdreht die Augen.

«Lass mich raten. Big Ben in Rot.»

«Ja. Aber weniger anzüglich.»

«Du musst ihn einfach nur spitzer machen. Und endlich

die Ziffernblätter einfügen, das sage ich dir schon seit einer Stunde.»

«Aber die Form stimmt überhaupt nicht!»

«Du kannst es doch beliebig oft übermalen! Los, ich helfe dir. Dein Gejammer ist nicht auszuhalten, wirklich. Und Florence, dein ... Tier ...»

«Schon gut», versichere ich ihr. «Ich glaube, mir reicht es sowieso für heute. Ihr könnt den Kartoffeldämon übermalen, falls ihr noch eine Leinwand braucht. Wir sehen uns morgen.»

Die beiden verabschieden sich prustend von mir und beginnen dann, über das weitere Vorgehen für Lyras Bild zu diskutieren. Ich wasche schnell meinen Pinsel aus, lege meine Malschürze ab und mache mich auf den Rückweg zu meinem Zimmer. Auf dem Gang betrachte ich meine Hände, auf denen ich noch Farbrückstände finde. Hoffentlich kriege ich die weg. Am Ende will Benedict später noch wissen, was ich gemalt habe.

Ich bin drauf und dran, auf direktem Weg zum Händewaschen ins Badezimmer zu eilen, doch vor meiner Tür halte ich inne. Musik klingt gedämpft bis auf den Gang, so leise, dass sie kaum wahrnehmbar ist. Das ... Spielt da jemand Harfe?

Zögerlich drehe ich mich um, trete an Benedicts Tür und lausche. Tatsächlich. Die Musik ist hier lauter, und ein nervöses Kribbeln breitet sich in meinen Fingern aus. Wer spielt da? Soll ich ...?

Ich werfe einen Blick nach rechts. Wie immer stehen vier Wachen an der nächsten Biegung. Zwei von ihnen sind mir zugewendet und beobachten mich. Wenn ich nicht stören dürfte, würden sie mir ein Zeichen geben, oder? Den Kopf schütteln vielleicht. Oder mit mir sprechen. Zumindest hoffe ich das. Aber wenn dort drin jemand Harfe spielt, kann es ja auch schlecht sein, dass ich ein wichtiges Treffen unterbreche.

Ich nehme meinen Mut zusammen und klopfe. Vermutlich kann man es über die Musik hinweg nicht hören, doch ich werde schließlich beobachtet und will nicht den Anschein erwecken, als würde ich in Benedicts Suite einbrechen. Wie erwartet kommt keine Antwort, trotzdem trete ich ein.

Die Töne werden klarer, lauter. Sie weben eine zarte Melodie. Eine traurige. Das Kribbeln in meinen Fingern breitet sich weiter in mir aus, wird zu einem mulmigen Gefühl in meiner Magengrube. Ich glaube, ich sollte nicht hier sein. Und dennoch ...

Leise schließe ich die Tür hinter mir und schleiche durch Benedicts Suite. Mit pochendem Herzen halte ich vor seinem Arbeitszimmer inne und spähe um die Ecke.

Der Anblick überrascht mich weniger, als er sollte.

Benedict sitzt an der Harfe, mir halb zugewandt. Seine Finger gleiten über die Saiten, weben Melancholie in Ton und verursachen Gänsehaut auf meinen Armen. Er ist so versunken in sein Spiel, dass er nicht einmal bemerkt, wie ich langsam eintrete. Seine Miene ist unleserlich, seine Spielweise die von jemandem, der das Instrument einst gut beherrscht haben muss und es eine ganze Weile nicht genutzt hat. Hin und wieder macht er einen Fehler, zögert zu lang für einen Ton, schludert bei der Technik. Doch er spielt das Lied völlig frei, als wäre es ihm tief ins Gedächtnis geprägt. Als käme jede einzelne traurige Note aus den Untiefen seiner eigenen Seele.

Wie gebannt schaue ich ihm zu, unfähig, mich zu rühren. Erst als Benedict das Lied ausklingen lässt, wage ich es wieder, normal zu atmen. Doch wegsehen kann ich trotzdem nicht. Er lässt die Hände sinken und starrt einen Moment lang ins Nichts. Woran denkt er? Was verbindet er mit dieser Melodie?

Ich würde ihn gern mit diesem Augenblick allein lassen, in dem das Lied in ihm nachzuklingen scheint, doch es ist zu spät, um unbemerkt das Zimmer zu verlassen. Noch weiter still hier herumzustehen und ihn zu beobachten, ist allerdings auch keine Option. Ich schlucke.

«Das war wunderschön», flüstere ich, und Benedict zuckt zusammen.

Ruckartig wendet er mir das Gesicht zu und atmet hörbar aus. «Florence ...»

«Verzeihung.»

Kopfschüttelnd setzt er die Harfe auf dem Boden ab und fährt sich mit einer Hand über das Gesicht. «Wie lange stehst du da schon?»

«Ein paar Minuten», gestehe ich kleinlaut.

Benedict schnauft. «Hast du mal über eine Umschulung zur Spionin nachgedacht?», scherzt er halbherzig.

Ich verschlucke mich beinahe an meinem gekünstelten Lachen. «Ich müsste schon sehr schlecht nähen, damit ich in diesem Job besser wäre», versuche ich mich zu retten.

Benedict schmunzelt. «Dein Temperament könnte dabei wirklich hinderlich sein.»

Mein Herz rast. Dennoch trete ich weiter ins Zimmer hinein und lasse mich auf den Sessel vor dem Bücherregal sinken, der der Harfe am nächsten ist. «Ich dachte, Ihr spielt nicht», sage ich und nicke zu dem Instrument.

Der König verzieht den Mund. «Normalerweise stimmt das auch.»

Fragend schaue ich ihn an. Er zögert einen Moment, und

ich rechne bereits damit, dass er sich wieder vor mir verschließt. Obwohl er sich in den vergangenen Wochen so um mich gekümmert hat, lässt Benedict nicht zu, dass ich mehr über ihn erfahre. Er gibt nichts von sich Preis. Behält seine Gedanken meist für sich. Hält mich stets auf sicherem Abstand.

Es raubt mir den letzten Nerv. Nur noch drei Monate bis zur Sommersonnenwende, und ich bin ihm nicht halb so nah, wie ich sollte. Man könnte meinen, ich wäre unserem Ziel in den letzten Wochen nähergekommen, doch ich trete auf der Stelle. Und obwohl ich jedes Mal darüber nachdenke, wenn Benedict mich nachts besucht, schaffe ich es nicht, noch einen Schritt weiter zu gehen. Wie auch, wenn der König so viel Wert auf diese Grenze zwischen uns legt? Und vielleicht macht das auch alles keinen Unterschied. Wenn er das Schloss weiterhin derart abgeriegelt hält, ist es ohnehin fraglich, ob die Sonnenwendfeier stattfindet.

«Sie gehörte meiner Mutter», antwortet Benedict, und mir stockt vor Überraschung der Atem. Er streicht gedankenverloren über den Rahmen der Harfe. «Mein Vater hat sie ihr zur Hochzeit geschenkt. Dieser Raum war früher sein Arbeitszimmer. Sie saß immer hier und hat gespielt, während er gearbeitet hat.»

Ich versuche, mir nicht anmerken zu lassen, wie sehr mich dieser Einblick in Benedicts Leben berührt. Bisher hat er mir noch nie von seiner Kindheit erzählt. «Meintet Ihr deswegen, Ihr wärt an die Lautstärke gewöhnt?», erinnere ich mich zurück.

Er nickt. «Ich bin mit dem Instrument aufgewachsen.»

«Und Eure Mutter hat es Euch auch beigebracht?», schlussfolgere ich.

«Ja.»

Ich traue mich die nächste Frage kaum zu stellen, doch sie brennt mir unweigerlich auf der Zunge. Immerhin sitze ich täglich an dem Instrument seiner Mutter und spiele für ihn, während er arbeitet. «Erinnere ich Euch an sie?», will ich wissen.

Offenbar klingt meine Besorgnis in meiner Stimme durch. Benedict mustert mich, und ich erkenne eine Spur Belustigung auf seinem Gesicht. «Nicht wirklich, nein», erwidert er ruhig. «Es ist nicht so, als hättet ihr viele Gemeinsamkeiten. Dieses Schloss ist nur derart voll mit Erinnerungen an meine Mutter, dass es schier unmöglich ist, nicht irgendwo in ihrem Schatten zu wandeln. Lyra hingegen …» Er schüttelt den Kopf. «Sie ist wie eine jüngere Version von ihr. Was erstaunlich ist, wenn man bedenkt, dass sie unsere Mutter kaum kannte.»

Ich rutsche unruhig auf dem Sessel herum. Ich würde so gern weiterfragen, mehr erfahren, doch es fühlt sich so taktlos an, mich nach seinen toten Eltern zu erkundigen.

«Spuck es schon aus», fordert Benedict sanft. Mal wieder sieht er mir viel zu genau an, was in mir vorgeht.

«Ich habe mich nur gefragt, wie Eure Eltern gestorben sind», gestehe ich kleinlaut.

«Sie wurden ermordet.» Seine Stimme ist ruhig und ein wenig zu gefasst, als dass es natürlich klingen würde.

«Von wem?», traue ich mich dennoch zu fragen.

«Einem Vertrauten meines Vaters. Aber das ist eine lange Geschichte.»

Und das ist die höfliche Variante von *das geht dich nichts an*. «Vermisst Ihr sie?»

«Jeden Tag», erwidert Benedict leise.

«Und deswegen spielt Ihr nicht mehr?»

Sein Zögern wäre eigentlich Antwort genug. Doch er

atmet tief durch und schüttelt den Kopf. «Es war für mich lange Zeit Folter, dieses Instrument zu hören», meint er.

Ich stutze. «Warum habt Ihr mich dann spielen lassen?»

Er zuckt mit den Schultern und lässt den Blick scheinbar ziellos durch den Raum wandern. «Ich weiß es nicht. Es kam mir absurd vor, dir diesen Wunsch abzuschlagen. Und nach all den Jahren hat es sich eher heilsam angefühlt als schmerzhaft.»

Darauf weiß ich nichts zu erwidern. Hätte ich geahnt, wie bedeutsam diese Harfe für ihn ist, hätte ich vielleicht nie gefragt, ob ich darauf spielen darf. Andererseits – für mich ist sie es auch. Musik ist das Einzige, was die Vampire meiner Familie nicht nehmen konnten. Musik und unseren Kampfgeist. Selbst als von unserem einstigen Ansehen nur noch Trümmer und Asche übrig waren, blieb uns die Harfe meiner Großmutter. Eine Erinnerung an alles, was wir verloren haben, und alles, was wir uns zurückholen werden. Dieses Instrument spielen zu können, ist, als würde ich das Vermächtnis meiner Familie weitertragen.

«Zu Hause ...», setze ich an und verschränke unsicher die Hände in meinem Schoß, «... habe ich auch immer für meine Familie gespielt.»

Ich lasse die Worte in der Luft hängen, gebe Benedict einen Moment Zeit, um über sie nachzudenken. Er sucht meinen Blick, seine Stirn kaum merklich gerunzelt, seine grünen Augen fragend.

«Ich vermisse sie», flüstere ich, umklammere den Stoff meines Rockes und sehe hinunter auf meine Hände.

«Das verstehe ich», erwidert Benedict sanft.

Ich verziehe den Mund und zupfe an einem losen Faden herum. Es ist hoffnungslos. Noch immer gibt der König nicht nach. Aber vielleicht ...

«Wusstet Ihr, dass ich nächste Woche Geburtstag habe?»

«Ihr werdet fünfundzwanzig. Ja.»

Hoffnungsvoll schaue ich zu ihm auf.

Er seufzt. «Florence ...»

«Wäre es wirklich so gefährlich?», will ich wissen.

«Wir haben immer noch keinen Schuldigen gefunden», erinnert er mich.

«Und jetzt? Wollt Ihr das Schloss ewig abschotten? Lyra fängt schon an, aus Langeweile die Körner auf ihren Brötchen zu zählen.»

Seine Miene bleibt unbewegt. «Und? Wie viele sind es?»

Ich stöhne auf. «Bitte», jammere ich. «Ich will nur meine Familie sehen. Wenigstens einmal. Es ist so lange her ...»

Benedict presst unzufrieden die Lippen zusammen. Doch er hat noch nicht Nein gesagt. Das ist schon weiter, als ich ihn die letzten Male hatte.

«Kannst du deiner Familie wirklich vertrauen?», will er wissen. «Bedingungslos?»

Was ist das denn für eine Frage? «Natürlich», erwidere ich irritiert.

«Werden sie alles, was sie hier erfahren, für sich behalten?»

«Ja.» Nein. Natürlich nicht. Sie werden alles mit der Rebellion teilen. Aber das wird er nie erfahren.

«Wenn du dir sicher bist ... In Ordnung.»

Ich stocke. «Moment. Heißt das ...?»

«Eine Person», entscheidet er. «Eine Stunde. An deinem Geburtstag.»

«Val», sage ich sofort.

Benedict nickt resigniert. «Ich lasse die Einladung schicken.»

Geräuschvoll atme ich aus. Hat er wirklich Ja gesagt?

«Danke!», stoße ich hervor, stehe aus dem Sessel auf und falle Benedict um den Hals. Er versteift sich, offensichtlich überrumpelt von der Geste, und mir wird jetzt erst so richtig bewusst, was ich da eigentlich tue. Dennoch versuche ich, mir meine plötzliche Befangenheit nicht anmerken zu lassen. Benedict zögert noch einen Moment, dann streicht er mir sanft über die Schultern.

Es fühlt sich befremdlich an, ihn zu umarmen. Besonders weil er immer noch auf dem Hocker sitzt und ich mich somit zu ihm herunterbeugen muss. Gleichzeitig kommt es mir vor wie das Natürlichste auf der Welt. Vermutlich, weil wir uns ohnehin schon so nah sind, wenn er von mir trinkt. Und vermutlich auch, weil ich mich so sehr danach gesehnt habe. Nicht nach ihm – natürlich nicht. Aber generell nach Berührungen. Nach Nähe. Nach Trost.

«Du musst mir nicht danken», murmelt er. «Es ist immerhin die Sicherheit deines Bruders, die du aufs Spiel setzt.»

«Ihm passiert nichts», verspreche ich und löse mich wieder von Benedict. Meine Wangen glühen, doch ich schaue ihm dennoch ins Gesicht. Er mustert mich, sein Blick durchdringend, seine Miene unlesbar.

«Dein Wort in Gottes Ohr», behauptet er, aber sein Mundwinkel zuckt verräterisch.

«Seid Ihr gerade in Gönnerlaune?», rutscht es mir heraus. «Ich würde nämlich wirklich gerne mal wieder in den Garten. Und ob ich nun hier drinnen bewacht werde oder draußen ...»

Diesmal ist sein Seufzen noch tiefer. «Ich schätze, ich kann Euch nicht ewig hier einsperren», knickt er ein.

«Wirklich?», frage ich hoffnungsvoll.

«Früher oder später wird Lyra ohnehin auf fragwürdige Ideen kommen. Und dann habe ich die Körner von ihren Brötchen vermutlich in meinem Bett liegen. Ich verzichte.»

«Ich wusste nicht, dass Ihr erpressbar seid», scherze ich und lasse mich wieder auf den Sessel sinken.

«Mit der richtigen Drohung beugt sich sogar ein König», erwidert Benedict trocken und streicht erneut mit den Fingern über den goldverzierten Rahmen der Harfe.

«Danke», sage ich noch einmal, doch er schüttelt den Kopf.

«Ich wollte Euch nie bevormunden», sagt er leise. «Aber ich stehe zwischen den Stühlen. Es ist oft nicht möglich, gleichzeitig ein guter König und ein guter Mann zu sein. Und der Balanceakt gelingt mir nicht immer.»

Seine Worte verursachen unerwartet Wärme in meiner Brust. Sie wirken so aufrichtig. Vielleicht versucht er wirklich, alles richtig zu machen. Nur übersieht er dabei, dass seine Macht sich bis über dieses Schloss hinaus erstreckt. Bis in die hintersten Winkel der Stadt und die kleinste Insel vor unserer Küste. Bis zu den Menschen, die dort unter seiner Herrschaft leiden. Seinetwegen.

«Ich verstehe», hauche ich.

Wir schweigen, doch es ist nicht unangenehm. Einvernehmliche Stille hüllt uns ein. Ich beobachte Benedicts Finger dabei, wie sie die Verzierungen der Harfe nachfahren, und glaube fast, die sanften Berührungen auf meiner Haut zu spüren.

«Was für ein Lied habt Ihr da vorhin gespielt?», frage ich irgendwann.

«Meine Mutter hat es komponiert», erwidert er ruhig. «Sie nannte es das Lied der Sorgen.»

Meine Kehle wird eng. Der Titel könnte nicht treffender

sein. Müsste ich die Melodie in einem Wort beschreiben, würde ich sagen, sie ist ein Seufzen.

«Es ist wunderschön.»

«Ja. Sie hatte ein großes Talent.»

«Spielt Ihr es noch mal für mich?» Ich muss den hoffnungsvollen Tonfall nicht vortäuschen. Ich möchte das Lied wirklich noch einmal hören. Und ganz besonders möchte ich ihn noch einmal spielen sehen.

«Ich kann es versuchen», bietet Benedict an. «Aber ehrlich gesagt tun meine Finger jetzt schon weh.»

«Das liegt an Eurer Handhaltung», entkommt es mir, und ich klappe abrupt den Mund zu. «Verzeihung ...»

Belustigt hebt er die Brauen. «Nein, bitte. Was ist mit meiner Handhaltung?»

«Ihr schludert. Wenn Ihr in Zukunft nicht darauf achtet, macht Ihr Euch die Sehnen kaputt.»

Er runzelt die Stirn. «Und worauf genau muss ich achten? Es ist leider ein paar Jahre her, dass ich Unterricht genossen habe. Zwei Jahrzehnte, um genau zu sein.»

«Ähm ... Das ist schwer zu erklären», stammle ich und werde schon wieder rot. Benedict sieht mich nur abwartend an. «Ich könnte es Euch zeigen?», schlage ich unsicher vor.

Einen Moment lang mustert er mich. «In Ordnung», stimmt er schließlich zu und rutscht zur Kante des Hockers, sodass ich neben ihm Platz habe. «Weih mich ein.»

Zögerlich setze ich mich neben ihn. Es ist eng auf der Sitzfläche, und mein Oberschenkel und meine Schulter berühren unweigerlich Benedicts. Sofort dringt seine Wärme zu mir durch und sorgt dafür, dass ich am liebsten noch näher zu ihm rutschen würde. Ich verdränge das Gefühl. Stattdessen nicke ich Benedict auffordernd zu.

«Zeigt Ihr mir Eure Handhaltung noch einmal?»

Er kippt die Harfe zu sich und hebt die Hände an die Saiten. Sofort schüttle ich den Kopf. Ich lege meine Finger auf seine und drehe seine Hand leicht. Seine Haut brennt förmlich unter meiner. «So», sage ich leise. «Den Daumen ein bisschen höher. Und nicht so verkrampft.» Vorsichtig öffne ich seine Finger ein wenig und stocke, als er sie daraufhin um meine schließt. Ich schaue zu ihm hoch, doch er mustert unsere Hände und streicht sachte mit dem Daumen über meine Knöchel. Mir wird heiß. Schmetterlinge stieben in meinem Bauch auf.

«Hat dich ein Farbeimer angegriffen?», fragt Benedict leise. Ich atme hörbar aus, und er hebt den Blick. Seine grünen Augen verschlingen mich.

«Briana wollte malen», bringe ich hervor.

Er hebt einen Mundwinkel. «Fingerfarben?»

Ich schnaufe, halb empört, halb belustigt. «Es ist nicht so einfach!»

«Natürlich. Was hast du gemalt?»

«Nichts», sage ich eilig.

Benedict hebt eine Braue. «Bekomme ich dieselbe Antwort, wenn ich meine Schwester frage?»

«Es ist wirklich ... nichts.»

«Hm», macht er schmunzelnd. «Entweder hast du ein lebensgroßes Porträt von mir angefertigt, oder ich habe endlich etwas gefunden, worin du nicht talentiert bist.»

Ich funkle ihn an. «Das Porträt müsste so hoch sein wie das Schloss, wenn es Eurem Ego gerecht werden soll.»

«Letzteres also?», fragt er belustigt.

«Das ist wohl kaum eine Überraschung. Es gibt genug Dinge, in denen ich nicht gut bin.»

«Mir sind noch keine untergekommen. Du bist intelligent, gebildet, musikalisch, schlagfertig ...»

«Vielleicht solltet Ihr ein Porträt von mir malen», scherze ich.

Benedict schüttelt den Kopf. «Genau das meine ich.»

«Vielleicht seid Ihr auch einfach nur leicht zu beeindrucken», wende ich ein.

«Das bin ich ganz bestimmt nicht.» Nachdenklich mustert er mich. Noch immer hält er meine Hand fest, und ich spüre seine Berührung so intensiv, dass es mir vorkommt, als würde sie ein Brandmal auf meiner Haut hinterlassen.

«Ihr beeindruckt mich auch des Öfteren», gestehe ich flüsternd.

«Ist das so?» Seine raue Stimme verursacht Gänsehaut auf meinen Armen.

«Ihr gebt Euch kalt und abgebrüht, um zu verbergen, wie viel Ihr in Wahrheit fühlt.»

«Und was genau findest du daran beeindruckend?»

Ich schlucke. «Dass Ihr Eure Gefühle offen eingestehen könnt, wenn es darauf ankommt. Die meisten verbergen sie, weil sie sich selbst vor ihnen fürchten. Aber ich glaube, Ihr tut es nur, damit sich niemand anderes um sie sorgen muss.»

«Vielleicht bist du diejenige, die leicht zu beeindrucken ist», murmelt er.

In meinem Hals bildet sich ein dicker Kloß. Ich könnte mir einreden, dass ich ihn gerade angelogen habe. Oder dass die Tatsache, dass ich manchmal so etwas wie Bewunderung spüre, nur daran liegt, dass ich so viel Schlimmeres von Benedict erwartet habe. Ich hielt ihn für ein grausames Monster, und meine Erwartungen waren so gering, dass jedes noch so kleine Anzeichen von Menschlichkeit genügt hätte, um mich zu überraschen. Doch das stimmt nicht. Er beeindruckt mich wirklich. Und es fällt mir von Tag zu Tag schwerer, das zu leugnen. «Das bin ich bestimmt nicht», hauche ich.

Benedict schnaubt. «Es ist schon merkwürdig.»

«Was?»

«Auf der Sonnenwendfeier war ich der festen Überzeugung, ich würde meine Wahl noch bereuen.»

«Und jetzt?»

Sein Blick heftet sich auf meinen Mund. «Jetzt weiß ich nicht mehr, was ich denken soll.»

Ich stocke. «Wie meint Ihr das?»

«Du bist einfach verwirrend, Florence.» Er schließt seine Finger ein wenig fester um meine, sieht mir wieder in die Augen, und mein Atem setzt aus.

«Ihr selbst seid auch nicht gerade ... unkompliziert.» Mir fällt das Sprechen schwer.

Er lässt meine Finger los, setzt die Harfe auf dem Boden ab und wendet sich mir zu. Mit einer Hand stützt er sich hinter mir auf der Kante des Hockers ab. Es ist nicht ganz eine Umarmung, und doch sind wir uns plötzlich noch näher. Mein Herz beginnt zu rasen. Und als Benedict nun langsam den Kopf senkt, erstarre ich vollkommen.

Er hält inne, sein Gesicht nur Zentimeter von meinem entfernt. Ich höre ihn schlucken. Sein Atem streift meine Wange, aber ich bin völlig überfordert. Will er mich küssen? Worauf wartet er? Darauf, dass ich etwas tue?

Ich hole Luft, um etwas zu sagen, doch genau in diesem Moment löst Benedict sich aus seiner Starre. Er hebt den Kopf, drückt mir einen flüchtigen Kuss auf den Haaransatz und steht auf.

«Ich habe noch eine Besprechung», murmelt er, seine Stimme kratzig. Er geht hinüber zum Schreibtisch, und ich erhebe mich mit wackligen Knien.

«Ah», ist alles, was ich herausbringe.

Benedict räuspert sich, trifft flüchtig meinen Blick und sieht dann hinüber zur Harfe. «Vielleicht kannst du mir ja nächstes Mal mehr zeigen.»

Mein Herz hört einfach nicht auf zu rasen. Mir ist ein wenig schwindelig. «Jederzeit, Eure Majestät.»

Vielleicht bilde ich es mir ein, doch bei dieser Anrede scheint ein Anflug von Unzufriedenheit über sein Gesicht zu huschen. «Ich lasse gleich die Einladung für deinen Geburtstag schicken und den Garten wieder für euch freigeben. Du kannst es Lyra sagen.»

«Wenn Ihr es selbst macht, verzichtet sie vielleicht auf die Körner in Eurem Bett», merke ich an und nähere mich langsam der Tür.

«Ja. Du hast recht, danke.»

Unschlüssig bleibe ich im Rahmen stehen. «Ich danke Euch.»

Doch wie schon vorhin winkt er ab und rafft einige Unterlagen auf seinem Schreibtisch zusammen. «Bis später, Florence.»

«Bis später», erwidere ich kleinlaut und verlasse seine Suite. Draußen auf dem Gang nehme ich einige tiefe Atemzüge und versuche, meinen Kopf zu klären. Ohne Erfolg. Benedicts Nähe eben hat ein heilloses Durcheinander in meinem Inneren hinterlassen.

Wollte er mich wirklich küssen? Nein. Er …

Doch. Was sollte das sonst werden? Nur wieso hat er es nicht getan? Und warum, verdammt noch mal, bin ich derart enttäuscht darüber?

## KAPITEL ZWÖLF

# WATCH ME NOW

Für meinen Geburtstag zeigt sich das Wetter von seiner besten Seite. Kaum eine Wolke ist über dem zuletzt oft so grauen Londoner Himmel zu sehen. Ich stehe im Garten, die Sonnenstrahlen wärmen meine Wangen. Es duftet nach dem nahenden Frühling. Nach Tau auf dem Gras, nach den ersten Frühblühern, die überall am Wegesrand aus dem Boden sprießen, nach neuem Leben.

Als ich heute Morgen aufgewacht bin, brachten mir die Bediensteten einen Teller mit steinharten Cupcakes. Dazu bekam ich eine kleine in Geschenkpapier verpackte Leinwand, auf die jemand eine bildfüllende rote Rose gemalt hat. Ich brauche nicht erst in die Karte zu schauen, um zu wissen, dass Lyra und Briana dahinterstecken. Überrascht war ich dennoch. Ich hatte nicht mit Geschenken gerechnet, und erst recht nicht mit selbst gemachten.

Von Benedict jedoch habe ich noch nicht mal ein Wort gehört. Er hat mir gestern einen schönen Tag gewünscht und mir für heute freigegeben, damit ich meinen Geburtstag genießen kann. Gesehen habe ich ihn bisher nicht. Vermutlich sitzt er in seinem Arbeitszimmer und brütet über seinen Unterlagen.

Er wirkt distanzierter, seit ich ihn beim Harfespielen überrascht habe. Als würde er versuchen, mich bewusst wieder auf Abstand zu halten. Es wird Zeit, dass ich Vals Meinung zu meiner Situation einhole. Mein Bruder wird wissen, was zu tun ist. Hoffe ich.

*Val …*

Der Gedanke daran, ihn wiederzusehen, lässt mich vor lauter Vorfreude auf den Fußballen wippen, und schon ein paar Minuten später erspähe ich seinen rostbraunen Haarschopf hinter den Büschen. Valerian kommt um die Wegbiegung, zwei Wachen flankieren ihn. Er trägt seinen langen schwarzen Mantel offen, darunter Anzughose, Hemd und Krawatte. Mir entweicht ein Seufzen, und ich stürme auf ihn zu.

Val kommt mir entgegen. Unsere Wachen bleiben hinter uns zurück, lassen uns diesen Moment zu zweit. Ich werfe mich meinem Bruder um den Hals, und er fängt mich mit Leichtigkeit, hält mich eng an sich gepresst und wirbelt mich einmal durch die Luft.

«Hey, Schwesterherz», murmelt er an meinem Ohr und setzt mich vorsichtig wieder ab. «Alles Gute zum Geburtstag.» Er will sich von mir lösen, doch ich umklammere mit meinen Armen weiter seinen Nacken, halte ihn fest umschlungen. Er soll mich nicht loslassen. Nie wieder.

«Ich hab dich so vermisst», nuschle ich in den Kragen seines Mantels.

Val streicht mir fest über den Rücken. «Wir dich auch. Komm, wir haben nur eine Stunde. Gehen wir eine Runde?»

Ich lasse ihn los und nehme mir einen Moment, um ihn genauer anzusehen. Er hat sich nicht verändert. Alles beim Alten. Kurze, zurückgekämmte Haare, gestutzter Dreitagebart, derselbe finstere Blick wie immer, auch wenn er für mich weicher ist als für den Rest der Welt. Val mustert mich ebenfalls aus seinen blauen Augen, und ich umarme ihn direkt noch einmal.

«Ach, Flo», murmelt er und streicht mir übers Haar. «Du machst es mir jetzt schon unmöglich, später wieder zu gehen.» Humor und Ernst mischen sich in seiner Stimme.

Ich verstehe nur zu gut, was er meint. Ich will nicht, dass Val mich wieder verlässt. Doch er muss es tun, also sollte ich mich besser nicht zu sehr daran gewöhnen, ihn wieder bei mir zu haben.

Widerwillig löse ich mich erneut von ihm und hake

mich stattdessen bei ihm unter. Wir gehen los, tiefer in den Garten hinein. Die Wachen folgen uns mit gebührendem Abstand. Benedict hat den gesamten Park heute Morgen doppelt und dreifach sichern lassen, damit wir in Ruhe spazieren gehen können. Zum Glück. Hier draußen können wir ungestört reden, ohne Gefahr zu laufen, belauscht zu werden. Mein Bruder ist dennoch vorsichtig. Er schaut sich ständig nach allen Seiten um, als könnte jemand im Gebüsch sitzen.

«Wie geht's Mum und Dad?», will ich wissen.

Val zuckt mit den Schultern. «Wie immer, schätze ich. Dad ist ein bisschen unterfordert, weil er jetzt niemanden mehr zum Trainieren hat.»

«Er kann doch mit dir trainieren.»

«Kann er. Aber ich bin besser als er, und das nervt ihn.»

«Ihr seid definitiv verwandt», stelle ich fest.

«Sagt die Richtige.» Ich ernte ein schiefes Lächeln. Mein Bruder lenkt mich nach links, unter den Bäumen hervor. Der Weg führt hier durch eine Wiese, auf der zahllose weiße Krokusse und Schneeglöckchen blühen. Eine einsame Bank steht dort mit Blick auf den Königsflügel des Schlosses. Ich bin mir ziemlich sicher, dass man sie von Benedicts Suite aus sehen kann, doch seltsamerweise komme ich mir dadurch nicht beobachtet vor. Die Tatsache, dass er damit an diesem Wiedersehen mit Val teilhaben könnte, gibt mir eher ein seltsames Gefühl von Verbundenheit. Und das wiederum macht mir Sorge.

«Also», setzt mein Bruder an, kaum dass wir die Bank erreicht haben, und wirft einen letzten Blick über seine Schulter, bevor er mich auf die Sitzfläche dirigiert. «Wie geht es dir?» Er nimmt selbst Platz und mustert mich eindringlich.

Ich brauche einen Moment, um mir Worte zurechtzulegen, doch bevor ich das geschafft habe, füllt Val die Stille. Er lässt sich sonst kaum anmerken, wenn er nervös ist. Doch jetzt merke ich es so deutlich wie noch nie.

«Ich wollte dir Zimtschnecken mitbringen», erzählt er und nimmt meine Hand in seine. «Aber sie haben sie mir am Tor abgenommen. Entweder bekommst du sie erst später, wenn sie vermutlich längst steinhart sind, oder ein paar von diesen Blutsaugern erfreuen sich jetzt an meinen Backkünsten.»

Mir entweicht ein ersticktes Lachen, doch gleichzeitig treiben mir seine Worte Wehmut wie einen Splitter ins Herz. Die Vorstellung, dass mein sonst so abgebrühter Bruder mit Zimtschnecken im Crimson Heart aufgekreuzt ist, berührt mich tief.

«Mir geht es gut», behaupte ich, auch wenn ich mir nicht sicher bin, ob das stimmt. Meine Gefühle sind ein heilloses Durcheinander, unser Plan liegt in Trümmern, und ein unbekannter Attentäter hätte mich fast vergiftet. Andererseits lebe ich noch und bin unverletzt, also ... Ein Schauder läuft durch meinen Körper, als ich an Bonnie zurückdenke, und plötzlich rutschen mir die Worte einfach heraus, die ich eben noch nicht finden konnte. «Jemand hat versucht, mich umzubringen.»

Val stockt. «Was?»

Ich klammere mich an seiner Hand fest und berichte ihm, was vorgefallen ist. Seine Stirn legt sich dabei in immer tiefere Falten, als würde er aus jedem meiner Worte neue Schlüsse ziehen, die sich zunehmend ineinander verstricken.

«Was denkst du?», frage ich, als ich zu Ende erzählt habe und Val einige Sekunden lang nur schweigend vor sich hin gestarrt hat.

Er schüttelt den Kopf und verzieht die Lippen. «Erstens stört mich der Gedanke, dass da drin offenbar Leute sind, die dich tot sehen wollen. Und zweitens scheint es, als würde jemand im Schloss gegen den König arbeiten. Er hat einen Verräter in den eigenen Reihen. Hat er dir irgendetwas dazu gesagt? Dir irgendwelche Anhaltspunkte gegeben?»

«Nein. Aber es hat ihn sehr beunruhigt. Deswegen durftet ihr nicht zu Besuch kommen.»

«Verstehe. Was konntest du sonst rausfinden?»

Nur widerwillig kratze ich für Val das wenige Wissen zusammen, das ich bisher sammeln konnte. Ich erzähle ihm, dass Vampirblut heilt, wie oft Benedict von mir trinkt und dass seine Eltern damals ermordet wurden. Wie wichtig Lyra dem König ist und wie sehr er sich auch um mich zu sorgen scheint. Es fühlt sich wie Verrat an, all diese Dinge preiszugeben. Sie gehen Val nichts an. Es sind persönliche Informationen, die mir im Vertrauen gesagt wurden.

Doch darum geht es natürlich nicht. Es geht um die Mission. Und die interessiert sich nicht für Befindlichkeiten oder Etikette, sondern nur für das Ergebnis. Ich fürchte allerdings, Benedict hatte nichtsdestotrotz recht. Ich bin eine furchtbare Spionin.

«Das ist alles?», will Val wissen, als ich meine Aufzählung beende.

«Wie, alles?», erwidere ich irritiert.

«Du bist seit drei Monaten hier. Ich habe ehrlich gesagt ein bisschen mehr erwartet.»

«Es ist nicht so einfach», beschwere ich mich. «Er hat nach dem Mord das gesamte Schloss abgeriegelt und mich kaum aus meinem Zimmer gelassen. Wenn wir Pech haben, sagt er sogar die Sonnenwendfeier im Sommer ab.»

Val verzieht das Gesicht. «Falls es dazu kommt, finden

wir einen neuen Weg. Bis dahin bleiben wir bei unserem Plan. Ich habe in der Sommerresidenz schon alle Vorbereitungen getroffen. Ein Dolch befindet sich im Gewächshaus, unter der Tischplatte hinten rechts in der Ecke. Der andere im Musikzimmer unter dem Klavierhocker. Merk dir das. Falls einer der beiden vorher gefunden wird, hol dir den zweiten. Ich habe auch rausgefunden, wo Benedicts Zimmer ist. Sobald du deine Aufgabe erledigt hast, stell eine Kerze ans Fenster und warte auf dem Balkon. Ich hol dich raus.»

«Val ...»

«Versprochen, Schwesterherz.» Er sagt es mit eiserner Überzeugung, doch seine Worte legen sich wie ein Stein auf mein Herz. Es ist mein fünfundzwanzigster Geburtstag, und ich kann nicht mal mit Sicherheit sagen, ob ich den nächsten noch erleben werde. Es könnte so viel schiefgehen. Angefangen bei mir selbst.

«Ich weiß nicht, ob ich es schaffe», gestehe ich leise.

«Du bist eine Hawthorne», beschwört er mich. «Ich weiß, dass du Angst hast. Die haben wir alle. Aber du bist intelligent. Du bist mutig. Und wenn es darauf ankommt, wirst du nicht zögern, da bin ich mir sicher.»

Ich schlucke. «Aber ich weiß nicht mal, ob ich die Chance bekomme, es zu tun.»

Wieder sieht Val mich fragend an, eine stille Aufforderung, weiterzusprechen.

«Benedict schläft nicht mit mir», murmele ich.

Ist das Erleichterung auf seinem Gesicht? Oder doch nur Verwirrung? «Warum nicht?», will mein Bruder wissen.

«Er schläft mit keiner Blutbraut.»

Vals Miene wird undurchdringlich. Er wendet mir seinen Oberkörper ganz zu, nimmt auch meine andere Hand in seine. Und dann zerreißt die Maske, die er so sorgfältig aufgesetzt hat. Gibt den Blick auf einen Schmerz frei, den er mich sonst nicht sehen lässt. Für einen Moment ist ihm überdeutlich anzusehen, dass seine nächsten Worte ihn zerfleischen. Und doch spricht er sie aus.

«Dann musst du das ändern», beschwört er mich leise.

Mein Herz zieht sich zusammen. «Aber ...»

«Nichts *aber*», erwidert er ruhig. «Flo, wir haben einen Plan.»

«Aber als wir den entwickelt haben, dachten wir, es gäbe keine andere Möglichkeit! Wir dachten, er würde sich nehmen, was er will, und nicht, dass ich ihn verführen muss!»

Val atmet tief durch. «Das ändert nichts, Flo. Es gibt immer noch keine andere Möglichkeit. Oder ist dir eine eingefallen?» Als ich nicht antworte, schüttelt er schwach den Kopf. «Ich weiß, dass der Plan schrecklich ist. Das war er von Anfang an. Mir ist klar, in was für einen Albtraum wir dich geschickt haben. Aber du hast dich dieser Aufgabe verschrieben. Und wenn du sie nicht durchziehst, wird diese Sache blutiger, als uns allen lieb ist.»

Ich beiße mir auf die Innenseite meiner Wange, um mir weitere Erwiderungen zu verkneifen. Val hat recht. Unser Plan B ist für den Fall gedacht, dass ich es aus irgendeinem Grund nicht schaffe, Benedict vor der Sonnenwende zu töten. Es ist ein Attentat für die Sonnenwendfeier geplant, das jedoch noch viel mehr Risiken birgt, als wenn ich allein agiere. Auch wenn ich meine Aufgabe absichtlich nicht erfülle, greift diese Strategie. Und sosehr ich mich auch davor scheue, Benedict näher zu kommen, als ich muss – ich will meine Familie nicht noch mehr in Gefahr bringen.

«Du warst darauf vorbereitet», raunt Val und streicht mir über die Arme. «Und du bist es immer noch. Du kannst das, Flo.»

Mir fällt das Atmen schwer. War ich wirklich vorbereitet? Oder habe ich nur so getan? Denn ich erinnere mich noch an die ersten Nächte, die ich im Palast verbracht habe. An die Panik, die mir Stunde um Stunde tiefer in die Glieder gekrochen ist, sich bleiern über meinen Körper gelegt und mir schmerzhaft die Luft abgeschnürt hat. Genau wie sie es jetzt tut. Ich fürchte mich zwar nicht mehr vor Benedict, doch ich habe noch immer Angst. Am meisten vor meinen eigenen Gefühlen, denen ich immer weniger vertrauen kann. «Ich habe keine Ahnung, wie ich das überhaupt angehen soll», erkläre ich verzweifelt. «Ich kann mich ja nicht einfach vor ihm ausziehen, so stumpf ist er nicht. Er hält mich auf Abstand, Val.»

«Du meintest, dass er sich um dich sorgt», erinnert er mich. «Der König mag dich. Nutz es für dich.»

Er lässt es beinahe klingen, als ginge es hier um eine Art Spiel. Als wäre es eine Belanglosigkeit, von mir zu verlangen, mit diesem Mann zu schlafen. Der Gedanke an Sex mit Benedict ist einschüchternd. Und zugleich ... erregend. Ich kann nicht leugnen, dass ich ihn attraktiv finde. Dass ich mir manchmal wünsche, er würde mich berühren, mich küssen. Dass mich sein Duft anzieht, seine Nähe mich berauscht. Doch allein das Wissen, dass ich es tun *muss*, nimmt der Vorstellung jeglichen Glanz. Und dazu kommt die Tatsache, dass ich all das nicht empfinden sollte. Nicht empfinden *darf*. Ich soll ihn töten. Aber statt dass ich ihn manipuliere, fühlt es sich vielmehr an, als würde ich mich von ihm verführen lassen. Als hätte statt mir selbst immerzu er die Fäden in der Hand.

«Florence.» Vals Miene wird hart. Ein Blick in sein Gesicht genügt, um mir zu sagen, dass er meine Ängste zwar sieht, aber niemals akzeptieren wird. Es ging nie um unser eigenes Wohl. Immer nur um das der Menschheit. Um Freiheit. Um Rache. Um Gleichberechtigung. Meine ganze Familie ist so – scheinbar losgelöst von ihren eigenen Wünschen. Ihre Leben sind einzig diesem großen Ziel verschrieben, das uns schon so lange führt, und das sorgt dafür, dass sie hin und wieder ihre Menschlichkeit hinter sich lassen.

Ich bin im Moment nicht Vals Schwester. Ich bin nicht die Tochter unserer Eltern. Ich bin lediglich ein weiterer Spielstein auf dem Brett, eine Waffe mit Seele, ein Mittel zum Zweck. Und ich versage kläglich.

«Können wir uns auf dich verlassen?», fragt mein Bruder ruhig und schnürt mir damit noch mehr die Kehle zu.

«Ja», presse ich hervor.

Er mustert mich prüfend, offenbar nicht überzeugt von meiner Antwort. Ich halte seinem Blick stand und schweige. Wenn ich noch einmal den Mund öffne, dann entkommen mir Wahrheiten, die ich nicht aussprechen kann. Gefühle, die ich nicht haben darf. Dann spucke ich all die bittere Enttäuschung aus, die ich gerade schmecke. Ich hätte wissen müssen, dass er so reagiert, und trotzdem habe ich gehofft, Val würde mir andere Antworten geben.

«Wo sind die Dolche versteckt?», fragt er mich prüfend.

Ich atme tief durch. «Im Gewächshaus rechts hinten unter der Tischplatte und im Musikzimmer unter dem Klavierhocker.»

«Gut. Und was tust du, wenn du ihn getötet hast?»

«Eine Kerze ins Fenster stellen und auf dem Balkon warten.»

Val nickt zufrieden. «Erledige deinen Teil, und ich hole dich raus. Ich schwöre es.»

Ich schlucke. Nicke. Schweige.

Val glaubt wirklich, dass er mich retten kann. Es ist ihm

nicht egal, was bis dahin mit mir passiert. Und trotzdem sind es noch immer unsere Überzeugungen, die für meinen Bruder an erster Stelle stehen, und nicht ich selbst.

Das ist es, woran ich zerbrechen werde. Langsam, aber stetig.

Und wenn er kommt, um mich zu retten, bin ich längst verloren.

Nachdem Val sich verabschiedet hat, gehe ich mit schweren Schritten zurück in mein Zimmer. Ich dachte, es wäre schön, ihn endlich wiederzusehen. Dass es meine Einsamkeit ein kleines bisschen verdrängen und mir den Weg für die nächsten Monate weisen würde. Stattdessen fühle ich mich nun noch einsamer als zuvor und hoffnungslos verloren.

Ich laufe rastlos im Zimmer herum, bis ich mich irgendwann aufs Sofa setze, an einem von Lyras Cupcakes herumzupfe und hin und wieder ein Stück esse. Der obere Teil mit dem Frosting ist lecker – der Rest eher dazu geeignet, ihn in Milch zu tunken und zehn Minuten einweichen zu lassen.

Es klopft an meiner Tür, und am liebsten würde ich nicht darauf reagieren. Mir ist nicht nach Gesellschaft. Ich will lieber in meinem Selbstmitleid baden. «Herein», bitte ich dennoch und schiebe den Teller auf dem Couchtisch von mir.

Überraschenderweise ist es nicht Lyra, die nun eintritt, sondern ihr Bruder. Benedicts dunkle Locken sind zerzaust, als wäre er mehrmals mit den Fingern hindurchgefahren. Es lässt ihn nahbarer wirken als sonst, wenngleich sein Dreitagebart wie immer ordentlich gestutzt und seine Kleidung makellos ist.

Er entdeckt mich auf dem Sofa und hebt die Brauen. «Du bist ja in festlicher Stimmung.»

Es soll ein Scherz sein, das weiß ich. Dennoch bringe ich nicht mehr als ein müdes Seufzen heraus.

Sofort wird sein Gesichtsausdruck weicher. Der König schließt die Tür hinter sich und kommt zu mir. Zögerlich lässt er sich neben mich sinken. Sein Blick wandert über den zerstückelten Cupcake auf meinem Teller, doch er kommentiert ihn nicht. «Wie war das Treffen mit deinem Bruder?», will er stattdessen wissen.

Ich zucke mit den Schultern, unfähig, ihm zu antworten. Die Wahrheit kann ich ihm ohnehin nicht verraten. Und für eine Lüge habe ich gerade keine Kraft.

«Nicht wie erhofft, nehme ich an.»

«Nicht wirklich, nein», erwidere ich leise.

«Warum?» Benedicts Stimme ist sanft. Sie weckt in mir das Bedürfnis, mich an seine Schulter zu lehnen und all den Frust, all den Schmerz einfach herauszuweinen.

«Familie», murmle ich nur und weiche seinem Blick aus. Aus dem Augenwinkel sehe ich, wie er nickt. Es ist ihm vielleicht nicht Antwort genug, doch er akzeptiert es dennoch als solche.

«Meine Schwester ist mir zuvorgekommen, wie ich sehe», wechselt er das Thema. «Wobei es scheint, dass ihre Backkünste essbarer waren, als du ihr noch geholfen hast.»

«Das lag ganz allein an der Hilfe Eurer Bediensteten», erkläre ich. «Aber so, wie ich Lyra kenne, möchte sie die nicht mehr.»

«Nichts läge ihr ferner, als sich etwas zweimal erklären zu lassen», bestätigt er schmunzelnd und lehnt sich auf dem Sofa zurück.

Ich ringe mir ein Lächeln ab. Es ist lieb von ihm, dass er

versucht, mich aufzumuntern. Doch mein Kopf ist zu voll mit Sorgen und mein Herz zu schwer von Vals Worten. Ich bin mir noch nicht sicher, wie ich nun weiter mit Benedict umgehen soll. Dabei gibt es doch eigentlich nur eine Möglichkeit.

Einen Moment lang schweigt Benedict, und ich rechne fest damit, dass er wieder geht. Warum sollte er auch bleiben, wenn ich so schlecht gelaunt bin? Eigentlich müsste ich ihn zum Hierbleiben bewegen, doch das bringe ich gerade nicht über mich.

«Ich wollte dir zum Geburtstag gratulieren», meint er, und ich schaue fragend zu ihm auf.

«Danke», sage ich leise.

Er schüttelt den Kopf. «Aber nicht so. Das fühlt sich nicht richtig an.»

«Oh ...» Ich bin überfordert. «Tut mir leid.»

«Das war kein Vorwurf», erwidert er. «Es gibt nichts, wofür du dich entschuldigen müsstest.» Dennoch verzieht er den Mund, offenbar unzufrieden mit der Situation, und mustert mich nachdenklich.

Ich halte seinem Blick stand, wenngleich er mich nervös macht. Und ... jetzt? Was hat er vor?

«Ich bin verwirrt», gestehe ich.

Benedict fährt sich durch die Haare, und seine Locken fallen ihm noch zerzauster in die Stirn als zuvor. Er atmet tief durch. «Hast du schon Pläne für heute Abend?», fragt er schließlich.

Jetzt muss ich doch lachen. «Was für Pläne sollten das sein?»

Sein Gesicht bleibt ernst. «Mit Lyra und Briana vielleicht.»

Ich schüttle den Kopf. «Nein. Nichts.»

«Dann hat sich das hiermit offiziell geändert.» Er erhebt sich. «Ich lasse dir rechtzeitig Bescheid geben.»

Dachte ich eben, ich wäre verwirrt? Das war nichts im Vergleich zu jetzt. «Bescheid?», hake ich nach. «Bescheid wozu?»

Benedict mustert mich einen Moment lang. «Das weiß ich noch nicht genau», gesteht er. «Aber zieh dir etwas Schickes an. Wir gehen aus.»

«Aus?», wiederhole ich ungläubig. Das meint er nicht so, wie ich denke, oder?

«Wenn du möchtest», fügt er hinzu, ein fragender Unterton in seiner Stimme.

«Ich möchte sehr gerne.»

Als würde ich dazu Nein sagen. Was auch immer dieses *Aus* ist – ich bin neugierig und für jede Ablenkung dankbar.

# KAPITEL DREIZEHN

# RUN TOWARDS THE MONSTER

Benedict lässt mich nach dem Abendessen abholen. Sechs Wachen begleiten mich durch das Schloss, und es ist das erste Mal seit meiner Ankunft hier, dass ich das Eingangstor wiedersehe.

Benedict erwartet mich in der Halle davor, flankiert von Eris und zahllosen weiteren Wachen. Im Gegensatz zu vorhin sind seine Haare jetzt ordentlich, und er trägt einen schwarzen Anzug, der mich unweigerlich an unsere erste Begegnung erinnert. Daran, wie ich ihm im Weg stand und unsere Blicke sich im Vorbeigehen flüchtig trafen. An seinen Duft, der sich mir sofort eingeprägt hat.

Zu diesem Zeitpunkt wusste ich noch nicht, wer er ist. Und doch fühlte sich der Moment bedeutsam an. Fast als hätte er die Macht, die Fäden des Schicksals neu zu spinnen und mein Leben in ungeahnte Bahnen zu lenken.

Benedict kommt mir die letzten paar Meter entgegen und bietet mir seinen Arm an. Seine Nähe verursacht ein aufgeregtes Kribbeln auf meiner Haut, und Hitze steigt mir in die Wangen.

«Bereit?», fragt er zur Begrüßung.

Bereit für was? Er führt mich nicht ernsthaft aus?

Vielleicht machen wir nur einen Spaziergang. Aber in diesen Klamotten ... Ich trage ein goldenes Abendkleid aus dünnem, seidigem Stoff, das wasserfallartig bis auf den Boden fällt. Dazu hohe Schuhe und einen dicken Mantel. Nicht gerade ein Outfit, um nachts den Red Garden zu erkunden.

Mein Blick schweift über das Tor und die Wachen um uns herum. Eris' Gesichtsausdruck lässt mich stocken. Die Rechte Hand schaut finster drein. Offenbar ist sie nicht begeistert von den Plänen des Königs. Das sagt wohl genug. Wir verlassen wirklich das Crimson Heart. In meiner Brust mischen sich Sorgen und Vorfreude.

«Bereit», hauche ich und sehe Benedict wieder an.

«Na dann.» Mit einer Handbewegung bedeutet er den Wachen, das Tor für uns zu öffnen. Draußen warten noch mehr von ihnen, versammelt um einen Wagenkonvoi, in dessen Mitte eine schwarze Limousine parkt.

Benedict geleitet mich die Stufen hinunter und über den dunklen Schotterplatz. Er öffnet mir die Tür, und wir klettern auf die Rückbank. Eris steigt auf der Beifahrerseite ein, die restlichen Wachen verteilen sich auf die übrigen Autos. Nur ein paar von ihnen bleiben vor dem Tor zurück.

«Wohin fahren wir?», flüstere ich.

«Es ist eine Überraschung», erwidert Benedict. Er wirkt erstaunlich ruhig in Anbetracht der Tatsache, dass wir soeben die Sicherheit seines Schlosses hinter uns lassen, auf die er die letzten Monate so viel Wert gelegt hat. Zwar ist ihm eine gewisse Anspannung anzumerken, doch sie ist unterschwellig. Nichts im Vergleich zu der von Eris Hyll, die nun knappe Befehle in ein Funkgerät knurrt und so unsere Abfahrt koordiniert.

Wir setzen uns in Bewegung, fast lautlos dank des elektrischen Antriebs der Autos. Der Kies knirscht unter den Rädern, und schon nach kurzer Zeit erreichen wir die Mauer, die das Schlossgelände vom Inner District trennt. Auch dieses Tor wird für uns geöffnet und entlässt uns in die nächtliche Innenstadt.

Ich war noch nicht oft hier, und es ist immer wieder erstaunlich, wie sehr sich dieser Teil Londons von den Stadtteilen der menschlichen Bevölkerung unterscheidet. Die Straßen sind sauber, die Häuser gepflegt. Die Passanten auf den Bürgersteigen tragen schicke Kleidung, lachen, haben Spaß. Sie sind zum Vergnügen unterwegs – um sich entspannt in einer Bar zu treffen oder sich in einem der Kinos einen Film anzusehen. Dinge, die für uns Luxus sind. Und dabei geht es nicht nur um Geld. Wenn man zuvor zehn Stunden in einer schlecht beleuchteten Produktionshalle geschuftet hat, hat man keine Energie mehr für so etwas. Und wenn man sich die ganze Zeit sorgt, ob der eigene Bruder lebend von der Arbeit nach Hause kommt, ist es schwierig, Leichtigkeit vorzutäuschen.

Die Vampire wissen nicht, wie hart unser Leben ist. Wir übernehmen für sie die Drecksarbeit, während sie es sich gut gehen lassen.

Die Passanten drehen sich nach uns um und mustern unseren Konvoi unverhohlen. Es ist wohl offensichtlich, dass eine wichtige Person hinter den getönten Scheiben sitzt. Kein Wunder, dass Benedict die meiste Zeit im Schloss bleibt, wenn er sich außerhalb jedes Mal wie auf dem Präsentierteller fühlt.

Ein Taxi rauscht an uns vorbei, und ich muss sofort an Val denken. Ob er heute Nacht arbeitet? Hängt ihm unser Treffen ebenso nach wie mir? Oder ist er in Gedanken schon bei neuen Plänen, falls ich versage?

Nach etwa zehn Minuten Fahrt halten wir vor einem riesigen, hell erleuchteten Gebäude. Ich kann nicht mehr als den Eingangsbereich sehen. Ein roter Teppich führt über eine große Steintreppe nach oben. Die geöffneten Türen dort sind von imposanten Säulen gerahmt, und warmes Licht strahlt aus dem Inneren zu uns heraus. Einige Leute tummeln sich auf dem Platz davor, doch Eris gibt bereits den Befehl zur Räumung.

Wir warten im Auto, während unsere Wachen aussteigen und die Umgebung sichern. Erst als unsere Limousine und der Weg bis zum Eingang förmlich von Wachen gesäumt sind, steigt Eris aus und öffnet mir die Tür. Ihr Blick huscht dabei immerzu umher, als müsste sie jede noch so winzige Bedrohung analysieren. Verlässt Benedict das Schloss immer mit so viel Geleitschutz? Oder liegt es daran, was mit Bonnie passiert ist?

Vals Worte kommen mir wieder in den Sinn.

*Er hat einen Verräter in den eigenen Reihen.*

Ist deshalb Eris dabei? Weil sie nicht einmal den Wachen trauen können? Ist diese Sache womöglich größer, als ich dachte? Er sagte, seine Eltern wurden ermordet. Vielleicht ...?

Aber das ist zwanzig Jahre her. Und sie haben den Mörder damals gefasst. Oder ...?

Benedict steigt hinter mir aus dem Wagen. Er fasst mich sanft am Unterarm und lenkt mich zur Treppe. Wir erklimmen sie und werden mit eiligen Schritten von Eris ins Innere gelotst.

Das Foyer, welches wir betreten, ist prunkvoll. Dunkelroter Teppichboden erstreckt sich bis in die hinterste Ecke, die Wände sind aufwendig mit Gold und Malereien verziert. Bis auf einige Wachen und zwei Männer im Frack ist dieser Raum leer. Doch ich kann Stimmen hören. Hunderte. Ein undifferenzierbares Gemurmel, das durch eine gigantische Flügeltür am anderen Ende des halbdunklen Foyers dringt.

Wir steuern darauf zu, doch statt hindurchzugehen, wenden wir uns nach links. Dort führt hinter einer Säule eine unscheinbare Treppe nach oben, von der soeben zwei unserer Wachen herunterkommen. Eine der beiden, eine Frau mit langen dunklen Locken, die sie zu einem strengen Zopf gebunden hat, nickt Benedict und Eris zu und verbeugt sich vor uns. «Die Empore ist gesichert, Eure Majestät.»

«Danke, Juanita.»

Überrascht schaue ich zu Benedict auf. Er kennt ihren Namen? Doch er nickt nur auffordernd zur Treppe. «Ladies first.»

Auch diese Stufen sind ausgelegt mit rotem Samt. Der Gang ist schmal und gesäumt von einem Geländer aus dunklem Holz.

Je höher ich komme, desto lauter werden die Stimmen. Doch nun höre ich auch etwas anderes. Hin und wieder klingen einzelne Töne verschiedenster Instrumente auf.

Mein Körper beginnt zu kribbeln, und ich beschleunige meine Schritte. Oben angekommen, tut sich eine weitläufige Empore vor mir auf. Über uns erstreckt sich das Kuppeldach des Gebäudes, ebenso edel verziert wie die Wände des Foyers. Sessel mit rotem Samtbezug stehen nah an der hölzernen Brüstung.

Ich wage einen Schritt näher heran, sodass ich hinunter in den Saal blicken kann, und atme ehrfürchtig ein.

Hunderte Vampire sitzen dort einer Bühne zugewandt, auf der ein riesiges Orchester seine Instrumente aufgebaut hat. Diese werden soeben gestimmt, während sich das Publikum noch unterhält. Streicher, Holz- und Blechbläser, Schlagwerk ... Sogar eine Konzertharfe steht dort. Am Rand des Saals nehme ich eine Bewegung wahr und erspähe einige unserer Wachen, die sich ihren Weg zwischen den Sitzreihen hindurch bahnen und sich in regelmäßigen Abständen im Raum positionieren.

«Gefällt es dir?» Benedicts tiefe Stimme an meinem Ohr lässt mich zusammenzucken. Ich drehe mich zu ihm um, völlig sprachlos.

«Ein Konzert?», ist alles, was ich herausbringe.

«Ich dachte, das muntert dich vielleicht auf», erwidert

er, und mir wird unerwartet warm ums Herz. All dieser Aufwand, nur für mich? Er lächelt mich an. «Alles Gute zum Geburtstag, Florence.»

Einen Moment lang kann ich nichts anderes tun, als Benedict anzustarren. Wie kann es sein, dass dieser Mann und das Monster auf dem englischen Thron ein und dieselbe Person sind? Dass hinter diesem attraktiven Gesicht Grausamkeit lauert? Es fällt mir immer schwerer, mir in Erinnerung zu halten, wer er ist. Nur verstehe ich noch immer nicht, warum.

Vielleicht ist das Teil seiner Rolle. Er muss sich charmant geben, gewissenhaft, aufmerksam, weil er dieses Königreich nur so zusammenhalten kann.

Aber vor mir?

Vor mir müsste er nichts verbergen, oder?

Und ganz egal, warum er das hier nun getan hat – ich bin trotz allem gerührt.

«Danke», flüstere ich und schlucke.

Zwei Schritte trennen uns. Das, und alles, was wir sind.

Aber ich muss diese Distanz endlich überwinden, wenn ich meine Aufgabe erfüllen will. Val hat mir das klargemacht, und in den letzten Stunden ist die Erkenntnis endgültig zu mir durchgesickert. Ich muss Benedict töten. Und das heißt, ich muss ihn verführen.

«Darf ich Euch umarmen?», bringe ich hervor.

Benedict entweicht ein Schnauben. Und dann schiebt sich wieder ein Lächeln auf sein Gesicht. Halb amüsiert, halb gerührt, als hätte er damit wirklich nicht gerechnet.

«Ich glaube, das hat mich noch niemand gefragt», gesteht er.

Ich werde rot. «Ist das nun ein Ja oder ein Nein?», frage ich atemlos.

«Wenn du das möchtest.» Er wirkt beinahe selbst ein wenig überfordert.

Ich nicke, gehe auf ihn zu und schlinge meine Arme um seine Mitte. Nur flüchtig, denn sofort hüllt sein Duft mich ein, und seine Nähe verursacht mir Herzrasen. «Danke», sage ich noch einmal und löse mich wieder von ihm.

Er streicht mir über den Rücken, bevor er mich loslässt, und zurück bleibt dieses Lächeln, das mich vollends verwirrt. Noch nie habe ich ihn so gelöst gesehen. Es wirkt, als wäre er ein völlig anderer Mann.

«Gib mir deinen Mantel.» Benedict tritt hinter mich, hilft mir heraus und hängt den Mantel an die Garderobe. Als er sich wieder zu mir umdreht, stockt er. Sein Blick wandert über meinen Körper, hinab bis zum Boden und dann wieder empor zu meinem Gesicht. Meine Haut beginnt zu prickeln, fast als hätte er mich nicht nur angesehen, sondern berührt. «Du siehst wundervoll aus», sagt er leise, und Gänsehaut breitet sich auf meinen Armen aus.

Ich muss mich räuspern. «Das kann ich nur zurückgeben.»

Sein Lächeln wird zu einem Schmunzeln. Nicht weniger warm, aber um einiges provokanter, und Hitze breitet sich in meiner Magengrube aus.

«Was?», frage ich.

«Nichts. Mir kam nur eben in den Sinn, dass du mich bis vor einigen Wochen noch als Monster beschimpft hast. Und jetzt möchtest du mich umarmen und machst mir Komplimente zu meinem Aussehen.»

Mir läuft ein unangenehmer Schauer über den Rücken. «Vielleicht wechseln wir das Thema besser», schlage ich vor.

«Weil du dich nicht wieder streiten willst? Ich habe dein Temperament in letzter Zeit vermisst.»

Fragend schaue ich ihn an. Doch Benedict gibt mir keinerlei Anzeichen dafür, dass er das ernst oder als Scherz gemeint hat.

«Das hingegen höre *ich* zum ersten Mal», erwidere ich.

Er mustert mich interessiert. «Ach ja?»

«Meine Familie ist in der Regel mehr als froh, wenn ich mich benehme und keine Diskussionen vom Zaun breche. Ich dachte, Ihr würdet diese Ansicht teilen.»

«Also sollst du immer brav ihrer Meinung sein und dich zurückhalten?»

«Das ist generell das, was von uns Menschen erwartet wird, oder nicht?», entwischt es mir.

Benedicts Mundwinkel zuckt. «Ah», macht er gespielt zufrieden. «Da ist meine Blutbraut.»

«Wollt Ihr mich aufmuntern oder mich ärgern?», hake ich nach und überspiele meine Unsicherheit mit einem leicht schnippischen Tonfall.

«Was auch immer besser funktioniert, damit du wieder mehr du selbst wirst.»

«Habe ich mich so verändert?»

Er zögert einen Moment. «Vielleicht kommt es mir nur so vor, aber es fühlt sich an, als würdest du dich vor mir verstecken. Ich weiß, dass du noch immer dieselbe bist, doch du lässt mich dich nicht mehr sehen. Kann das sein?»

Ich stocke einen Moment. Nach Bonnies Tod habe ich versucht, mich zusammenzureißen. Habe meine Rolle gewissenhafter gespielt – die des unschuldigen, liebenswerten Mädchens. Und die ganze Zeit über hat er bemerkt, dass ich mich verstelle, während es mir selbst irgendwann gar nicht mehr aufgefallen ist. Ich habe die Passivität als meine eigene angenommen. Das Warten als meine neue Beschäftigung. Das Schweigen als Selbstverständlichkeit.

«Ich wollte wirklich nicht wieder mit Euch streiten», gestehe ich leise. Das ist zumindest ein Teil der Wahrheit. Denn wie soll ich ihm näherkommen, wenn wir uns ständig in den Haaren liegen?

«Das will ich auch nicht», erwidert er. «Aber ehrlich gesagt mag ich es, Kontra von dir zu bekommen. Nur weil ich der König bin, heißt das nicht, dass man mir alles recht machen muss. Du kannst mir sagen, wenn dich etwas stört. Du musst natürlich auch nicht. Ich wollte nur, dass du das weißt. Und jetzt kannst du mit dieser Information tun, was du möchtest.»

Ich verziehe den Mund, unschlüssig, was er sich von dieser Offenbarung erhofft. «Es ist nicht so, als hätte ich mich komplett verstellt», rechtfertige ich mich. «Auch diese zurückhaltendere Seite ist ein Teil von mir.»

«Ich weiß», meint er ruhig. «Sie ist nur eben nicht alles.»

«Und Ihr wollt alles», schlussfolgere ich.

Benedict nimmt mich mit seinem Blick gefangen. Das Licht im Saal wird unterdessen gedimmt, die Stimmen unter uns verklingen, und das Grün seiner Augen wirkt auf einmal so dunkel wie der tiefste Wald. Sein Duft umspielt mich. Und ich bilde mir ein, ich könnte trotz der Entfernung zu ihm die Wärme zwischen unseren Körpern spüren.

«Ich gebe mich selten mit weniger zufrieden», raunt Benedict, und die Worte sinken wie heiße Steine in meine Magengrube. Sie verursachen ein Flattern dort – oder vielleicht auch einen Erdrutsch.

«Aber wollt Ihr auch alles von mir?», wage ich zu fragen. Mein Atem geht flach. Meine Stimme ist nicht mehr als ein Hauchen.

Unter uns ist die Stille mittlerweile allumfassend. Vermutlich hätte man eine Stecknadel fallen hören können, und doch stehen wir hier und sprechen über etwas, das ebenso verwerflich wie verlockend ist.

Benedict tritt näher an mich heran. Er senkt den Kopf ein wenig, und ich halte die Luft an, bereit für nichts und doch für mehr. Aber er legt mir lediglich seine Hand auf den Rücken und führt mich sanft hinüber zu den Samtsesseln. Er atmet tief durch. «Ich denke, diese Frage kann ich erst beantworten, wenn du aufhörst, dich vor mir zu verbergen, Florence.»

Mein Herz rennt mir davon.

Ihm alles von mir zu zeigen, klingt wie die simpelste Aufgabe der Welt. Doch zugleich ist sie die schwerste.

Er darf nicht alles von mir sehen. Nicht mal ansatzweise. Trotzdem muss er glauben, es wäre so. Ich muss die Balance finden, zwischen Wahrheit und Lüge, zwischen Florence Hawthorne und der Blutbraut. Nur dass sie sich unweigerlich miteinander vermischen. Und ich habe das ungute Gefühl, als müsste ich mich selbst in Stücke reißen, um diesen Balanceakt zu schaffen. In winzig kleine Fetzen, bereit, von ihm verschlungen zu werden.

Schon nach den ersten Tönen, die das Orchester spielt, bin ich hin und weg. Die einzelnen Instrumente verweben sich zu einem Klangteppich, der mich regelrecht verschluckt, so kraftvoll und einnehmend wie nichts anderes auf der Welt. Es ist, als würde sich mein Herz den Paukenschlägen anpassen. Als würde mein Atem mit den Streichern gehen, mal schneller, mal langsamer. Als würde mein Blut den Bewegungen der Dirigentin folgen.

Die Lieder sind so voller Gefühl, dass ich beinahe vergesse, wer da neben mir sitzt. Ich kann die Augen nicht von der Bühne abwenden, und jede Emotion, die die Musik zu uns nach oben trägt, schneidet mir gnadenlos ins Fleisch, bohrt sich bis in meine Seele.

Die ersten Stücke sind fröhlich, zaubern ein Lächeln auf mein Gesicht, das schon bald meine Wangen zum Schmerzen bringt. Doch nach und nach webt sich Melancholie unter die Noten, macht sie immer schwerer, bis sie wie dunkle Gewitterwolken über unseren Köpfen hängen.

Ich weiß nichts über die Stücke, die heute gespielt werden. Nicht wie sie heißen oder wer sie komponiert hat. Ich habe sie noch nie gehört. Doch in meinem Kopf spinnt sich eine Geschichte aus ihnen. Dort steht das Konzert sinnbildlich für das Ende eines Lebens. Für einen geliebten Menschen, welcher der Welt mit jedem Ton ein Stückchen weiter entgleitet.

Ich war noch sehr klein, als mein Großvater starb, doch aus irgendeinem Grund muss ich jetzt an ihn denken. Er sagte mir immer, ich sei wie Grandma. Die Großmutter, die ich nie kennengelernt habe und dennoch vermisse.

Ob sie stolz auf mich wäre, wenn sie mich jetzt sehen könnte? Würde sie sich freuen, dass wir sie rächen, oder würde sie sich sorgen? Vielleicht wäre sie dagegen gewesen, dass ich mich als Blutbraut bewerbe. Womöglich hätte sie mich beschützen wollen oder geahnt, dass diese Herausforderung zu groß für mich sein könnte.

Ich werde auch ihr beweisen, dass ich meiner Aufgabe gewachsen bin. Ich werde sie alle stolz machen, und mein Bruder wird mich nie wieder fragen müssen, ob er sich auf mich verlassen kann. Je länger ich über das Gespräch mit Val nachdenke, desto trauriger macht es mich. Ich dachte, er hätte Verständnis für meine Zweifel, für meine Ängste.

Ich bin die, die das Opfer erbringt, nicht er. Ich bin die, die durchlebt, was er sich nicht mal vorstellen will. Allmählich fühlt es sich so an, als wäre er der Puppenspieler und ich die Marionette. Und das tut verdammt noch mal weh.

Etwas streift meine Hand, und ich zucke zusammen. Verwirrt schaue ich hinunter auf meine Armlehne und merke erst jetzt, dass ich einen Tränenschleier wegblinzeln muss, um klar sehen zu können. Benedicts Hand liegt neben meiner, und er wiederholt die Bewegung von eben, streicht mit seinem kleinen Finger ganz leicht über meine Haut.

Fragend hebe ich den Blick und treffe seinen. Er lehnt sich zu mir herüber, und wie von selbst verhake ich meinen kleinen Finger mit seinem, halte mich an ihm fest.

«Warum weinst du?», raunt er mir ins Ohr.

Mein Herz gerät aus dem Takt. Es schlägt nun nicht mehr mit den Pauken, sondern mit Benedicts Atem auf meiner Wange und seiner Berührung auf meiner Haut.

«Weil die Musik so traurig ist», flüstere ich.

Er lehnt sich wieder zurück und mustert mich mit besorgter Miene. «Dich zum Weinen zu bringen, hatte ich eigentlich nicht geplant.»

«Schon in Ordnung», versichere ich schniefend und wische mir peinlich berührt eine Träne von der Wange. «Es geht gleich wieder.»

Doch Benedict umschließt meine Finger. Er erhebt sich und beugt sich zu mir herunter, sodass er einen Kuss auf meinen Handrücken hauchen kann.

«Darf ich um diesen Tanz bitten, Miss Hawthorne?»

Die Erinnerung an die Sonnenwendfeier im Dezember mischt sich in diesen Moment, als hätte man einen Negativfilm darübergelegt. Damals hat Benedict dasselbe gefragt, trug die gleichen Klamotten. Doch da war er noch ein Fremder. Jemand, vor dem ich solche Angst hatte, dass seine reine Anwesenheit mir Gänsehaut verursacht hat.

Auch heute tut sie das noch. Aber aus gänzlich anderen Gründen. Meine Gefühle für ihn mögen schwer zu benennen sein, doch Furcht ist schon lang keines mehr davon.

Ich nicke und lasse mich von Benedict auf die Beine ziehen. Er führt mich zwischen den Sesseln hindurch zu der freien Fläche im hinteren Bereich der Empore und legt seine Hand auf meinen Rücken. Die Hitze seiner Berührung sickert durch den dünnen Stoff des Kleides, und ich halte den Atem an.

Benedict und ich verschränken erst unsere Finger miteinander, dann unsere Blicke. Seine Augen sind noch immer tiefster, dunkelster Wald, sein Duft ebenso. Und mit dem ersten Schritt, in den er mich führt, verliere ich mich endgültig darin.

«Vorsichtig», mahnt Benedict mit einer Spur Belustigung in der Stimme.

«Was?», frage ich verwirrt.

«Sei vorsichtig beim Tanzen. Ich bin bis heute überrascht darüber, dass du mir damals nicht auch noch auf die Füße getreten bist.»

Ich funkle ihn an, doch meine Lippen verziehen sich bei der Erinnerung zu einem Lächeln. Nein, ihn anzurempeln war definitiv nicht die richtige Strategie. «Ich war nervös», verteidige ich mich. «Und Ihr hättet es verdient gehabt, nachdem Ihr so unhöflich wart.»

«Ich fürchte, dem kann ich nicht widersprechen», gesteht er. «Ich bitte vielmals um Verzeihung.»

«Hm», mache ich nur und lasse mich von ihm in eine Drehung führen. Als er mich wieder in seine Arme zieht, setze ich nach. «Ich werde darüber nachdenken.»

«Meinst du nicht, dass wir quitt sind?», fragt er mit einem schiefen Lächeln. «Oder möchtest du erst noch einmal meinen Urgroßvater beleidigen?»

Mir entfährt ein Schnauben. «Schön. Ich verzeihe Euch. Vorerst.»

Amüsiert schüttelt er den Kopf. «Ich darf mich wohl nicht beschweren, nachdem ich dir vorhin erst gesagt habe, du sollst mir mehr Kontra bieten.»

«Das ist korrekt.»

«Dann verzeihe ich dir ebenfalls. Vorerst.»

«Ich glaube, ich stolpere gleich ...»

Benedict zieht mich ein wenig enger an sich. «Mit diesen Absätzen? Gott bewahre.»

Wir verfallen in Schweigen, lassen uns von der Musik einhüllen. Benedict führt weiter unseren Tanz, und ich frage mich, warum er ausgerechnet diesen Ort ausgesucht hat. Nur für mich? Oder weil er auch ihm etwas bedeutet?

«Kommt Ihr öfter her?», frage ich nach einer Weile leise.

«Hin und wieder. Wenn die Arbeit es mir erlaubt oder ich irgendeinen feierlichen Anlass eröffne.»

Ich mustere sein Gesicht. «Und bringt Ihr immer so viele Wachen mit?»

«Nein», gesteht er leise. «Das ist neu.»

Er geht nicht auf meinen fragenden Blick ein, und ich will nicht zu neugierig wirken, also lasse ich das Thema fallen. Mal wieder. Doch irgendwann werde ich herausfinden, was dahintersteckt. Da ist mehr. Irgendetwas hält er vor mir geheim. Ich bezweifle zunehmend, dass all diese Sicherheitsvorkehrungen nur getroffen wurden, weil jemand versucht hat, mich zu vergiften.

«Hat es einen Grund, dass Ihr den Namen dieser Wache vorhin kanntet?», frage ich stattdessen.

«Muss es dafür einen Grund geben?», erwidert er.

«Ich habe nicht damit gerechnet», gestehe ich.

«Ich kenne alle ihre Namen.»

«Alle?»

«Natürlich. Sie dienen mir. Sie schützen mich. Das Mindeste, was ich tun kann, ist, mir ihre Namen zu merken. Ich trainiere zudem fast täglich mit ihnen.»

«Wieso?»

«Weil es mich fit hält und mir außerdem einen Eindruck von ihren Fähigkeiten vermittelt.»

Es hält ihn *fit*. Ja, so kann man es wohl sagen. Wenn ich an Benedicts nackten Oberkörper denke, ist das allerdings die Untertreibung des Jahrhunderts. «Ah», mache ich und spüre, wie ich rot werde.

«Was?», hakt er nach.

Natürlich hat er trotz der Dunkelheit gemerkt, dass meine Gedanken abgeschweift sind. Er zieht mich enger an sich, und ich spüre, wie sich die Muskeln in seiner Schulter dabei anspannen. Das hilft nicht gerade, um mich abzulenken.

«Woran denkst du?», fragt er nah an meinem Ohr, und seine tiefe Stimme setzt alles in mir in Flammen.

Ich schlucke. «Nichts. Ich dachte mir nur bereits, dass Ihr nicht wegen des vielen Papierkrams so ausseht.»

«Dass ich wie aussehe?», hakt er nach und treibt mir damit nur noch mehr Hitze in die Wangen.

«Darauf antworte ich nicht», bringe ich heraus.

«Warum nicht?»

«Passt besser auf Eure Füße auf.»

«Drohst du mir jetzt?»

Seine Hand an meinem Rücken rutscht ein winziges Stück nach unten. Ich weiß nicht, ob es Absicht oder nur unseren Bewegungen zu schulden ist, doch ich erwische mich dabei, wie ich mir vorstelle, er würde sie noch tiefer wandern lassen. Den Kopf zu mir beugen. Mit seinen Lippen über meine Haut streichen, seine Zähne in meinem Hals versenken.

Etwas ist ganz eindeutig falsch mit mir.

Aber er hat bereits ein paar Tage nicht mehr von mir getrunken. Und wir sind hier oben so allein, dass wir alles tun könnten.

*Alles …*

Wie kann dieses winzige Wort eine solche Gänsehaut bei mir verursachen?

Die Musik wird langsamer, doch anstatt unseren Rhythmus anzupassen, hält Benedict ganz inne und bringt unseren Tanz aus irgendeinem Grund zum Stillstand. Er entlässt mich allerdings nicht aus seinen Armen. Wir stehen weiterhin so nah voreinander, dass er vermutlich mein rasendes Herz spüren kann. Wenn mein Mund mich nicht wie sonst verrät, tut es der Rest meines Körpers.

Langsam lässt Benedict meine Hand los, seine andere verweilt an meinem Rücken. Er streicht mit den Fingerspitzen über meinen Arm bis hoch zu meiner Schulter. Glühend heiße Berührungen, die mich zum Erschaudern bringen.

«Ist dir kalt?», murmelt er.

Ich bringe keine Antwort heraus. Keine Wahrheit und erst recht keine Lüge.

«Florence?» Seine Worte sind kaum mehr als ein Raunen.

«Hm?» Ich hefte meinen Blick auf seinen markanten Kiefer und seinen Hals. Sehe, wie sein Adamsapfel sich bewegt, als er langsam schluckt.

«Woran denkst du?»

Benedicts Stimme aus schwarzer Seide hüllt mich ein, und ich wünschte, ich könnte mich in sie fallen lassen. Ich wünschte, sie würde all meine Gedanken einfach ersticken. Ich wünschte, die Antwort auf seine Frage würde mich nicht so zerstören.

Es ist eine hässliche Wahrheit, die mir da auf der Zunge brennt. Eine, für die meine Familie mich verachten würde – und ich selbst mich noch viel mehr.

Dennoch biete ich sie ihm dar. Gestatte ihr, dass sie mich zerreißt. Überlasse Benedict diesen ersten Fetzen meiner selbst. Ich muss aufhören, an meiner Unversehrtheit festzuhalten. Letztendlich war ich bereits verloren, als ich vor drei Monaten das Schloss betrat.

«An dich, Benedict», flüstere ich, und Benedict versteift sich. Die informelle Anrede fühlt sich fremd auf meiner Zunge an. Das Geständnis hängt schwer zwischen uns.

Ich kann seine Reaktion nicht einordnen. Bin ich zu weit gegangen? Oder setzt er nur zum Sprung an? Vielleicht fällt auch seine sanfte Fassade irgendwann von ihm ab. Enthüllt einen Mann, der bereit ist, mich zu verschlingen.

Wie gebannt starre ich ihn an. Er atmet tief ein, öffnet den Mund, als wolle er etwas sagen. Doch just in diesem Moment verklingt die Musik, und bevor er auch nur ein Wort herausbringt, bricht unter uns tosender Beifall los.

Benedict löst sich von mir, und mit einem fast entschuldigenden Blick wendet er sich der Garderobe zu. «Das ist unser Stichwort.» Er reicht mir meinen Mantel und hält ihn mir hin, sodass ich hineinschlüpfen kann. «Wir sollen draußen sein, bevor sie die Saaltüren öffnen. Eris macht mich sonst persönlich einen Kopf kürzer.»

«In Ordnung», sage ich etwas überrumpelt und lasse mir von ihm in den Mantel helfen. Benedict wirkt zerknirscht, doch er sagt nichts mehr und geht voraus zur Treppe. Nur widerwillig folge ich ihm. Es fühlt sich an, als hätten wir eben begonnen, unser eigenes Stück zu spielen. Und kurz vor seinem großen Finale wurde es ohne Vorwarnung unterbrochen.

Vielleicht kann ich es später noch einmal anstimmen. Und bis dahin versuche ich wohl oder übel, das Feuer in meinem Inneren zu löschen, das Benedict hat auflodern lassen, bevor es mich endgültig verschlingt.

Mit einem letzten sehnsuchtsvollen Blick zum Orchester steige ich die Stufen hinunter und folge Benedict ins Foyer.

## KAPITEL VIERZEHN

# DROWNING

Wir verlassen das Konzerthaus, während hinter den verschlossenen Türen zum Saal noch der Applaus brandet. Eris und die Wachen erwarten uns bereits am Fuß der Treppe und weichen uns erst von der Seite, als wir sicher in der Limousine sitzen.

Die Straßen sind nun leerer als vorhin, was vermutlich an der späten Stunde liegt. Ich lasse den Blick über Grünanlagen, Kopfsteinpflaster und erleuchtete Schaufenster schweifen und versuche, meine Gedanken zu entwirren.

Benedict berührt mich nicht noch einmal. Er wirkt abwesend, wenn nicht gar abweisend. Der Bann zwischen uns ist gebrochen, und ich weiß nicht, warum. Mein Geständnis klingt mir noch in den Ohren. Er hat nichts mehr dazu gesagt. Aber was sollte er auch sagen?

Wir erreichen das Schloss ohne Komplikationen, doch Eris bleibt angespannt, bis das große Tor der Eingangshalle hinter uns geschlossen wird. Mit leicht verkniffenem Gesicht wünscht sie Benedict und mir eine gute Nacht und bedankt sich bei ihren Wachen für die Arbeit.

Es erstaunt mich, wie respektvoll sie mit ihnen umgeht. Doch das liegt sicher daran, dass es Vampire sind. Ich wette, die Bediensteten im Schloss werden anders behandelt.

Kennt Benedict auch ihre Namen? Ich bezweifle es.

Er begleitet mich schweigend durch die spärlich beleuchteten Gänge bis zu meiner Tür. Vermutlich sollte ich den Abend nicht einfach so enden lassen. Ich sollte versuchen, ihn zum Bleiben zu überreden, den Moment von vorhin wiederbeleben, die letzte Distanz zwischen uns überbrücken.

Ich drehe mich zu Benedict um, noch auf der Suche nach Worten, doch er kommt mir zuvor.

«Darf ich dich gleich noch einmal stören?», fragt er, und

ich muss unweigerlich an seine Zähne in meinem Hals denken, seine Lippen auf meiner Haut, seine Hände an meiner Taille. Mir wird heiß.

«Natürlich», bringe ich hervor.

Benedict nickt. Das Lächeln von vorhin ist verschwunden, fast als hätte er es im Konzertsaal gelassen. Woran liegt es? Habe ich etwas Falsches gesagt? Bereut er, wie nah er mir gekommen ist? Oder ist es womöglich dieses Schloss, das ihn zu einem anderen macht? Zu einem König statt einem gewöhnlichen Mann. Sein Charakter und seine Freiheit begraben unter Tausenden Tonnen uralten Steins. «Ich gebe dir noch etwas Zeit, um dich umzuziehen», sagt er.

«Dabei mag ich das Kleid so gern», wende ich scherzhaft ein.

Benedict lässt seinen Blick noch einmal langsam über meinen Körper wandern, und ebenso gut hätte er seine Hände unter den Stoff des Kleides gleiten lassen können. Womöglich will ich sogar, dass er das tut. Ein angenehmes Kribbeln macht sich in meiner Magengrube breit. Er sieht mir wieder ins Gesicht, in seinen Augen ein Schimmer Verlangen, den er mir nicht zeigen zu wollen scheint. «Vielleicht finden wir ja noch einen Anlass, zu dem du es tragen kannst», murmelt er.

Hoffnung keimt in mir auf. Hoffnung auf weitere Unternehmungen, aber auch Hoffnung auf ... ihn. «Das wäre schön.»

«Ich werde sehen, was sich machen lässt.»

Er verabschiedet sich, und ich betrete mein Zimmer. Der Abend hat mir jegliche Ruhe geraubt. Meine Hände zittern, und mein Puls flattert, während ich mich umziehe, mir die Zähne putze und meine Haare kämme. Der Gedanke, dass Benedict gleich wiederkommt, macht mich unerträglich nervös. All die Monate habe ich die Mauern zwischen uns aufrechterhalten. Und nun fallen sie. Unerwartet und schneller, als mir lieb ist.

Nach einer halben Stunde, die sich eher wie eine halbe Ewigkeit anfühlt, klopft es an meiner Tür. Ich liege bereits im Bett, ein Buch auf dem Schoß. Es war ein vergeblicher Versuch, mich abzulenken, denn wenn ich ehrlich bin, kann ich mich an kein Wort erinnern.

Benedict betritt mein Zimmer, und ich bringe es nicht über mich, aufzustehen und ihm entgegenzukommen. Seit dem ersten Mal trinkt er nur im Stehen von mir. Seit ich damals entschieden habe, dass ich es so will, hält er sich daran. Doch es ist Zeit, auch diese Mauer zum Einsturz zu bringen.

Ich lege das Buch beiseite und beobachte, wie er auf mich zukommt, eine Hand hinter seinem Rücken verborgen. Er lässt sich auf der Armlehne des Sessels nieder, in dem er bereits so oft neben meinem Bett saß, bis ich eingeschlafen bin.

Auch er hat sich umgezogen. Nun trägt er eine dieser lockeren dunklen Baumwollhosen, in denen er zu schlafen scheint, und ein helles Leinenhemd mit hochgekrempelten Ärmeln.

«Ich habe noch etwas für dich», meint er leise.

Fragend treffe ich seinen Blick. «Ein Geschenk?»

«Es ist immerhin dein Geburtstag, oder nicht?»

«Ja, und Ihr habt eben schon Eure halbe Schlosswache mobilisiert, damit ich ein Konzert besuchen kann.»

Kaum dass ich die Worte ausgesprochen habe, hinterfrage ich sie. Vielleicht habe ich das alles falsch verstanden und er wäre ohnehin zum Konzert gegangen? Doch Benedict begräbt meine Zweifel.

«Das war eine spontane Entscheidung. Ich hatte bereits ein anderes Geschenk geplant. Und es wäre schade, wenn es in einer meiner Schubladen verstaubt.»

Überrascht hebe ich die Brauen. Damit habe ich nicht gerechnet. Es ist schon ungewöhnlich genug, dass er mir überhaupt etwas schenkt. Aber gleich zwei Geschenke, von denen eines kaum eine größere Geste sein könnte und das andere offenbar lang durchdacht ist? Ist das nicht etwas viel Aufwand nur für mich?

Benedict nimmt den Arm hinter seinem Rücken hervor und präsentiert mir eine Mappe aus schwarzem Papier. Sie ist mit einer Schleife aus goldenen Seidenbändern verschlossen, die Ränder sind mit geprägten Ornamenten verziert.

Ehrfürchtig nehme ich sie entgegen. Selbst ohne zu wissen, was es ist, bin ich überwältigt. Ich wusste nicht, dass Papier so schön sein kann. Zaghaft streiche ich mit dem Daumen über die Prägung. Es fühlt sich an, als würde ich etwas unglaublich Wertvolles in den Händen halten. Das Geschenk ist jetzt schon wundervoll.

«Öffne sie», fordert Benedict leise.

Vorsichtig lege ich die Mappe auf meinem Schoß ab und löse die Schleife. Zum Vorschein kommt ein dünner Stapel Notenblätter für die Konzertharfe, fein säuberlich eingeheftet. *Sorrow's Song* steht darüber, unverkennbar in Benedicts Handschrift. Es ist das Stück, das seine Mutter geschrieben hat. Er ...

Ich schaue zu ihm auf, und mir fehlen die Worte. Es fühlt sich an, als hätte Benedict mir nicht nur ein paar Noten geschenkt, sondern einen Teil seiner selbst.

«Du sagtest, dir gefällt das Stück», erklärt er. «Es kam mir persönlicher vor, als dir Blumen oder ein Buch zu schenken. Und so gerät es nicht in Vergessenheit.»

Kopfschüttelnd mustere ich das Papier, rufe mir die traurige Melodie in Erinnerung. Den Anblick von Benedict, wie er an der Harfe sitzt und seine Trauer in die zarten Töne webt. Ich schlucke.

«Das ist das schönste Geschenk, das mir jemals jemand gemacht hat», gestehe ich. Denn es ist eine Sache, etwas zu finden, das mir gefällt. Aber dabei derart viel von sich selbst zu offenbaren, sich so verwundbar zu zeigen ... Das ist bedeutsamer. «Danke. Ihr ehrt mich, Eure Majestät.»

Benedicts Mundwinkel zuckt. «Ich dachte, wir wären mittlerweile bei Benedict.»

Mir stockt der Atem. «Verzeihung, ich wollte vorhin nicht ...»

«Florence», unterbricht er mich ruhig, und seine Mundwinkel heben sich kaum merklich. «Das war keine Beschwerde. Eher ein Angebot.»

Ich starre ihn an. «Ihr bietet mir an, Euch mit Vornamen anzusprechen?», versichere ich mich.

«Schwebt dir eine andere Anrede vor?», fragt er amüsiert. «Du hast dich doch ohnehin noch nie an die Etikette gehalten.»

«Vielleicht nicht genau ...» Ich verziehe entschuldigend das Gesicht.

Das Grübchen in seiner rechten Wange kommt wieder zum Vorschein, dicht gefolgt von dem in seiner linken. «Ich erinnere mich an so einige Male, in denen das *Eure Majestät* eher klang wie eine Beleidigung.»

«Diesen Aspekt meiner temperamentvollen Seite vermisst Ihr dann wohl nicht?», schlussfolgere ich.

Er schnaubt. «Doch, ein wenig.» Dann wird seine Stimme sanfter. Ernster. «Aber ich vermisse es mehr, dass du mich Benedict nennst.»

Seine Worte lösen ein warmes Kribbeln in meiner Magengrube aus. «Das habe ich nur ein paarmal getan», merke ich an.

Benedict schüttelt den Kopf, als würde ihn seine Aussage ebenso überraschen wie mich. «Und doch hat es gereicht.» Er erhebt sich vom Sessel und schenkt mir ein leises Lächeln. «Aber es ist deine Entscheidung. Wie immer.»

«Geht Ihr schon?», frage ich verwirrt, als Benedict sich nun der Tür zuwendet. Ich dachte, er würde mein Blut verlangen. Oder wenigstens hierbleiben, bis ich eingeschlafen bin. Aber offenbar ging es ihm wirklich nur darum, mir das Geschenk zu überreichen. Ich verstehe ihn einfach nicht. Bei dem Konzert waren wir uns so nah wie noch nie, im Auto jedoch wirkte er distanziert. Und jetzt bietet er mir an, seinen Vornamen zu benutzen, nur um mich im nächsten Moment allein zu lassen. Was will er von mir?

Benedict zögert, und beinahe rechne ich damit, er würde mir den Rücken kehren und einfach gehen. Doch er rührt sich nicht von der Stelle. «Willst du denn, dass ich noch bleibe?», fragt er stattdessen, und aus dem Kribbeln in meinem Magen wird ein Flattern.

«Ich würde mich nicht beschweren», weiche ich aus, und Benedict schnaubt belustigt.

«Du kannst dich wirklich nicht entscheiden, ob du direkt oder zurückhaltend sein willst, kann das sein?»

«Ich dachte, du möchtest beide Seiten, Benedict», erwidere ich leise und muss schlucken. Sein Name fühlt sich noch fremd auf meiner Zunge an, doch gleichzeitig verschafft es mir unerwartete Befriedigung, ihn so anzusprechen.

Benedict zieht die Schultern ein wenig zurück. Er atmet tief ein, als müsste er sich erst selbst an den Klang gewöhnen, und ich fühle mich augenblicklich mutiger. Vielleicht habe ich mehr Macht über diesen Mann, als ich dachte. Es ist völlig irrelevant, wie überlegen er mir ist, wenn er meinen Wünschen nachkommt.

«Ja», erwidert er rau. «Aber ich fühle mich nicht wohl dabei, zu spekulieren. Also, was möchtest du, Florence?»

Ich suche seinen Blick. «Ich möchte, dass du bleibst.»

Langsam lässt Benedict sich zurück auf den Sessel sinken. «Sind deine Albträume wieder schlimmer geworden?», fragt er, doch ich schüttle den Kopf.

«Nein. Ich ... mag nur deine Nähe.»

Benedicts Mundwinkel zuckt. Aber statt auf meinen Annäherungsversuch einzugehen, lehnt er sich zurück. «Dann bleibe ich, bis du eingeschlafen bist.»

Ich unterdrücke ein frustriertes Stöhnen. Warum ist das so schwierig? Es kommt mir vor, als würde er mit seinen Worten eine Grenze ziehen. Und ich bin dafür ebenso dankbar wie sauer. Schließlich war er es, der heute angefangen hat, alle Mauern zwischen uns niederzureißen. Und nun scheint er sich plötzlich umentschieden zu haben. Lässt die übrigen doch stehen, verstärkt sie sogar, schmiert neuen Mörtel in die Risse. Vermutlich hat auch er bemerkt, dass wir bald in einem Trümmerfeld stehen, wenn wir uns nicht zurückhalten.

Doch genau das war ja mein Ziel: dieses Königreich in Schutt und Asche legen. Und allem voran ihn.

Vals Worte hallen in mir nach. Drei Monate habe ich bereits verspielt. Ich habe Zeit geschunden, um länger an etwas festzuhalten, das ich doch schon bei meiner Ankunft hätte aufgeben sollen. So wütend und enttäuscht ich auch bin, er hatte recht. Ich muss dieses Pflaster endlich abreißen und anfangen, den Plan zu befolgen. Lieber früher als später, denn falls mir am Ende doch die Zeit davonrennt, werden wir alle darunter leiden.

Kurz entschlossen schlage ich meine Decke zurück und stehe aus dem Bett auf. Benedicts Blick gleitet für einen flüchtigen Moment über meine nackten Beine und bleibt schließlich an meinem Gesicht hängen. Er runzelt die Stirn. «Alles in Ordnung?», will er leise wissen.

Ich nicke und trete näher an seinen Sessel heran, streiche mit den Fingern über seine Armlehne und anschließend Benedicts Arm empor. Er muss den Kopf in den Nacken legen, um mir weiterhin ins Gesicht sehen zu können, doch ansonsten rührt er sich nicht. Sein gesamter Körper scheint sich erwartungsvoll anzuspannen, während meinen ein Schauer durchläuft. Ich wünschte, es läge an der kühlen Luft. Doch das tut es nicht. Es liegt an Benedicts Blick, der mich gefangen genommen hat.

Wie gebannt sieht er mich an. Fast erwartungsvoll, als wäre er sich weder sicher, was ich als Nächstes mache, noch, wie er reagieren soll. Ich lege meine Hand auf seine Schulter, und als Benedict nichts tut, um mich aufzuhalten, lasse ich mich langsam auf seinen Schoß sinken. Sein Körper ist warm unter meinem, und er zieht beinahe ehrfürchtig die Luft ein.

«Florence.» Seine Stimme ist rau. Mein Name auf seinen vollen Lippen ebenso Warnung wie Einladung.

Einen Moment lang starre ich auf seinen Mund und spüre dem immer heftigeren Flattern in meiner Mitte nach. Eigentlich wollte ich nur ihn glauben machen, ich würde ihn begehren. Doch ich fürchte, ich glaube es längst selbst. «Das heute war einer der schönsten Abende meines Lebens», flüstere ich. Eine Wahrheit inmitten der Lügen.

Benedict schießt für einen Moment die Augen. Als er sie

wieder öffnet, lässt sein Blick mein Herz für ein paar Takte aussetzen. Pures Verlangen lodert in seinen grünen Augen. Seine Finger lösen sich von der Lehne, streichen über meinen Rücken. Ich spüre ihre Hitze durch den dünnen Stoff meines Nachthemds, und meine Haut beginnt unter seiner Berührung zu prickeln.

«Das freut mich», erwidert er ruhig. Benedict legt mir den Arm um. Seine Finger streifen dabei meine Taille, und er hält inne, zögert.

Ich atme tief durch und lege meine Hand auf seine Brust. Benedicts Duft hüllt mich ein. Der Geruch von Wald und Kaminfeuer, von Zuhause und etwas verlockend Fremdem.

«Was hast du vor?», raunt er. Ich spüre die Worte in seinem Brustkorb vibrieren, und leise Erregung rieselt durch meinen Körper. Vorsichtig lasse ich meine Fingerspitzen höher wandern, doch bevor sie den Kragen seines Hemdes erreichen, ergreift er meine Hand und hält sie sanft fest.

Er wirkt ruhig, geradezu unberührt, doch in seinen Augen brennt noch immer sengendes Verlangen. Dasselbe, das sich auch in meinem Magen ausbreitet und all meine Zurückhaltung, all meine Ängste zu verschlingen scheint. «Ich möchte, dass du von mir trinkst», hauche ich und will den Kopf neigen, um ihm meinen Hals anzubieten. Doch Benedicts Hand legt sich in meinen Nacken, seine Finger fahren in meine Haare. Er lässt nicht zu, dass ich meinen Kopf bewege. Und obwohl er mir damit mehr als deutlich macht, wie sehr er mir körperlich überlegen ist, kommt es mir vor, als wäre ich es, die *ihn* dirigiert. Ich rutsche ein wenig näher an seine Brust, und Benedict fixiert sofort meinen Oberschenkel, als wolle er mich so davon abhalten. Seine Hand gleitet dabei ein Stück unter mein Nachthemd, streicht über meine nackte Haut, und wir schlucken beide.

«Warum willst du das?», fragt er, und seine Stimme klingt nicht mehr wie Seide. Stattdessen ist sie rau, aufreibend und voll dunklem Begehren, das viel zu nah an der Oberfläche brodelt.

«Weil ich so zumindest das Gefühl habe, als würde ich dir etwas zurückgeben», flüstere ich. Aber diese Worte sind nicht die ganze Wahrheit. Und sie sind erst recht nicht genug. Ich sammle meinen Mut zusammen. Biete ihm noch einen Fetzen meiner selbst dar. Mache einen weiteren Schritt in mein Verderben. «Und weil es sich gut anfühlt, wenn du das tust.»

Benedict erschaudert, doch noch immer bewegt er sich nicht. Er sieht aus, als würde er einen Kampf mit sich selbst austragen, und vielleicht tut er das auch. Er will das. Er will *mich*. Aber etwas hält ihn nach wie vor zurück.

Ich recke das Kinn noch ein wenig mehr, doch Benedicts Finger in meinem Nacken halten mich zurück. Zusammen mit seiner Hand auf meinem Oberschenkel fühlt es sich an, als könnte ich mich kaum noch rühren. Meine Instinkte drängen mich dazu, mich zu befreien. Sie wollen mir verbieten, mich ihm derart auszuliefern, doch mein Verlangen übertönt sie. Ich sehne mich so sehr nach Benedicts Lippen auf meiner Haut, dass es schmerzt.

Sein Griff wird fester, besitzergreifender. Mein Herzschlag geht immer schneller. «Bitte?», hauche ich, und die Hitze zwischen unseren Körpern scheint sich selbst zu entzünden, schickt ein regelrechtes Lauffeuer durch meine Adern.

Benedict zieht meinen Kopf zurück, und ich schließe die Augen. Sein heißer Atem streift meinen Hals. Erwartungsvoll recke ich mich ihm noch weiter entgegen, doch er gräbt seine Finger fester in meinen Oberschenkel. «Halt still», raunt er. Sein Daumen streicht über die empfindliche Haut an meinem Schenkel, und ich ziehe hörbar die Luft ein. Gänsehaut kriecht über meine Arme, und ich spüre, wie sich Feuchtigkeit zwischen meinen Beinen sammelt. Wie er mich mühelos an Ort und Stelle hält, erregt mich. Dabei sollte doch eigentlich das Gegenteil der Fall sein. Die Tatsache, dass ich mich gegen ihn nicht zur Wehr setzen kann, sollte mir Angst machen. Aber nichts an dieser Situation, nichts an Benedict fühlt sich gefährlich an. Aufregend, ja. Unerwartet. Doch mein Unterbewusstsein scheint der festen Überzeugung zu sein, dass es ihm vertrauen kann.

Ich spüre Benedicts Lippen auf meiner Haut und seufze unwillkürlich auf. Seine spitzen Zähne sinken in mein Fleisch, und endlich trinkt er von mir. Ich verbrenne innerlich, lasse mich in das Feuer fallen, das meinen Körper in Besitz nimmt, doch er lässt sich weniger Zeit als sonst. Schon nach wenigen Schlucken fährt er mit seiner Zunge über die Bisswunde, um sie zu verschließen, und ich unterdrücke ein frustriertes Stöhnen.

Ich will mehr. Ich will nicht, dass er aufhört. Ich will nicht, dass er sich wieder von mir löst. Nur ... tut er das auch nicht.

Benedicts Lippen verweilen auf meiner Haut. Sein Atem geht zittrig, und ich glaube fast, seinen Körper unter mir beben zu spüren. Doch genau in dem Moment, in dem ich meine Hand an Benedicts Wange lege, um ihn zu mehr aufzufordern, lehnt er sich zurück und lässt mich los.

Ernüchterung überkommt mich wie ein Schwall kaltes Wasser, schafft es jedoch trotzdem nicht, das Lodern in meiner Magengrube zu löschen. «Was ist?», frage ich leise und streiche sanft über Benedicts Kiefer, spüre raue Bartstoppeln unter meiner Hand. Er schüttelt den Kopf, umfasst mein Handgelenk und hält mich so zurück.

«Du hast bekommen, was du wolltest», stellt er heiser fest. «Ich denke, es ist Zeit zu gehen.»

Ein schweres Gewicht legt sich auf meine Brust. Bittere Enttäuschung, gemischt mit Angst. Angst, zu weit gegangen zu sein. Ihn vergrault zu haben. Zu versagen.

«Wolltest du es nicht?», bringe ich hervor, und Benedict schluckt.

«Das tut nichts zur Sache.»

«Natürlich tut es das», widerspreche ich irritiert.

«Es ist spät», murmelt er. Für eine Sekunde keimt Hoffnung in mir auf, weil er seine Hand an meine Taille legt und mich an sich zieht, doch im nächsten Moment steht er mit mir im Arm auf, stellt mich auf meinen Füßen ab und tritt zurück. «Wir sollten schlafen.»

Ich schüttele den Kopf, versuche, einen klaren Gedanken zu fassen. Es ist besorgniserregend, wie leicht Benedicts Berührung all meine Pläne verschwimmen lässt und nichts als sengendes Verlangen zurücklässt. Und ihm scheint dieses Knistern zwischen uns ähnliche Sorgen zu machen. Aber ich darf nicht zulassen, dass diese Angst uns auseinanderhält. Weder seine noch meine. Ich darf jetzt keinen Rückzieher machen. Benedict steht ebenso nah am Abgrund seiner Selbstbeherrschung wie ich. Und wenn ich ihn nur noch zu einem winzigen weiteren Schritt bewegen kann, habe ich gewonnen.

Ich schaue zu ihm hoch und trete wieder näher an ihn heran. «Du könntest heute Nacht hierbleiben», flüstere ich und will meine Hände auf seine Brust legen, doch er weicht vor mir zurück. Kopfschüttelnd fährt er sich durch die dunklen Locken.

«Das ist keine gute Idee, Florence.»

Der Zwiespalt ist ihm anzusehen. Dennoch ist es eine Zurückweisung, und die schmerzt. Zumal ich sie nicht wirklich verstehe. «Wieso?», hake ich nach.

Benedict verzieht leicht den Mund. «Weil wir uns erst einmal darüber klar werden sollten, was wir wollen.»

Ich blinzle irritiert. «Du sagtest, du willst alles», erinnere ich ihn.

Er antwortet nicht sofort, und allmählich fühle ich mich unter seinem wachsamen Blick unwohl. Ich schlinge die Arme um meinen Körper und recke auffordernd das Kinn.

«Es geht nicht darum, was ich will», behauptet er schließlich. «Sondern darum, was du willst. Und was du glaubst, wollen zu müssen ...»

Mein verwirrtes Stirnrunzeln ist als Aufforderung offenbar nicht ausreichend, denn Benedict macht keinerlei Anstalten, sich zu erklären. «Ich verstehe nicht ...», setze ich an. «Ich dachte, ich hätte gerade mehr als deutlich gemacht, was ich will.»

Langsam schüttelt er den Kopf. «Warum, Florence? Vor ein paar Wochen hast du mich noch gehasst, und jetzt ... Tust du das hier für dich selbst oder tust du es für mich?»

«Was willst du damit andeuten?», frage ich empört. «Glaubst du, ich spiele dir das alles nur vor, um dich zufriedenzustellen?»

Mein Herz beginnt zu rasen. Die Unterstellung ist viel zu nah an der Wahrheit. Und die Grenze, die er gerade zwischen uns zieht, lässt meine Ziele wieder in scheinbar unerreichbare Ferne rücken.

«Das soll kein Angriff auf dich sein», behauptet Benedict. «Aber ich bin der König. Damit geht einher, dass Motivationen bisweilen verschwimmen. Und ich kann nicht anders, als mich zu fragen, ob es wirklich deine Gefühle sind oder doch meine Krone, die dich zu mir hinzieht.»

Ich presse unzufrieden die Lippen zusammen. «Du beleidigst mich.»

Benedict verzieht den Mund. «Das passiert von Zeit zu Zeit. Ich bitte vielmals um Verzeihung.»

Mein Herz zieht sich zusammen. «Also vertraust du mir nicht?», schlussfolgere ich.

Doch er schüttelt den Kopf. «Es ist eher so, dass ich mir selbst nicht traue. Falls das Sinn ergibt ...»

Tut es nicht. «Und jetzt?», will ich wissen. Vielleicht war es das. Vielleicht zieht er hier und jetzt einen Schlussstrich. Der Gedanke macht mich trauriger, als er sollte.

Doch Benedict fährt sich erneut durch die Haare und atmet tief durch. Für einen Moment wirkt er beinahe hilflos. «Jetzt brauche ich eine kalte Dusche», murmelt er und mustert mich. «Wir sollten uns etwas Zeit nehmen, um nachzudenken.»

«Ich muss nicht nachdenken», erwidere ich eisern, doch meine verdammte Stimme bricht ein wenig, und ich kann ihm nicht vorwerfen, dass er mir so nicht glaubt. Vielleicht hätte er es ohnehin nicht getan.

«Gute Nacht, Florence», raunt er.

Ich recke das Kinn und atme tief durch. «Gute Nacht, Benedict.» Schweigend sehe ich dabei zu, wie er mein Zimmer verlässt, und versuche gleichzeitig, meinen Kampfgeist am Leben zu erhalten.

Ich habe heute Nacht zwar nicht gewonnen, aber auch noch lange nicht verloren. Benedict will mich, so viel ist mir klar geworden. Er denkt nur, dass er diesem Verlangen nicht nachgeben sollte, und das allein wird nicht reichen, um mich aufzuhalten. Letztendlich ist die Grenze, die er gezogen hat, nicht mehr als eine feine Linie im Sand. Und es braucht nur eine Berührung, um sie wieder zu verwischen.

Als ich am nächsten Morgen erwache, ist das Erste, was mir in den Sinn kommt, die siedend heiße Erinnerung an Benedicts Lippen auf meinem Hals. Frustriert vergrabe ich meinen Kopf im Kissen.

In Anbetracht der Tatsache, dass ich gestern noch stundenlang wach lag, sollte ich noch gar nicht wach sein. Aber es ist völlig unmöglich, wieder einzuschlafen, wenn sich die Hitze von Benedicts Berührung immer noch durch meinen Körper zu fressen scheint und langsam, aber sicher mein Herz infiltriert. Also verbringe ich den Morgen damit, ein Bad zu nehmen, auf dem Balkon zu frühstücken, mich mit einem Buch aufs Sofa zu setzen und mir weiter den Kopf über seine Worte zu zerbrechen. Ich habe nicht vor, darauf zu warten, dass er den nächsten Schritt macht. Aber ich muss mir auch gut überlegen, wie ich weiter vorgehe. Schließlich hält trotz allem Benedict die Zügel in der Hand, und wenn ich einen Fehler mache, ruiniert mir das möglicherweise meine Chancen mit ihm. Ich brauche einen Plan. Zum Glück ist heute Samstag, was bedeutet, dass ich nicht in Benedicts Arbeitszimmer erwartet werde. Das gibt mir Zeit, um meine Gedanken zu sortieren und mein aufgebrachtes Herz wieder zu beruhigen.

Vielleicht sollte ich Lyra um Hilfe bitten. Immerhin war sie bisher eine sichere Methode, um Benedict näherzukommen. Allerdings war sie letztes Mal nicht besonders begeistert, als ich dachte, ihr Bruder würde mit mir schlafen wollen. Was, wenn sie grundsätzlich dagegen ist und Benedict das wissen lässt? Sie hat viel Macht über ihn. Er legt Wert auf ihre Meinung, das hat er schon am Sonnenwendball bewiesen. In diesem Fall hätte ich ein großes Problem.

Doch während ich noch mit mir ringe, ob ich es riskieren soll, fliegt meine Tür auf, und die Prinzessin kommt hereingestürmt, dicht gefolgt von Briana. Ich muss Lyra nur einmal ansehen, um zu wissen, weshalb sie hier ist. Sie hat Wind von gestern Abend bekommen.

«Ben hat dich ausgeführt?», stößt sie aus, kaum dass die Tür hinter ihnen ins Schloss fällt.

Einen Moment bin ich wie erstarrt vor Schreck. Ich kann Lyras Reaktion nicht deuten. Ist sie sauer? Oder nur überrascht? Besonders begeistert wirkt sie jedenfalls nicht. Langsam lasse ich das Buch in meinen Schoß sinken und suche verzweifelt nach den richtigen Worten. Erfolglos. «Ja», sage ich schließlich vorsichtig, und ihr klappt der Mund auf.

«Also stimmt es?», hakt sie nach. «Er war ernsthaft mit dir im Konzerthaus?»

«Ja?» Warum klingt meine Antwort wie eine Frage? Nervosität kriecht mir bis in die Fingerspitzen. Warum bin ich nicht besser auf diese Situation vorbereitet? Ich hätte damit rechnen müssen, dass sie es erfährt und Antworten von mir verlangt.

Lyra schüttelt den Kopf und lässt sich neben mich auf das Sofa fallen. «Florence?» Sie mustert mich, ihr Gesicht ernst, die grünen Augen weit aufgerissen.

Nur widerwillig halte ich ihrem Blick stand. Ich bin überfordert und habe sogar den Hauch eines schlechten Gewissens, weil ich sie nicht selbst eingeweiht habe. «Ja?», frage ich schon wieder. Gott, beherrsche ich eigentlich auch noch ein anderes Wort?

Lyra atmet tief durch. «Bist du bereit für das, was ich dir gleich mitteilen muss?»

«Was …?», setze ich an, lasse es dann aber doch. Ich kann nur etwas Falsches sagen.

Lyra zieht eine Schnute. «Also … Das kommt jetzt bestimmt überraschend, aber ich fürchte, mein Bruder steht auf dich.»

Mir entweicht ein Keuchen. Hastig presse ich die Lippen wieder zusammen, doch mir steigt bereits verräterische Hitze in die Wangen. «Oh», rutscht es mir heraus, und Briana beginnt schallend zu lachen.

Lyra reißt schockiert die Augen auf. «Nein!», ruft sie aus.

«Was?», stammle ich und blättere nervös in meinem Buch, ohne hinunter auf die Seiten zu sehen. Es rutscht mir aus der Hand, landet dumpf auf dem Teppich, und ich kralle peinlich berührt die Finger in meinen Pullover.

Briana kriegt sich kaum mehr ein. Sie krümmt sich auf dem Sessel, auf den sie sich eben gesetzt hat, und wischt sich Lachtränen aus den Augen.

«Du stehst auch auf ihn!», empört sich Lyra. «Oh mein Gott, wieso sagt mir das niemand?»

«Ich …» Spätestens jetzt ist mein Gesicht hochrot. «Es ist nichts passiert», bringe ich heraus.

«Nichts passiert?», wiederholt Lyra erschüttert. «Er führt nicht mal *mich* aus, ohne dass ich ihn vorher monatelang nerve! Seit wann … Wie … Wann …» Sie reibt sich überfordert das Gesicht. «Briana, hör gefälligst auf zu lachen!»

Briana ringt nach Luft, richtet sich schwerfällig auf und überschlägt die Beine. Erst jetzt merke ich, dass der schwarze Rock, den sie trägt, in Wahrheit eine lockere Hose mit weitem Schlag ist. Sie streicht sich die dunklen Haare hinters Ohr und schüttelt den Kopf. «Ihr hättet eure Gesichter sehen sollen», japst sie.

«Können wir das bitte ernst nehmen?», beschwert Lyra sich. «Ben führt keine Frauen aus! Und erst recht keine Bluträute! Also ... *wie*!»

«Tut mir leid, ich hab ihn nicht darum gebeten», verteidige ich mich. «Wirklich, es ...»

Lyra unterbricht mich mit einer ungeduldigen Geste. «Schluss mit den Ausreden! Erzähl uns *alles*! Das ist so spannend, oh mein Gott.»

Völlig verdattert starre ich sie an. Briana kichert wieder los. Moment mal. «Du ... bist nicht sauer?», versichere ich mich.

«Sauer? Weshalb das denn?», fragt sie verwirrt, bedenkt Briana mit einem Todesblick und wirft mit einem Kissen nach ihrer Freundin. Sie fängt es mit Leichtigkeit.

«Weil ich ... und dein Bruder ...?»

«Also stimmt es wirklich!», kreischt Lyra und fährt wieder zu mir herum. «Aber warum sollte ich deswegen sauer sein? Falls es dir nicht aufgefallen ist – ich mag dich ziemlich gern. Ich habe darauf *gewartet*! Und du sagst mir einfach nichts?!»

«Hä?», ist alles, was ich herausbringe. Ich verstehe gar nichts mehr. «Was soll das heißen, du hast darauf gewartet?»

Lyra verdreht die Augen. «Ach, Florence. Ich habe von Anfang an gehofft, dass das zwischen euch mehr wird! Aber wenn ich etwas gesagt hätte, hätte Ben wie eine Schildkröte den Kopf eingezogen, und ich wusste nicht, wie du dazu stehst. Also habe ich *ausnahmsweise* meine große Klappe gehalten.»

«Du hast *mir* ein Ohr abgekaut», erinnert Briana sie trocken.

«Du hast doch zwei», kontert sie und streckt ihr die Zunge heraus.

«Aber wie kamst du denn überhaupt darauf?», will ich wissen, immer noch überrumpelt. Ich hatte nicht den blassesten Schimmer, dass Lyra unsere Annäherungsversuche, wenn man sie denn als solche bezeichnen will, mitbekommen hat.

«Das ist doch offensichtlich», behauptet sie. «So, wie ihr euch anschaut ... und wie er von dir redet ...»

«Er redet von mir?», rutscht es mir heraus.

«Gelegentlich.» Sie grinst. «Wenn man unter *gelegentlich ständig* versteht ... Außerdem verbringt ihr verdächtig viel Zeit zusammen in Bens Arbeitszimmer. Hinter verschlossenen Türen. Und jetzt fang an zu reden. Ich will alle Details! Außer die nackten, versteht sich. Das will ich wirklich nicht hören.»

«Ich schon», wirft Briana ein.

«Igitt, Brie!» Lyra wirft mit einem weiteren Sofakissen nach ihr.

«Was?», beschwert Briana sich. «Florence darf ihn heiß finden und ich nicht?»

«Florence ist nicht mit mir aufgewachsen und deswegen wie eine Schwester für mich!»

Briana verdreht gespielt genervt die Augen. «Schön. Dann eben nur die jugendfreien Details. Und den Rest erzählst du mir, wenn die kleine Lyra im Bett ist.»

Wie bin ich in dieses Gespräch geraten? «Es gibt keinen Rest», stelle ich klar. «Und wie es aussieht, wird sich daran auch nichts ändern.»

«Was? Warum?», hakt Lyra nach und zieht besorgt die

Brauen zusammen. «Aber das *muss* sich ändern! Wenn Benedict noch länger allein bleibt, müssen wir ihm eine Katze kaufen! Magst du ihn etwa nicht? Hat er was Ätzendes gemacht?»

Ich seufze. «Das ist es nicht.»

Die beiden schauen mich nur fragend an. Also erzähle ich ihnen widerwillig, was gestern vorgefallen ist. Von der Nähe über meine Geständnisse bis hin zu Benedicts verwirrender Abfuhr.

Lyra stöhnt auf und lässt den Kopf in den Nacken fallen. «Das ist sooooo typisch!», jammert sie.

«Wie meinst du das?», frage ich unsicher. Sie hat zwar behauptet, er würde sonst niemanden ausführen, aber das muss ja nicht heißen, dass er keine anderen Frauen trifft.

Lyra verzieht das Gesicht. «Ben findet *immer* ein Argument, um sich selbst im Weg zu stehen. Er ist echt gut darin, sich alles schlechtzureden. Man sollte meinen, wenn er etwas will, nimmt er es sich einfach, aber er kann das einfach nicht.»

«Vielleicht will er es dann nicht genug», wende ich ein, doch sie schüttelt heftig den Kopf.

«Er ist immer so. Wenn er etwas nicht will, sagt er Nein. Ohne Begründung. Aber wenn er Ausreden sucht – dann ist es ihm ernst.»

«Das ergibt doch gar keinen Sinn», murmle ich frustriert. Doch einer ihrer Sätze hängt mir nach. Er findet immer ein Argument, um sich selbst im Weg zu stehen. Das klingt fast, als würde er sich selbst bestrafen. Als ginge es mehr um ihn als um mich. Und vielleicht ist es das, was ich gestern nicht verstanden habe. All dieses Gerede darüber, er könne sich nicht sicher sein, ob ich es will – was, wenn er nicht meine Absichten hinterfragt hat, sondern seine eigenen?

Ich muss wieder an meine ersten Wochen im Schloss denken. Daran, wie wütend er wurde, als er dachte, ich wäre nicht freiwillig hier. Daran, dass er mir nie sein Blut aufgezwungen hat, obwohl es offensichtlich das einzig Richtige gewesen wäre. Geht Benedict also auf Abstand, weil er denkt, er hätte mich unbewusst zu etwas gedrängt, das ich eigentlich gar nicht will?

«Benedict ergibt selten Sinn», behauptet Lyra. «In seinem Kopf ist irgendwo ein Knoten, der es unmöglich macht, seinen komischen Gedankengängen zu folgen. Das ist zumindest meine Theorie, aber er wehrt sich leider vehement dagegen, dass wir das mal bei einem MRT abchecken lassen. Jedenfalls würde ich mir darüber an deiner Stelle nicht zu sehr den Kopf zerbrechen. Die eigentliche Frage ist: Willst du es denn?»

Wieder steigt mir Hitze in die Wangen.

«Aha», kommentiert Briana belustigt, und Lyra grinst zufrieden.

«Das war eindeutig. Tja. Dann ist die Sache ebenso simpel wie schwierig: Du musst es ihm zeigen. Das beste Mittel gegen seine Unsicherheit ist nämlich, wenn man sich selbst sicher ist.»

«Das hat gestern nicht besonders gut funktioniert», gebe ich zu, und Lyra verzieht entschuldigend das Gesicht.

«Ja, ähm … Eventuell musst du ein bisschen hartnäckiger sein. Er ist eine harte Nuss.»

Ich lasse mir ihre Worte einen Moment lang durch den Kopf gehen. Lyras Vorschlag ist nicht unähnlich zu der groben Strategie, die ich im Kopf hatte. Nur … «Und wie mache ich das, ohne ihn zu drängen?», will ich wissen.

Lyra schüttelt den Kopf. «Ben kann man nicht drängen. Und das musst du auch gar nicht. Nur noch ein paarmal stupsen. Ihm zeigen, dass du es ernst meinst. Und ihn daran erinnern, was er verpasst, wenn er dich ziehen lässt.»

«Heute Abend ist Gamenight», wirft Briana ein.

Lyra strahlt. «Oh stimmt! Perfekt! Da musst du hin, Benedict hasst diese Abende.»

«Und inwiefern hilft mir das?», frage ich skeptisch.

«Dann merkt er noch deutlicher, wie sehr er *dich* mag», behauptet Lyra, und ich schnaube.

«Seid ihr sicher, dass ich mir ausgerechnet bei seiner Schwester Rat suchen sollte?», murmle ich halb belustigt, halb frustriert.

«Lyra kennt ihn am besten», bestätigt Briana.

«Genau. Niemand kann dich so qualifiziert beraten wie ich!»

Das stimmt wohl. Immerhin war genau das der Grund, weshalb ich darüber nachgedacht habe, sie einzuweihen. Nachdenklich schaue ich zu ihr. «Und was soll ich deiner Meinung nach bei dieser Gamenight tun?»

Sie lächelt mich an. «Ben mag es, wenn man direkt ist. Also sei einfach dieselbe charmante Florence wie immer. Nur mit ein bisschen mehr Selbstbewusstsein.»

KAPITEL FÜNFZEHN

# FANTASIES

Die Gamenight findet im Salon ein Stockwerk unter unseren Zimmern statt. Da wir uns wieder freier im Schloss bewegen dürfen, hält uns niemand auf, als Lyra, Briana und ich nach dem Abendessen an den Wachen auf unserem Gang vorbeigehen. Sie folgen uns lediglich in gebührendem Abstand die Treppen hinunter.

Mittlerweile weiß ich, dass dieser Abend einmal im Monat abgehalten wird. Benedicts engste Berater und Verwalter treffen sich mit ihm, spielen *Brag* oder Schach, rauchen und trinken. Lyra und Briana sind wohl ebenfalls eingeladen, nehmen allerdings nie teil. Kaum, dass wir den Raum betreten, weiß ich auch weshalb.

Acht Personen sitzen auf Samtsesseln um einen großen runden Tisch herum, schwere Kristallgläser mit bernsteinfarbener Flüssigkeit vor sich, Karten in den Händen. Zigarrenqualm hängt in der Luft und mischt sich mit dem Geruch von mindestens fünf verschiedenen Sorten Rasierwasser. Bei einer kleinen Sitzgruppe vor dem Fenster spielen ein Mann und eine Frau Schach, drei weitere Vampire schauen zu und unterhalten sich leise. Das Durchschnittsalter der Gesellschaft scheint eher hoch zu sein. Ich blicke in einige faltige Gesichter, vereinzelt jedoch auch jüngere. Eris Hyll sitzt mir zugewandt in einem der Sessel und mustert mich flüchtig, als wir eintreten. Sie hat einige Karten vor sich aufgefächert, trinkt statt Alkohol aber Blut aus ihrem Kristallglas. Ich schenke ihr ein zurückhaltendes Lächeln, das jedoch mit nicht mehr als einem knappen Nicken erwidert wird.

Niemand sonst beachtet uns groß. Mein Blick bleibt an einem dunklen Lockenschopf hängen, der mit dem Rücken zu mir am Kartentisch sitzt. Benedict schwenkt geistesabwesend den Whisky in seinem Glas und scheint fixiert auf einen schlanken älteren Mann mit heller Haut zwei Plätze weiter, der ihm gerade etwas erzählt.

«Dein Vater ist wieder in Aktion», flüstert Lyra Briana zu, und diese verdreht die Augen.

Verwirrt sehe ich die beiden an. Vater?

Der Fremde hat auf den ersten Blick keinerlei Ähnlichkeit mit Briana. Seine kurzen schütteren Haare sind sandbraun und leicht gelockt, während Brianas schwarz und glatt auf ihre Schultern fallen. Dazu kommt ihre Stupsnase, die so gar nicht zu der großen, geraden Nase ihres Vaters passen will. Doch ich schätze, an den blauen Augen könnte man es erahnen.

«Das da ist dein Vater?», flüstere ich und sehe wieder hinüber zum Tisch. Vielleicht meinen sie jemand anderes?

Genau in diesem Moment blickt der Mann auf und stockt. Benedict dreht ebenfalls den Kopf, sieht mich und hebt stirnrunzelnd die Brauen.

«Florence.» Das ist alles, was er sagt. Ich bin mir nicht sicher, ob es eine Begrüßung oder doch eine Warnung ist. Besser, ich mache mir nicht zu viele Gedanken darüber.

«Guten Abend», erwidere ich.

Mittlerweile haben wir auch die Aufmerksamkeit der anderen auf uns gezogen. Einige von ihnen wirken ziemlich irritiert über unsere Anwesenheit. Oder wohl primär über meine.

«Das Essen ist angerichtet», witzelt ein Vampir mit grauen Schläfen, und einige der Männer lachen.

Benedict bringt sie mit einem Blick zum Schweigen. «Ein bisschen mehr Respekt, Phinneas. Deine Aufgabe ist nicht halb so wichtig wie ihre.»

Seine Worte lassen ein Raunen durch den Raum gehen und lindern den Stich, den mir der Fremde eben versetzt hat. Doch sie können nicht verhindern, dass mein Blut vor Wut zu kochen beginnt.

«Verzeihung, Eure Majestät», knurrt Phinneas, dessen Gesichtsfarbe binnen Sekunden von Kalkweiß zu Hochrot wechselt. An seinem Tonfall ist mehr als ersichtlich, dass er es nicht ernst meint. Das macht mich nur noch rasender. Was hat Lyra gesagt? Ich soll einfach ich selbst sein. Nichts leichter als das.

«Solltet Ihr Euch nicht eher bei mir entschuldigen?», frage ich, laut genug, dass der ganze Raum es hört.

Stille tritt ein. Mein Herzschlag hämmert mir in den Ohren, doch jetzt ist es zu spät, um zurückzurudern. Ich mache einen entschlossenen Schritt auf den Tisch zu, fange den Blick des Mannes auf und starre ihn nieder.

Er schnaubt, das Geräusch irgendwo zwischen Wut und Abscheu. Aus dem Augenwinkel sehe ich, wie die anderen sich neugierig zu Benedict umdrehen, doch ich breche den Blickkontakt nicht ab. Das ist etwas zwischen uns. Zwischen diesem Arschloch von einem Monster und mir.

Außerhalb des Schlosses kann er vielleicht so mit uns Menschen umgehen. Doch nicht mit mir. Nicht hier. Nicht mit den Ohrringen, die ich trage, und der Rolle, die ich verkörpere.

Oder zumindest hoffe ich das. Womöglich werde ich gleich bitter enttäuscht.

Die Stille dehnt sich schier endlos. «Wie bitte?», bekommt der Mann schließlich heraus und löst seinen Blick von meinem. Er schaut zu Benedict, und nun gebe auch ich dem Drang nach, ihn anzusehen. Ich weiß nicht, was ich erwarte. Nur, was ich mir *erhoffe*. Und mein Herz verkrampft sich schmerzhaft, wenn ich mir vorstelle, wie er mich gleich auflaufen lässt.

Doch Benedict fixiert nicht mich, sondern Phinneas, sein Gesicht völlig unbeeindruckt. «Du hast sie gehört.»

Lyra zieht neben mir geräuschvoll die Luft ein. Der ganze Raum scheint das zu tun. Phinneas hingegen plustert sich auf wie ein territorialer Gockel. Er nimmt die Schultern nach hinten und reckt seine Brust heraus, als würde ihn das irgendwie beeindruckender machen. Mit purer Abscheu in seinem Blick funkelt er mich an.

«Wir haben nicht ewig Zeit», bemerkt Benedict seelenruhig und nimmt einen Schluck von seinem Whiskey.

Ich glaube, gleich platzt dem Kerl der Kopf. Er ist so rot wie eine Tomate.

«Verzeihung.» Das Wort ist kaum verständlich, so fest beißt er die Zähne dabei zusammen. Dann wendet er sich seinem Whiskeyglas zu.

Ich lächle ihn freudlos an. «Das war offenbar sehr herausfordernd», stelle ich fest, wende mich ab und treffe dabei Benedicts Blick. Vielleicht bilde ich es mir ein, aber ich glaube, er verbirgt ein Schmunzeln hinter seinem Kristallglas.

Lyra, Briana und ich setzen uns auf eine Couch in der Ecke des Salons und packen unser Kartenspiel aus. Es dauert einen Moment, bis sich das peinlich berührte Schweigen aus dem Raum verabschiedet und die Vampire sich wieder entspannt unterhalten. Wobei sie nun vermutlich ein neues Gesprächsthema haben.

«Holy shit, Florence», flüstert Lyra und unterdrückt ein Kichern. «Ich liebe dich. Ernsthaft. Wenn Benedict dich nicht will, nimm mich.»

«Das war eine Live-Kastration ohne Betäubung», bemerkt Briana trocken, und Lyra muss noch mehr lachen.

Ich gebe mir derweil Mühe, mir meine Verlegenheit

nicht anmerken zu lassen. Es hätte ebenso gut in einem Desaster enden können. Ich habe einen von Benedicts wichtigsten Beratern vorgeführt. Und ja, er hat mich verteidigt, doch ebenso gut hätte er mich für diese Grenzüberschreitung Konsequenzen spüren lassen können.

«Wer ist der Typ?», frage ich leise und nehme meine Karten entgegen. Ich werfe einen Blick hinüber zum Tisch. Das Gesicht des Mannes ist noch immer fleckig gerötet, und er zieht eine beleidigte Grimasse. Geschieht ihm recht.

«Er untersteht Eris und ist für Ausbildung und Management der Wachen zuständig», erklärt Lyra mir.

Großartig. Ausgerechnet dieser Kerl soll für unsere Sicherheit garantieren?

Ich will mich abwenden, doch mein Blick bleibt wie so oft an Benedict hängen. Er mustert mich, noch immer ein kaum merkliches Lächeln auf den Lippen, und ein Kribbeln macht sich in meiner Magengrube breit. Warum muss er so weit weg sitzen? Ich wüsste gern, was er zu der Sache eben sagt. Und außerdem sehne ich mich viel zu sehr danach, ihn zu berühren.

Ein Räuspern lässt mich herumwirbeln. Lyra grinst mich an und wackelt vielsagend mit den Brauen.

«Oh, halt die Klappe», murmle ich und fächere peinlich berührt meine Karten auf.

«Ich habe gar nichts gesagt.»

«Warum auch?», bemerkt Briana trocken. «Die Sache ist eindeutig.»

Mein Herz zieht sich zusammen. Ich sollte froh sein, dass sie mir meine Vernarrtheit so leicht abkaufen, obwohl doch alles nur eine Rolle ist. Theoretisch zumindest. Denn wenn ich ehrlich bin, fühlen meine Gefühle sich längst zu real an, um nur gespielt zu sein.

Wir spielen einige Runden, doch ich kann mich kaum auf die Karten konzentrieren. Immer wieder spüre ich Benedicts Blick auf mir. Ein sanftes Prickeln, das wie Wassertropfen meine Wirbelsäule hinunterrinnt. Ich kann nicht ewig hier sitzen bleiben, am anderen Ende des Zimmers. Irgendwann muss ich den Schritt wagen und mich ihm nähern. Doch ich warte noch auf den richtigen Moment.

Phinneas ist bereits vor einer Weile gegangen, nicht ohne mir einen letzten finsteren Blick zuzuwerfen. Und auch wenn ich weiß, dass er mir nichts anhaben kann, habe ich nun doch ein mulmiges Gefühl in der Magengegend. Ich brauche nicht noch mehr Feinde. Wobei ich zugegebenermaßen lieber zehn Feinde habe, die ich kenne, als einen, der sich im Verborgenen hält. Dass noch immer kein Verantwortlicher für Bonnies Tod und die Tabletten gefunden wurde, macht mich fertig.

«Geh endlich zu ihm, Florence!», flüstert Lyra mir zu, nachdem ich bereits die fünfte Partie in Folge verloren habe.

«Das geht nicht, wenn ihr noch hier sitzt!», behaupte ich.

«Warum nicht?»

«Weil es komisch wirken würde, wenn ich am Tisch der lebenden Fossilien sitze statt bei euch!»

Briana gluckst belustigt. «Mein Vater ist erst zarte hundertdreißig. Noch etwas früh, um ihn in ein Museum zu stecken.»

«Er würde den Transport nicht überleben», behauptet Lyra. «Ich kann die Schlagzeile schon sehen. Schatzmeister des Königs zu Staub zerfallen.»

«So staubtrocken ist er nun auch nicht.»

Ich höre nur mit halbem Ohr zu. Stattdessen beobachte

ich das Geschehen am Tisch. Gerade wird ein weiterer Platz frei – direkt neben Brianas Vater und fast gegenüber von Benedict. «Könnt ihr gehen?», frage ich meine Freundinnen, und Briana schiebt augenblicklich unsere Spielkarten zusammen.

«Sind schon weg», verkündet sie und steht auf.

«Aber ich will zuschauen!», beschwert Lyra sich, lässt sich jedoch auf die Beine ziehen.

Briana verdreht die Augen. «Ich bin sicher, Florence wird uns morgen alles erzählen. Sonst gibt es nämlich Ärger.» Sie zwinkert mir zu, und ich ringe mir ein Lächeln ab, das halb in meiner Nervosität ertrinkt.

«Klar», bestätige ich und erhebe mich ebenfalls.

«Na gut», gibt Lyra nach. «Dann gute Nacht.» Die beiden wünschen mir viel Erfolg und verabschieden sich aus dem Salon. Ich zupfe meinen Pullover zurecht und steuere auf den Kartentisch zu. Wie schon einige Male zuvor fange ich dabei Benedicts Blick auf. Seine grünen Augen brennen sich unter meine Haut und beschleunigen meinen ohnehin schon rasenden Puls. Trotzdem durchquere ich den Salon und lasse mich auf den eben frei gewordenen Sessel sinken.

«Darf ich eine Runde mitspielen?», frage ich und mustere die Vampire um mich herum. Eris' Gesicht ist unleserlich. Vermutlich analysiert sie bereits jetzt jede meiner Bewegungen und wird mich im Brag gleich hoffnungslos abziehen. Brianas Vater lächelt mich geradezu freundlich an. Die drei übrigen Männer und Frauen scheinen mir etwas skeptischer gegenüberzustehen. Und Benedict fixiert mich so eindringlich, dass mir Gänsehaut über die Arme kriecht.

«Weißt du denn, wie man spielt?», will Brianas Vater wissen.

Ich lächle ihn ebenso freundlich an wie er mich. «Ich kenne die Regeln.»

«Hm.» Er nickt nachdenklich. «Du brauchst allerdings einen Einsatz. Wir spielen um Geld.» Wie um seine Worte zu untermalen, hebt er ein paar seiner Spielmarken vom Tisch auf und setzt sie klackernd wieder auf der Platte ab.

«Oh», mache ich. Das hatte ich befürchtet, insofern überrascht es mich nicht wirklich. Aber es stellt dennoch ein Problem dar. Natürlich habe ich kein Geld. Und ich bezweifle stark, dass Benedict mich Teile meines Kleiderschranks verpfänden lässt, um mitspielen zu können.

«Hier», klingt plötzlich seine Stimme über den Tisch. Ich schaue auf und sehe, wie er etwa ein Drittel seiner Spielmarken über den Tisch zu mir schiebt. Perfekt.

«Habt Ihr keine Angst, dass ich Euer Geld verspiele, Eure Majestät?», frage ich neckend, nehme die Marken aber dennoch an mich. Mir entgeht nicht, wie Benedict bei der förmlichen Anrede kaum merklich das Gesicht verzieht. Doch kurz darauf heben sich seine Mundwinkel zu einem Schmunzeln.

«Ich bin mir ziemlich sicher, dass es in ein paar Minuten ohnehin wieder bei mir landet.»

Mir entweicht ein Schnauben. «Ihr seid ganz schön überzeugt von Euch selbst.»

Brianas Vater schüttelt den Kopf. «Leider zurecht. Wir sind ganz froh, dass wir seine Gesellschaft hier nicht jede Woche genießen. Das täte unseren Portemonnaies nicht gut.»

«Dabei hattest du hundertdreißig Jahre Zeit, um zu üben, Morgan», bemerkt Benedict.

Morgan Farrell, Schatzmeister des Königs. Ich erinnere mich, dass Lyra das erzählt hat, als sie mir Briana vorstellte.

Eris nimmt sich unterdessen den Kartenstapel aus der Mitte des Tisches und beginnt, ihn zu mischen. «Ich teile aus.»

«Was, wenn ich das Geld nicht verliere?», frage ich Benedict und hebe herausfordernd die Brauen.

Er mustert erst den kleinen Stapel zwischen meinen Fingern, dann mich. «Alles, was du dazugewinnst, darfst du behalten», beschließt er.

«Und wie viel sind die Marken wert?»

«Was ich dir gegeben habe, sind etwa fünftausend Pfund.»

Ich erstarre. «Ihr macht Scherze.»

Doch Benedict zuckt nur mit den Schultern, nimmt seine Karten von Eris entgegen und fächert sie auf.

«Etwas zum Trinken, Miss Hawthorne?», bietet Brianas Vater mir an, und ich nicke geistesabwesend.

Die Summe, die ich gerade in den Händen halte, verdiene ich sonst in vier Monaten. Aber ich darf mich nicht davon ablenken lassen. Selbst wenn ich den gesamten Pot hier gewinnen sollte – das Geld ist nichts im Vergleich dazu, was bei meiner Aufgabe auf dem Spiel steht.

Der Abend zieht sich in die Länge, während wir Runde um Runde spielen. In der Schneiderei haben wir hin und wieder in unseren Pausen Brag gespielt, allerdings ging es dabei nie um Geld. Dementsprechend vorsichtig bin ich anfangs mit meinen Einsätzen. Aber nach und nach wage ich mehr und sammle langsam, aber sicher ein paar zusätzliche Marken an.

Brianas Vater, der darauf besteht, dass ich ihn beim Vornamen nenne, ist erstaunlich leicht einzuschätzen und hat schon nach wenigen Runden seinen gesamten Einsatz verspielt. Die übrigen Vampire stellen sich ein wenig besser an. Und Benedict macht seiner Rolle als König alle Ehre. Er ist absolut undurchschaubar, scheint mir aber jeden meiner Gedanken von der Nasenspitze ablesen zu können. Dass er mich durchgehend mit seinem Blick fixiert und ich zunehmend nervös werde, hilft auch nicht gerade. Nach etwa zwei Stunden glaube ich jedoch, ein paar verräterische Zeichen entdeckt zu haben. Wenn er blufft, spannt sich sein Kiefer kaum merklich an, als würde er die Zähne zusammenbeißen. Vermutlich fällt mir dieses Detail nur auf, weil ich ständig auf seine Lippen starre, aber ich verbuche es dennoch als Erfolg und spiele von da an mit mehr Selbstbewusstsein.

Der Salon um uns herum leert sich immer weiter, und unsere Mitspieler steigen nacheinander aus. Am Ende sind nur noch Benedict und ich im Spiel. Eris verteilt weiterhin die Karten, die anderen sehen zu. Und dann gibt sie mir ein verdammt gutes Blatt. Als Benedict den Einsatz erhöht, sehe ich den Muskel in seinem Kiefer verräterisch zucken.

Ein Lächeln breitet sich auf meinem Gesicht aus. «Ich weiß, dass Ihr blufft», lasse ich ihn zufrieden wissen und gehe mit.

Benedict hebt die Brauen und verzieht den Mund zu einem leichten Schmunzeln. Das Grübchen in seiner Wange erscheint, und ich brauche einen Moment, um mich von dem Anblick loszureißen und ihm wieder in die Augen zu sehen.

«Niemand weiß, wann ich bluffe», behauptet er und schiebt weitere Marken über die Tischplatte.

«Ach ja? Wetten, Ihr seid nicht ganz so undurchschaubar, wie Ihr denkt?» Wieder gehe ich mit. Der Stapel in der Mitte wächst, während mein eigener in sich zusammenschrumpft, doch ich versuche, mich davon nicht beeindrucken zu lassen. Stattdessen trinke ich den letzten Schluck meines Whiskeys, den Morgan mir vorhin eingeschenkt hat. Doch ich kann nicht anders, als nachzurechnen. Dort liegen bestimmt zwanzigtausend Pfund. Wenn ich wirklich gewinne ... Was mache ich mit so viel Geld? Schicke ich es meiner Familie oder spende ich es lieber einem der Waisenhäuser in der Stadt?

Benedict spannt seinen Kiefer wieder an und nimmt ein paar Marken auf.

Ich schüttle schnaubend den Kopf. «Sind das Almosen, Eure Majestät? Oder möchtet Ihr das Geld so dringend loswerden?»

Mitten in der Bewegung hält er inne. Er mustert mich nachdenklich, dann legt er die Marken zurück auf seinen Stapel. Genugtuung durchströmt mich. Doch sie hält nur so lange, bis Benedict den Mund aufmacht. «All in», verkündet er und lehnt sich in seinem Sessel zurück.

Ich stocke. Einen Moment lang zweifle ich. Vielleicht waren meine Beobachtungen falsch? Aber nein. Ich habe genau darauf geachtet, wann er geblufft hat und wann nicht. Er versucht mit dieser Strategie nur, mich einzuschüchtern, weil ich ihn durchschaut habe. Und ich würde mich sehr ärgern, wenn ich ihm aus Angst den Pot überlasse, obwohl ich so ein gutes Blatt habe.

«All in», wiederhole ich und decke meine Karten auf. Er wirft einen Blick darauf und schaut mir anschließend wieder in die Augen. Mein ganzer Körper kribbelt vor Nervosität, meine Hände werden schwitzig.

Benedict atmet tief durch, beugt sich vor und stützt die Ellbogen auf der Tischplatte ab. «Ich habe dich gewarnt», verkündet er und zeigt mir sein Blatt.

Ich erstarre. Entsetzt blicke ich auf seine Karten. Benedict hat die beste Hand, die es im Spiel gibt – und damit gewonnen.

«Aber ...» Missmutig klappe ich den Mund zu, ohne den Satz zu Ende zu sprechen. Ich war mir so sicher. Es war so eindeutig ...

«Denkst du wirklich, ich hätte einen Ruf als guter Spieler, wenn man mir so leicht ansehen könnte, dass ich bluffe?», fragt er und spannt wieder seinen Kiefer an. Dann lächelt er.

Ich ziehe die Brauen zusammen. «Ihr habt mich reingelegt», stelle ich fest.

«Ich habe geblufft», erwidert er und bedeutet unseren Zuschauern mit einem Wink, dass das Spiel vorbei ist. «Nur nicht so, wie du es erwartet hast. Ich würde sagen, das reicht für heute.»

So kann man es auch formulieren. Die Realität ist schlicht, dass ich keinen Einsatz mehr habe und somit auch nicht mehr spielen kann. Ich habe den Mund offenbar zu voll genommen. Benedict unterschätzt. Und eine ganze Menge Geld in den Sand gesetzt. Missmutig schiebe ich meine verlorenen Marken von mir.

Die anderen Anwesenden verabschieden sich. Eris legt den Kartenstapel ab und steht vom Tisch auf. Ich erhebe mich ebenfalls. Das wäre zwar meine Gelegenheit, Benedict allein abzupassen, allerdings wäre es etwas zu offensiv, jetzt seine Nähe zu suchen. Dass ich die letzten paar Stunden hier saß, war deutlich genug. Noch ein Schritt weiter und ich wirke anhänglich – nach der Niederlage eben vielleicht sogar erbärmlich. Besser, ich bringe ein wenig Abstand zwischen uns.

Doch in dem Moment, als ich an Benedicts Sessel vorbeigehe und ihm eine gute Nacht wünsche, schließen sich seine rauen Finger um mein Handgelenk. Er hält mich sanft zurück und nimmt meinen Blick mit seinem gefangen. Die anderen verlassen unterdessen den Salon. Aus dem Augenwinkel sehe ich, wie Eris als letzte die Tür hinter sich zuzieht und uns somit allein lässt.

«Habe ich dich verärgert?», will Benedict leise wissen. Sein Griff ist locker genug, dass ich mich ihm problemlos entziehen könnte, doch sein Daumen streicht kaum merklich über meinen Handballen und raubt mir damit jeglichen Willen, mich von ihm zu lösen.

«Es war nur ein Spiel», erwidere ich.

Benedict hebt eine Braue. «Mit einem Einsatz höher als dein bisheriges Jahresgehalt.»

«Mag sein. Und es tat weh, das Geld zu verlieren», gebe ich zu. «Aber ich habe nicht gespielt, um zu gewinnen.»

«Warum dann?»

«Wegen der Gesellschaft.»

«Von meinen eingestaubten Beratern?»

«Meinst du das ernst?», gebe ich zurück. «Deinetwegen, Benedict. Ich bin deinetwegen hier.»

Er zieht die Brauen zusammen, als würde er mir nicht glauben. Zweifel liegen in seinem Blick. «Warum?», fragt er. «Erklär es mir.»

Mir entweicht ein genervtes Stöhnen. Was will er denn jetzt hören? Ich könnte ihm einen langen Vortrag darüber halten, was alles reizvoll an ihm ist. Ich müsste nicht einmal lügen. Aber im Grunde habe ich genau das schon gestern versucht, nur nicht mit Worten. Das Problem bin nicht ich, sondern er. Also ist es wohl Zeit für einen Strategiewechsel. «Ich verstehe nicht, was ich dir erklären soll», erwidere ich irritiert. «Anziehung ist nichts Rationales, Benedict. Vielleicht fällt es dir so schwer, das zu verstehen, weil du das Gefühl offenbar nicht erwiderst. Und in diesem Fall bringt keine Erklärung der Welt etwas. Ich sollte besser gehen. Ich will nicht deine Zeit verschwenden oder dich zu etwas drängen, das du nicht willst.»

Ich wende mich ab, doch Benedicts Finger schließen sich unvermittelt fester um mein Handgelenk. «Warte.»

Fragend schaue ich ihn an. Sein Gesichtsausdruck wirkt gequält. Anscheinend hat meine Strategie ihren Zweck erfüllt. Denn als das nächste Wort seine Lippen verlässt, weiß ich, dass ich gewonnen habe.

«Bleib.»

Ich recke kaum merklich das Kinn. So leicht mache ich es ihm nun nicht. «Warum? Erklär es mir.»

Mit einem tiefen Seufzen zieht Benedict mich zu sich und auf seinen Schoß. Er schlingt einen Arm um meine Taille. Seine andere Hand legt sich schwer auf meinen Oberschenkel.

Ich atme überrascht ein. Sofort beginnt mein Puls zu rasen. Die Hitze von Benedicts Körper umfängt mich, und ein nervöses Kribbeln macht sich in meiner Magengrube breit.

«Ich weiß wirklich nicht, was ich mit dir machen soll, Florence», raunt er an meinem Ohr. Seine Frustration ist greifbar.

Die Worte sollten nicht so verheißungsvoll klingen, oder? Es sollte nicht möglich sein, dass allein seine Stimme und seine Hand auf meinem Bein reichen, damit ich meinen Verstand hinter mir lasse. Doch genau das passiert gerade. «Was steht zur Auswahl?», hauche ich.

Benedicts Arm schlingt sich fester um meine Taille. Sein Daumen fährt mit sanftem Druck über meinen Oberschenkel. «Frag das nicht», knurrt er.

«Zu spät.»

Benedict schluckt, erwidert jedoch nichts. Ich kann seine Gedanken förmlich kreisen hören. Sie ziehen offenbar noch immer dieselbe Schleife wie gestern Nacht. Vorsichtig drehe ich meinen Oberkörper so, dass ich ihn besser ansehen kann.

«Du musst mich nicht so sehr beschützen, wie du glaubst», flüstere ich.

«Nein», murmelt er. Sein Blick wandert über mein Gesicht. «Ich habe eher das Gefühl, ich muss andere vor *dir* beschützen. Mich eingeschlossen.»

«Hast du Angst vor mir?»

Es sollte nur ein provokanter Scherz sein. Doch Benedict atmet hörbar aus. «Ein wenig.»

«Wieso?»

«Weil ich dich nicht einschätzen kann. Ich wäre niemals All in gegangen, hätte ich nicht gewusst, dass ich mit dem Blatt nicht verlieren kann. Ich hatte keine Ahnung, was du denkst, Florence. Habe ich immer noch nicht.»

«Vielleicht weil du mich ständig *unter*schätzt», erwidere ich. Was zugegebenermaßen ironisch ist, weil ich das Spiel nur verloren habe, weil ich ihn unterschätzt habe.

«Das tue ich schon lange nicht mehr.»

«Doch», widerspreche ich. «Du hast es erst gestern Nacht getan. Und du tust es immer noch. Sonst müsste ich dir nicht *erklären*, warum ich mich zu dir hingezogen fühle und deine Krone rein gar nichts mit meiner Entscheidung zu tun hat.»

Seine Antwort lässt wieder einmal auf sich warten.

«Du glaubst es immer noch nicht», stelle ich leise fest. «So hat das keinen Sinn.»

Ich mache Anstalten aufzustehen, doch Benedict lässt mich nicht. Stattdessen zieht er mich noch enger an sich, bis mein Rücken an seiner warmen Brust ruht und ein Brennen sich in meiner Magengrube ausbreitet.

«Ich glaube dir», murmelt er an meinem Ohr.

Mir fällt das Atmen schwer. Dennoch drehe ich den Kopf, schaue ihm in die Augen und nehme all meinen Mut zusammen. «Dann beweis es.»

Benedict zögert. Seine Finger streichen kaum merklich über meinen Oberschenkel. Seine Hand an meiner Taille wandert ein paar Zentimeter unter den Saum meines Pullovers, bis ich seine heiße Haut auf meiner spüren kann. «Was genau möchtest du?», raunt er.

Ich schlucke. «Alles, was du mir geben willst.»

Seine Nase streift meine Wange. «Was, wenn das zu wenig ist?», haucht er.

«Es muss nicht alles auf einmal sein, Benedict», erwidere ich ehrlich.

«Und was, wenn es zu viel ist?»

Ein angenehmer Schauer rieselt durch meinen Körper. «Es gibt kein zu viel», flüstere ich. «Ich will alles. Ich bin dein in Geist und Blute. Und in allem anderen, wenn du mich lässt.»

«So nehme ich dich als mein», wiederholt er leise den Schwur, den wir uns bereits am Anfang gaben, und Gänsehaut breitet sich auf meinem Körper aus. Benedict streicht unter meinem Pullover über meine Taille und verstärkt das Kribbeln damit nur noch mehr.

«Du weist mich nicht mehr ab?», frage ich atemlos.

«Ich habe meine Meinung geändert.»

«Passiert dir das oft?»

«Hin und wieder. Wenn man mir einen guten Grund dafür gibt.»

Ich lege meine Hand auf Benedicts, fahre mit den Fingerspitzen über seinen Unterarm und spüre, wie sich die Härchen dort aufstellen. «Bin ich ein guter Grund?», flüstere ich.

Er schnaubt. «Du bist mein Untergang, Florence Hawthorne.»

Ich schlucke und rutsche ein wenig nach hinten, schmiege mich enger an seine Brust. «Ein einfaches Ja hätte genügt, *Benedict Tudor.*»

Hörbar atmet er ein, und ich spüre ein erstes Anzeichen seiner Erregung durch den Stoff unserer Kleidung. Benedict gräbt seine Finger fester in meine Seite, und Hitze sammelt sich in meiner Mitte.

«Schläfst du heute Nacht bei mir?», hauche ich und lege meine Hand über seinen nackten Unterarm. Seine Muskeln spannen sich an.

«Nein», raunt er mir ins Ohr. Sein heißer Atem streift meine Schläfe.

«Warum nicht?»

«Weil ich nicht schlafen kann, wenn du in der Nähe bist.»

«Wer hat etwas von Schlafen gesagt?», bringe ich heraus, und nun spüre ich seine Härte deutlich an meinem Hintern.

«Du spielst mit dem Feuer», warnt er mich mit rauer Stimme. «Ich hoffe, das weißt du.»

«Ich habe keine Angst vor dir.»

«Darum geht es nicht, Florence. Ich versuche lediglich, die Beherrschung zu bewahren.»

«Vielleicht will ich gar nicht, dass du dich beherrschst», entkommt es mir. Wann nur hat sich meine Zunge so gelöst? Und ist es wirklich eine gute Idee, mich jetzt auf ihm zu bewegen?

Benedict presst mich fester auf seinen Schoß. Ich weiß nicht, ob er mich damit aufhalten oder noch mehr von mir spüren will, doch ich genieße es so oder so. Ich will nicht mehr warten. Ich will ihn *jetzt*.

Ich drehe wieder den Kopf, um ihn anzusehen. Sein Gesicht. Die Locken, die ihm in die Stirn fallen. Den Bartschatten auf seinen Wangen. Seine vollen Lippen und seine grünen Augen, die nun dunkel sind vor Verlangen.

Stille hüllt uns ein, gefüllt von unserem zu lauten Atem und dem Hämmern meines Herzens. Wir schauen uns an, und das sehnsuchtsvolle Ziehen in meiner Mitte bringt mich beinahe um.

Benedict lässt seine Hand unter meinem Pullover höher wandern und schiebt langsam den Stoff hoch. Mein Atem stockt.

«Du kannst jederzeit Stopp sagen», murmelt er und lehnt seine Wange an meine.

Ich schließe die Augen. «Ich weiß.»

Benedicts Hand gleitet höher, fährt sanft über den dünnen Spitzenstoff meines BHs. Mir entweicht ein leises Stöhnen.

Er senkt den Kopf und küsst meinen Hals. Die Berührung frisst sich wie ein Waldbrand durch meine Nervenbahnen. Sonst spüre ich seine Lippen nur, wenn er von mir trinkt. Nie anders. Nie *so*. Das zarte Kratzen seiner Zähne an meinem Hals bringt mich zum Seufzen. Ich lehne automatisch den Kopf zur Seite, um ihm besseren Zugang zu geben.

«Erklär mir etwas», fordert er, und seine dunkle Stimme sendet Schauer durch meinen Körper.

«Was denn noch?», wispere ich.

«Als du damals meintest, mein Biss würde dich gefügig machen ...»

«Kein Kommentar», stoße ich hervor.

«Mhm.» Sein Brummen vibriert in meinem Unterleib. «Das reicht mir als Antwort.» Langsam schiebt er mir unter dem Pullover einen Träger meines BHs über die Schulter und befreit meine rechte Brust von dem Stoff. Benedict fährt mit seinen Fingerkuppen über meine empfindliche Haut, sein Daumen umkreist meinen Nippel.

Ich unterdrücke ein Stöhnen. Das hier ist falsch. Es *sollte* mir nicht gefallen. Nicht, wenn er mich beißt, und auch nicht, wenn er mich berührt. Dennoch genieße ich jede Sekunde, reibe mich fester an seinem Schoß, kralle meine Finger in Benedicts Arm.

Er stöhnt auf. «Fuck, Florence ...»

«Wehe, du hältst mir jetzt wieder einen Moralvortrag», keuche ich.

Benedict atmet tief ein und legt seine freie Hand auf meinen Oberschenkel. «Ich habe gerade andere Pläne», raunt er und hebt mein Bein über seine Knie, sodass ich mit gespreizten Schenkeln auf seinem Schoß sitze. Ich spüre seine Erektion deutlich an meinem Hintern, und allein das Wissen, dass er das hier ebenso sehr zu wollen scheint wie ich, macht mich noch mehr an. Benedict streichelt meine Brust, fährt mit der anderen Hand über die Innenseite meiner Oberschenkel, und ich schmelze. Doch kurz bevor er meine Mitte erreicht, hält er inne.

«Mehr», flehe ich atemlos und fühle, wie Benedict erschauert. Er spreizt seine Beine und meine mit ihnen, öffnet meine Hose, schiebt seine Hand in meinen Slip, und ich keuche seinen Namen. Seine rauen Finger gleiten mühelos durch die Feuchtigkeit zwischen meinen Beinen und finden meine Klitoris.

Ein Geräusch, das beinah einem Knurren gleicht, entkommt ihm, und ich winde mich unter seiner Berührung, bewege mich mit seiner Hand, versuche verzweifelt noch mehr von ihm zu spüren. Er dringt langsam mit einem Finger in mich ein und macht es mir unmöglich, noch einen klaren Gedanken zu fassen. Das hier fühlt sich so verdammt verboten an. Und vielleicht ist das der Grund, weshalb es mich so sehr erregt.

Benedict zieht sich aus mir zurück, reibt mich, dringt wieder in mich ein. Seine Härte drängt gegen meinen Hintern, seine andere Hand massiert meine Brust, seine Lippen liebkosen meinen Hals. Es ist alles zu viel auf einmal und gleichzeitig zu wenig.

Ich will den Kopf drehen. Ich will Benedict küssen, ihn ausziehen, ihn ganz in mir spüren. Doch ich kann nur nehmen, was er mir gibt. Er dringt mit zwei Fingern in mich ein, stößt immer schneller in mich, reibt mich gleichzeitig mit seinem Daumen – und dann versenkt er seine Zähne in meinem Hals.

Der leichte Schmerz wird von meinem Orgasmus fortgespült. Mein gesamter Körper verkrampft sich vor Lust, während Benedict von mir trinkt und stetig seine Finger weiterbewegt. Ich kralle mich in seinen Arm und versuche vergeblich, mein Stöhnen zu unterdrücken. Sein eigenes wird gedämpft von meiner Haut unter seinen Lippen, und doch jagt es ein weiteres Prickeln durch meinen Körper.

Benedicts Berührungen werden sanfter. Mein Zittern klingt ab, und ich sacke gegen seine Brust, mein Körper mit einem Mal überfordert damit, sich selbst aufrecht zu halten.

Langsam zieht Benedict seine Hand zurück, schließt meine Hose wieder und rückt meine Klamotten zurecht. Er leckt sanft über die Bisswunde an meinem Hals und drückt einen weiteren zarten Kuss auf die Stelle.

Noch immer spüre ich seine Erektion. Doch ich kann mich nicht bewegen. Meine Beine fühlen sich an wie Gummi, und mein Atem geht stoßweise.

Ich schmiege meinen Rücken an seine Brust, und er schlingt wortlos beide Arme um mich. Ich kann sein Herz schlagen spüren, ebenso heftig wie mein eigenes, und lehne meinen Kopf an Benedicts heiße Wange.

«Alles in Ordnung?», will er wissen. Seine Stimme ist rau, und ich fühle mich sofort noch geborgener als ohnehin schon.

«Mehr als das», hauche ich.

Benedict schweigt. Und während der Rausch von eben verebbt, entsteht allmählich ein mulmiges Gefühl in meiner Magengrube.

«Und bei dir?», frage ich leise.

Er räuspert sich. «Ja.» Ein seltsamer Unterton schwingt in seiner Stimme mit. Benedict steht gemeinsam mit mir auf, doch statt mich an sich zu ziehen, löst er sich von mir und drückt mir nur einen flüchtigen Kuss aufs Haar. «Gute Nacht, Florence.» Er wendet sich ab.

«Gute Nacht?», wiederhole ich verwirrt.

Er antwortet nicht. Mit wenigen Schritten ist er bei der Tür und lässt mich allein im Salon zurück, als wäre nichts gewesen. Er dreht sich nicht einmal mehr zu mir um.

Dieser ... Mistkerl.

Mir ist klar, warum er geht. Es ist sein letzter verzweifelter Versuch, die Grenze zwischen uns aufrechtzuerhalten. Doch das ändert nichts daran, dass es mir verdammt noch mal zusetzt.

Ich weiß nicht mehr, was ich fühlen soll. Ein viel zu großer Teil von mir hat genossen, was eben passiert ist. Und gleichzeitig ist mir schlecht. Es ist nur ein Plan. Nur eine Rolle, die ich verkörpere. Das Problem ist, dass auch diese Grenze immer weiter verwischt. Und so bewusst ich mir meine Lage auch mache, zeigt sich eine Sache doch immer deutlicher:

Ich will mehr.

KAPITEL SECHZEHN

# GREEN EYES

Zwei Wachen warten vor der Tür auf mich und begleiten mich zurück zu meinem Zimmer. Ich halte den Blick gesenkt, eine Mischung aus Scham und Reue in meiner Brust. Einerseits, weil sie vermutlich alles mitbekommen haben – erst die Verabschiedung der anderen und wenig später Benedicts fluchtartigen Abgang. Und andererseits, weil ... es wehtut.

Es tut weh, dass Benedict mich derart sitzengelassen hat. Es tut weh, dass ich mich selbst betrüge. Es tut weh, dass nichts davon real war oder je real sein darf.

Ich mache mich zügig bereit fürs Bett, lösche das Licht und schlüpfe unter die Decke. Aber egal, wie sehr ich es versuche, ich kann nicht schlafen. Obwohl ich vermutlich Abstand gebrauchen könnte, um mein Herz zu schützen, sehne ich mich nach Benedicts Nähe. Es wäre so leicht, jetzt den letzten Schritt zu machen. Sowohl meine Aufgabe als auch mein Körper verlangen danach. Nur mein Kopf hält mich noch davon ab.

Doch gegen halb eins halte ich es nicht mehr aus. Vermutlich schläft Benedict schon, aber ich will wenigstens versuchen, mit ihm zu reden. Ich klettere aus dem Bett und husche barfuß über den kalten Flur, die Blicke der Wachen im Nacken. Um ihn nicht zu wecken, klopfe ich nur leise an seine Tür, aber zu meiner Überraschung ertönt sofort ein deutliches «Herein.»

Zögerlich betrete ich Benedicts Suite. Das Wohnzimmer ist leer, doch er erscheint bereits im Türrahmen des Arbeitszimmers. Noch immer trägt er dieselben Klamotten wie vorhin. Seine Haare sind zerzaust, sein Hemd ist zerknittert. Meinetwegen. Der Gedanke schnürt mir die Luft ab.

Benedict erblickt mich und bleibt wie angewurzelt stehen. Einen Moment lang starren wir uns wortlos an.

«Du arbeitest noch?», entkommt es mir. Aus irgendeinem Grund schwingt eine Anschuldigung in meiner Stimme mit. Vielleicht, weil ich einfach nicht verstehe, wie er sich auf Papierkram konzentrieren kann, während in meinem Kopf ein solches Chaos herrscht.

«Ich hätte ohnehin nicht schlafen können.»

Ich balle die Hände an meinen Seiten zu Fäusten, versuche, meinen Schmerz nicht durchscheinen zu lassen. Er tut es dennoch. Färbt meine Worte wie die Buntglasfenster das Sonnenlicht. «Und in den letzten zwei Stunden kam dir nicht in den Sinn, mal nach mir zu sehen, nachdem du mich einfach hast stehen lassen?»

«Ich brauchte einen Moment», erwidert er leise. «Um den Kopf freizukriegen.»

«Und ist er es jetzt?»

Benedict hält meinen Blick. «Das ist er nie, wenn du im Raum bist.»

Ich atme tief durch. «Habe ich dich zu etwas gedrängt?» Die Frage ist kalkuliert. Ich spreche sie nur deshalb aus, damit Benedict mir widerspricht. Doch sie hinterlässt einen bitteren Nachgeschmack auf meiner Zunge. Denn die Antwort ist bei Weitem nicht so klar, wie er denkt.

Er zieht eine Grimasse. «Wohl kaum. Ich war derjenige, der vorhin die Kontrolle verloren hat.»

Ich schlucke. Die Erinnerung brodelt noch immer siedend heiß in meiner Magengrube. Jedes Mal, wenn ich daran denke, scheint sie von Neuem aufzulodern. «Dann verstehe ich das Problem nicht», behaupte ich.

Benedict atmet schnaubend aus. «Das Problem ist, dass ich nicht mehr klar denken konnte. Und das hier ist eine Angelegenheit, die gut überlegt sein sollte, Florence. Das habe ich dir schon gestern zu erklären versucht.»

«Du machst es komplizierter, als es ist», beschwere ich mich.

Frustriert schüttelt er den Kopf und kommt näher. «Weißt du eigentlich, dass ich seit zwanzig Jahren diese strikte Grenze aufrechterhalte? Ich habe mir geschworen, dass ich meine Blutbräute nicht missbrauche, so wie es manche meiner Vorfahren getan haben. Sie sind wegen ihres Blutes hier – für nichts anderes. Also fasse ich sie nicht an. Ich habe mit den meisten nicht mal wirklich gesprochen. Und dann kommst du in dieses Schloss und steckst alles in Brand. Meine Grundsätze. Meine Regeln. *Mich.* Ich weiß verdammt noch mal nicht, wie ich damit umgehen soll!»

«Denkst du, mir geht es anders?», fahre ich ihn an, und mit einem Mal entladen sich all meine Angst, all meine Anspannung in harschen Worten. «Ich hatte das hier genauso wenig geplant, aber du musstest ja die ganze Zeit so verdammt sanft, so verdammt aufmerksam sein! Du hast mich mehr wollen lassen, Benedict!»

«Das war nicht meine Absicht.»

«Aber das ändert nichts am Ergebnis! Und es ist wirklich ironisch. Du willst mich so sehr beschützen und spielst gleichzeitig mit meinem Herzen, als könnte mich das nicht verletzen!»

«Ich spiele nicht mit dir!»

«Es fühlt sich aber so an!» Frustriert wende ich mich ab, doch er macht einen letzten Schritt auf mich zu und hält mich an der Schulter zurück.

«Du sagtest, es muss nicht alles auf einmal sein», erinnert er mich. Ich treffe seinen Blick. Sein Gesichtsausdruck ist gequält. In seinen Augen spiegeln sich sowohl Wut als auch Verzweiflung.

«Muss es auch nicht! Aber du hast mich ohne ein Wort dort stehen lassen, wie benutzt und weggeworfen! Du hast mich nicht mal geküsst! Es fühlt sich an, als wäre es für dich vollkommen bedeutungslos gewesen!»

«Weil ich nicht wusste, was ich tun soll, verdammt!» Er macht Anstalten, mir eine Strähne aus dem Gesicht zu streichen, doch seine Finger streifen kaum meine Wange, da lässt er die Hand bereits wieder sinken und weicht einen Schritt vor mir zurück. «Und ich weiß es immer noch nicht, wenn ich ehrlich bin.»

Ich schlucke. Selbst diese winzige Berührung brennt nun auf meiner Haut nach, und ich muss immerzu an Benedicts Lippen auf meinem Hals denken. Benedicts Lippen, die ich nur zu gern auf meinen spüren würde. Denn egal, wie gut sich seine Finger zwischen meinen Beinen angefühlt haben – wonach ich mich wirklich sehne, ist eine andere Art der Intimität. Eine, die ich noch viel weniger wollen sollte als seinen Körper. «Vielleicht würde es helfen, wenn du einmal aufhörst zu denken wie ein König», sage ich leise und ernte ein hilfloses Schnauben.

«Und wie soll ich deiner Meinung nach sonst denken, Florence?»

«Wie der Mann, den du hinter dieser Krone versteckst», erwidere ich fest.

Ich sehe ihm an, dass ihn diese Aufforderung überfordert. Vielleicht weil er nicht weiß, wie er diese beiden Personen voneinander trennen soll – sich selbst und den König von England. Womöglich glaubt er auch, dass es keinen Unterschied zwischen den beiden gibt.

Schweigend warte ich darauf, dass Benedict sich rührt. Ich könnte noch einen Schritt auf ihn zumachen. Versuchen, die unangenehme Spannung zwischen uns aufzulösen, sie in etwas gänzlich anderes zu wandeln. Doch ich bin mir sicher, dass wir dann nur wieder an genau diesem Punkt landen werden. Ich fürchte, der Einzige, der entscheiden kann, wie es nun weitergeht, ist Benedict.

«Deine Füße werden kalt», stellt er irgendwann grimmig fest und begräbt das Thema damit endgültig.

«Ja. Das kommt davon, wenn man seine Suite genauso heizt wie eine Gruft. Nämlich gar nicht», beschwere ich mich.

Benedict schmunzelt schwach. Sein Blick wandert über meinen Körper und schließlich hinter mich – zur Tür seines Schlafzimmers. «Mein Bett ist warm», murmelt er. «Falls du nicht allein einschlafen willst. Ich kann meinen restlichen Papierkram am Tisch im Schlafzimmer erledigen.»

Ich mache mir keine Hoffnungen, dass er noch etwas anderes als Schlafen im Sinn hat. Ich erkenne seine Worte als das, was sie sind: ein Friedensangebot. Dennoch kann ich meine Nervosität nicht unterdrücken. Ich muss nur an Benedicts Bett denken, und schon kribbelt jede Faser meines Körpers.

«In Ordnung», stimme ich zu.

«Fühl dich wie zu Hause», murmelt er und geht zurück ins Arbeitszimmer.

Zögerlich betrete ich Benedicts Schlafzimmer. Ich habe es bereits einige Male durchquert, um während unserer gemeinsamen Vormittage sein Bad zu benutzen. Doch es ist das erste Mal, dass ich auf sein Bett zusteuere und unter die seidenbezogene Bettdecke krabbele. Nahezu ehrfürchtig hülle ich mich in den dunklen Stoff, und sofort umfängt mich Benedicts vertrauter Duft. Er ist überall. Hängt in den Kissen, der Decke, selbst in den Laken. Ich rieche nur noch Wald und Kaminfeuer.

Ich vergrabe meine Nase in der weichen Decke und schließe einen Moment lang die Augen. Der holzige, schwere Duft sorgt dafür, dass ich mich zugleich sicher und erregt fühle. Keine gute Mischung. Erst recht nicht, wenn ich gegen letztere Empfindung nichts unternehmen kann.

Ich seufze. Diese Gefühle sind absolut unangebracht. Andererseits kann ich dankbar dafür sein, dass mein Körper Benedict tatsächlich will. Erregung kann man schlecht spielen. Und ich bin bereits zu weit gegangen, um wieder umzukehren.

Mittlerweile liegen alle Karten auf dem Tisch. Dass ich jetzt warten muss, bis Benedict eine Entscheidung trifft, gefällt mir nicht. Aber es macht mir auch nicht wirklich Sorgen. Es kann nicht mehr lange dauern, bis seine Selbstbeherrschung endgültig in sich zusammenfällt. Früher oder später wird er weitergehen wollen, dessen bin ich mir sicher. Und wenn es so weit ist, kann ich es ebenso gut genießen.

Benedict kommt ins Zimmer, schließt die Tür hinter sich und stellt leise seinen Laptop auf dem kleinen Tisch vor dem Fenster ab. Er knipst die Stehlampe in der Ecke an und das große Licht im Raum aus. Dann macht er sich daran, Holz im Kamin aufzuschichten. Erst als der kleine Stapel knisternd zu brennen beginnt, richtet er sich wieder auf und fängt meinen fragenden Blick.

«Wer will schon in einer Gruft schlafen», raunt er, und ich muss lächeln.

«Danke», flüstere ich und bekomme ein halbes Lächeln zurück.

Still beobachte ich, wie Benedict sich an den Tisch setzt und den Laptop aufklappt. Er stützt den Kopf auf eine Hand, vergräbt die Finger in seinen Locken und beginnt stirnrunzelnd zu lesen.

Er ist wirklich wunderschön. Das schwache Licht der Stehlampe malt goldene Reflexionen in seine Haare. Der Feuerschein flackert über sein Gesicht, zeichnet weiche Konturen auf seinen harten Körper. Hin und wieder schaut Benedict zu mir auf, seine grünen Augen sanft. Und mit jedem Blick schmelze ich ein wenig mehr.

Ich will ihn weiter ansehen. Doch warme, duftende Luft füllt den Raum, und meine Lider werden immer schwerer. Ich bin zu erschöpft von dem aufwühlenden Abend. Benedicts Bett ist zu weich, die Decke zu gemütlich, seine Anwesenheit zu beruhigend. Und bevor ich mir über diese Tatsache den Kopf zerbrechen kann, nicke ich bereits weg.

Das Geräusch eines Stuhls, der leise über den Boden scharrt, weckt mich, doch ich bin zu müde, um die Augen zu öffnen. Im Halbschlaf nehme ich das Knacken des Feuers wahr. Die Wärme des Bettes. Kaum hörbare Schritte nähern sich.

Ich spüre eine sanfte Berührung an meiner Schläfe. Selbst mit geschlossenen Augen weiß ich, dass es Benedict ist, der mir da eine Strähne aus dem Gesicht streicht, die Geste so liebevoll, dass ich seufzend ausatme. Seine rauen Fingerkuppen verweilen kurz unterhalb meines Ohrs, dann löst er sich wieder von mir, entfernt sich leise.

Mit einem unzufriedenen Brummen öffne ich die Augen und drehe mich nach ihm um, doch er hat bereits den Raum durchquert und verschwindet ins Bad.

Ich muss wieder weggenickt sein, denn als ich das nächste Mal blinzle, kommt Benedict zurück ins Schlafzimmer und geht hinüber zu seinem Schrank. Die Lampe ist mittlerweile aus, nur das Feuer spendet noch warmes

Licht. Schlaftrunken sehe ich dabei zu, wie er sich Kleidung herausnimmt, sie auf der Kommode neben sich ablegt und langsam sein Hemd aufknöpft, den Rücken mir zugewandt.

Hitze steigt mir in die Wangen. Weiß er, dass ich zuschaue? Sollte ich wegsehen? Mich umdrehen?

Doch kurz bevor Benedict sich das Hemd auszieht, wirft er einen Blick über seine Schulter und sieht mir ins Gesicht.

Ich schlucke. Er wusste ganz genau, dass ich ihn beobachte. Doch es scheint ihn nicht zu stören. Im Gegenteil. Er wendet sich wieder ab und macht einfach weiter.

Wie gebannt sehe ich dabei zu, wie Benedict sich das Hemd von den Schultern streift. Die Muskeln in seinem Rücken spannen sich an. Der Feuerschein erhellt seine glatte Haut, wirft sanfte Schatten auf seinen definierten Körper.

Benedicts Hände wandern zu seinem Gürtel, öffnen langsam seine Hose. Mein Atem geht flach, das Herz schlägt mir bis zum Hals, und doch sehe ich nicht weg. Ich beobachte, wie er sich in aller Seelenruhe vor mir auszieht und anschließend in eine lockere schwarze Baumwollhose schlüpft.

Der Anblick seines nackten Körpers brennt sich mir unweigerlich ein, doch ich bereue nichts. Im Gegenteil. Ich wünschte, ich hätte ihn auch von vorne gesehen. Und noch mehr wünschte ich mir, ich könnte ihn berühren.

Benedict hängt seine Klamotten ordentlich über die Lehne eines Sessels und dreht sich schließlich zu mir um. Sein Blick fängt meinen, und mein Herz setzt einen Schlag aus. Langsam nähert er sich dem Bett, und ich bin plötzlich zu gefesselt von dem Ausdruck auf seinem Gesicht, um seinen nackten Oberkörper überhaupt zu beachten. Wie kann ein Mann so berauschend sein? So rau und sanft zugleich. Offen, ehrlich und doch unergründlich.

Benedict hebt die Bettdecke an und legt sich auf die freie Seite der Matratze. Ich rühre mich nicht, noch zu unsicher, was er will. *Ob* er etwas will. Doch er rutscht näher zu mir, hebt seine Hand und streicht wieder sanft über meine Schläfe.

Zögerlich rutsche ich ihm entgegen, und als Benedict unter der Decke seinen Arm um mich schlingt, atme ich erleichtert auf. Er zieht mich an seine Brust, und endlich spüre ich seine nackte, heiße Haut unter meinen Fingern, seinen Atem an meiner Stirn. Sanft küsst er mich auf den Haaransatz, und ich schmiege mich enger in seine Umarmung. Der Rest des Bettes kommt mir plötzlich furchtbar kalt vor. Nur er kann mich wärmen. Nur bei ihm fühle ich mich geborgen.

«Kann ich dich etwas fragen?», flüstert er, und mein Herzschlag wird zu einem nervösen Flattern.

«Alles», hauche ich.

Benedict atmet tief ein. «Siehst du ihn?», will er wissen. «Den Mann hinter der Krone ...»

Langsam hebe ich den Kopf. In Benedicts Augen liegt eine Unsicherheit, die ich sonst nicht von ihm kenne. Als wäre er sich nicht sicher, ob er diesen Mann selbst noch sieht.

Ich lasse meine Finger wandern. Über seine breite Schulter, seinen Hals, bis hoch zu seiner Wange. Vorsichtig fahre ich mit dem Daumen über seine Bartstoppeln, und Benedict schmiegt sein Gesicht in meine Handfläche, bringt mein Herz noch mehr zum Schmelzen.

«Ich sehe ihn schon die ganze Zeit», versichere ich ihm leise, und ein Schauer geht durch seinen Körper. Er ist so viel größer als ich, so viel stärker. So endlos viel mächtiger. Und doch fühle ich mich in diesem Moment, als wären wir ebenbürtig. Nicht länger das Monster und sein Opfer, sondern lediglich zwei ... Liebende. Abgeschottet vom Rest der Welt. Und ich klammere mich an diese Illusion, als wäre sie alles, was ich habe.

Zärtlich streiche ich über Benedicts Schläfe, wickle mir eine seiner dunklen Locken um den Finger. Er beobachtet mein Gesicht, sein Blick unergründlich.

Meine Fingerspitzen fahren wie von selbst über seine Stirn. Seinen Nasenrücken. Seine Lippen. Und als ich wieder bei seiner Wange ankomme, meine Hand aufhört zu wandern, fängt seine endlich an.

Mit sanftem Druck streicht Benedict meine Wirbelsäule empor und schiebt seine Hand schwer in meinen Nacken. Alles in mir beginnt zu lodern. Ich recke mich ihm entgegen, und er senkt den Kopf.

Benedict legt seine Lippen auf meine, und mir entweicht ein erlöstes Seufzen, das in unserem Kuss untergeht. Endlich. Mir wird jetzt erst bewusst, wie schmerzhaft ich mich nach diesem Moment gesehnt habe. Wie sehr ich diese Nähe brauchte, dieses stille Zugeständnis von Zuneigung. Benedict schmeckt nach Minze und einem Hauch des Whiskeys von vorhin. Seine Lippen sind weich und doch fordernd, sein Körper drängt sich hart gegen meinen.

Ich vergrabe meine Finger in seinen Locken, öffne meinen Mund ein wenig mehr für ihn und lasse zu, dass er mich verschlingt. Mein Herz geht in Flammen auf. Benedict lehnt sich über mich, drückt mich schwer in die Matratze, und ich schnappe nach Luft. Ich habe das Gefühl, als bräuchte ich ihn, um weiter atmen zu können. Mehr. Alles.

Während ich meine Finger in seinen nackten Rücken kralle, bringt Benedict eines seiner Beine zwischen meine und schiebt dabei den Stoff meines Nachthemds unweigerlich hoch. Seine Erektion drückt gegen meine Hüfte, und durch unsere hauchdünne Kleidung spüre ich alles von ihm.

Ich stöhne auf. Ungeduldig hake ich meine Daumen unter den Bund seiner Hose und schiebe sie ihm von den Hüften.

«Florence», knurrt er, und doch zieht er sich nicht zurück. Benedict legt seine Hand an meinen Oberschenkel und schiebt den Stoff meines Nachthemds nach oben, über meinen Bauch, meine Brüste, entblößt mich Stück für Stück. Er richtet sich auf, zerrt es mir über den Kopf, und ich liege nackt und atemlos vor ihm.

Nun zieht er auch seine Hose aus, doch er gibt mir keine Gelegenheit, ihn zu berühren. Stattdessen senkt er seine Lippen auf meine Brust und lässt seine Hand wie schon im Salon zwischen meine Beine wandern. Er reibt mit zwei Fingern meine Klitoris, und es dauert keine Minute, bis ich mich unter ihm vor Lust winde. Mein Körper fühlt sich an wie flüssige Lava, und alles, was ich will, ist …

«Mehr», stöhne ich.

Er dringt mit zwei Fingern in mich ein, doch ich schüttle heftig den Kopf und halte ihn am Handgelenk zurück.

«Mehr von dir, Benedict», keuche ich. «Ich will alles.»

Zögernd schaut er zu mir auf. Ich nehme sein Gesicht zwischen meine Hände und ziehe ihn über mich. Diesmal wehrt er sich nicht dagegen. Er kommt meiner Aufforderung nach. Seine harte Länge drückt gegen meinen Bauch, und ich dränge ihm unweigerlich mein Becken entgegen. Ich will ihn in mir spüren. Ich will, dass er ebenso in mir versinkt wie ich in ihm. Und vielleicht will ich sogar, dass er seine sanfte Zurückhaltung endlich hinter sich lässt. Dass er die Beherrschung gänzlich verliert und mich endlich auf die Art verschlingt, vor der ich mich anfangs noch so gefürchtet habe.

«Ich vertraue dir», stoße ich aus und küsse mich an seinem rauen Kinn empor bis zu seinem Mund.

Benedict entweicht ein Keuchen. «Gott weiß, warum.» Er richtet sich wieder auf und wendet sich von mir ab. Ich will bereits protestieren, als er seine Nachttischschublade öffnet und ein Kondom daraus hervorholt.

Einen Moment lang bin ich verwirrt. Warum sollte er verhüten wollen? Vampire bekommen keine Krankheiten, und Kinder sind für sie so selten, dass zwischen ihm und seiner Schwester ganze zwanzig Jahre liegen. Er sollte jede Chance auf Nachkommen nutzen, die sich ihm bietet, sei es nun mit mir oder mit anderen.

Doch wieder wird mir schmerzhaft bewusst, dass Benedict nicht der König ist, für den ich ihn hielt. Nicht das Monster, das wir uns ausmalten. Und vielleicht …

Vielleicht vertraue ich ihm tatsächlich.

Eine Mischung aus Erleichterung und Dankbarkeit durchströmt mich. Dank der Pille, die ich ins Schloss geschmuggelt habe, müsste ich mir zwar ohnehin keine Sorgen machen, doch so fühle ich mich dennoch sicherer. Und ich glaube, Benedict tut das hier für mich. Weil er meinen Körper respektiert. Mir meine Entscheidungsfreiheit lassen will. Und allein dafür möchte ich ihn wieder küssen.

Er streift sich das Kondom über und lehnt sich wieder über mich. Mit beiden Armen stützt er sich neben mir ab, erobert meinen Mund mit seinem und reibt seinen Schaft an meiner Mitte.

Die Berührung lässt mich alles vergessen. Ich bewege mich mit ihm, ein stilles Flehen nach mehr. Benedicts Körper drückt mich schwer in die Matratze. Er küsst sich meinen Hals hinab, bis zu der Stelle, von der er vorhin getrunken hat. Sie ist längst verheilt, und doch brennen seine Lippen dort stärker. Mit einem Knie schiebt er meine Beine weiter auseinander, und ich öffne sie für ihn.

Benedict dringt langsam in mich ein. Er füllt mich aus, dehnt mich, und ich vergrabe stöhnend die Finger in seinem Rücken.

Auch ihm entweicht ein Stöhnen. Er zieht sich zurück, nur um tiefer in mich zu gleiten, wieder und wieder. Seine Stöße werden kräftiger, bis ich das Gefühl habe, mich unter ihm aufzulösen. Ich schlinge meine Beine um seine Hüften, um ihn noch tiefer in mir zu spüren, und lasse auch den letzten Rest meiner Selbstbeherrschung ziehen. Wie von selbst komme ich seinen Bewegungen entgegen, stöhne seinen Namen. Sein Duft umfängt mich, vernebelt mir die Sinne.

Ohne Vorwarnung zieht Benedict sich aus mir zurück. Er richtet sich auf, dreht mich auf den Bauch und zieht mich auf alle viere. Dann ist er wieder in mir, seine Hand zwischen meinen Beinen. Er reibt meine Klitoris, und ich löse mich unter ihm auf wie Schnee in heißem Wasser. Benedicts Atem geht abgehackt, seine Stöße werden rauer, und dann kommen wir beide.

Ich zittere am ganzen Leib, sacke erschöpft auf die Matratze. Benedict beugt sich zu mir herunter und küsst mich sanft auf die Schläfe. Er verschwindet einen Moment lang ins Bad, ist jedoch zurück, bevor ich meine Atmung wieder unter Kontrolle habe. Sein warmer Körper schmiegt sich an meinen. Ich spüre seinen Herzschlag an meinem Rücken hämmern und kuschle mich enger an ihn. Benedict schließt mich in seine Arme und hüllt uns in die seidene Bettdecke.

Einen Moment lang liegen wir schwer atmend da. Mein

eigener Puls hat sich noch nicht einmal ansatzweise beruhigt, und es fällt mir schwer, einen klaren Gedanken zu fassen. Aber vielleicht muss ich das auch nicht. Vielleicht ist es ausnahmsweise in Ordnung, nicht zu planen und zu hinterfragen. Vielleicht kann ich wenigstens einmal einfach nur genießen, dass sich Benedicts Nähe gut anfühlt.

Ich atme tief durch und drehe mich zu ihm um. Fast fürchte ich, dass er mich nun wieder von sich stößt. Stattdessen küsst er sanft meine Stirn, meine Nasenspitze und schließlich meine Lippen.

Das ist schlimmer.

Er muss aufhören, sich derart liebevoll zu verhalten. Mein Herz schmilzt von seinen Berührungen, und ich hatte nicht vor, es hier zu verlieren. Erst recht nicht an ihn. Trotzdem erwidere ich den Kuss. Sauge jedes bisschen Zuneigung in mich auf.

«Ich schätze, ich brauche ein paar neue Prinzipien», murmelt Benedict an meinen Mund. «Die, die meine Blutbraut betreffen, habe ich hiermit alle über Bord geworfen.»

Mir entweicht ein ersticktes Lachen. «Ich glaube, du hast noch mehr als genug übrig.»

«Vermutlich hast du recht.» Er lehnt seine Stirn an meine und streicht mir durch die Haare. «Und Lyra hatte offenbar auch recht ...»

Fragend schaue ich zu ihm auf. Meine Nase streift dabei seine, und obwohl es nur eine winzige Berührung ist, fühlt sie sich fast intimer an als alles, was wir eben getan haben. «Womit?»

Sein Mundwinkel zuckt amüsiert. «Sie hat mir bei der Sonnenwendfeier eingeredet, dass ich dich wählen muss. Du seist perfekt. Ich weiß nicht, wie genau sie das gemeint hat, aber ich stimme ihr zu.»

Mein Gesicht ist noch heiß vom Sex eben, und dennoch glaube ich, rot zu werden. «Du bist auch nicht schlecht», stammle ich, völlig überfordert mit einer Antwort, und Benedict lacht auf.

Schmunzelnd streicht er mir eine Strähne hinters Ohr. Seine Grübchen sind deutlich sichtbar, sein Gesicht wirkt so gelöst wie noch nie. «Du Schmeichlerin.»

Ich kann ihn nur anstarren.

«Was?», will er wissen.

Mir entweicht ein überfordertes Schnauben. «Nichts. Ich muss mich nur an ein paar Sachen gewöhnen. Zum Beispiel daran, dass du wirklich lachen kannst», scherze ich.

«Ob du es glaubst, oder nicht: Das passiert von Zeit zu Zeit», erwidert er amüsiert.

«Nicht, seit ich im Schloss bin. Zumindest nicht richtig. Und selten, ohne dass es sarkastisch gemeint war.»

«Ich habe ja nicht behauptet, dass es oft passiert», gibt er zurück.

Ich mustere ihn, immer noch überwältigt.

«Was?», fordert er erneut.

«Du bist wunderschön, wenn du lachst», entwischt es mir, und sein Grinsen vertieft sich.

«Zumindest *nicht schlecht*, habe ich gehört», zieht er mich auf und rückt das Kissen unter unseren Köpfen zurecht.

«Nein», flüstere ich und muss schlucken, um den plötzlichen Kloß in meinem Hals loszuwerden. «Ganz und gar nicht schlecht.»

Er küsst mich auf die Nasenspitze. «Darf ich dich noch etwas fragen?»

«Immer noch alles», bringe ich hervor, und mein Herz beginnt wieder zu rasen. Was will er diesmal wissen? Und was wäre ich bereit, ihm zu verraten? Zu viel, da bin ich mir sicher.

Benedict lehnt sich zurück, um mir ins Gesicht schauen zu können, und zieht ernst die Brauen zusammen. «Was zur Hölle hast du auf der Sonnenwendfeier zu Lyra gesagt, dass sie einen solchen Narren an dir gefressen hat?»

Jetzt werde ich definitiv rot. Und bevor ich auch nur versuchen kann, meine Verlegenheit zu verbergen, hat Benedict mich bereits durchschaut. Erwartungsvoll hebt er eine Braue.

«Ähm ... es war nichts Besonderes», stammle ich.

«Florence.»

Widerwillig halte ich seinem Blick stand und recke das Kinn. «Willst du es wirklich wissen?»

«Ich bitte darum.»

Ich muss mich räuspern. «Ich habe dich beleidigt», gestehe ich.

Erneut entkommt Benedict ein tiefes Lachen, das in meiner Brust vibriert. «Was habe ich eigentlich erwartet?», meint er kopfschüttelnd und zieht die Decke enger um uns. «Natürlich hast du das.»

«Wie schön, dass es dich nicht stört», behaupte ich, und meine Stimme hat einen ungewollt provokativen Unterton.

«Nicht wirklich», raunt er und küsst meine Schläfe. «Aber bei Gelegenheit können wir gern durchgehen, was du damals gesagt hast, und überprüfen, wie viel davon du jetzt noch wiederholen würdest.»

«Das ist vielleicht keine so gute Idee. Es war ziemlich sicher das Wort *aufgeblasen* dabei», murmle ich und ernte noch ein belustigtes Schnauben sowie einen Kuss auf die Schläfe.

«Gute Nacht, Florence», raunt er.

Ich muss schlucken. «Gute Nacht, *Eure Majestät.*»

Benedict schließt mich enger in die Arme. «Du machst mich wirklich fertig.»

KAPITEL SIEBZEHN

# GOLIATH

Der Frühling vergeht in einem Rausch aus Nieselregen und verhedderten Laken. Ich verbringe meine Tage und Nächte zwischen Benedicts Arbeitszimmer und seinem Bett, verloren in dieser Rolle, die vielleicht gar keine mehr ist. Zahllose Stunden habe ich darauf verbracht, meine Gefühle zu sortieren. Ich versuche zu verstehen, was hier passiert – zwischen Benedict und mir. Warum mir zärtliche Worte ihm gegenüber derart leicht von den Lippen gehen und seine Nähe mich so sehr erfüllt. Doch ich finde keine Antwort.

Stattdessen zerreißt mich die Diskrepanz zwischen meinen Gefühlen und meiner Aufgabe immer mehr. Die meiste Zeit versuche ich, einfach nicht daran zu denken, was ich in wenigen Wochen tun muss. Ich verdränge es, tue so, als gäbe es die bittere Realität außerhalb dieser Schlossmauern nicht. Und jedes Mal, wenn sie mich dann doch einholt, trifft sie mich heftiger als zuvor.

Um nicht daran zu zerbrechen, versuche ich, Benedict und das, was er ist, unabhängig voneinander zu betrachten. Ebenso wie er es tut. Der Mann hinter der Krone ist zärtlich und respektvoll. Ein guter Gesprächspartner und ein noch besserer Liebhaber. Jemand, der mich auf Händen trägt und mir alles, was er hat, zu Füßen legt.

Der König jedoch …

Der König ist ein Monster und wird es auch immer sein. Ein strenger Herrscher, der das Leid in seinem Land bereitwillig akzeptiert. Der uns Menschen unterdrückt, ausbeutet und alles tun würde, um seine Macht zu erhalten. Zumindest rede ich mir das eisern ein, denn sobald ich aufhöre, es zu tun, bin ich wirklich verloren. Dann breche ich unter dem Gewicht der beiden Wahrheiten zusammen, die jeden Tag schwerer und erdrückender werden:

Einer dieser beiden Männer liegt mir mehr am Herzen, als er sollte.

Und der andere muss trotzdem sterben. Daran hat sich in den fünf Monaten, die ich bereits in diesem Schloss lebe, nichts geändert.

Valerian kommt gleich ins Crimson Heart, und mir wird übel bei dem Gedanken an das Gespräch, das mir bevorsteht. Seit meinem Geburtstag war er nicht mehr hier. Allerdings nicht, weil er es nicht durfte. Benedict hat die Beschränkungen im Schloss immer mehr gelockert. Briana und ihr Vater durften vor einigen Wochen ihre Familie wieder besuchen, und Lyra wurde sogar ein Theaterbesuch eingeräumt. Sie wollte ihren Bruder dazu überreden, mich mit ihr gehen zu lassen, doch das Risiko wollte er nicht eingehen. Es sei schon genug Aufwand, eine von uns zu beschützen. Und im Gegensatz zu Lyra braucht es bei mir keinen Silberdolch durchs Herz, um mich zu töten.

An Vals langer Besuchspause bin einzig und allein ich selbst schuld. Ich wollte nicht, dass er herkommt, weil ich meine zerrissenen Gefühle nicht unter Kontrolle habe. Ich wollte nicht riskieren, dass er mich durchschaut. Dass er mir Vorwürfe macht. Dass er meine Zweifel und Schmerzen wieder beiseitewischt. Nennenswerte Informationen hatte ich ohnehin keine, und so hätte er vielleicht stattdessen Fragen gestellt, die ich lieber nicht beantworten möchte. Fragen über Benedict und mich.

Es ist absurd. Ich habe genau das getan, was er von mir verlangt hat, und trotzdem scheue ich mich davor, es ihm zu sagen.

Vermutlich wäre ich dem Gespräch noch länger aus dem Weg gegangen, wenn ich könnte, doch nun, zwei Wochen vor der Sommersonnenwende, komme ich um ein Treffen mit ihm nicht mehr herum. Benedict plant bereits unsere Reise zur Sommerresidenz auf dem Land, und wenn ich meine Mission durchziehen will, brauche ich die Bestärkung meiner Familie. Die Versicherung, dass es die richtige Entscheidung ist, egal, was sie mich kostet.

Zum hundertsten Mal an diesem Nachmittag stehe ich auf und werfe einen Blick aus dem Fenster von Benedicts Arbeitszimmer. Zwar kann ich Val von hier aus nicht ankommen sehen, doch weder mein Buch noch die Harfe lenken mich von dem bevorstehenden Gespräch ab.

Der Red Garden erstrahlt mittlerweile in seiner vollen Pracht. Das Laub des Blutahorns hat eine kräftige rote Farbe angenommen und die Rosen beginnen zu blühen. Erst gestern hat Benedict mir einen Strauß pflücken lassen, und ich habe mich mehr gefreut, als ich sollte. Es sind nur Blumen, verdammt. Doch die Vase steht nun auf Benedicts Nachttisch, weil ich ohnehin nie in meinem eigenen Bett schlafe, und ich habe sie die halbe Nacht angestarrt, während ich wach lag.

Seufzend wende ich mich wieder vom Fenster ab und fahre mit dem Finger über die Buchrücken in den Regalen. Womöglich brauche ich nur anderen Lesestoff, um mich abzulenken. Oder ich könnte anfangen, die Bücher zu zählen. Der Gedanke ist tatsächlich verlockend. Es könnte beruhigend wirken, wie Schäfchenzählen, und ich nehme jede Beschäftigung, die ich kriegen kann.

«Du machst mich nervös», murmelt Benedict, und ich drehe mich zu ihm um. Er schaut nicht von seinen Unterlagen auf, während er spricht, doch seine Stirn ist leicht gerunzelt.

Ich durchquere den Raum und lasse mich auf der Armlehne seines Stuhls nieder. «Dann lenk mich ab», fordere ich und werfe einen Blick auf das Dokument vor ihm. Nur ein Antrag für die Bewilligung eines zusätzlichen Gebäudes für die Londoner Universität. Die Unterschrift von Brianas Vater als königlichem Schatzmeister prangt bereits darunter. Nur Benedicts fehlt. Innerlich seufze ich auf.

Wieder einmal nutzlose Informationen, mit denen ich nichts anfangen kann. Ich fürchte, er versteckt die wichtigen Unterlagen vor mir, denn hin und wieder hat er Besprechungen, über deren Inhalt er kein Wort verliert. Allerdings habe ich mich bisher nicht getraut, das Arbeitszimmer heimlich zu durchsuchen. Benedict schläft meist fest, aber die Gefahr, dass er nachts aufwachen und mich erwischen könnte, ist zu hoch. Es ist ja nicht so, als würden wir nach etwas Bestimmtem suchen. Ich nehme einfach, was ich kriegen kann. Allem voran sein Herz und sein Vertrauen.

«*Du* lenkst *mich* ab», beschwert er sich und zieht mich von der Lehne auf seinen Schoß.

Ich küsse ihn auf die stoppelige Wange, und wie jedes Mal fühlt sich die Geste zu leicht an, zu natürlich. «Du arbeitest ohnehin zu viel.»

«Das gehört zu meiner Berufsbeschreibung», erinnert er mich, lehnt sich jedoch zurück und schiebt den Förderantrag von sich.

Ich schüttle den Kopf. «Und was passiert, wenn du dir mal einen Tag freinimmst? Wer soll sich bei dir über die Pause beschweren? Gott?»

Benedict hebt eine Braue. «Meine Berater sind hartnäckiger, als du vielleicht glaubst.»

Ich verdrehe die Augen. «Wo kann ich einen Antrag auf Urlaub für dich stellen?»

Sein Schmunzeln verursacht eine angenehme Wärme in meinem Bauch. «Das kann ich gern für dich herausfinden.»

«Großartig», erwidere ich ironisch. «Noch mehr Arbeit.»

«Ich werde es überleben.» Benedict nimmt mein Gesicht zwischen seine Hände und küsst mich. Erst sanft, dann drängender. Ich vergrabe die Finger in seinen Locken, und Benedict stöhnt leise in meinen Mund, sein Atem heiß auf meinen Lippen. «Ein paar Minuten Pause wären vielleicht wirklich eine gute Idee», raunt er und fährt mit den Händen meine Seiten hinab, über den Stoff meines dünnen Sommerkleids bis zu meinen nackten Oberschenkeln. Seine Berührung hinterlässt eine brennende Spur auf meiner Haut.

«Gut, dass wir uns da einig sind», hauche ich und vertiefe den Kuss erneut.

Ein Klopfen an der Tür lässt uns innehalten. Mit einem frustrierten Seufzen lässt Benedict von mir ab und rückt den Saum meines Kleides wieder zurecht. «Herein.»

Er wartet nicht darauf, dass ich von seinem Schoß aufstehe. Es scheint ihn mittlerweile nicht mehr zu interessieren, wer uns wie zusammen sieht. Vermutlich weiß ohnehin bereits seit unserer ersten gemeinsamen Nacht das gesamte Schloss von uns. Auch Wachen tratschen gern. Und ebendiese betreten soeben die Suite, unschwer zu erkennen an den Schritten ihrer schweren Schuhe, die über das Parkett im Wohnzimmer hallen. Zwei Männer erscheinen im Türrahmen des Arbeitszimmers und verbeugen sich vor uns.

Ich habe sie bereits öfter gesehen, wobei sie, glaube ich, erst vor wenigen Wochen ins Schloss versetzt wurden. Viele Namen kenne ich allerdings immer noch nicht, was primär daran liegt, dass die meisten Wachen es weiterhin vermeiden, mit mir zu sprechen. Ich glaube, sie haben etwas gegen mich. Oder wohl eher gegen meine Beziehung zu Benedict. Aber diese beiden haben sich bisher immer höflich verhalten. Der etwas kleinere der beiden heißt Harris, wenn ich mich richtig erinnere. Wobei klein relativ ist, denn er überragt mich um ein paar Zentimeter.

«Miss Hawthorne», grüßt er jetzt. «Ihr Bruder ist hier. Er wartet im Garten auf Sie.»

«Fünfzehn Minuten zu früh», murmelt Benedict und lässt mich los, damit ich von seinem Schoß aufstehen kann.

«Im Garten?», wiederhole ich überrascht. «Warum habt ihr ihn nicht hergebracht?» Darum hatte ich bei der Organisation des Besuchs gebeten. Ich wollte Valerian hier oben empfangen, bevor wir unseren Spaziergang machen. Es hätte ihm die Chance gegeben, sich selbst ein Bild vom Inneren des Schlosses und des königlichen Flügels zu machen. Wer weiß, ob wir das irgendwann brauchen – für Pläne in der Zukunft, wenn der Thron frei ist.

Die Wachen werfen sich einen peinlich berührten Blick zu, und ich schüttle den Kopf. Offenbar kam die Information nicht dort an, wo sie sollte, aber ich schätze, es ist kein großes Drama. Vielleicht können Val und ich unseren Spaziergang stattdessen hier enden lassen.

«Wir bringen Euch zu ihm», schlägt der Größere vor. Ich verkneife mir einen Kommentar und nicke knapp. Sie wenden sich ab und gehen zurück zur Tür.

«Viel Spaß», raunt Benedict, greift nach meiner Hand und zieht mich noch einmal zu sich, um mich flüchtig zu küssen. «Falls dein Bruder dich wieder traurig macht, muss ich ein ernstes Wörtchen mit ihm sprechen.»

Ich schnaube. Wenn er wüsste, was mich letztes Mal so aus der Fassung gebracht hat, wäre ihm meine Laune definitiv kein Anliegen mehr. «Nur, wenn ich zuschauen darf. Ich will sehen, wie ihr versucht, euch gegenseitig niederzustarren.»

Er schmunzelt schwach und erwidert nichts mehr. Sein Beschützerinstinkt hält ihn vermutlich dazu an, mich zu diesem Gespräch zu begleiten und Val in seine Schranken zu weisen. Doch er kennt mich gut genug, um es nicht vorzuschlagen. Er weiß, dass ich mich selbst verteidigen kann und ihn nicht brauche, um meine Meinung zu sagen.

Ich folge den beiden Männern hinunter ins Erdgeschoss. Die Wachen am Fuß der Treppe nicken mir höflich zu, als wir vorbeieilen. Juanita ist unter ihnen und lächelt mich kurz an. Wenngleich wir weit davon entfernt sind, Freundinnen zu sein, fühle ich mich in ihrer Gegenwart mittlerweile erstaunlich wohl. Sie leitet häufig die nächtlichen Wachschichten vor unseren Zimmern und scheint generell eine wichtige Rolle innezuhaben. Benedict und Eris setzen offenbar Vertrauen in sie, und das verleitet mich dazu, es ebenfalls zu tun. Noch ein Vampir, dem ich mein Leben anvertraue.

Zu meiner Überraschung wählen meine Begleiter nicht den Weg, der direkt zum Tor führt, sondern schlagen die andere Richtung ein. Ich runzle die Stirn. Von hier kommt man zwar auch in den Garten, doch es ist definitiv ein Umweg, wenn Valerian vor der Eingangshalle auf mich wartet. Mit schnellen Schritten lotsen sie mich um zwei Ecken. Ich halte mich mit Nachfragen noch zurück – vielleicht haben sie meinen Bruder ja schon in den Garten gebracht –, doch als wir schließlich in einen leeren Gang biegen, der sonst nur von Bediensteten genutzt wird, zweifle ich an dieser Entscheidung. Wissen sie überhaupt, wo wir lang müssen? Das Schloss kann ein ganz schönes Labyrinth sein, wenn man sich noch nicht gut auskennt. Mit ein bisschen Pech kommen wir gleich auf der falschen Seite raus.

«Wo wartet mein Bruder denn?», hake ich nun nach. Sie

ignorieren die Frage einfach und gehen stur weiter. «Hallo? Müssten wir nicht ...»

Die Wachen bleiben so ruckartig stehen, dass ich gegen Harris' Rücken pralle. Im selben Moment packt mich der andere. Mein Schrei wird von seiner Hand auf meinem Mund erstickt, und er zerrt mich in eine unscheinbare Abstellkammer zu unserer Linken. Die Tür fällt hinter uns ins Schloss. Ich winde mich in seinem Griff, doch er ist stärker und hält mich eisern fest.

Schwaches Licht fällt durch ein schmutziges kleines Fenster oben an der Wand und erhellt den Raum. Drei Regale reihen sich auf einer Seite hintereinander und formen zwei schmale Gänge, in der gegenüberliegenden Ecke lehnen Besen und Staubsauger. Wir sind allein hier drin. Harris ist draußen geblieben, vermutlich um Wache zu stehen, während sein Komplize wer weiß was mit mir tut.

Mein Puls rast, und die Panik in meiner Brust droht mich zu ersticken. Ich winde mich vergeblich, doch mein Angreifer drückt mich grob gegen die Seite von einem der Regale. Seine Hand liegt weiter auf meinem Mund und hält mich mit dem Rücken zu ihm, während er mit der anderen nach etwas zu tasten scheint.

Oh Gott. Ich kann nicht sehen, was er macht, doch ich bin mir sicher, dass er eine Waffe zieht. Er will mich töten. Er wird zu Ende bringen, was die Tabletten damals nicht geschafft haben.

Nein.

Das lasse ich nicht zu.

Einer meiner Arme ist frei, da der Mann noch damit beschäftigt ist, nach seiner Waffe zu greifen. Hektisch taste ich das Regal neben mir ab. Als ich darin nur Lappen und Schwämme finde, schwinden meine Hoffnungen, doch ein

Brett weiter oben ertaste ich etwas Hartes. Es scheint ein großer Krug zu sein. Ich kriege den Henkel zu fassen und hole mit aller Kraft nach hinten aus.

Ich treffe den Kerl am Kopf und bin selbst überrascht von der Wucht meines Schlags. Er taumelt einen Schritt zurück und lockert seinen Griff. Ich nutze die Gelegenheit, um mich zu befreien und zu ihm herumzuwirbeln. Sein Anblick versetzt mir einen Schock. Aus einer Platzwunde an seiner Stirn strömt Blut, und seine Augen sind vor Entsetzen weit aufgerissen. Dennoch zögere ich keine Sekunde. Mit voller Wucht schlage ich erneut zu.

Diesmal sieht er es jedoch kommen. Er wehrt meinen Angriff mit einer gehobenen Hand ab. Kurz blitzt poliertes Metall zwischen seinen Fingern auf, dann füllen das Krachen des zerberstenden Kruges und sein schmerzerfülltes Aufkeuchen den Raum.

Blut strömt nun auch über seine Hand. Er hat den Dolch fallen lassen, den er eben gezogen hat, und starrt mich mit einer Mischung aus Schock und Verachtung an. Das Herz schlägt mir bis zum Hals. Ich verstehe weder, was hier passiert, noch, wie ich es überhaupt schaffen konnte, diesen Vampir derart zuzurichten. Val und mein Vater haben zwar mein Leben lang mit mir trainiert, doch ich habe nie mit Muskelkraft geglänzt. Sie haben mir immerzu eingebläut, auf meine Wendigkeit und die Schwachstellen meines Gegners zu setzen. Aber das hier …

«Das wirst du bereuen», spuckt der Fremde aus und stürzt sich wieder auf mich. Ich habe nur noch den Henkel des Kruges in der Hand, und mir bleibt nichts anderes übrig, als zu versuchen, ihm auszuweichen. Der Mann kracht knapp neben mir in das Regal und bringt damit den gesamten Inhalt zum Wackeln, doch ich komme nicht weiter als einen Schritt von ihm weg, bevor er mich an den Haaren packt und zurückreißt. Ich verliere das Gleichgewicht, gehe zu Boden, und er mit mir. Panisch krabble ich vor ihm weg, trete nach ihm und treffe ihn ins Gesicht.

Benommen schüttelt er den Kopf und versucht, mich wieder zu packen, doch durch die Wunde an seiner Stirn hat er mittlerweile Blut in den Augen. Ich glaube, er sieht nichts mehr. Dennoch bekommt er mein Bein zu fassen und zieht mich mit einem abfälligen, geradezu gleichgültigen Schnauben wieder zu sich.

Er muss mich nicht sehen, um mich zu töten, so viel ist sicher. Der Raum ist winzig, seine Hände umschließen schraubstockartig mein Schienbein, vor der Tür wartet sein Komplize. Ich kann nicht entkommen.

Der Dolch.

Obwohl sich alles in mir dagegen sträubt, ihn aus den Augen zu lassen, sehe ich mich nach der Waffe um. Ich entdecke sie nur ein Stück von mir entfernt und taste verzweifelt danach, spüre das kalte Metall unter meinen Fingerspitzen.

Der Fremde nutzt den Moment, in dem ich mich nicht auf ihn konzentriere. Er stemmt mir ein Knie auf die Brust, verlagert sein Gewicht auf meine Rippen, und ich schreie vor Schmerz. Es fühlt sich an, als würde mein Brustkorb unter ihm zerbersten, als würde er jeden einzelnen Knochen darin in Zeitlupe zum Splittern bringen. Dennoch schließen sich meine Finger um den Griff des Dolches, und ich ziehe die Waffe zu mir heran.

Nicht zögern. Nicht nachdenken.

Mein erster Stich findet seinen Bauch, und diesmal schreit er vor Schmerz. Sofort sickert heißes Blut über meine Hände und in mein Kleid. Tränen verschleiern meinen

Blick, doch ich blinzle sie weg. Bevor er überhaupt realisiert, was passiert, steche ich bereits erneut zu. Dieses Mal direkt zwischen seine Rippen. In sein verdorbenes schwarzes Herz.

Die Tür fliegt auf. «Was zur Hölle ist …»

Der Mann auf mir sackt leblos zur Seite weg, und Harris stockt mitten im Satz.

Ich habe nicht einmal Zeit, um Luft zu holen. Augenblicklich ist er bei mir und tritt mir so heftig gegen die Brust, dass mein Kopf donnernd am Boden aufschlägt. Mir wird schwarz vor Augen, und ich kämpfe verzweifelt gegen die Ohnmacht an. Wenn ich jetzt das Bewusstsein verliere, bin ich tot. Hilflos umklammere ich den Dolch und versuche, Harris damit zu erwischen, aber er wehrt den Angriff problemlos ab. Er kniet sich über mich, fixiert den Arm, der die Waffe hält, unter seinem Schienbein und umfasst meine Kehle mit beiden Händen.

«Du dreckiges Miststück», knurrt er und drückt zu. «Sei froh, dass ich keine Zeit habe, um das hier zu genießen. Ich würde dich aufschneiden, ausbluten lassen und mir jeden Tropfen einzeln auf der Zunge zergehen lassen.»

Ich will etwas erwidern, doch aus meinem Mund kommt nur ein Röcheln. Er drückt mir die Luft ab, mein Hals schmerzt, meine Lunge brennt. Mit meiner freien Hand zerre ich vergeblich an seiner, zerkratze mit meinen kurzen Nägeln seine Finger. Er starrt nur unnachgiebig auf mich herunter. Sieht dabei zu, wie ich langsam sterbe.

Weitere Tränen rinnen aus meinen Augenwinkeln, aber … nein. Kein Selbstmitleid. Da ist nur … Unverständnis. Verwirrung. Gleißende Wut.

Schritte erklingen auf dem Gang. Unzählige, schnell und schwer. Harris dreht den Kopf, und ich erhasche einen

Blick auf die halb offene Tür. Sein Gesichtsausdruck wandelt sich. Von blankem Hass in Panik.

Er lässt von meinem Hals ab und greift nach meinem Handgelenk. Nach dem Dolch. Er will es zu Ende bringen, bevor ihn jemand aufhalten kann. Und obwohl die Rettung so nah scheint, weiß ich, dass ich sie nicht mehr erleben werde. Er wird schneller sein als die Wachen draußen. Trotzdem kämpfe ich, wehre mich mit aller Kraft. Ich halte die Waffe eisern umklammert und schreie so laut ich kann um Hilfe.

«Halt die Klappe!», fährt er mich an. Er löst meine Finger mit Gewalt, jeden einzeln. Es knackt hörbar, als einer von ihnen bricht, und ich schreie erneut auf, diesmal schmerzerfüllt. Und dann ist es vorbei. Er hat mir den Dolch entwendet und hebt den Arm, um zuzustechen.

Die Tür fliegt auf. Im einen Moment hockt der Mann noch über mir, im nächsten hat Benedict ihn im Nacken gepackt, zieht ihn auf die Beine und donnert ihn seitlich gegen die Wand. Der Boden unter mir vibriert von der Wucht des Aufpralls, und das Knacken, das dieses Mal ertönt, ist vermutlich das eines Kiefers, der auf rauen Stein trifft.

Aus dem Augenwinkel sehe ich, wie sich noch mehr Leute in den kleinen Raum drängen, doch ich kann meinen Blick nicht von Benedict abwenden. Er hält Harris mit nur einer Hand in Schach, auf seinem Gesicht ein Ausdruck unbändigen Zorns. Das ist das Monster aus meinen Albträumen. Der Mann, vor dem zu fürchten man mich gelehrt hat.

Benedict schüttelt den Kopf, als würde er für den Bruchteil einer Sekunde versuchen, sich zu beherrschen. Dann drückt er zu. Die Muskeln in seinem nackten Unterarm spannen sich an, und ich höre die Wirbel meines Angreifers brechen.

Das Geräusch geht mir durch Mark und Bein. Es hallt in meinen Ohren wider und bringt meinen gesamten Körper zum Zittern. Augenblicklich erschlafft Harris, und Benedict lässt ihn einfach fallen. Er wirft ihn von sich, als wäre er nicht mehr als ein benutztes Streichholz, für das er keine Verwendung mehr hat. Eine erloschene Flamme, die ihm nicht mehr gefährlich werden kann.

Fassungslos starre ich auf den leblosen Körper des Mannes, der mich eben fast getötet hätte. Ich weiß, dass er wieder aufstehen wird. Schon in ein paar Tagen, wenn sein Vampirblut ihn regeneriert hat. Egal wie schwer verletzt er nun ist, in weniger als einer Woche wird er weiterleben, als wäre nichts gewesen.

Aber die rohe Brutalität, mit der Benedict ihn aus dem Jetzt gerissen hat, schockiert mich dennoch. Und die schiere Kraft, die er besitzt, tut es erst recht.

Benedict geht vor mir in die Knie und streckt eine Hand nach mir aus. Ich zucke vor ihm zurück, und erst jetzt weicht die Wut aus seinem Gesicht. Seine Züge werden sanft, Besorgnis schimmert in seinen grünen Augen.

«Es tut mir leid», bringt er heraus, seine Stimme rau. Er klingt seltsam gebrochen.

Noch gebrochener, als ich es gerade bin, und das überfordert mich am allermeisten.

Ich schlage mir eine Hand vor den Mund, schaffe es jedoch nicht, mein Schluchzen zu ersticken. Und dann kann ich plötzlich nicht mehr aufhören zu weinen. Es ist alles zu viel. Der Schock lässt langsam nach, und nun spüre ich die Schmerzen in meinem gesamten Körper.

Benedict rührt sich nicht, scheinbar unsicher, ob er mich anfassen darf oder nicht.

«Halt mich», ist alles, was ich wimmernd herausbringe,

und sofort löst er sich aus seiner Starre. Er schließt mich in seine Arme und zieht mich behutsam an seine Brust.

Mein Atem geht in kurzen, abgehackten Zügen, egal wie sehr ich versuche, ihn wieder unter Kontrolle zu bringen. Mein Hals brennt, und meine Rippen schmerzen bei jeder Bewegung.

«Lasst uns kurz allein», befiehlt Benedict den Leuten im Raum, ohne sich von mir abzuwenden.

Sie verlassen die Kammer. Ich erhasche über seine Schulter hinweg einen Blick in ein vertrautes Gesicht. Rotbraune Haare, blaue Augen, zusammengezogene Brauen. Mir entweicht wieder ein Wimmern. Dann geht auch schon die Tür hinter ihnen zu.

«Val», krächze ich.

«Die Wachen haben ihn zu mir gebracht», murmelt Benedict und streicht mir eine schweißnasse Strähne aus der Stirn. «Kurz nachdem du weg warst. Er kam wirklich zu früh. Zum Glück, denn sonst ...»

Sonst wäre ihnen erst in zehn Minuten aufgefallen, dass meine Angreifer mich unter einem Vorwand abgeholt haben. Sonst hätten sie mich nur noch tot gefunden.

Ich versuche zu schlucken, doch mein Hals tut so weh, dass mir ein Schmerzenslaut entkommt.

«Hier», murmelt Benedict und öffnet mit seinen Zähnen seine Vene für mich. Sein Blut sickert aus der Wunde, aber mein Blick bleibt an dem Dolch kleben, der neben Harris' leblosem Körper liegt.

«Das ist kein Silber, oder?», flüstere ich. «Weil ...» Unsicher sehe ich hinüber zu dem ersten der beiden Männer. Um seinen Körper herum hat sich eine Blutlache gebildet, die die komplette Seite meines Kleides getränkt hat.

«Nein», versichert Benedict mir leise. «Ein ganz normaler Dolch aus unserer Ausrüstungskammer. Er steht bald wieder auf. Nicht dass es einen Unterschied macht. Er wird befragt und dann für Hochverrat hingerichtet.»

Ich weiß nicht, was ich fühle. Erleichterung, weil ich heute kein Leben genommen habe? Genugtuung, weil er für den Angriff auf mich bezahlen wird? «Gut», flüstere ich nur.

«Trink», bittet Benedict mich leise und bietet mir sein Handgelenk an.

Ich komme seiner Aufforderung nach. Die ersten Schlucke sind die Hölle, doch schon bald ebbt der Schmerz in meiner Kehle ab, wenngleich er nicht ganz verschwindet. Als Benedict mir sein Blut wieder entzieht, bleibt ein dumpfes Pochen in meinem gesamten Körper zurück.

«Den Rest musst du allein schaffen», murmelt er und greift vorsichtig nach der Hand mit dem gebrochenen Finger, die ich in meinem Schoß abgelegt habe. «Hêlîn wird sich dich gleich anschauen. Wir müssen sicherstellen, dass du keine größeren Verletzungen hast oder deine Knochen falsch zusammenwachsen. Ist es in Ordnung, wenn ich dich trage? Oder hast du zu große Schmerzen?»

«Es geht», hauche ich kraftlos, und Benedict hebt mich, ohne weiter zu zögern, in seine Arme. Ein harscher Befehl, und die Tür wird von draußen aufgerissen. Dann trägt er mich aus dem Raum, vorbei an dem Pulk aus Wachen, der davor steht und von denen uns eine Handvoll sofort schützend flankiert.

«Flo!» Vals Stimme lässt mich trotz meiner Erschöpfung den Kopf recken. Er zwängt sich zwischen zwei der Wachen hindurch, sodass er direkt neben Benedict und mir laufen kann. Sein Blick huscht über meinen Körper, und seine Augen weiten sich alarmiert.

«Es ist nicht mein Blut», versichere ich ihm mit heiserer Stimme und bringe ihn so dazu, mir ins Gesicht zu schauen. Vielleicht bilde ich es mir ein, doch ich glaube, einen Funken Anerkennung in seinen Augen aufblitzen zu sehen. Gemischt mit unverkennbarer Erleichterung.

«Wo tragt Ihr sie hin?», will er von Benedict wissen, sein Tonfall fordernd.

«Zu meiner Ärztin. Ihr könnt danach miteinander sprechen», entscheidet er.

Val schnaubt. «Oh nein, *wir* können danach sprechen. Ich wüsste nämlich verdammt gern, weshalb ich hier ankomme und meine Schwester mit Würgemalen in einer Blutlache liegend auffinde!»

Ich fasse mir unweigerlich an den Hals und zucke vor Schmerz zusammen. Benedicts Miene verfinstert sich. Ich erwarte, dass er Val in die Schranken weist. Stattdessen gibt er nach. «Schön. Aber bis dahin will ich verdammt noch mal kein Wort hören. Nicht bevor Florence versorgt ist.»

«Mir geht es gut», krächze ich, bereue es jedoch sofort. Zum einen ist das Sprechen schmerzhaft, und zum anderen ernte ich dafür zwei beinahe identische finstere Blicke. Vielleicht sind Ben und Val sich ähnlicher, als ich dachte, denn gerade steht in ihren Augen die gleiche Warnung: Versuch gar nicht erst, uns etwas vorzumachen.

«Ich bleibe in der Nähe», verspricht Val mir und lässt zu, dass die Wachen ihn wieder abdrängen und den Kreis um uns schließen. Er verschwindet aus meinem Sichtfeld, und ich bin zu müde, um den Kopf nach ihm zu recken.

«Es wird alles wieder gut», verspricht Benedict mir leise. Doch seine Stimme ist nicht so fest wie sonst. Ich sehe ihm an, dass er selbst an seinen Worten zweifelt. Und das macht mir mehr Angst als alles andere.

KAPITEL ACHTZEHN

# NO TIME TO DIE

Dr. Demenans Untersuchung dauert zum Glück nicht lang, und die Hälfte der Zeit verbringen wir mit Diskussionen. Nur mit Mühe und Not kann ich sie und Benedict davon abbringen, mich zum Röntgen ins Krankenhaus zu bringen. Vielleicht wäre es sogar sinnvoll gewesen, doch ich bin völlig fertig. Und wenn ich ehrlich bin, will ich vor allem die Sicherheit von Benedicts Suite nicht verlassen.

Letztendlich stimmen die beiden meinem Wunsch nur zu, weil die Knochen in meinem gebrochenen Finger dank des Vampirbluts ohnehin schon wieder zusammenwachsen und beiden vermutlich klar ist, dass ich kurz vor einem Nervenzusammenbruch stehe.

Obwohl ich froh über die Entscheidung bin, kann ich die leisen Zweifel an ihr nicht verdrängen. Was, wenn der Finger nicht richtig verheilt? In mir wächst die irrationale Angst, nicht mehr Harfe spielen zu können. Musik war für mich immer eine Zuflucht. Auch wenn sie eng mit dem Erbe der Hawthornes verknüpft ist, ist sie doch der einzige Teil von mir, der nicht meiner Familie gehört, nicht unserer Rebellion, sondern nur mir selbst. Und wenngleich ich nicht weiß, wo ich nach der Sommersonnenwende spielen soll, wenn wir untertauchen müssen, will ich zumindest die Möglichkeit haben, eines Tages zu ihr zurückzukehren.

Dr. Demenan verabschiedet sich mit der strengen Anweisung, mich möglichst wenig zu bewegen und die Prellungen und Blutergüsse zu kühlen. Als sie Benedict und mich daraufhin endlich allein lässt, sacke ich auf dem Sofa zusammen. Ich bin sterbensmüde und doch weit davon entfernt, schlafen zu können.

«Brauchst du etwas?», raunt Benedict, der vor mir auf die Knie gegangen ist und meine gesunde Hand in seine genommen hat. Er hat mir schon vorhin aus dem ruinierten Kleid geholfen, damit Dr. Demenan mich untersuchen kann. Nun trage ich einen seiner Morgenmäntel, doch noch immer klebt das Blut meines Angreifers auf meiner Haut.

«Kannst du mir beim Waschen helfen?», bringe ich hervor.

Wenn ich nur daran denke, ist es, als könnte ich ihre Hände wieder auf mir spüren. Auf meinem Hals, in meinen Haaren, über meinem Mund. Der Dolch ruht wieder schwer und kalt in meiner Handfläche. Heißes Blut sickert in mein Kleid. Und dann ist da dieses Geräusch, das vermutlich auf ewig in meinem Kopf widerhallen wird. Das Knacken von Knochen, als Benedict Harris' Wirbelsäule mit nicht mehr als einem Fingerzucken gebrochen hat.

Es sind nur noch wenige Wochen bis zur Sommersonnenwende. Die Vampire sollten uns zu dieser Zeit des Jahres nicht mehr so überlegen sein, ihre Macht geschwächt von langen Tagen und kurzen Nächten.

Doch vorhin hat Benedict mir abermals klargemacht, dass er kein gewöhnlicher Vampir ist. Er ist der König der Bestien.

Hätte ich gegen ihn gekämpft statt gegen diese beiden, wäre ich jetzt zweifelsohne tot. Er hätte mich zerquetscht, bevor ich überhaupt bemerkt hätte, was geschieht, mein Ende kaum mühsamer als ein Fingerschnippen. Wenngleich ich wusste, dass er stärker ist als der Rest von ihnen, macht mir diese Erkenntnis nun Angst. Und noch mehr tut es die Brutalität, die er in diesem kurzen Augenblick an den Tag gelegt hat.

Jetzt jedoch sind seine Berührungen sanft. Zärtlich. Vorsichtig trägt er mich ins Badezimmer und hilft mir in die leere Wanne. Ich würde gerne baden, aber mit den frischen

Blutergüssen ist das keine gute Idee. Stattdessen stellt Benedict die Wassertemperatur der Brause gerade so warm ein, dass ich nicht friere, und beginnt, mir behutsam das Blut vom Körper zu waschen. Er wäscht auch meine Haare, und ich schließe die Augen, während er mit seinen Fingern sanft meine Kopfhaut massiert.

Ich muss für ein paar Minuten eingedöst sein, denn ich wache erst auf, als Benedict mich aus der Wanne hebt. Er trocknet mich ab und hüllt mich in einen flauschigen Bademantel. Anschließend bringt er mich ins Bett, deckt mich zu und schüttelt sogar die Kissen für mich auf.

Das ist der Mann hinter der Krone. Fürsorglich, liebevoll, behutsam. Er macht es mir unmöglich, ihn zu verabscheuen. Und das ist einfach nicht fair.

Benedict mustert mich aufmerksam. «Soll ich deinen Bruder reinholen oder möchtest du dich lieber ausruhen?»

«Hol ihn rein», bitte ich.

Er verzieht leicht den Mund. «Ich hoffe, er benimmt sich.»

«Das kann ich dir nicht versprechen», murmele ich. Normalerweise ist Valerian beherrscht, insbesondere wenn es darum geht, sich nach außen zu präsentieren. Aber vorhin hat selbst er offenbar die Nerven verloren. Der Ton, den er gegenüber Benedict angeschlagen hat, sieht ihm nicht ähnlich.

Benedict geht hinüber zur Schlafzimmertür und spricht leise mit den Wachen, die draußen im Wohnbereich stehen. Es dauert nicht lange, bis Val mit finsterem Gesicht den Raum betritt. Er nickt Benedict knapp zu und fixiert dann mich. Vorsichtig setzt er sich zu mir auf die Bettkante und drückt mir einen flüchtigen Kuss aufs feuchte Haar. «Alles in Ordnung?», fragt er leise.

«Wird wieder», versichere ich und zeige ihm meinen frisch geschienten Finger.

Vals Blick jedoch huscht zu meinem Hals und den Blutergüssen dort. Ich kann es ihm nicht verübeln. Im Bad habe ich mich flüchtig im Spiegel gesehen und war selbst entsetzt.

«Ich will eine Erklärung», wendet er sich an den König. «Insbesondere da es nicht das erste Mal war, dass meine Schwester in Eurem Schloss in Lebensgefahr geraten ist.»

Benedict schaut zu mir, und ich werde rot. Streng genommen hat er mir verboten, Val von den Tabletten zu erzählen. Aber er wirkt nicht überrascht. Entweder hat er ohnehin nicht damit gerechnet, dass ich es meiner Familie verheimlichen würde, oder es kümmert ihn im Moment nicht. Er lässt sich auf einen der Sessel vor dem Fenster sinken und atmet hörbar aus.

«Es tut mir leid, dass das passiert ist», stellt er klar. «Wir werden alles tun, um zu verhindern, dass es sich wiederholt.»

«Und das soll mir reichen?», fragt Val schnaubend. «Ihr habt offensichtlich keine Ahnung, wer hinter diesen Anschlägen steckt, und wollt uns jetzt damit vertrösten, dass ihr *versucht*, es in Zukunft zu verhindern?»

«Val», murmle ich.

«Was? Er hatte Monate Zeit, um die Verantwortlichen zu finden, und nichts ist passiert!»

«Wir wissen, wer dafür verantwortlich ist», erwidert Benedict, seine Stimme fast ein Knurren. «Und glaub mir, wenn es möglich wäre, sie unschädlich zu machen, dann hätten wir das schon vor zwanzig Jahren getan.»

Verwirrt runzele ich die Stirn. «Du weißt, wer mich vergiften wollte?»

Er schüttelt den Kopf. «Wir kennen nicht die Personen selbst. Es ist eine Gruppe von Aufständischen, die ihre Ziele mit jeglichen Mitteln verfolgen.»

Ich erinnere mich an Vals Worte bei unserem letzten Treffen. Er meinte, Benedict habe Feinde in den eigenen Reihen. Und ich erinnere mich an etwas, das Benedict gesagt hat. Lange davor. Es gehe bei seinen Sicherheitsvorkehrungen nicht nur um mich. Und Bonnie war nicht das erste Mordopfer innerhalb dieser Mauern.

Ein Schauder läuft mir über den Rücken.

«Sind es dieselben, die deine Eltern getötet haben?», frage ich zaghaft.

Benedict zögert einen Moment. Dann nickt er.

Valerians Miene verfinstert sich weiter. «Es gibt eine Rebellion gegen die Krone?»

Benedict nickt. «Sie nennen sich der *Rote Regen*. Nach dem Tod meiner Eltern dachten wir, sie wären zerschlagen, doch offenbar haben wir uns geirrt.»

«Und warum zur Hölle wollen sie Florence?»

Benedict mustert mich, sein Blick unleserlich. Es mischen sich so viele verschiedene Emotionen darin, dass ich sie unmöglich auseinanderhalten kann. «Ich fürchte, das ist meine Schuld», gesteht er leise.

Wie meint er das? Denkt er, sie wollen mich töten, weil ich ihm wichtig bin? Reue schimmert in seinen Augen. Mir wird schwer ums Herz. «Benedict ...»

Kopfschüttelnd erhebt er sich. «Mehr kann ich euch nicht sagen. Und diese Information wird an niemanden weitergegeben, ist das klar? Nicht an eure Eltern und erst recht nicht an Freunde. Zu unserer aller Sicherheit. Ich lasse euch in Ruhe reden.»

Er verlässt das Schlafzimmer und schließt die Tür hinter

sich. Valerian starrt ihm nach, die Stirn in tiefe Falten gelegt. Er wirkt ähnlich verwirrt, wie ich es bin.

«Was denkst du?», flüstere ich.

Er sieht mich an und verzieht den Mund. «Ich weiß nicht, ob hier der richtige Ort ist, um darüber zu sprechen.»

Großartig. Er spricht codiert. Er glaubt, wir könnten belauscht werden. «Das ist Benedicts Schlafzimmer», erinnere ich ihn. Glaubt er wirklich, der König lässt seine eigenen Räume abhören?

«Und mittlerweile offenbar auch deins?»

Hitze steigt mir in die Wangen. Dass Benedict mich durch das Schloss trägt und mich anschließend in sein Bett legt, als würde ich genau dorthin gehören, spricht wohl für sich.

«Mehr oder weniger», flüstere ich.

Er räuspert sich. «Das freut mich.»

Tut es nicht.

Es widert ihn an, das erkenne ich an seinem Gesicht. Doch er weiß, weshalb ich es tue. Dass ich es tun *muss*. Und solange er denkt, ich spiele nur eine Rolle, kann er damit leben. Solange er nicht erfährt, was ich wirklich empfinde, bin ich immer noch seine geliebte kleine Schwester.

Doch würde ich ihm die Wahrheit gestehen …

Würde ich sie *mir* eingestehen …

Ich glaube, dann wäre ich für ihn ebenso ein Monster wie Benedict selbst.

«Behandelt er dich gut?», will er mit rauer Stimme wissen.

«Immer», bringe ich nur heraus.

Val mustert mich nachdenklich. Er ist sich nicht sicher, ob ich die Wahrheit sage oder nur unsere Tarnung aufrechterhalte.

«Er ist sehr respektvoll. Liebevoll ...» Ein Kloß bildet sich in meinem Hals, und mein Bruder zieht die Brauen zusammen.

«Das will ich ihm auch geraten haben», murmelt er.

Ich muss schlucken. Verdammt, ich kann das alles nicht. Wie soll ich Benedict in nur zwei Wochen einen Silberdolch ins Herz rammen?

Ich brauche mehr Zeit, muss den Plan erst überdenken. Dazu kommen die neuen Erkenntnisse ...

«Vielleicht sollten wir warten», flüstere ich.

«Warten womit?», will mein Bruder leise wissen.

«Mit allem. Diese Rebellion ... Das ist ernst. Wir sollten erst abwarten, wie es sich entwickelt. Mehr Informationen über sie sammeln.»

Er verschränkt unzufrieden die Arme. Ich weiß, dass ich meine Aussagen nicht gut genug verschlüssele, aber ich bin mir wirklich sicher, dass wir hier nicht abgehört werden. Außer vielleicht von den Rebellen selbst ... Immerhin haben sie es sogar geschafft, die Schlosswache zu infiltrieren. Auf dem Gang stehen zwar immer vier Vampire, aber undenkbar ist es nicht.

«Wir können nicht warten», knurrt Val kaum hörbar.

«Aber wer weiß, was sie vorhaben! Vielleicht machen wir alles noch schlimmer ...»

«Das sehen wir, wenn es so weit ist.»

«Val ...»

«Hör auf, Florence. Es bleibt bei unserem Plan, verstehst du mich? Wenn wir warten, bekommen wir diese Chance vielleicht nie wieder.»

Hilflos grabe ich die Finger meiner gesunden Hand in Benedicts Bettdecke. «Was, wenn wir einen Fehler machen?», flüstere ich.

«Machen wir nicht. Vielleicht löst sich dadurch sogar das Problem mit der Nachfolge von allein.»

Verwirrt schaue ich ihn an. Die Nachfolge? Was ...

Lyra. Natürlich. Sie ist die nächste in der Thronfolge, und in dem Chaos um Benedicts Tod hätten die Rebellen vermutlich leichtes Spiel, sie zu beseitigen.

Mir wird schlecht.

«Knick jetzt verdammt noch mal nicht ein, Schwesterherz», raunt Val. «Du bist stärker als das.»

Ich bringe nur ein schwaches Nicken zustande.

Seine Miene wird weich. «Mom und Dad lassen dich grüßen. Sie vermissen dich.»

Mir bleibt der Atem förmlich im Hals stecken. Alles tut weh. Mein Körper. Mein Herz. Es ist einfach alles falsch. Die widersprüchlichen Gefühle drohen mich entzweizureißen.

Vals Worte erinnern mich daran, dass es ein Danach gibt. Wenn ich meinen Auftrag ausgeführt habe und er mich hier rausgeholt hat, kann ich endlich meine Familie wiedersehen. Unser Leben wird ein anderes sein als zuvor, das ist sicher. Aber es wäre endlich wieder meins. Ich müsste niemandem mehr etwas vorspielen, dieses ewige Hin- und Hergerissensein wäre endlich vorbei.

Aber Benedict ...

Lyra ...

Mir ist klar, dass ich nicht so viel für diese Vampire empfinden sollte. Aber ich tue es. Ich war leichtsinnig. Ich habe mein verdammtes Herz an sie verloren, weil ich viel zu sehr damit beschäftigt war, ihres zu gewinnen.

«Vertraust du uns?», will Val wissen und sucht meinen Blick. Seine blauen Augen sind Heimat, und doch sind sie es nicht. Wie könnten sie, wenn ich gleichzeitig an Benedicts denken muss? An warmes Grün. An seinen Duft. An eine Stimme wie schwarze Seide und an seine Arme um meinen Körper.

Ich schlucke. «Natürlich vertraue ich euch.» Was soll ich auch anderes sagen? Würde ich aufhören, ihnen zu vertrauen, wäre ich vollkommen verloren. Doch gleichzeitig zweifle ich. Ich zweifle so stark wie nie zuvor.

«Können wir auch dir noch vertrauen?», fragt Val mit trügerisch sanfter Stimme.

«Selbstverständlich könnt ihr das», stoße ich aus, bevor ich darüber nachdenken kann. Nie. Ich würde sie niemals hintergehen. Egal, wie sehr ich zweifle, sie sind meine Familie. Sie sind alles, was ich habe. Ich habe Val gebeten, unsere Mission aufzuschieben, er hat abgelehnt. Also bleibt der Plan derselbe, und ich werde mich daran halten. Weil mir gar nichts anderes übrig bleibt. Ich bin keine Verräterin. Zumindest nicht ihnen gegenüber ...

Der Knoten in meinem Magen zieht sich noch fester zusammen.

«Gut.» Valerian legt seinen Arm um mich und zieht mich an sich. Er drückt mir einen Kuss aufs Haar, und ich lehne mich in seine Wärme, atme seinen Duft nach Kindheit und Zuhause ein. «Wir schaffen das», verspricht er mir leise, und ich nicke schwach. «Du musst nur noch zwei Wochen durchhalten, dann sind wir wieder zusammen. Und ich bin stolz auf dich. Ich habe gesehen, wie du den Kerl vorhin zugerichtet hast. Ziemlich bemerkenswert für so ein kleines Blümchen ...»

Ich höre den neckenden Unterton in seiner Stimme, kann jedoch nicht darauf eingehen. Von der Erinnerung an vorhin dreht sich mir der Magen um. Es mag auf Val beeindruckend wirken, dass ich einen der beiden Männer allein ausgeschaltet habe, doch so habe ich mich nicht gefühlt. Nicht stark, nicht mächtig, nicht sicher. Stattdessen war ich kaum mehr als ein wehrloses Opfer. Wäre Benedict nur zehn Sekunden später gekommen, wäre ich tot. Und diese Hilflosigkeit empfinde ich noch immer. Auch unser Plan sorgt dafür. Ich mag diejenige sein, die den König töten wird, doch letztendlich bin ich nicht mehr als ein Bauer auf dem Schachbrett meiner Familie.

Es klopft energisch an der Tür, und Val löst sich von mir. Ich bitte die Person herein und werfe meinem Bruder einen unsicheren Blick zu. Fast erwarte ich, dass Wachen hereinstürmen, weil wir doch belauscht wurden. Aber es ist nur Lyra, die mit besorgter Miene ihren Kopf ins Zimmer steckt.

«Darf ich reinkommen?», bittet sie. Ihr Blick bleibt an meinem Bruder hängen, der aufsteht und mir dabei noch einmal über den Rücken streicht.

«Ich sollte ohnehin allmählich gehen», stellt er fest. «Wir sehen uns in zwei Wochen, Schwesterherz. Prinzessin …» Er deutet eine Verbeugung an und wartet neben der Tür darauf, dass sie ihm Platz macht.

Lyra mustert ihn unverhohlen und zaubert ein Lächeln auf ihre Lippen. «Mr. Hawthorne.» Sie tritt zur Seite, und Val verlässt das Zimmer.

Einen Moment lang schaut sie ihm scheinbar gedankenverloren nach. Dann findet sie wieder zu sich, schließt die Tür und wendet sich um. «Wie fühlst du dich?», fragt sie und eilt zu mir ans Bett.

Mir entweicht ein verzweifeltes Lachen. Das ist eine verdammt gute Frage. Ich kann meine Emotionen überhaupt nicht mehr auseinanderhalten. «War schon mal besser», weiche ich aus.

«Oh …» Lyra bleibt vor mir stehen. Sie wirkt überfordert,

als würde sie mir am liebsten um den Hals fallen, hätte aber Angst, mir wehzutun. Also klopfe ich schwach neben mir auf die Matratze. Sofort setzt sie sich und lehnt vorsichtig ihren Kopf an meine Schulter. «Kann ich dir irgendwie helfen?», will sie wissen. «Soll ich dir was zum Essen besorgen? Schokolade? Gebäck? Alkohol?»

«Nein, schon gut», murmle ich. Ihre Hand liegt neben meiner gesunden, und ich taste zögerlich danach, umschließe Lyras Finger mit meinen. Ich weiß nicht, wieso. Es fühlt sich einfach notwendig an, sie zu berühren.

Lyra hält meine Hand fest, als wäre diese Geste für sie die selbstverständlichste der Welt, und ich entspanne mich ein kleines bisschen.

«Wo ist Benedict?», murmle ich.

«Das Chaos unter Kontrolle bringen. Und vermutlich ein paar Leuten den Kopf abreißen ...»

Ich schließe die Augen. Sie meint es als Scherz, doch ich sehe sofort wieder vor mir, wie er Harris im Nacken packt. Mit der Kraft, die Benedict hat, könnte er so etwas vermutlich wirklich. Und ich teile mein Bett mit diesem Mann ...

Doch komischerweise versetzt mich das nicht in Panik. Warum nicht? Wieso bin ich mir so sicher, dass er *mir* nie etwas tun würde? Sein unbändiger Zorn vorhin hat mich zwar erschreckt, doch die Angst hielt nicht an. Er hat seine Wut einfach beiseitegeschoben. Für mich. Hat eine ruhige Fassade aufrechterhalten, weil er wusste, dass ich das brauchte. Ist bei mir geblieben, hat mir die Haare gewaschen, während er innerlich vermutlich vor Wut kochte. Das Schloss war im Aufruhr, und er ...

Er hat mich vorgezogen. Hat mein Wohl priorisiert und alles andere warten lassen. Wie könnte ich mich vor ihm fürchten?

«Ich habe Angst», murmelt Lyra plötzlich, und ich öffne die Augen. Fragend schaue ich sie an.

Ein ungewohnt harter Zug liegt um ihre Mundwinkel. Da ist keine Spur mehr von ihrem sonst so fröhlichen Lächeln.

Ich weiß nicht, wie viel Benedict ihr verraten hat. Doch wenn sie von der Rebellion weiß, kann ich mir vorstellen, was sie empfindet.

Diese Leute haben ihre Eltern ermordet. Haben versucht, ihr alles zu nehmen, was sie hatte. Und nun sind sie zurück, um zu Ende zu führen, was sie damals begonnen haben.

Ich würde Lyra gern trösten. Ihr versichern, dass alles gut wird, sie ihr nichts anhaben können. Doch ich bringe es nicht über mich.

Es wären nur blütenweiße Lügen vor einem blutroten Verrat.

Nicht die Rebellen sind es, die ihr Angst machen sollten.

Sondern ich.

Lyra hat sich zu mir ins Bett gekuschelt, und irgendwann muss ich eingeschlafen sein. Als ich aufwache, ist sie weg und draußen dämmert es. Ich reibe mir die Augen und setze mich auf. Mein Körper schmerzt immer noch, doch nicht mehr annähernd so schlimm wie vorhin. Benedicts Blut zeigt offenbar Wirkung. Ich betaste meinen Hals und stelle erleichtert fest, dass auch er mittlerweile weniger empfindlich ist. Zwar sieht man die Blutergüsse vermutlich noch, die Harris' Hände auf meiner Haut hinterlassen haben, aber nicht mehr lange.

Auf dem Nachttisch steht ein kleines Tablett mit Sandwiches und Trauben, doch allein vom Gedanken an Essen wird mir wieder schlecht. Ich trinke nur ein Glas Wasser und quäle mich dann aus dem Bett, um Benedict zu suchen.

Der Wohnbereich der Suite ist leer, doch aus dem Arbeitszimmer dringen Stimmen zu mir. Ich nähere mich der geschlossenen Tür und will bereits klopfen, als mich die gedämpften Worte innehalten lassen.

«Ich weiß, dass du ihr vertraust, aber es ergibt dennoch keinen Sinn, Benedict! Sie hat sich allein gegen zwei Vampire verteidigt. Macht dich das kein bisschen misstrauisch?»

Wessen Stimme ist das? Eris'? Ich schlucke, und mein Herz beginnt zu rasen. Sie verdächtigt mich, weil ich nicht gestorben bin? Dabei habe ich nicht einmal irgendwelche Techniken aus meinem Training angewendet. Glaube ich zumindest. Vermutlich sind mir einige Dinge, die mein Vater mir beigebracht hat, in Fleisch und Blut übergegangen.

So ungern ich es zugebe, Eris hat recht. Wäre ich wirklich das fragile Blümchen, das ich für Benedict spiele, dann hätte ich nicht lange genug überlebt, um gerettet zu werden. Wie ironisch, dass sie mir ausgerechnet daraus nun einen Strick drehen könnte.

«Nein, tut es nicht. Ehrlich gesagt bin ich einfach nur dankbar, Eris», erwidert eine andere Stimme. Tief und ruhig, völlig ungerührt von ihren Anschuldigungen. Benedict.

«Willst du behaupten, es sei normal, dass eine im Kampf unerfahrene junge Frau wie sie einen ausgewachsenen Vampir ausschaltet? Selbst wenn man die Jahreszeit bedenkt – sie waren zu zweit und Florence allein.»

«Normal ist es vielleicht nicht, nein», bestätigt er, und in mir zieht sich alles zusammen. «Aber unter den Umständen wundert es mich auch nicht.»

«Auf was für Umstände beziehst du dich?»

Schweigen. Ich halte die Luft an.

«Benedict. Was verschweigst du mir?»

«Sie trinkt noch von mir», gesteht er, und in meinen Ohren beginnt es zu rauschen. Was soll das bedeuten? Tut sein Blut mehr, als mich nur zu heilen? War ich deshalb so stark?

«Sag mir, dass das ein Scherz ist.» Eris' Stimme ist eisig und jagt mir einen Schauder über den Rücken.

«Ich fürchte, nicht.»

«Das kann doch nicht dein Ernst sein!» Sie wird laut, und meine Verwirrung wächst weiter. Noch nie habe ich sie derart aufgebracht erlebt. «Warum in Gottes Namen gibst du ihr so viel Blut?!»

«Damit sie sich verteidigen kann!», fährt Benedict sie an, und ich weiche unvermittelt einen Schritt von der Tür zurück. «Was offensichtlich nötig war, denn sonst wäre sie jetzt tot.»

«Benedict ...»

«Spar dir deine Belehrungen, Eris! Ich weiß, was ich tue, und du könntest meine Meinung ohnehin nicht ändern. Was glaubst du, wieso ich es dir nicht gesagt habe?»

Stille tritt ein. War es das? Nimmt sie diesen Befehl einfach so hin? Meine Finger kribbeln vor Nervosität. Warum ist es so schlimm, dass ich sein Blut trinke?

«Du liebst sie», erklingt Eris' Stimme hinter der Tür, und ich erstarre. Alles in mir gefriert zu Eis. *Nein*, schießt es mir durch den Kopf. Das tut er nicht. Das *darf* er nicht!

Benedict antwortet lange nicht. Ich halte die Luft an, unfähig, auch nur einen Atemzug zu machen. Ich habe Angst, seine Antwort sonst zu verpassen. Sofern das Hämmern in meinen Ohren sie nicht ohnehin übertönt. Dabei will ich es nicht hören. Bitte nicht. Bitte ...

«So scheint es.»

Mir entweicht ein Keuchen. Meine Brust ist zu eng für die Gefühle, die sich in ihr breit machen. Mein Herz bricht nicht, es zerreißt. Ich schüttle verzweifelt den Kopf, als könnte ich seine Worte damit ungeschehen machen.

«Du bist ein Narr», stellt Eris leise fest.

Ich hätte das nicht hören dürfen. Nein, ich *habe* das nicht gehört. Vielleicht kann ich es wieder vergessen. So tun, als wäre nichts gewesen. Scheiße ... Mit Mühe löse ich meine Füße vom Boden und gehe hastig zurück in Richtung des Schlafzimmers.

Doch ich bin nicht schnell genug. Ich kann Benedicts Stimme immer noch hören. Sie setzt sich tief in meinen Knochen fest. «Dann bin ich gern ein Narr.»

Mit diesen Worten besiegelt er die schmerzhafte Wahrheit. Sie ist schön und gleichzeitig zerstörerisch. Benedict liebt mich. Und ich muss ihn hintergehen.

Die Tür wird geöffnet. Panisch wirble ich herum. Ich bin noch drei Schritte vom Schlafzimmer entfernt und begegne Eris' Blick, die mich erst überrascht, dann mit finsterer Miene mustert.

«Miss Hawthorne», grüßt sie mich kühl. Sie lässt sich nicht anmerken, was sie gerade alles von meinem Gesicht ablesen kann. Natürlich weiß sie nicht, ob oder wie viel ich von ihrem Gespräch gehört habe. Doch ich sehe ihr an, dass sie mir nicht traut. Trotz Benedicts Erklärung. Oder vielleicht genau deswegen. Sie wird mich in nächster Zeit nicht mehr aus den Augen lassen, so viel ist sicher.

Ohne ein weiteres Wort wendet sie sich ab und verlässt die Suite. Völlig überfordert schaue ich ihr nach.

«Florence?»

Benedicts Stimme geht mir durch Mark und Bein. Ich reiße meinen Blick von der Tür los und sehe ihn an. Er steht vor dem Arbeitszimmer und sieht so mitgenommen aus wie nie zuvor. Sein Hemd ist zerknittert. Die oberen Knöpfe sind geöffnet, die Ärmel unordentlich zurückgeschoben. Seine Haare sind zerzaust, und sein Gesichtsausdruck ist von Erschöpfung gezeichnet.

Ich muss etwas sagen. Irgendwie dafür sorgen, dass er nicht merkt, dass ich eben alles gehört habe. Einfach weil ...

Weil ...

Weil ich es nicht ertrage. Wenn ich es nicht ignorieren kann, zerbreche ich daran.

«Was ist mit Eris?», bringe ich hervor. «Sie wirkte aufgebracht.»

Mein Herz muss aufhören, so laut zu hämmern. Ich kann meine eigenen Gedanken kaum noch hören.

«Der Tag war für uns alle hart», erwidert Benedict leise. «Mach dir ihretwegen keine Sorgen.»

Er scheint nicht einmal in Erwägung zu ziehen, dass ich ihn belauscht haben könnte. Er vertraut mir wirklich. Er *liebt* mich wirklich.

Scheiße, ich kann das nicht. Ich *will* das nicht. Ich brauche verdammt noch mal mehr Zeit.

«Gibt es schon neue Erkenntnisse?», frage ich gepresst.

Er schüttelt den Kopf. «Die Angreifer sind noch nicht wieder aufgewacht. Aber wir befragen gerade Phinneas. Er koordiniert die Wachen im Schloss, und zudem hat er sich dir gegenüber nicht besonders wohlwollend gezeigt.»

«Befragen heißt ...?», hake ich vorsichtig nach.

Benedict verzieht das Gesicht. «Ich foltere ihn nicht, falls du das wissen wolltest.»

Ich schüttle eilig den Kopf und schlinge die Arme um meinen Körper. «Ich meine, ob er noch frei im Schloss herumläuft oder …?»

«Er sitzt im Tower», erwidert Benedict ruhig. «In diesem Fall verzichte ich auf *im Zweifel für den Angeklagten.*»

Das erleichtert mich zumindest ein wenig. Auch wenn es sicher nicht ganz rechtens ist. Aber was jetzt? Ich bin völlig überfordert.

Das Gespräch mit Val kommt mir wieder in den Sinn. Er will unseren Plan nicht ändern. Aber was, wenn er den Plan ändern *muss*? Denn ohne Sonnenwendfeier keine Reise zur Sommerresidenz. Ohne Sommerresidenz kein Silberdolch. Und ohne Dolch kein Blut an meinen Händen.

Vorerst.

«Ich nehme an, die Sonnenwendfeier ist damit abgesagt?», frage ich und versuche, nicht allzu hoffnungsvoll zu klingen. Aber natürlich ist sie das. Nachdem Bonnie ermordet wurde, hat Benedict das gesamte Schloss abriegeln lassen. Er wird es jetzt wohl kaum verlassen, erst recht nicht, um einen Ball für die feine Gesellschaft Londons zu veranstalten.

Doch zu meinem Entsetzen schüttelt er den Kopf. «Die Feier findet wie geplant statt.»

«Was?», stoße ich aus.

«Ich sorge für deine Sicherheit», verspricht er mir. «Und auf dem Landsitz sind selbst mit dem Ball weniger Leute involviert als hier. Das gibt uns einen besseren Überblick. Mehr Kontrolle.»

«Aber …», stammle ich. «Das kann doch nicht sicherer sein, als hierzubleiben! Die ganzen Gäste, die Reise dorthin …»

Benedict tritt zu mir und legt seine Hände sanft an meine Arme. Die Berührung soll mich vermutlich beruhigen, doch mit den Geständnissen von eben brennt sie sich stattdessen schmerzhaft unter meine Haut. «Ich beschütze dich, Florence.»

«Und wieso kannst du das nicht hier?»

Er atmet hörbar aus. «Das ist keine Option.»

«Wieso nicht?» Meine Stimme überschlägt sich.

«Weil ich keine jahrhundertealte Tradition absagen kann, ohne den Leuten einen Grund dafür zu liefern.»

Ich starre ihn an. Nur deshalb hält er daran fest? Damit niemand außerhalb des Schlosses erfährt, was sich hier zugetragen hat? Er verschweigt diese Bedrohung einfach?

«Vielleicht wäre es besser, wenn sie den Grund kennen würden», wende ich ein, doch Benedict schüttelt vehement den Kopf.

«Je weniger Personen vom *Roten Regen* wissen, desto besser. Die Sache würde weiter wachsen, wenn wir sie auf diese Weise füttern. Meine Familie regiert dieses Land schon zu lange. Die Leute dürsten nach Veränderung. Teils ohne Grund. Ohne Sinn und Verstand. Und dann kommt jemand daher und macht ihnen Versprechungen von einer besseren Welt. Einer blutigeren Welt ...»

Ich muss schlucken. Seine Worte lassen eine lähmende Panik meine Beine hinaufwandern. Der Gedanke, dass sich nicht nur ein paar einzelne, sondern vielleicht der gesamte Inner District gegen Benedict stellen könnte, ist ebenso abstrus wie beängstigend. «Und was, wenn du ihnen die Veränderung lieferst, die sie wollen?», frage ich.

Wieder schüttelt er den Kopf, diesmal resigniert. «Was sie wollen, ist nicht verhandelbar.»

Ich traue mich kaum, die Frage zu stellen. Dennoch presse ich sie über meine Lippen. «Was wollen sie?»

Benedict atmet tief durch. «Anarchie, Jagdrechte auf euch Menschen, uneingeschränkte Freiheiten. Diese Leute wollen, dass Blut regiert. Aber solange ich der König dieses Landes bin, wird es niemals so weit kommen. Das verspreche ich dir.»

Bei seinen Worten beginnt mein gesamter Körper zu zittern.

Benedicts Blick wird weich. Er zieht mich an sich und küsst meine Stirn. «Sofa oder Bett?», fragt er sanft.

Ich atme tief durch und versuche, mich zu beruhigen. Mit Mühe schiebe ich all meine Ängste, all meine Pläne beiseite und vergrabe stattdessen das Gesicht an Benedicts Brust. «Mir egal, solange du bei mir bist.»

Er schlingt seine Arme fester um mich. «Hast du etwas gegessen?»

«Nein.»

«Dann Abendessen im Bett. Und wenn du reden möchtest – über das, was passiert ist ...»

«Muss ich?», flüstere ich. Denn das will ich definitiv nicht. Ich will nie wieder auch nur daran denken.

«Du musst gar nichts», raunt Benedict. «Aber wann immer du mich brauchst – ich bin für dich da.»

## KAPITEL NEUNZEHN

# BECOME THE BEAST

Die Fahrt zur Sommerresidenz fühlt sich an wie der Abstieg in meine persönliche Hölle. Während vor den Fenstern unserer Limousine die Stadt von weitem, unberührtem Land abgelöst wird, wächst in mir die Verzweiflung. Ich kann nicht mehr länger ignorieren, was ich nach unserer Ankunft tun muss. Weder Benedict noch Valerian wollten von ihren Plänen abweichen. Und ich weiß nicht mehr, was richtig oder falsch ist.

Ich vertraue meiner Familie. Bedingungslos, selbst wenn mein eigenes Herz mich dafür verflucht. Und sie vertrauen mir. Sie verlassen sich auf mich. Wenn ich anfange, die Grundpfeiler unserer tiefsten Überzeugungen zu hinterfragen, verliere ich sie.

Die Krone muss fallen.

Es ist unausweichlich. Der einzig mögliche erste Schritt in eine bessere Welt, in der wir Menschen mehr sind als nur die Fußabstreifer einer Gesellschaft von Monstern.

Nur ist dieses Wissen nicht mit dem vereinbar, was ich fühle. Weil Benedict so viel mehr geworden ist als nur der Mann auf dem Thron. Und die Zweifel lassen sich nicht vertreiben, egal wie sehr ich es mir wünsche. Es fühlt sich an, als würde ich mit dieser Tat den Fehler meines Lebens begehen. Ich will ihn nicht töten. Aber bleibt mir eine andere Wahl? Kann ich wirklich zulassen, dass dieses grausame System fortbesteht? Kann ich die Chance, die Unterdrückung der Menschheit zu beenden, ziehen lassen, nur weil mein Herz mich verraten hat?

Ich weiß es einfach nicht.

Die Sommerresidenz ist ein vergleichsweise kleines Anwesen inmitten der Cotswolds. Sie liegt etwa zwei Stunden Fahrt von der Hauptstadt entfernt und ist umgeben von weiten grünen Hügeln, die hier und da von Laubbäumen bewachsen sind. Auf dem Weg hierher haben nur sehr selten Dörfer oder andere Herrenhäuser die einsame Idylle unterbrochen.

Die Gärten des Anwesens wirken verwildert, wenngleich sie sicherlich mit viel Sorgfalt gepflegt werden. Rosen in allen Farben blühen hier, dazwischen zahllose andere Stauden. Es ist ein buntes Farbspektakel, mit dem der Red Garden nicht ansatzweise mithalten kann. Die Luft ist erfüllt vom Duft der Blüten, dem Summen unzähliger Insekten und dem Zwitschern der Vögel.

Es wäre wunderschön hier. Würde Benedicts bevorstehender Tod nicht jeden Winkel meiner Gedanken einnehmen.

Während im Innenhof und der Küche die Vorbereitungen für die Sonnenwendfeier anlaufen, streife ich tagelang scheinbar ziellos durch das Anwesen, ständig in Begleitung von mindestens vier Wachen. Meine Angreifer haben sich mittlerweile erholt, doch sie verweigern jegliche Aussage. Und das, obwohl ich mir ziemlich sicher bin, dass Benedict bei ihrer Befragung nicht so zurückhaltend ist wie bei der von Phinneas. Besonders, nachdem ich ihm erzählt habe, was genau in dieser Abstellkammer vorgefallen ist.

Ich merke Benedict an, dass ihm die Situation zusetzt. Der *Rote Regen* ist ihm einen Schritt voraus, und er hat keinerlei Anhaltspunkte, um die Strippenzieher ausfindig zu machen. Auch Phinneas scheint eine Sackgasse zu sein und nichts mit dem Angriff auf mich zu tun zu haben. Was bedeutet, dass die wahren Verantwortlichen noch immer auf freiem Fuß sind.

Was meine Sicherheit angeht, nimmt Benedict nun keine Risiken mehr in Kauf. Einerseits fühle ich mich wohler, wenn mir seine vertrauenswürdigsten Wachen überallhin folgen. Doch zugleich macht es meine Aufgabe schwieriger. Immerhin muss ich unbemerkt einen der Dolche in unser Schlafzimmer bringen. Und zusätzlich stellt sich mir die Frage, wie Val sich unsere Flucht vorstellt, wenn es auf dem Anwesen vor Wachtposten nur so wimmelt.

Doch ich habe es bereits zu lange vor mir hergeschoben, mich um die Dolche zu kümmern. Heute ist der Tag vor der Sonnenwendfeier und mir läuft die Zeit davon. Die Zeit, um mich zu entscheiden, aber auch die, um zu handeln. Denn Nichtstun ist auch keine Option. Heute Nacht muss ich mir darüber klar werden, welchen Weg ich gehe. Und dafür muss ich auf alle Eventualitäten vorbereitet sein.

Mittlerweile bin ich unzählige Male um das Musikzimmer und das Gewächshaus herumgeschlichen. Ich habe sogar ein Versteck in unserem Schlafzimmer vorbereitet. Doch bisher habe ich mich nicht getraut, diesen Schritt wirklich zu gehen.

Heute muss ich es tun. Denn diese Nacht ist meine letzte Chance, um Benedict zu töten. Und wenn ich es nicht tue, wird Val die Dinge bei der morgigen Sonnenwendfeier selbst in die Hand nehmen.

Alles ist vorbereitet. Der Rock, den ich trage, hat einen hohen, breiten Bund mit Schnürung, unter dem ich die Waffe auf dem Weg zu unserer Suite verstecken kann. Und draußen ist es zwar warm, doch die dicken Steinmauern rechtfertigen einen dünnen Pullover, der mir locker bis über die Hüften fällt und somit alle verdächtigen Formen verbirgt.

Auf dem Weg zum Musikzimmer zittern dennoch meine Hände. Das hier könnte furchtbar schiefgehen. Wenn jemand bemerkt, was ich tue, ist alles vorbei. Eris verdächtigt mich ohnehin schon und würde keine Sekunde zögern, mich festzunehmen. Und ohne eine Möglichkeit, Val zu warnen, würde er ihnen morgen Abend am Einlass der Feier direkt in die Arme laufen. Wenn sie ihn und meine Familie nicht schon vorher fassen und einsperren.

Mit rasendem Herzen mache ich vor der Tür des Musikzimmers Halt und drehe mich zu meinen Wachen um. «Ich hätte gern etwas Zeit für mich.»

«Wie Ihr wünscht, Miss», erwidert einer von ihnen. Ich warte, während zwei der Männer einen Blick in den Raum werfen, um zu überprüfen, dass niemand darin ist. Dann lassen sie mich eintreten und schließen die Tür hinter mir.

Eine ganze Weile stehe ich bewegungslos mitten im Zimmer und starre hinüber zum Klavier. Meine Eingeweide haben sich schmerzhaft verknotet, das Atmen fällt mir schwer.

Ich schlucke gegen den Kloß in meiner Kehle an. «Reiß dich zusammen», flüstere ich und balle die Hände zu Fäusten. «Du wusstest, dass es so endet.»

Dennoch bin ich kein bisschen darauf vorbereitet.

Mit einem entschlossenen Schritt löse ich mich aus meiner Starre und gehe hinüber zu dem großen Flügel. Dort angekommen, bleibe ich wieder stehen. Halte erneut inne. Zwinge mich zum Atmen.

Ich beiße mir auf die Unterlippe und bücke mich, um unter den Hocker zu greifen. Meine Finger tasten den flachen Hohlraum dort ab und stoßen auf weiches Leder und kaltes Metall. Mein Herzschlag beschleunigt sich.

Es müsste jetzt nur jemand die Tür öffnen, und alles wäre vorbei. Ob die Wachen sich fragen, warum ich keine Musik spiele? In der Ecke des Raums steht sogar eine Harfe. Ob gleich einer von ihnen reinkommt, um nach mir zu sehen?

Schnell drücke ich ein paar Tasten auf dem Klavier. Ich kann zwar nicht Klavier spielen, aber vielleicht glauben sie ja, ich würde es lernen wollen. Genauso wie sie alle glauben, ich wäre nur ein wehrloses Mädchen, nicht mehr als die Liebschaft des Königs. Ein fragiles Blümchen, das früher oder später seinen Duft verlieren wird. Sie wissen nicht, was es bedeutet, eine Hawthorne zu sein. Dass unsere Blüten trügerisch sind und unsere Dornen tödlich.

Ich zögere nicht länger. Vorsichtig löse ich den Dolch von der Unterseite des Hockers. Val hat ihn mit Klebestreifen befestigt, die ich wieder andrücke, damit sie nicht herunterhängen und sichtbar werden.

Die Klinge steckt in einer dünnen Lederscheide, wofür ich Val mehr als dankbar bin. Ansonsten wäre es vermutlich schwierig geworden, die Waffe unter meiner Kleidung zu transportieren, ohne mich selbst zu schneiden. Ich bin gerade dabei, den Dolch im Bund meines Rockes verschwinden zu lassen, als es an der Tür klopft.

Bevor ich etwas erwidern kann, wird sie auch schon geöffnet. Ich stehe mit dem Rücken zu ihr und zerre hektisch meinen Pullover zurecht, die Waffe nicht halb so gut positioniert, wie ich es gern hätte. Zu spät. Das muss reichen, bis ich wieder allein bin. Und jetzt? Ich stehe vor dem Klavier wie bestellt und nicht abgeholt und starre augenscheinlich die Wand an.

«Hier bist du.» Benedicts sanfte Stimme schnürt mir die Luft ab.

*Beherrsch dich, Florence. Spiel deine verdammte Rolle.*

Langsam drehe ich mich zu ihm um und schenke ihm ein Lächeln, das vermutlich etwas zaghaft ausfällt. Mein Puls rast. Ich glaube, ich sterbe. «Hast du mich gesucht?»

Warum. Ausgerechnet. Jetzt?

Benedict antwortet nicht auf meine Frage. Stattdessen runzelt er besorgt die Stirn. «Alles in Ordnung?»

Natürlich merkt er es mir an. Er merkt es mir immer an. Ich verstehe nicht, wieso er mich nicht längst durchschaut hat.

«Ich bin nervös», presse ich hervor und balle meine zitternden Hände zu Fäusten. Eine Wahrheit. Danach eine Lüge. Und dann hoffe ich, dass er mir beides glaubt. «Was, wenn morgen doch etwas schiefgeht? Es kommen so viele Leute. Was, wenn jemand davon zum *Roten Regen* gehört?»

Benedicts Miene wird weich, und ich entspanne mich ein kleines bisschen. «Es wird nichts passieren», versichert er mir sanft und tritt näher an mich heran. «Die Gästeliste ist mit Bedacht zusammengestellt, und Eris hat alles unter Kontrolle.»

Hörbar atme ich aus. «Hoffentlich.»

«Bleib einfach in meiner Nähe», raunt er, beugt sich zu mir herunter und küsst mich sanft auf die Stirn. «Ich passe auf dich auf.»

«Und wer passt auf dich auf?», beschwere ich mich, meine Stimme kratzig. Was ist nur falsch mit mir? Was ist aus mir geworden, dass ich diesen liebevollen Mann derart hintergehe? Ihm einfach ins Gesicht lüge, während ich seinen Kuss noch auf meiner Haut spüre?

«Glaub mir», meint er schmunzelnd, «auf mich muss man nicht aufpassen. Wolltest du spielen?» Er nickt mit dem Kinn zu der Harfe, und ich schüttle eilig den Kopf.

«Eigentlich nicht. Ich schätze, ich wollte einfach meine Gedanken klären, und das Musikzimmer war dafür genauso gut wie jedes andere.»

Ich schreie innerlich.

Schreie, weil sich wirklich alles falsch anfühlt. Schreie,

weil es wehtut, so vor ihm zu stehen, zwischen uns eine Waffe, die von nicht mehr als zwei dünnen Lagen Stoff bedeckt wird.

«Brauchst du Ablenkung?», murmelt er und legt seine Hände an meine Taille. Benedict zieht mich näher zu sich, seine Lippen streichen über meine Schläfe, und ich versteife mich unweigerlich. Mir wird heiß und kalt gleichzeitig. Der Dolch brennt sich in meinen Bauch.

«Ich dachte, du bist beschäftigt», flüstere ich.

«Wenn es dir nicht gut geht, nehme ich mir Zeit für dich.» Seine Stimme jagt mir Gänsehaut über die Arme, doch es sind seine Hände, die mich panisch werden lassen. Er schiebt sie sanft unter den Saum meines Pullovers, und ich mache hastig einen Schritt von ihm weg, entfliehe seiner Berührung.

Sein verletzter Blick schneidet tiefer in mich, als ein Messer es je könnte. Es gab Tage, an denen ich Abstand von ihm brauchte. Dann habe ich es ihm gesagt und er hat es akzeptiert. Doch noch nie habe ich mich ihm einfach so entzogen.

Benedict bringt seine Miene schnell wieder unter Kontrolle. «Möchtest du lieber allein sein?», fragt er. In seiner Stimme ist nichts als Verständnis.

Hektisch nicke ich und räuspere mich. «Tut mir leid …»

«Du musst dich nicht entschuldigen. Wir sehen uns dann beim Abendessen.»

«Ja», krächze ich und versuche mich noch mal an einem Lächeln. «Bis später.»

Er erwidert es und verlässt das Zimmer. Mit wild pochendem Herzen schaue ich ihm nach und warte, bis er die Tür hinter sich geschlossen hat. Dann sacke ich auf den Klavierhocker und vergrabe das Gesicht in den Händen. Der Griff des Dolches drückt gegen meine Rippen, und ich schwitze am ganzen Körper. Das war knapp. So. Verdammt. Knapp.

Und es war erst der Anfang.

Ich schaffe es ohne weitere Zwischenfälle zurück in unser Schlafzimmer und verstecke den Dolch unter einer losen Diele unter dem Bett. Erst als er sicher verstaut ist, kann ich wieder aufatmen. Doch die Erleichterung hält genau eine Sekunde an, denn der schlimmste Teil meiner Aufgabe steht mir heute Abend bevor. Und egal, wie sehr ich es mir einzureden versuche – ich bin nicht bereit dafür.

Ich verbringe den Rest des Tages damit, ruhelos durch unser Zimmer zu streifen. Die ganze Zeit muss ich den Drang unterdrücken, einfach zu flüchten. Als ich Benedict schließlich beim Abendessen gegenübersitze, möchte ich nur noch schreien. Es scheint mir unmöglich, Worte herauszubringen.

Wenn ich es tue ... Wenn ich es wirklich tue, dann ist das hier unser letzter gemeinsamer Abend. Unsere letzte Nacht. Und er weiß es nicht mal. Ich werde nie wieder mit ihm sprechen, und es kann nicht mal einen Abschied geben. Er wird ohne letzte Worte oder Geständnisse von mir gehen. Am liebsten würde ich ihm alles gestehen, hier und jetzt. Ich kann meine eigenen Lügen nicht mehr ertragen. Sie fressen mich von innen heraus auf.

Das Abendessen vergeht in unangenehmem Small Talk, den größtenteils Lyra beisteuert. Benedict mustert mich mit gerunzelter Stirn, offensichtlich verwirrt von meinem Verhalten, und ich stochere appetitlos auf meinem Teller herum. Mir ist schlecht, und ich will einfach nur heulen.

Als wir schließlich allein auf unserem Zimmer sind, habe ich das Gefühl, als würde ich mich jeden Moment auflösen. Es ist nicht mehr genug von mir übrig, um mich noch zusammenzuhalten. Zu lange haben meine Gedanken an mir gefressen wie ätzende Säure. Zu groß sind die klaffenden Wunden in meinem Herzen. Und das Schlimmste daran ist, dass ich sie mir selbst zugefügt habe.

Benedict schließt leise die Tür hinter uns und bleibt vor ihr stehen. Er mustert mich, und der Blick seiner grünen Augen allein reicht, um mich endgültig zu zerstören.

«Habe ich etwas falsch gemacht?», fragt er ruhig.

Ich darf jetzt nicht weinen. Ich muss mich benehmen wie immer, die Fassade aufrechterhalten. Aber es ist so verdammt hart.

«Nein», bringe ich heraus und dränge die Tränen zurück. Nur fällt mir keine Erklärung für mein merkwürdiges Verhalten ein. Ich schätze, nach sechs Monaten mit ihm habe ich einfach keine Lügen mehr übrig.

Benedict nickt und scheint einen Moment lang nachzudenken. «Kann ich etwas für dich tun?», fragt er dann. «Soll ich dir ein Bad einlassen? Dich massieren? Ich kann dir auch etwas auf der Harfe unten vorspielen, wenn dir das hilft.»

Er muss damit aufhören. Bitte. «Nein, danke», flüstere ich.

Benedict schluckt. «Willst du, dass ich gehe? Ich kann in einem der Gästezimmer schlafen.»

Wie kann er derart selbstlos und rücksichtsvoll sein? Das alles wäre so viel einfacher, wäre er anders. Denn wäre er wirklich das Monster, für das wir ihn hielten, wäre ich ihm nie so sehr verfallen.

Ich schüttle den Kopf und schlucke gegen die Enge in

meiner Kehle an. «Halt mich bitte.» Die Worte sind kaum mehr als ein Hauchen, doch Benedict zögert nicht. Er überbrückt die Distanz zwischen uns und schließt seine Arme um meinen Körper. Ich vergrabe das Gesicht an seiner Brust und klammere mich an seinem Hemd fest.

Sanft streicht er mir über den Rücken, und ich kratze das letzte bisschen meiner Entschlossenheit zusammen. Eine letzte Nacht lang muss ich in die Rolle schlüpfen, die sich schon lange nicht mehr anfühlt wie eine. Denn meine Gefühle für Benedict sind echt. Sie lodern so qualvoll in meiner Brust, dass ich sie unmöglich weiter abstreiten kann.

Ich schiebe meine Hände in Benedicts Nacken, hebe den Kopf und ziehe sein Gesicht zu mir heran, um ihn zu küssen. Er erwidert es, allerdings nur kurz. Vorsichtig löst er seine warmen Lippen wieder von meinen und streicht mit seiner Nasenspitze über meine Wange. «Du bist heute sehr verwirrend», murmelt er, und mir entweicht ein hilfloses Seufzen.

«Tut mir leid.»

«Das muss es nicht. Ich bin mir nur nicht sicher, was du von mir möchtest. Und was nicht.»

Verzweifelt schlinge ich die Arme fester um ihn. «Du bist süß», flüstere ich, und Benedict lacht leise.

«So hat mich auch noch niemand genannt.»

«Es stimmt aber.»

Er küsst mich auf die Schläfe. «Wenn du das sagst, glaube ich dir.»

Meine Lippen suchen erneut nach seinen, und diesmal wird unser Kuss tiefer, drängender. Ich stemme meine Hände gegen Benedicts Schultern und schiebe ihn in Richtung unseres Bettes. Er lässt sich rücklings auf die Matratze sinken, und ich knie mich über ihn, öffne mit fahrigen Bewegungen die Knöpfe seines Hemdes.

Mit gesenkten Lidern sieht Benedict mir dabei zu und richtet sich auf, damit ich ihm das Hemd über die Schultern streifen kann. Anschließend entledige ich mich hastig meines Pullovers und taste nach der Schnürung meines Rocks, doch Benedict schiebt meine zitternden Finger zur Seite, um die Bänder selbst zu lösen. Er zieht mir den Rock über die Hüften, und ich greife nach Benedicts Gürtel.

«Ich bin nach wie vor verwirrt», raunt er, und ich halte inne. Fragend schaue ich ihn an.

«Soll ich aufhören?»

Sein Mundwinkel zuckt. «Nein. Du kannst tun, was auch immer du möchtest.» Sein Blick wandert über den halbdurchsichtigen Stoff meiner Unterwäsche, und Hitze flutet meinen Körper.

«Zieh die Hose aus», flüstere ich und steige von ihm herunter, damit er der Aufforderung nachkommen kann. «Alles», füge ich hinzu, und er entledigt sich auch seiner Boxer Briefs.

«Was jetzt?» Benedict liegt auf dem Rücken vor mir, auf seine Unterarme gestützt, den Oberkörper halb aufgerichtet. Ich streiche beinahe ehrfürchtig über seinen nackten Körper. Von seiner muskulösen Brust bis hinunter zu den Härchen unterhalb seines Bauchnabels und dann langsam tiefer.

Er atmet hörbar ein, als ich seinen halb erigierten Schaft umfasse und beginne, ihn zu reiben. Ich beobachte sein Gesicht. Ein Muskel in seinem Kiefer zuckt, und er schließt kurz die Augen, überlässt mir die Kontrolle.

Normalerweise übernimmt Benedict die Führung, und ich hatte auch nie das Bedürfnis, das zu ändern. Doch heute ist dem anders. Und wie so oft gibt er mir genau das, was ich brauche. Er sorgt dafür, dass ich mich zumindest für einen Moment nicht ganz so hilflos fühle. Nicht so zerrissen.

«Setz dich hin», fordere ich leise und lasse ihn los. Benedict richtet sich auf und rutscht auf der Matratze zurück, bis er mit dem Rücken am Kopfende des Bettes lehnt. Ich ziehe meine Unterwäsche aus und spüre seinen Blick dabei siedend heiß auf meiner Haut. Dennoch rührt er sich nicht. Er wartet regungslos, während ich ein Kondom aus dem Nachttisch nehme, es ihm überziehe und wieder auf seinen Schoß klettere. Er berührt mich nicht. Lässt mich alles in meinem Tempo machen.

Ich lasse mich auf Benedicts Oberschenkel sinken, seine Erektion zwischen uns, und lege seine Hände auf meine nackten Brüste. Er massiert sie sanft, und ich rutsche ein wenig nach vorn, reibe mich an seinem Schaft.

«Fuck, Florence», knurrt er, doch er lässt mich weiterhin gewähren.

Ich streiche ihm eine Locke aus der Stirn, halte seinen Blick und reibe mich weiter an ihm. Feuchtigkeit sammelt sich zwischen meinen Beinen. Meine Erregung wächst, in meiner Magengrube entsteht ein sehnsuchtsvolles Ziehen.

Ich hebe mein Becken, und Benedict legt seine Hände an meine Hüften. Er zieht mich ein wenig näher an sich, küsst mich. Aber er hält sich nach wie vor zurück, versucht nicht, meine Bewegung zu lenken.

Ganz langsam lasse ich mich auf ihn sinken und stöhne in Benedicts Mund, als er mich immer tiefer ausfüllt. Seine Finger graben sich in meine Seiten, und ich spüre, wie er erschauert.

Sein Duft umfängt mich. Berauschend und schwer,

Wald und Kaminfeuer, Verlangen und Geborgenheit. Ich will die Zeit anhalten. Ich will für immer in diesem Moment leben.

«Ich glaube, ich liebe dich», keuche ich.

Benedict stockt. Und auch ich erstarre. Mein Hals ist wie zugeschnürt, und meine Seele brennt lichterloh.

Benedict atmet hörbar aus und schlingt seine Arme um meinen Körper. Er zieht mich so eng an seine Brust, dass ich meine, seinen Herzschlag unter seinen Rippen spüren zu können. «Ich hätte mein Herz besser vor dir schützen sollen, Florence», sagt er leise und drückt seine Stirn an meine. «Denn ich bin mir längst sicher, dass ich es tue.»

Obwohl ich es bereits wusste, fühlen sich Benedicts Worte an wie ein Schlag in die Magengrube. «Scheinbar sind wir beide furchtbar darin, unsere Herzen zu beschützen», stelle ich mit brüchiger Stimme fest.

«Damit kann ich leben.» Er senkt seine Lippen auf meine, und sein Kuss verschlingt mich. Ich beginne, mich auf ihm zu bewegen, zerfließe in Lust und Reue, Liebe und Trauer. Eine Träne verirrt sich aus meinem Augenwinkel und rinnt mir über die Wange, doch Benedict sieht sie nicht. Er bemerkt sie ebenso wenig wie meine Lügen, und ich verfluche ihn dafür. Würde er mich in diesem Augenblick fragen, warum ich weine, würde vermutlich alles aus mir herausbrechen. Doch ich schätze, er ist längst zu tief in mir verloren, um sich noch zu retten.

Die nächsten Stunden verbringe ich in Benedicts Armen, umhüllt von seidenen Laken und seinem nackten, vertrauten Körper. Ich nehme mir jeden Fetzen Nähe, den ich noch kriegen kann, lausche auf jedes noch so leise Geräusch von ihm, jeden einzelnen Herzschlag.

Es könnte sein wie jede andere Nacht, die wir miteinander verbracht haben. Doch diesmal schlafe ich nicht an seiner Seite ein. Ich liege wach und starre an die Decke. Warte darauf, dass seine Atmung gleichmäßiger wird, das Zimmer endgültig in Dunkelheit versinkt, und hoffe doch, dass es das nie tun wird. Etwa eine Stunde, nachdem Benedict eingeschlafen ist, kann jedoch selbst ich das Unvermeidliche nicht mehr herauszögern.

Die Nacht ist kurz. Es ist Zeit. Ich muss mich entscheiden.

Langsam stehe ich aus dem Bett auf, darauf bedacht, Benedict nicht zu wecken. Seine Hand tastet nach mir, als ich mich von ihm löse, doch er rührt sich nicht weiter, hält die Augen geschlossen. Offenbar schläft er tief und fest.

Ich knie mich vor das Bett und hole mit zitternden Fingern den Dolch aus seinem Versteck. Vorsichtig befreie ich die Klinge aus dem Leder und klettere zurück auf die Matratze.

Benedict liegt vor mir, sein nackter Körper nur halb bedeckt von den Laken. Seine breite Brust hebt und senkt sich in tiefen Atemzügen. Sein Gesicht wirkt entspannt. Gelöst. Es ist ein Ausdruck, den ich nur an ihm sehe, wenn wir allein sind. Er zeigt diese sanfte, verletzliche Seite von sich niemandem sonst, nicht einmal Lyra. Und ich könnte nun versuchen, mir einzureden, dass es nur eine Rolle ist, die er für *mich* spielt. So wie ich es monatelang versucht habe. Doch ich würde es mir selbst nicht glauben. Die Lüge wäre zu offensichtlich.

Ich bin die Einzige, die er hinter seine Fassade blicken lässt. Ich bin für Benedict ebenso besonders wie er für mich.

Nun kommen die Tränen doch. Sie laufen mir heiß über die Wangen und tropfen von meinem Kinn. Meine Sicht verschwimmt, und ein Schluchzen bahnt sich in meiner Brust an. Trotzdem umfasse ich den Dolch fester, lasse die Spitze über der Haut zwischen Benedicts Rippen schweben und atme tief durch.

Es könnte alles nach Plan laufen. Ich töte ihn und stelle die Kerze ins Fenster. Val holt mich raus. Meine Aufgabe wird vorbei sein, und mit ihr alles, was mein Leben das letzte halbe Jahr ausgemacht hat.

Nie wieder wird Benedict von mir trinken oder sein Bett mit mir teilen. Ich werde nie wieder mit ihm essen, nie wieder mit ihm lachen, ihn nie wieder necken. Er wird mich nicht mehr halten, wenn ich nicht schlafen kann, mir morgens nicht mehr durch die Haare streichen, bis ich aufwache. Und alles, was hier passiert ist, wird nicht mehr sein als eine verblassende Erinnerung. Eine Melodie, die für immer verklingt und von Stille ersetzt wird.

Endlose Stille.

Ich will mir das nicht mal vorstellen.

Doch meine Aufgabe nicht zu erfüllen, scheint ebenso undenkbar. Und würde es überhaupt etwas ändern? Val würde morgen versuchen, Benedict selbst zu töten. Wird er gefasst, werden wir sicher alle umgebracht. Ist er erfolgreich, habe ich Benedict dennoch verloren, und meine Familie womöglich mit dazu. Würden sie mich verstoßen, wenn sie wüssten, was ich fühle? Ich will es nicht herausfinden.

Ich umklammere den Griff des Dolches, spanne meinen gesamten Körper an und kneife die Augen zu. Vielleicht schaffe ich es, wenn ich bis drei zähle. Vielleicht wird es so einfacher. Vielleicht tut es dann weniger weh.

*Eins.*

Ein Schluchzen bahnt sich den Weg aus meiner Kehle, und ich beiße die Zähne zusammen, um Benedict nicht zu wecken. Widerwillig öffne ich die Augen, doch seine sind noch immer geschlossen. Werden es vielleicht für immer bleiben.

*Zwei.*

In meinen Ohren rauscht es. Ich kann Benedicts Atem nicht mehr hören und heule noch heftiger. Ich stelle mir vor, wie die Klinge sich in seine Haut bohrt. Wie heißes Blut meine Finger benetzt, ihm ein letztes schmerzerfülltes Keuchen entweicht und mich der Mann, den ich liebe, für immer verlässt. Würde er aufwachen? Mich ein letztes Mal ansehen, während er meinen Verrat begreift? Oder würde er mich für immer lieben, weil er stirbt, ohne ihn jemals zu erahnen?

*Drei.*

Ich schließe wieder die Augen, halte den Atem an und – reiße den Dolch zurück. Ich kann das nicht. Ich kann das verdammt noch mal nicht!

Meine Beine fühlen sich an wie Gummi, als ich mit wild pochendem Herzen von der Matratze klettere und den Dolch wieder unter der Diele verstecke.

Es muss eine andere Lösung geben. Einen anderen Weg. Ohne Blutvergießen. Ohne Benedict zu verlieren. Ohne selbst zu dem Monster zu werden, für das ich ihn einst hielt.

Auch wenn ich selbst noch nicht weiß, wie das funktionieren soll.

Ich zittere am ganzen Körper. Vor Kälte, vor Überforderung, vor Angst. Wimmernd lege ich mich neben Benedict, ziehe die Decke über unsere Körper und presse mich so fest ich kann an seine Seite.

Er zieht mich im Schlaf an sich und vergräbt das Gesicht in meinen Haaren. Sein vertrauter Duft umfängt mich, beruhigt mich, und obwohl ich noch immer nicht weiß, ob meine Entscheidung richtig oder falsch war, löst sich etwas in mir. Ich lasse seine Wärme in meine Glieder sickern, atme tief durch und habe das Gefühl, als wäre es der erste Atemzug seit Jahren.

Mein Blick geht hinüber zum Fenster. Hinter den halbdurchsichtigen Vorhängen ist es dunkel. Nicht einmal der Mond erhellt heute die Nacht.

Irgendwo da draußen wartet Val auf das Licht einer Kerze. Doch es wird nicht kommen.

Wie soll ich ihm das morgen erklären? Wie soll ich ihn davon abbringen, den Plan selbst zu Ende zu führen? Mit meiner Entscheidung ist längst nicht alles vorbei.

Aber zumindest für diesen flüchtigen Moment in Benedicts Armen ist mir das egal.

KAPITEL ZWANZIG

# YOU?

Der Innenhof des Anwesens wurde für die Feierlichkeiten über und über mit Blumen geschmückt. Gemeinsam mit den bunten Kleidern der Gäste ergibt sich ein wunderschönes Farbspiel unter dem dunkler werdenden Sommerhimmel. Musik spielt, ein großes Buffet ist aufgebaut, und Kellner servieren gekühlte Getränke in zu großen Gläsern.

Es ist ein schönes Fest. Doch leider kann ich keine Sekunde davon genießen.

Die ganze Nacht lag ich wach und habe über die Zukunft nachgedacht. Darüber, wie ich die Ziele meiner Familie und meine Gefühle für Benedict in Einklang bringen kann. Und mittlerweile weiß ich, was ich Val gleich sagen werde. Ich habe mir meine Worte genauestens zurechtgelegt. Handfeste Argumente, die ihn quasi dazu zwingen, die bisherigen Pläne auf Eis zu legen und sich stattdessen meine anzuhören.

So weit die Theorie.

Doch als ich an diesem Abend zum ersten Mal in sein Gesicht schaue, schwinden meine Hoffnungen. Er steht in der Nähe des Eingangs, zwei Gläser Sekt in der Hand, und wartet offenbar auf mich. Seine Miene ist so finster wie die tiefste Winternacht, und er strahlt unverkennbare Wut aus. Wenn seine Laune so schlecht ist, dass er sie derart offen zeigt, ist es wirklich schlimm. Und es sollte mich vermutlich nicht wundern. Schließlich rechnet er damit, meine Aufgabe gleich selbst zu Ende bringen zu müssen und höchstwahrscheinlich dabei zu sterben. Allerdings muss er das gar nicht. Niemandem passiert heute etwas, dafür werde ich sorgen. Sofern ich es schaffe, in diesem Gedränge ein privates Gespräch mit ihm zu führen.

Wie immer habe ich einen ganzen Pulk Wachen an meinen Fersen kleben, nur ist er heute noch größer als sonst. Aufgrund der Anzahl an Gästen ist Benedict bei meinem Schutz kein Risiko eingegangen. Zu meinem Glück führt Juanita die Truppe an. Ich hatte bereits Wachen, die selbst auf meine Bitte hin nicht mehr als zwei Meter Abstand zwischen uns gelassen haben, doch sie hat mir bisher jeden meiner Wünsche möglich gemacht.

«Ich würde gern mit meinem Bruder sprechen», lasse ich sie wissen. «Allein.»

«Wie Ihr wünscht, Miss.» Juanita führt mich zu einer kleinen Sitzecke am Rand des Hofes und gibt den anderen Wachen den Befehl, den Bereich zu sichern, während sie selbst meinen Bruder her eskortiert. Kaum eine Minute später steht Valerian neben mir, und Juanita reiht sich in den Kreis der Wachen ein, die in gebührendem Abstand Position bezogen haben.

Vals finsterer Blick folgt ihr. Erst als sie außer Hörweite ist, fixiert er mich. Noch immer hält er die zwei vollen Sektgläser in den Händen, doch er macht keine Anstalten, mir eines davon zu reichen. Er presst lediglich die Lippen zusammen, offenbar noch unschlüssig, was er sagen will.

«Ich weiß, dass du enttäuscht bist», komme ich ihm zuvor, und er lacht freudlos auf.

«Enttäuscht?», wiederholt er abfällig. «Florence, nenn mir *einen* guten Grund, weshalb du deine verdammte Aufgabe nicht erfüllt hast!»

Ich schlucke. Das Gespräch läuft jetzt schon nicht mehr so, wie ich es geplant hatte. «Weil es auch anders geht, Val! Er …»

«Ja, es geht anders!», unterbricht er mich. «*Ich* werde zu Ende bringen müssen, was du nicht tun wolltest, und wir werden vermutlich alle mit unserem Leben bezahlen. Herzlichen Glückwunsch!» Er ist so wütend, dass es schmerzt. Mein Herz zieht sich zusammen.

«Lass mich ausreden! Niemand muss sterben, hörst du mich? Du musst den Plan abblasen, Val!»

«Und dieses Monster weiter auf dem Thron sitzen lassen? Hast du den Verstand verloren?»

«Er ist kein Monster!», stoße ich aus, und die Gesichtszüge meines Bruders entgleisen.

«Was?»

«Er ist ein guter Mann.» In meinem Ton klingt Verzweiflung mit, aber auch absolute Überzeugung. «Er fühlt sich seinen Traditionen verpflichtet, aber ich kann ihn davon überzeugen, etwas zu ändern, Val! Er liebt mich! Er wird uns unterstützen. Ich brauche einfach nur mehr Zeit!»

Ungläubig starrt er mich an. Er schüttelt langsam den Kopf. «Hörst du dich eigentlich selbst noch reden, Florence? Denkst du überhaupt noch nach? Er liebt dich? Du bist nicht mehr als sein verdammtes Spielzeug.»

Ich balle die Hände zu Fäusten. «Das ist nicht wahr.»

«Natürlich ist es das! Er benutzt dich! Und offenbar hat er dir den Verstand rausgevögelt, wenn du nicht mal mehr deiner eigenen Familie vertraust!»

Ich zucke zusammen. Jedes Wort fühlt sich an, als würde Val eine Klinge in meinem Herzen ruckartig drehen. Er hört mir nicht mal zu. Er tut alles, was ich sage, einfach so ab. Und das darf er nicht, verdammt. Das kann ich nicht zulassen. Also atme ich einmal tief durch, recke das Kinn und begegne seinem Blick. Meine Stimme ist glasklar und kalt. «Bist du wirklich so von Hass erfüllt, dass du nicht mal die Möglichkeit in Betracht ziehst, dass vielleicht ihr die Geblendeten seid und nicht ich? Ich habe ein halbes Jahr mit diesem Mann zusammengelebt. Ich habe *alles* von ihm gesehen, Val. Ich kenne ihn besser als irgendjemand sonst. Er ist nicht der, für den wir ihn gehalten haben. Im Gegenteil, er ist unsere einzige Chance auf eine positive Veränderung! Seine Überzeugungen unterscheiden sich nicht von unseren. Er legt Wert auf Gerechtigkeit. Auf unsere Sicherheit. Aber falls er stirbt, falls der *Rote Regen* an die Macht kommt, machen sie mit uns Menschen, was sie wollen. Es wird ein Blutbad geben, und es wird allein unsere Schuld sein, verstehst du mich?»

Val beißt die Zähne zusammen. «Unsere Familie hat Ewigkeiten auf so eine Chance gewartet, Flo. Wir haben diese Pläne nicht ohne Grund gemacht. Also glaub mir, wenn ich sage, es geht nicht anders.»

«Und glaub du mir, wenn ich sage, dass das verdammt noch mal nicht stimmt! Außerdem ist ein Grund keine Rechtfertigung, seine veralteten Pläne nicht zu hinterfragen! Wir sind von falschen Annahmen ausgegangen.»

Valerian schüttelt den Kopf, doch ich berühre ihn am Arm. «Du sagst mir ständig, dass ich dir vertrauen soll, aber das funktioniert nicht, wenn du *mir* nicht vertraust. Hältst du mich ernsthaft für so naiv? Ist meine Meinung dir so wenig wert?»

«Darum geht es nicht», zischt er.

«Doch, genau darum geht es! Ich war immer nur eure Spielfigur. Und jetzt, wo ich eine eigene Meinung habe und dir einen handfesten Plan anbiete, der deinem widerspricht, bist du zu stur, um auch nur über ihn nachzudenken.»

«Nichts an deinem Plan ist handfest», knurrt Val. «Du schlägst vor, einfach auf die Gnade des Königs zu hoffen.»

«Verdammt, Val, verstehst du denn nicht? Er liebt mich. Wenn er auf mich hört, haben wir die Macht eines ganzen Königreichs zwischen unseren Fingern. Das ist so viel mehr, als wir wollten. Aber wenn wir die Krone stürzen, wird Chaos regieren. Es könnte Krieg geben. So viele Tote, und es gibt keine Garantie, dass wir gewinnen. Benedict hingegen kann einfach die Gesetze ändern. Er kann die Veränderung, die wir uns wünschen, erzwingen, Val. Oder zumindest einen Teil davon. Ich weiß, dass es dafür Zeit braucht, aber es ist wenigstens eine friedliche Lösung. Es macht uns nicht ebenso zu Monstern. Denn wenn wir die Vampire stürzen, indem wir genauso grausam sind, wie sie einst waren, dann sind wir keinen Deut besser.»

Val funkelt mich an, doch zu meiner Erleichterung hat sich ein nachdenklicher Zug um seine Mundwinkel gelegt. «Du lässt nicht locker», stellt er fest.

«Nein», bestätige ich. «Und ich gehe sogar noch einen Schritt weiter. Ich werde nicht zulassen, dass du Benedict tötest. Entweder, du willigst in meinen Plan ein, oder du verlässt sofort diese Feier. Ein Wort von mir und sie werfen dich raus.»

«Drohst du mir etwa?», fragt er gereizt.

Ich halte seinem Blick stand. «Wenn es sein muss.»

Ein Muskel in Vals Kiefer zuckt, und er mustert mich unzufrieden. Eine Weile sagt er gar nichts. Bis ...

«Schön», gibt er schließlich nach, wenn auch mit deutlichem Missfallen. «Aber ich werde mir einen neuen Plan überlegen. Und wenn du bis zur nächsten Sonnenwende keinen Erfolg damit hast, den König in unserem Sinne zu beeinflussen, werde ich selbst dafür sorgen, dass er vom Thron verschwindet. Das ist mein Angebot.»

Ich schlucke. Das ist nicht gerade das, was ich mir erhofft habe, aber vermutlich ist es fair. Ein halbes Jahr Zeit, um mir bei Benedict Gehör zu verschaffen ...

Wenn ich daran zurückdenke, wie schnell die letzten

sechs Monate vergangen sind, weiß ich nicht, ob diese Zeit reicht. Aber sie muss. Irgendwie. Und ich glaube daran, dass Benedict mir helfen wird. Er wird mir zuhören, wenn ich ihn auf die Missstände in seinem Land aufmerksam mache. Zumindest wenn ich sie ihm diesmal nicht anklagend vor die Füße spucke. Er wird mich nicht enttäuschen, das weiß ich. Dafür ist er zu gerecht.

Val schüttelt den Kopf, als könnte er nicht fassen, was er gerade tut. Mit zusammengezogenen Brauen reicht er mir eine der Sektflöten.

«Hier», murmelt er. «Auf dass dein Plan uns nicht alle den Kopf kostet ...»

Was für aufmunternde Worte. Ich verkneife mir eine Erwiderung und stoße mein Glas gegen seines. Val stürzt den Inhalt herunter, als wäre es Schnaps, doch ich nippe nur an meinem. Eigentlich könnte ich erleichtert sein, aber ich kann nicht verhindern, dass neue Sorgen sich wie Steine in meinen Magen legen. Mir ist schlecht.

*Du bist nur sein Spielzeug.*

Was, wenn Val recht hat?

*Nein.*

Aber was, wenn doch ...

«Wie genau soll ich das eigentlich unseren Eltern beibringen?», will mein Bruder wissen, und ich nehme nervös noch einen zweiten Schluck von dem Sekt. Diese Unterhaltung will ich mir lieber nicht vorstellen.

«Das ist zum Glück dein Problem», krächze ich und reibe mir fröstelnd über den Arm. Mir ist schon eine ganze Weile kalt. Für die Feierlichkeiten trage ich das dunkelrote Blutkleid – passend zu den Tropfenohrringen aus Rubin. Es sieht schön aus, keine Frage. Ich wünschte nur, sie hätten mir eine Jacke dazu gegeben.

«Wir sehen uns später», verabschiede ich mich fürs Erste von Val und wende mich von ihm ab. Sofort scharen sich meine Wachen um mich, nehmen ihm die Möglichkeit, das Gespräch weiterzuführen, selbst wenn er wollte. Vermutlich ist das besser so, bevor er sich doch noch umentscheidet. «Wo ist Lyra?», frage ich Juanita.

«Sie und Briana sind am Buffet, glaube ich.»

Essen ... bestimmt eine gute Idee. Fragt sich nur, ob mein Magen das mitmacht.

Wir bahnen uns einen Weg in die entsprechende Richtung, und ich nippe erneut an meinem Sekt, in der Hoffnung, dass mir von dem Alkohol wärmer wird. Doch die Kohlensäure sorgt nur für noch mehr Übelkeit. Ich stelle das halb volle Glas im Vorbeigehen auf einen Tisch, setze eine gezwungen fröhliche Miene auf und geselle mich zu meinen Freundinnen. Am liebsten würde ich mich in Benedicts warme Arme flüchten. Aber bevor ich das kann, muss ich wohl oder übel noch den Rest dieser Feierlichkeiten überstehen.

Der Abend zieht sich. Es dauert eine geschlagene Ewigkeit, bis Benedict und ich endlich vor den versammelten Gästen stehen und der Glockenturm der Sommerresidenz die Nacht einläutet. Hunderte Blicke sind auf mich geheftet, doch es stört mich weniger als befürchtet. Gleich ist der offizielle Teil des Abends beendet, und wir können uns aus dem Hof verabschieden.

Wie schon bei der Wintersonnenwende führt Eris uns durch die Zeremonie. Sie trägt heute einen mitternachtsblauen Jumpsuit mit goldenem Gürtel und weitem Schlag.

Die perfekte Mischung aus elegant und dennoch kampfgeeignet. Mittlerweile kenne ich Eris gut genug, um zu wissen, dass sie sich niemals in ein enges Kleid zwängen und so ihre Bewegungsfreiheit aufgeben würde.

Wir stehen der Menge zugewandt, Benedict und ich vorne, Eris ein Stück weiter hinten zwischen uns. Ich versuche, mich auf ihre Worte zu konzentrieren, doch ich spüre Valerians Blick auf meiner Haut brennen. Er steht nur zwei Schritte von mir entfernt, eine Ehrenposition für die Familie der Blutbraut. Und wenn er mich nicht so finster anstarren würde, könnte ich mich vielleicht darüber freuen, ihn so nah bei mir zu haben.

Er hat dem neuen Plan zwar zugestimmt, aber er scheint es immer noch für einen Fehler zu halten. Zugegeben, ich habe ihm auch keine große Wahl gelassen. Hoffentlich verzeiht er mir das. Ich mag es nicht, mit ihm zu streiten. Erst recht nicht, wenn wir uns dabei auf völlig verschiedene Seiten stellen.

Eine kühle Brise fegt durch den Hof und lässt mich frösteln. Wie immer entgeht Benedict nichts. Er wirft mir einen entschuldigenden Blick zu. Ein stilles Versprechen, mich zu wärmen, wenn diese sinnlose Zeremonie endlich vorüber ist.

Ich schenke ihm ein Lächeln, versinke in seinen grünen Augen. Für einen Moment gibt es nur noch uns beide, und die gesamte Anspannung der letzten Monate fällt mit einem Mal von mir ab. Ich liebe ihn wirklich. Ich vertraue ihm bedingungslos. Und jetzt, wo ich mich endlich entschlossen habe, danach zu handeln, wird alles gut. Dessen bin ich mir sicher.

Eris erhebt die Stimme und bringt mich damit wieder zurück ins Hier und Jetzt.

«Heute feiern wir den Anbruch einer neuen Nacht», verkündet sie feierlich. «Von morgen an werden die Tage schwinden, die Strahlen der Sonne schwächer. Der Mond wird wieder länger leuchten, und unsere Kraft wird wachsen. Euer König wird nun trinken. Auf dass seine Macht uns alle nährt und unsere Zukunft in Dunkelheit badet.»

Sie tritt beiseite, sodass Benedict und ich allein im Mittelpunkt der Aufmerksamkeit stehen. Wir nähern uns einander. Ich drehe mich mit dem Rücken zur Menge, und er stellt sich vor mich.

Zumindest muss ich diesmal nichts sagen. Nur schweigen und mich möglichst nicht blamieren, während er von mir trinkt. Aber es ist mir verdammt unangenehm, das hier in der Öffentlichkeit zu tun, denn in den letzten Monaten haben sich seine Bisse zunehmend zwischen unsere Laken verirrt.

Benedict fängt meinen Blick auf, eine stille Bitte um Erlaubnis, und ich nicke kaum merklich. Seine Lippen streifen meinen Hals, und ich halte die Luft an. Im nächsten Moment spüre ich seine Zähne, die sich mit einem flüchtigen Schmerz in meine Haut graben.

Ich schließe die Augen und muss die Hände an meinen Seiten zu Fäusten ballen, um sie bei mir zu behalten. Nur zu gern würde ich ihn jetzt berühren. Ihn näher zu mir ziehen und meine Arme um seinen Körper schlingen. Aber auch das muss bis später warten.

Benedict trinkt. Doch nach nur wenigen tiefen Schlucken hält er plötzlich inne und hebt den Kopf. Seine Zunge versiegelt nicht wie sonst die Wunde. Warmes Blut rinnt meinen Hals hinab, und ich schaue fragend zu ihm auf.

Er starrt mich an, seine Brauen leicht zusammengezogen.

Dann schwankt er.

Und plötzlich geht alles viel zu schnell. Ich will Benedict am Arm festhalten, um ihn zu stützen, doch er stößt mich von sich. Noch im Stolpern sehe ich, wie Val auf den König zustürzt. Metall blitzt in seiner Hand auf. Ein silberner Dolch gräbt sich tief in Benedicts Brust.

Ich schreie auf.

Benedict öffnet den Mund, ein zischendes, schmerzerfülltes Geräusch entkommt ihm. Er hält Vals Hand umklammert, und einen Moment lang bin ich mir sicher, dass er jeden Moment leblos in sich zusammensackt.

Doch dann drückt Benedict zu.

Ich höre Vals Hand brechen, und mein Bruder lässt stöhnend die Waffe los. Nur Sekunden später hat Benedict ihn zu Boden geworfen. Sein Kopf schlägt hart auf den Pflastersteinen auf, und mit einem weiteren Schmerzenslaut zieht Benedict sich selbst die Klinge aus der Brust.

Val war zu langsam. Er hat sein Herz verfehlt. Und nun wird er den Preis dafür zahlen. Benedict packt ihn an der Kehle, zieht ihn hoch, und alles in mir gefriert zu Eis.

«Nein!», kreische ich und stürze auf Benedict zu. Ich umklammere seinen Arm, um ihn zurückzuhalten, doch er stößt mich erneut von sich.

Kräftige Hände packen mich von hinten, aber ich kann meinen Blick nicht von Benedict lösen. Von seinem wutverzerrten Gesicht und dem mörderischen Ausdruck in seinen Augen. Ich bilde mir ein, die Muskeln in seinem Arm zucken zu sehen, kann Vals Wirbel schon förmlich knacken hören. «Bitte!», schreie ich aus voller Kehle. «Benedict!»

Ruckartig fährt er zu mir herum, und ich zucke vor ihm zurück. Da ist so viel Abscheu. So viel Zorn. So viel unbändiger Hass. Er wird Val töten. Ich sehe es ihm an.

«Du», stößt er aus. Seine Stimme ist ein Grollen, das mir durch Mark und Bein geht. Und erst in diesem Moment beginne ich wirklich zu begreifen, was gerade passiert ist. Was es bedeutet. Ein Zittern ergreift von mir Besitz.

Val hat mein Blut vergiftet.

Er hat mich hintergangen.

Und nun bin ich in Benedicts Augen doch die Verräterin, die ich nicht mehr sein wollte.

«Nein», stoße ich verzweifelt aus, doch ich sehe ihm an, dass er meine Erklärungen nicht hören will, noch bevor ich das nächste Wort ausgesprochen habe. «Ich wusste nicht ...»

Ich werde von Benedict weggerissen, und Eris tritt in mein Sichtfeld, ihre Miene hart. Sie hat mich bereits verdächtigt, doch bisher stand Benedict ihr im Weg. Jetzt nicht mehr. Und wenn sie erst einmal anfängt, nach Beweisen für meinen Verrat zu suchen, wird sie auch welche finden. Allen voran einen silbernen Dolch unter den Dielen in Benedicts Schlafzimmer. Fuck.

Ich drehe den Kopf, um Benedict sehen zu können. «Bitte», flehe ich. «Ich hatte nichts damit zu tun, ich schwöre es.»

Doch von dem Mann, den ich kannte, ist keine Spur mehr zu erkennen. Vielleicht hat Val ihn getötet, als er diesen Dolch in seine Brust gerammt hat. Und nun ist nur noch die Bestie übrig.

Der König löst seinen Griff von der Kehle meines Bruders, der röchelnd zu Boden sinkt. Er wendet sich mir zu, starrt auf mich herab. Blut sickert noch aus der Wunde in seiner Brust, hat mittlerweile fast sein gesamtes Hemd getränkt, doch es scheint ihn nicht einmal zu scheren. Da ist nichts als Verachtung in seinen Augen. Ich schlucke schwer.

«Benedict ...»

Val wird auf die Beine gezerrt. Er schwankt gefährlich, doch die Wachen zu seinen Seiten keilen ihn ein, drängen ihn vorwärts. Ich werde mit hartem Griff in dieselbe Richtung geschoben.

«Bitte!» Ich versuche verzweifelt, noch einmal Benedicts Blick aufzufangen. Panik zerfrisst mich. Tränen laufen mir ungehindert über die Wangen. Alles, worauf ich eben noch hoffte, ist verloren. Alles. Ich starre Val an, unfähig, einen klaren Gedanken zu fassen. Meine Knie geben beinahe unter mir nach. Ich glaube, ich muss mich übergeben.

«Was hast du getan?», flüstere ich. Die Worte klingen abgehackt und kratzig, ebenso zerstört, wie ich mich fühle.

Val hebt den Kopf. Er sieht mich an, und in seinem Blick brennt noch immer dieselbe sture Überzeugung, die uns soeben das Leben gekostet hat. Mein Bruder verzieht verächtlich den Mund. «Das, was du nicht tun konntest», spuckt er aus. «Das einzig Richtige, *Schwesterherz.*»

«Euer Befehl, Majestät?», höre ich Juanita fragen.

Automatisch drehe ich den Kopf, und diesmal treffe ich zwischen den Wachen hindurch Benedicts Blick. Es ist, als würde mich ein Fremder anstarren. Nicht der Mann, den ich liebe, sondern der König, den ich fürchte. Das Monster, das so lange in ihm geschlummert hat und jetzt entfesselt wurde.

«Sperrt sie beide in den Tower», verkündet er und wendet sich ab. Sein eisiger Tonfall nimmt mir auch die letzte Hoffnung. «Von mir aus können sie dort drin verrotten.»

# FORTSETZUNG FOLGT ...